考用單字不只講求記得牢，更要記得快，

讓你有更充裕的時間攻克其它題型，

發揮最大實力，高分合格！

使用說明

ART 1
考前30天必備的
職場類單字
「職場題型」一直是過往學校英文中比
卻也是日後使用頻率最高的英文，因
大類型英文考試都不乏職場情境的考
考的職場類關鍵字彙，讓你在看到
應，瞬間取分！

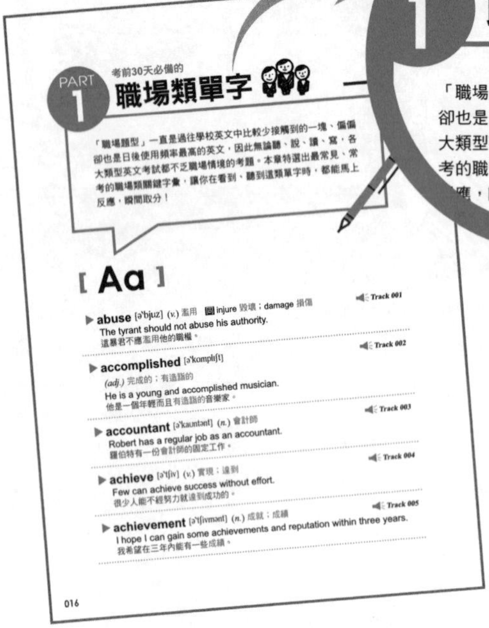

PART 1 考前30天必備的
職場類單字

「職場題型」一直是過往學校英文中比較少接觸到的一塊，偏偏卻也是日後使用頻率最高的英文，因此無論聽、說、讀、寫，各大類型英文考試都不乏職場情境的考題。本章特選出最常見、常考的職場類關鍵字彙，讓你在看到、聽到這類單字時，都能馬上反應，瞬間取分！

【Aa】

▶ abuse [əˋbjuz] (v.) 濫用 同 injure 毀壞；damage 損傷 Track 001
The tyrant should not abuse his authority.
這暴君不應濫用他的職權。

▶ accomplished [əˋkɑmplɪʃt] (adj.) 完成的；有造詣的 Track 002
He is a young and accomplished musician.
他是一個年輕而且有造詣的音樂家。

▶ accountant [əˋkaʊntənt] (n.) 會計師 Track 003
Robert has a regular job as an accountant.
羅伯特有一份會計師的固定工作。

▶ achieve [əˋtʃiv] (v.) 實現；達到 Track 004
Few can achieve success without effort.
很少人能不經努力就達到成功的。

▶ achievement [əˋtʃivmənt] (n.) 成就；成績 Track 005
I hope I can gain some achievements and reputation within three years.
我希望在三年內能有一些成績。

016

• 五大情境，分類清楚！

考試想拿高分，事前的準備絕不可馬虎。本書統整、歸納出各大英文考試的常考題型，並將其分成五大情境，如此一來，單字們就可以系統性地被大腦吸收，看到單字就融入情境、看到情境就猜出單字，多方便呀！

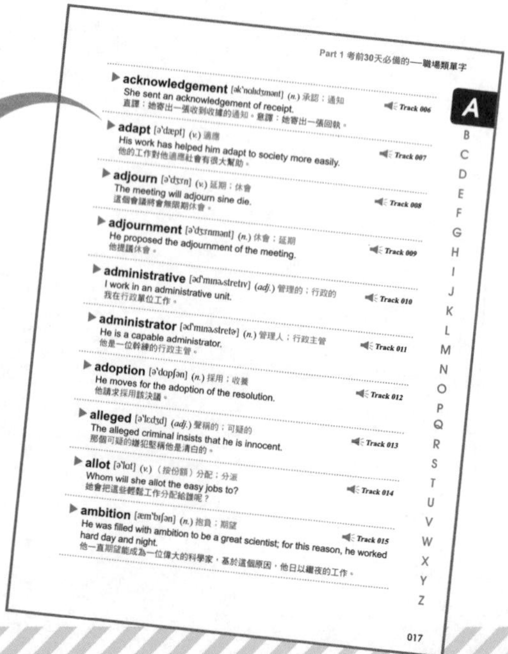

Part 1 考前30天必備的──職場類單字

▶ acknowledgement [əkˋnɑlɪdʒmənt] (n.) 承認；通知 Track 006
She sent an acknowledgement of receipt.
直譯：她寄出一張收到收據的通知。意譯：她寄出一張回執。

▶ adapt [əˋdæpt] (v.) 適應 Track 007
His work has helped him adapt to society more easily.
他的工作對他適應社會有很大幫助。

▶ adjourn [əˋdʒɝn] (v.) 延期；休會 Track 008
The meeting will adjourn sine die.
這個會議將會無限期休會。

▶ adjournment [əˋdʒɝnmənt] (n.) 休會；延期 Track 009
He proposed the adjournment of the meeting.
他提議休會。

▶ administrative [ədˋmɪnə͵stretɪv] (adj.) 管理的；行政的 Track 010
I work in an administrative unit.
我在行政單位工作。

▶ administrator [ədˋmɪnə͵stretə] (n.) 管理人；行政主管 Track 011
He is a capable administrator.
他是一位幹練的行政主管。

▶ adoption [əˋdɑpʃən] (n.) 採用；收養 Track 012
He moves for the adoption of the resolution.
他請求採用該決議。

▶ alleged [əˋlɛdʒd] (adj.) 聲稱的；可疑的 Track 013
The alleged criminal insists that he is innocent.
那個可疑的嫌犯堅稱他是清白的。

▶ allot [əˋlɑt] (v.)（按份額）分配；分派 Track 014
Whom will she allot the easy jobs to?
她會把這些輕鬆工作分配給誰呢？

▶ ambition [æmˋbɪʃən] (n.) 抱負；期望 Track 015
He was filled with ambition to be a great scientist; for this reason, he worked hard day and night.
他一直期望能成為一位偉大的科學家，基於這個原因，他日以繼夜的工作。

A B C D E F G H I J K L M N O P Q R S T U V W X Y Z

017

• 常考單字，各個擊破！

在考試將近這種十萬火急的情況下，花時間去背「大量」單字上，還不如選擇背「有效」的單字就好！本書精選出各大常見考試（英檢、多益、學測、指考等）出題頻率最高的單字，彙整成冊，用最少時間學到投報率最高的單字！

● 多管齊下，效率提升！

為了改變記憶節奏，讓你保持100%清醒記憶，本書每單元結束後皆附有閱讀測驗，且全書單字都能用手機掃瞄QR code線上聽，如此一來就能一面記單字一面偷偷練習閱讀&聽力，一舉兩得！

★因各家手機系統不同，若無法直接掃描，仍可以電腦連結 https://goo.gl/4rRCNo 雲端下載收聽

● 學會複習，念念不忘！

記憶單字就像拉橡皮筋，用力拉可以彈得遠，但也斷得快！為了不要讓記憶超載負荷，本書每單元後的閱讀測驗與附贈的挑戰紅膠片，實現你「學習╳複習」一體成形的好工具，唯有反覆建立單字印象，才能永不健忘！

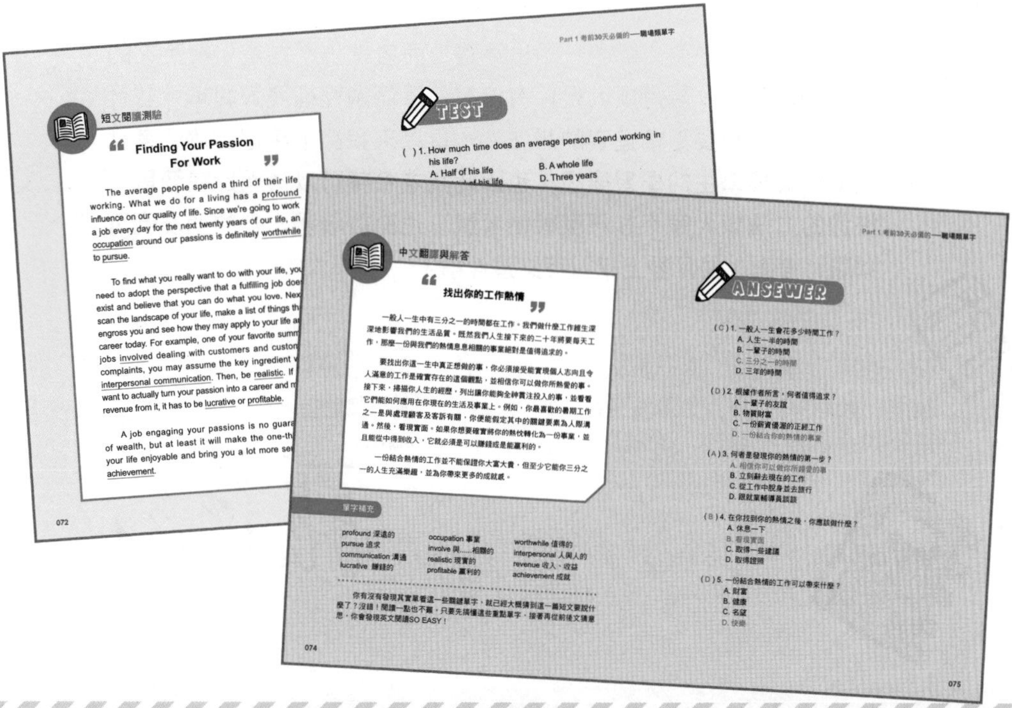

Part 1 考前30天必備的一職場類單字

短文閱讀測驗

Finding Your Passion For Work

The average people spend a third of their life working. What we do for a living has a profound influence on our quality of life. Since we're going to work a job every day for the next twenty years of our life, an occupation around our passions is definitely worthwhile to pursue.

To find what you really want to do with your life, you need to adopt the perspective that a fulfilling job does exist and believe that you can do what you love. Nex scan the landscape of your life, make a list of things th engross you and see how they may apply to your life a career today. For example, one of your favorite summ jobs involved dealing with customers and custon complaints, you may assume the key ingredient w interpersonal communication. Then, be realistic. If want to actually turn your passion into a career and m revenue from it, it has to be lucrative or profitable.

A job engaging your passions is no guara of wealth, but at least it will make the one-th your life enjoyable and bring you a lot more se achievement.

072

TEST

( ) 1. How much time does an average person spend working in his life?
A. Half of his life B. A whole life
D. Three years

Part 1 考前30天必備的一職場類單字

中文翻譯與解答

找出你的工作熱情

一般人一生中有三分之一的時間都在工作。我們做什麼工作維生深深地影響我們的生活品質。既然我們人生接下來的二十年將要每天工作，那麼一份與我們的熱情息息相關的事業絕對是值得追求的。

要找出你這一生中真正想做的事，你必須接受能實現個人志向且令人滿意的工作是確實存在的這個觀點，並相信你可以做你所熱愛的事。接下來，掃描你人生的經歷，列出讓你能夠全神貫注投入的事，並看看它們能如何應用在你現在的生活及事業上。例如，你最喜歡的暑期工作之一是與處理顧客及客訴有關，你便能假定其中的關鍵要素為人際溝通。然後，看現實面。如果你想要確實將你的熱忱轉化為一份事業，並且能從中得到收入，它就必須是可以賺錢或是能贏利的。

一份結合熱情的工作並不能保證你大富大貴，但至少它能你三分之一的人生充滿樂趣，並為你帶來更多的成就感。

單字補充

profound 深遠的
pursue 追求
communication 溝通
lucrative 賺錢的
occupation 事業
involve 與……相關的
realistic 現實的
profitable 贏利的
worthwhile 值得的
interpersonal 人與人的
revenue 收入、收益
achievement 成就

你有沒有發現其實單看這一些關鍵單字，就已經大概猜到這一篇短文要說什麼了？沒錯！閱讀一點也不難，只要先搞懂這些重點單字，接著再從前後文猜意思，你會發現英文閱讀SO EASY！

074

ANSEWER

(C) 1. 一般人一生會花多少時間工作？
A. 人生一半的時間
B. 一輩子的時間
C. 三分之一的時間
D. 三年的時間

(D) 2. 根據作者所言，何者值得追求？
A. 一輩子的友誼
B. 物質財富
C. 一份薪資優渥的正經工作
D. 一份結合你的熱情的事業

(A) 3. 何者是發現你的熱情的第一步？
A. 相信你可以做你所鍾愛的事
B. 立刻辭去現在的工作
C. 從工作中脫身並去旅行
D. 跟就業輔導員談談

(B) 4. 在你找到你的熱情之後，你應該做什麼？
A. 休息一下
B. 看現實面
C. 取得一些建議
D. 取得證照

(D) 5. 一份結合熱情的工作可以帶來什麼？
A. 財富
B. 健康
C. 名望
D. 快樂

075

Preface 前言

單字是英文的根基，尤其是在考試時，擁有足夠的單字字庫，就能在出發點先立於不敗之地。為什麼說是「足夠」的單字字庫，而不是「大量」的單字字庫呢？因為考試時常來匆匆，是場迅雷不及掩耳的短期戰，沒有充足的時間讓你做最完善的準備，所以在時間有限的壓力下，就必須做些取捨，只針對常考的單字做補強。

本書以能讓大家掌握的關鍵字作出發點，從大考中心公布的7000單字、英檢、新多益、大學學測、指考等各大考試中，精心嚴選了2500個在考試中被廣泛使用的高頻率單字，讓你在閱讀時不死背，先運用紅膠片遮住中文的方式，過濾掉自己已經滾瓜爛熟的單字，接著再與半生不熟或者陌生的單字們好好「認識一下」，久而久之就能夠提升你的語感，即便是一些沒看過的單字，也能根據直覺大致猜測出它的正確意義。

其實想記好英文單字一點也不難，而考試也不過是學習英文的一個過程罷了，最重要的是你有沒有在這個過程裡發覺興趣，並且持之以恆地想要更精進它的想法。一直以來我都不希望台灣的考試制度扼殺掉學生的學習樂趣，也因此我才希望可以透過比較簡單、快速的方法讓大家不在那麼害怕考試，也期許看過本書的朋友們可以順利考上，並且愛上學習英文這件事！

張慈庭

Contents
目錄

大挑戰

寫在本書之前：

Part1

考前30天必備的

職場類單字

考前30天必備的

Part2 日常生活類單字

考前30天必備的

Part3 旅行類單字

Part4 考前30天必備的 商務趨勢類單字

Part5 考前30天必備的 報章雜誌類單字

進階大挑戰 寫在本書最後：

寫在本書之前：

英英解釋大挑戰，
測試你的英語力！

還對自己的英語能力充滿質疑？先別緊張，以下我們列出50個「看似不容易、其實很簡單」的英文單字，你可以拿隨書附贈的紅膠片覆蓋在中文上，猜猜單字的意思，第一眼看不懂沒關係，馬上從超白話的英英解釋下手，養成從英文學英文的習慣，你會發現其實英文超簡單！

1 ☐ **accustom** [ə`kʌstəm] (*v.*) 使習慣；適應
to become used to something

2 ☐ **adjacent** [ə`dʒesənt] (*adj.*) 鄰近的；鄰接的
next to

3 ☐ **bewilder** [bɪ`wɪldɚ] (*v.*) 使糊塗；使不知所措
to make someone confused

4 ☐ **collaborate** [kə`læbə͵ret] (*v.*) 合作
to work together

5 ☐ **competent** [`kɑmpətənt] (*adj.*) 能幹的；有法定資格的
able to do something very well

6 ☐ **conceal** [kən`sil] (*v.*) 隱藏；保守秘密
to hide something

7 ☐ **concise** [kən`saɪs] (*adj.*) 簡明的；簡練的
short but easy to understand

8 ☐ **cottage** [`kɑtɪdʒ] (*n.*) 小屋
a little house

9 ☐ **courteous** [`kɝtjəs] (*adj.*) 彬彬有禮；謙恭的
very polite

10 ☐ **covet** [ˋkʌvɪt] (*v.*) 垂涎；非常想要
to want something very much

11 ☐ **damp** [dæmp] (*adj.*) 濕的
wet

12 ☐ **deteriorate** [dɪˋtɪrɪəˏret] (*v.*) （使）惡化
to become worse

13 ☐ **discard** [dɪsˋkɑrd] (*v.*) 拋棄
to throw away

14 ☐ **faulty** [ˋfɔltɪ] (*adj.*) 有缺點的；有錯誤的
not working; not correct

15 ☐ **glare** [glɛr] (*v.*) 怒目而視
to look at someone angrily

16 ☐ **humiliate** [hjuˋmɪlɪˏet] (*v.*) 羞辱；使丟臉；恥辱
to make someone very embarrassed

17 ☐ **immediately** [ɪˋmidɪɪtlɪ] (*adv.*) 立刻地，馬上
right away

18 ☐ **industrious** [ɪnˋdʌstrɪəs] (*adj.*) 勤奮的
hardworking

19 ☐ **inhabit** [ɪnˋhæbɪt] (*v.*) 居住於；佔據；棲息
to live somewhere

20 ☐ **initiate** [ɪˋnɪʃɪˏet] (*v.*) 開始；創始
to start something

21 ☐ **innovative** [ˋɪnə͵vetɪv] *(adj.)* 創新的
new and creative

22 ☐ **instruct** [ɪnˋstrʌkt] *(v.)* 指示、指導
to teach; to give directions

23 ☐ **irritate** [ˋɪrə͵tet] (*v.*) 激怒
to make someone angry

24 ☐ **jeopardize** [ˋdʒɛpɚd͵aɪz] (*v.*) 危害
to put something in danger

25 ☐ **metropolis** [məˋtrɑplɪs] *(n.)* 主要都市；都會
a big or important city

26 ☐ **modify** [ˋmɑdə͵faɪ] (*v.*) 修改；緩和
to make changes to something

27 ☐ **notify** [ˋnotə͵faɪ] *(v.)* 通知
to let someone know about something

28 ☐ **occupation** [͵ɑkjəˋpeʃən] (*n.*) 職業
a job

29 ☐ **pending** [ˋpɛndɪŋ] *(adj.)* 未決的
not yet decided

30 ☐ **proceed** [prəˋsid] (*v.*) 進行；著手
to go on to do something

31 ☐ **profound** [prəˋfaʊnd] (*adj.*) 深遠的
deep and serious

32 ☐ **prohibit** [prə`hɪbɪt] (*v.*) 禁止；阻止
to not let someone do something

33 ☐ **punctual** [`pʌŋktʃʊəl] (*adj.*) 準時的
on time

34 ☐ **quarterly** [`kwɔrtəlɪ] (*adv.*) 一年四次的；每季的
to happen four times each ear

35 ☐ **rapid** [`ræpɪd] (*adj.*) 迅速的
very fast

36 ☐ **recollect** [ˏrɛkə`lɛkt] (*v.*) 回憶；想起
to remember something

37 ☐ **reinforce** [ˏriɪn`fɔrs] (*v.*) 增援；強化
to make something stronger

38 ☐ **relocate** [ri`loket] (*v.*) 重新部署；搬遷至
to move to another place

39 ☐ **reluctant** [rɪ`lʌktənt] (*adj.*) 不願的
not wanting to do something

40 ☐ **restrain** [rɪ`stren] (*v.*) 制止；克制
to stop oneself from doing something

41 ☐ **retrieve** [rɪ`triv] (*v.*) 重新得到
to get something back

42 ☐ **sanitary** [`sænəˏtɛrɪ] (*adj.*) 衛生的；清潔的
clean

43 □ **sluggish** [ˋslʌgɪʃ] (*adj.*) 懶散的；遲緩的
slow and lazy

44 □ **strive** [straɪv] (*v.*) 努力
to work hard for something

45 □ **sufficient** [səˋfɪʃənt] (*adj.*) 足夠的
enough

46 □ **summon** [ˋsʌmən] (*v.*) 召喚；叫來
to call over

47 □ **tremendous** [trɪˋmɛndəs] (*adj.*) 極大的；非常的
very big

48 □ **verify** [ˋvɛrə͵faɪ] (*v.*) 驗證；核實
to make sure that something is correct

49 □ **vulnerable** [ˋvʌlnərəbl̩] (*adj.*) 易受攻擊的；有弱點的；容易受傷的
weak; easy to hurt

50 □ **yearn** [jɝn] (*v.*) 渴望；嚮往
to want something very much

學單字先不要背，先從看懂開始！對英英字典敬而遠之的你，先用紅膠片把中文字義擋起來，從英文解釋猜猜看這50個單字的意思，你會發現……原來，其實你也看得懂！

Part 1

考前30天必備的職場類單字

PART 1

考前30天必備的

職場類單字

「職場題型」一直是過往學校英文中比較少接觸到的一塊、偏偏卻也是日後使用頻率最高的英文，因此無論聽、說、讀、寫，各大類型英文考試都不乏職場情境的考題。本章特選出最常見、常考的職場類關鍵字彙，讓你在看到、聽到這類單字時，都能馬上反應，瞬間取分！

[Aa]

▶ **abuse** [əˋbjuz] (*v.*) 濫用 回 injure 毀壞；damage 損傷 Track 001

The tyrant should not abuse his authority.
這暴君不應濫用他的職權。

▶ **accomplished** [əˋkamplɪʃt] Track 002

(*adj.*) 完成的；有造詣的

He is a young and accomplished musician.
他是一個年輕而且有造詣的音樂家。

▶ **accountant** [əˋkaʊntənt] (*n.*) 會計師 Track 003

Robert has a regular job as an accountant.
羅伯特有一份會計師的固定工作。

▶ **achieve** [əˋtʃiv] (*v.*) 實現；達到 Track 004

Few can achieve success without effort.
很少人能不經努力就達到成功。

▶ **achievement** [əˋtʃivmənt] (*n.*) 成就；成績 Track 005

I hope I can gain some achievements and reputation within three years.
我希望在三年內能有一些成績。

▶ **acknowledgement** [əkˋnɑlɪdʒmənt] (*n.*) 承認；通知 *Track 006*
She sent an acknowledgement of receipt.
直譯：她寄出一張收到收據的通知。意譯：她寄出一張回執。

▶ **adapt** [əˋdæpt] (*v.*) 適應 *Track 007*
His work has helped him adapt to society more easily.
他的工作對他適應社會有很大幫助。

▶ **adjourn** [əˋdʒɝn] (*v.*) 延期；休會 *Track 008*
The meeting will adjourn sine die.
這個會議將會無限期休會。

▶ **adjournment** [əˋdʒɝnmənt] (*n.*) 休會；延期 *Track 009*
He proposed the adjournment of the meeting.
他提議休會。

▶ **administrative** [ədˋmɪnəˏstretɪv] (*adj.*) 管理的；行政的 *Track 010*
I work in an administrative unit.
我在行政單位工作。

▶ **administrator** [ədˋmɪnəˏstretɚ] (*n.*) 管理人；行政主管 *Track 011*
He is a capable administrator.
他是一位幹練的行政主管。

▶ **adoption** [əˋdɑpʃən] (*n.*) 採用；收養 *Track 012*
He moves for the adoption of the resolution.
他請求採用該決議。

▶ **alleged** [əˋlɛdʒd] (*adj.*) 聲稱的；可疑的 *Track 013*
The alleged criminal insists that he is innocent.
那個可疑的嫌犯堅稱他是清白的。

▶ **allot** [əˋlɑt] (*v.*)（按份額）分配；分派 *Track 014*
Whom will she allot the easy jobs to?
她會把這些輕鬆工作分配給誰呢？

▶ **ambition** [æmˋbɪʃən] (*n.*) 抱負；期望 *Track 015*
He was filled with ambition to be a great scientist; for this reason, he worked hard day and night.
他一直期望能成為一位偉大的科學家，基於這個原因，他日以繼夜地工作。

▶ **applicant** [ˋæpləkənt] (*n.*) 申請者 Track 016

You hardly have any chance of getting this job because there are twenty applicants.

因為有二十位申請者，所以你幾乎沒有任何機會得到這份工作。

▶ **application** [ˌæpləˋkeʃən] (*n.*) 申請；申請書；應用 Track 017

I have submitted my application for your consideration.

我有將求職申請書寄給您參考。

▶ **assistant** [əˋsɪstənt] (*n.*) 助理 Track 018

We have two dental assistants here.

我們這裡有兩個牙醫助理。

▶ **authorize** [ˋɔθəˌraɪz] (*v.*) 批准；授權 Track 019

They can authorize the necessary aid to a branch.

他們可以授權給予某一個分公司必要的幫助。

▶ **authorized** [ˋɔθəˌraɪzd] (*adj.*) 審定的；經授權的 Track 020

This payment has not been authorized.

這是一筆尚未被審定的費用。

▶ **average** [ˋævərɪdʒ] (*n.*) 平均 (*v.*) 平均為 Track 021

On average, we work 8 hours a day.

我們每天平均工作八小時。

▶ **attempt** [əˋtɛmpt] (*n.*) 嘗試；攻擊 Track 022

He made an attempt to ask his boss for a pay raise.

他嘗試向老闆請求加薪。

[Bb]

▶ **background** [ˋbækˌgraund] (*n.*) 背景 Track 023

Your background and talents meet the need of our company.

您的學經歷背景和專長非常符合我們的需要。

▶ **balanced** [ˋbælənst] (*adj.*) 平衡的；和諧的 Track 024

The account looks balanced.

帳目看起來是平衡的。

▶ **bankrupt** [ˋbæŋkrʌpt] (*n.*) 破產者 (*adj.*) 破產的 (*v.*) 使破產 Track 025
He is adjudicated as a bankrupt.
他被裁定為破產者。

▶ **bankruptcy** [ˋbæŋkrʌptsɪ] (*n.*) 破產 Track 026
The company went into bankruptcy.
那家公司宣布破產了。

▶ **bargain** [ˋbɑrgɪn] (*n.*) 交易；便宜貨 Track 027
They closed with a bargain.
他們談妥了一筆交易。

▶ **beneficial** [ˏbɛnəˋfɪʃəl] (*adj.*) 有益的 Track 028
回 favorable 贊同的；useful 有益的
Exercise is beneficial to our health.
運動對我們的健康是有益的。

▶ **beneficiary** [ˏbɛnəˋfɪʃərɪ] (*n.*) 受惠者；受益人 Track 029
Mary's only daughter is the beneficiary of her trust fund.
瑪莉信託基金的受益人是她唯一的女兒。

▶ **benefit** [ˋbɛnəfɪt] (*n.*) 利益 (*v.*) 增益 Track 030
Knowledge can be used to benefit mankind.
知識可用來增益人類日常生活。

▶ **bonus** [ˋbonəs] (*n.*) 獎金；紅利 Track 031
Many employees will receive a bonus for Chinese New Year.
許多職員在春節會收到一份獎金。

▶ **branch** [bræntʃ] (*n.*) 分公司；分行 Track 032
Our company will start a new branch in Thailand next year.
我們公司明年將在泰國開設分公司。

▶ **breed** [brid] (*v.*) 生育；飼養 (*n.*) 種；族 Track 033
Mr. Brett breeds cattle as his job.
布萊特先生以飼養牛為業。

▶ **brewery** [ˋbruərɪ] (*n.*) 釀酒廠 Track 034
He has an interest in a brewery.
他持有釀酒廠的股份。

▶ **briefly** [brifli] (*adv.*) 暫時地；簡要地 Track 035

He paused briefly before continuing.

他在繼續進行前，暫時地停下來。

▶ **budget** [ˋbʌdʒɪt] (*n.*) 預算 Track 036

The boss was not pleased when he saw the budget.

老闆看到預算高興不起來。

[Cc]

▶ **capital** [ˋkæpətl̩] (*n.*) 資本；首都 Track 037

We don't have enough capital to start a company.

我們並沒有足夠的資本來創建一間公司。

▶ **cargo** [ˋkɑrgo] (*n.*) 貨輪；（車、船、飛機等運輸的）貨物 Track 038

The cargo discharged at San Francisco.

貨輪已經在舊金山卸貨。

▶ **competition** [͵kɑmpəˋtɪʃən] (*n.*) 競爭；比賽 Track 039

Friendly competition sometimes spurs innovation.

良性競爭有的時候可以刺激革新。

▶ **competitive** [kəmˋpɛtətɪv] (*adj.*) 競爭力的 Track 040

Our price is highly competitive.

我方的價格是很有競爭力的。

▶ **competitor** [kəmˋpɛtətɚ] (*n.*) 競爭者 Track 041

Our competitors undercut 5 to 7%.

我們的競爭者減價百分之五到百分之七。

▶ **carrier** [ˋkærɪɚ] (*n.*) 運輸公司；郵遞員 Track 042

We only cooperate with reputable carriers.

我們只和聲譽好的運輸公司合作。

▶ **complement** [ˋkɑmpləmənt] (*n.*) 補充 (*v.*) 互補 Track 043

Male and female employees complement each other in the workplace.

男性和女性職員在工作場所彼此互補。

▶ **catalog** [ˋkætəlɔg] (*n.*) 目錄 (*v.*) 編目錄 *Track 044*

Here's our latest catalog.
這就是我們最新的目錄。

▶ **category** [ˋkætəˏgorɪ] (*n.*) 種類；類別 *Track 045*

These goods all fall within this category.
這些貨物都屬於這一類別。

▶ **clarification** [ˏklærəfəˋkeʃən] (*n.*) 澄清；淨化 *Track 046*

The whole issue needs clarification.
整個問題都需要澄清。

▶ **capability** [ˏkepəˋbɪlətɪ] (*n.*) 能力；功能 *Track 047*

She was promoted because she has the capability of being a supervisor.
她升職了，因為她有當管理人的能力。

▶ **client** [ˋklaɪənt] (*n.*) 客戶；委託人 *Track 048*

I called a client.
我打電話給客戶。

▶ **coincident** [koˋɪnsədənt] (*adj.*) 一致的；巧合的 *Track 049*

Your opinion is coincident with mine.
你和我的意見一致。

▶ **collaborate** [kəˋlæbəˏret] (*v.*) 合作；通敵 *Track 050*

I would like to ask you to collaborate with us in this project.
我想請你們在這項計畫中和我們合作。

▶ **collaboration** [kəˋlæbəˏreʃən] (*n.*) 合作；通敵 *Track 051*

Our collaboration is over.
我們的合作結束了。

▶ **communication** [kəˏmjunəˋkeʃən] (*n.*) 通訊；交流 *Track 052*

Cross-cultural communication is a very popular subject now.
跨文化交流現在是一個很受歡迎的題材。

▶ **colleague** [ˋkɑlig] (*n.*) 同事 *Track 053*

My colleagues and I all get along very well.
我和同事都處得很好。

A B C D E F G H I J K L M N O P Q R S T U V W X Y Z

▶ **commission** [kə`mɪʃən] (*n.*) 委任；佣金 (*v.*) 委任 Track 054

As a commission agent, we do business on commission basis.
作為佣金代理商，我們是以佣金為基礎在做生意的。

▶ **community** [kə`mjunətɪ] (*n.*) 團體社區；社會 Track 055

We work for the community's social welfare.
我們為這個社區的社會福利而工作。

▶ **comparison** [kəm`pærəsn̩] (*n.*) 比較；對照 Track 056

We have to make a cross-industry comparison as well as a historical comparison.
我們要做出一個跨行業的比較和一個歷史的比較。

▶ **compartment** [kəm`pɑrtmənt] (*n.*) 間隔間；車廂 Track 057

Here's our compartment.
我們的座位在這個車廂。

▶ **compensation** [ˏkɑmpən`seʃən] (*n.*) 賠償；酬勞 Track 058

Your compensation will be deposited next week.
你的酬勞將會在下個星期存入。

▶ **confront** [kən`frʌnt] (*v.*) 迎面遇到；面臨 Track 059

The boss was confronted by a group of unhappy employees.
老闆迎面遇到一群心中不滿的員工。

▶ **concession** [kən`sɛʃən] (*n.*) 讓步 Track 060

Can we both make some concessions?
我們能不能雙方都作些讓步？

▶ **conference** [`kɑnfərəns] (*n.*) 會議 Track 061

The conference was rescheduled due to a bomb threat.
這個會議因為炸彈威脅被迫重新安排時間。

▶ **confide** [kən`faɪd] (*v.*) 傾訴；相信 Track 062

We confide in his abilities.
我們相信他是有能力的。

▶ **confidential** [ˏkɑnfə`dɛnʃəl] (*adj.*) 秘密的；機要的 Track 063

She became my confidential secretary.
她當了我的機要秘書。

▶ **conform** [kən`fɔrm] (*v.*) 遵從　回 comply 依從；agree 同意　Track 064
You must conform to the rules of the society.
你應該遵從社會的規定。

▶ **consecutive** [kən`sɛkjətɪv] (*adj.*) 連續的；連貫的　Track 065
The exhibition has lasted several consecutive days.
展覽會已經連續舉行了數日。

▶ **consign** [kən`saɪn] (*v.*) 委託；發送（商品）　Track 066
We will consign the goods to him by express.
我們會用快遞把貨物發送給他。

▶ **consignment** [kən`saɪnmənt] (*n.*)（交託的）貨物；運送　Track 067
Your consignment will arrive tomorrow.
你的貨物將在明天送達。

▶ **carelessness** [`kɛrlɪsnɪs] (*n.*) 粗心大意；草率　Track 068
He cannot tolerate any kind of carelessness.
他沒辦法接受任何形式的粗心大意。

▶ **constitution** [ˏkɑnstə`tjuʃən] (*n.*) 憲法；慣例　Track 069
This is an unwritten constitution.
這是一個不成文的慣例。

▶ **consultation** [ˏkɑnsḷ`teʃən] (*n.*) 請教；協商　Track 070
He held a consultation with Robert.
他和羅伯特進行了協商。

▶ **cooperate** [ko`ɑpəˏret] (*v.*) 合作　Track 071
They cooperated in perfect harmony.
他們合作無間。

▶ **cooperation** [koˏɑpə`reʃən] (*n.*) 合作　Track 072
The lack of his cooperation defeated our plan.
由於缺乏他的合作，我們的計畫失敗了。

▶ **coordinate** [ko`ɔrdṇˏet] (*v.*) 調節；協調一致　Track 073
How shall we coordinate these two plans?
我們要如何使這兩個計畫協調一致呢？

A B C D E F G H I J K L M N O P Q R S T U V W X Y Z

▶ **corporate** [ˋkɔrpərɪt] (*adj.*) 法人的；共同的 Track 074

They are bound together into a corporate body.
它們結合起來成為一個法人團體。

▶ **correspond** [ˌkɔrəˋspɑnd] (*v.*) 符合；通信 Track 075

These goods don't correspond with my order.
這些貨物與我的訂貨單不符合。

▶ **correspondence** [ˌkɔrəˋspɑndəns] (*n.*) 相應；通信 Track 076

The correspondence between them has dropped.
他們之間的通信停止了。

▶ **correspondent** [ˌkɔrəˋspɑndənt] (*n.*) 通訊記者；通信者 Track 077

He volunteered to be the correspondent for the War.
他自願做這次戰爭的通訊記者。

▶ **coupon** [ˋkupɑn] (*n.*) 息票；商家的優惠券 Track 078

This coupon can be redeemed at any of their branches.
這種息票可以在他們任何一個分行兌現。

▶ **current** [kɝənt] (*adj.*) 目前的 Track 079

He is the current specialist in the department of North American Affairs.
他目前是北美事務部門的專業人員。

[Dd]

▶ **deadline** [ˋdɛdˌlaɪn] (*n.*) 最終期限 Track 080

I should advance the deadline by two weeks.
我應該把期限提前兩個星期。

▶ **deal** [dil] (*v.*) 作買賣；(*n.*)交易 Track 081

They deal with Smith & Co.
他們和史密斯公司作買賣。

▶ **dealer** [ˋdilɚ] (*n.*) 經銷商；商人 Track 082

He is a dealer in women's furnishings.
他是女性服飾用品的經銷商。

▶ **dealership** [ˋdilɚ͵ʃɪp] (*n.*) 代理權；售貨權 Track 083

John was so excited that he finally won the dealership of that area.
約翰非常興奮，因為他終於贏得了那個區域的售貨權。

▶ **debate** [dɪˋbet] (*n.*) 議論；辯論 Track 084

His resignation caused much public debate.
他辭職一事引起群眾議論紛紛。

▶ **decent** [ˋdisn̩t] Track 085

(*adj.*) 體面的；合適的 同 respectable 體面的

Today's young people all hope for decent jobs.
現今的年輕人都希望有適當體面的工作。

▶ **dynamic** [daɪˋnæmɪk] (*adj.*) 有活力的；有生氣的 Track 086

This is a dynamic team. Everybody in it has a lot to share with one another.
這是一個很有活力的團隊，團隊裡的每個人都有很多東西能和其他人分享。

▶ **declaration** [͵dɛkləˋreʃən] (*n.*) 申報；聲明 Track 087

May we see your customs declaration?
我們可以看看你的關稅申報書嗎？

▶ **decline** [dɪˋklaɪn] (*v.*) 謝絕；拒絕 Track 088

He declined to say anything definite about his plans.
他拒絕說出他到底有什麼計畫。

▶ **dedication** [͵dɛdəˋkeʃən] (*n.*) 奉獻；專心致力 Track 089

Japanese employees are known for their dedication to their company and job.
日本員工以他們對公司和工作的專心致力聞名。

▶ **deduct** [dɪˋdʌkt] (*v.*) 扣除；演繹 Track 090

A part from his salary will be deducted.
他的一部分工資將被扣除。

▶ **deduction** [dɪˋdʌkʃən] (*n.*) 扣除；減 Track 091

Help me calculate my tax deductions.
幫我算我可以減多少稅。

▶ **deed** [did] (*n.*) 行為 同 act 行為 Track 092

His deeds did not agree with his words.
他言行不一致。

▶ **deficit** [ˋdɛfəsɪt] (*n.*) 赤字；超支 Track 093

She was unable to account for the deficit.
她無法解釋為什麼會超支。

▶ **definition** [ˏdɛfəˋnɪʃən] (*n.*) 定義；（輪廓影像等的）清晰度 Track 094

Her duties require clearer definition.
她的職責需要更清楚的定義。

▶ **delegate** [ˋdɛləˏget] (*n.*) 代表 (*v.*) 委派……為代表 Track 095

The union delegate raised an objection to the wording of the agreement.
工會代表對那項協議的措詞提出異議。

▶ **deliberately** [dɪˋlɪbərɪtlɪ] (*adv.*) 故意地；從容地 Track 096

He was working deliberately.
他從容不迫地工作著。

▶ **deliver** [dɪˋlɪvɚ] (*v.*) 遞送；發表演講 Track 097

My boss asked me to deliver a speech in front of my colleagues.
老闆請我在同事前發表演講。

▶ **delivery** [dɪˋlɪvərɪ] (*n.*) 遞送 Track 098

Your letter came by a delivery service.
你的信是被遞送來的。

▶ **demand** [dɪˋmænd] (*v./n.*) 要求；需要 Track 099

He demanded immediate payment.
他要求立刻付款。

▶ **demanding** [dɪˋmændɪŋ] (*adj.*) 苛求的 Track 100

Her supervisor is so demanding.
她的上司苛求極了。

▶ **demonstrate** [ˋdɛmənˏstret] (*v.*) 證明 Track 101

How can you demonstrate that the Earth is round?
你如何證明地球是圓的？

▶ **dental** [ˋdɛntḷ] (*adj.*) 牙科的 Track 102

I am a dental assistant.
我是一名牙科助理。

▶ **dentist** [ˋdɛntɪst] *(n.)* 牙科醫生 Track 103

Can you recommend a dentist?
請你推薦一位牙科醫生好嗎？

▶ **deputy** [ˋdɛpjətɪ] *(n.)* 代理人；代表 Track 104

She was appointed as a deputy.
她被指定當代表。

▶ **deregulation** [dɪˋrɛgjuˏleʃən] *(n.)* 撤銷管制 Track 105

The deregulation of air fares benefits the passengers.
撤銷管制飛機的票價造福了乘客。

▶ **description** [dɪˋskrɪpʃən] *(n.)* 形容；描述 Track 106

He gave a description of the beautiful scenery.
他對那美景做了一番描述。

▶ **deserve** [dɪˋsɝv] *(v.)* 值得；應得的 同 merit 值得 Track 107

The reward is more than he deserves.
這獎賞是超過他所應得的。

▶ **desirable** [dɪˋzaɪrəbl̩] *(adj.)* 令人滿意的 Track 108

This desirable property is to be sold or leased.
這令人滿意的房地產將要出售或出租。

▶ **dispose** [dɪˋspoz] *(v.)* 處理；安排 Track 109

God disposes of all things according to his will.
上帝隨其意旨安排萬物。

▶ **detailed** [ˋdiˋteld] *(adj.)* 詳盡的；逐條的 Track 110

This is an exact and detailed report.
這是一份精確而詳盡的報告。

▶ **detain** [dɪˋten] *(v.)* 使延遲；耽擱 同 delay 延遲 Track 111

This question should not detain us.
我們無需在這問題上多耽擱。

▶ **determine** [dɪˋtɝmɪn] *(v.)* 決定；使下定決心 Track 112

The management committee determines departmental budgets.
管理委員會決定各部門的預算。

▶ **devise** [dɪˋvaɪz] (*v.*) 設計；計畫 Track 113

Let us together devise a plan to finish the work.
我們來一起計畫一下如何完成這項工作。

▶ **differ** [ˋdɪfɚ] (*v.*) 不一致；不同 Track 114

They agree to differ.
他們同意各自保留不同意見。

▶ **difficulty** [ˋdɪfəˏkʌltɪ] (*n.*) 困難；難處 Track 115

She has no difficulty in getting along with everyone in the office.
跟辦公室裡的每個人和睦相處對她來說不困難。

▶ **digest** [daɪˋdʒɛst] (*v.*) 消化；融會貫通 Track 116

He cannot digest all this information.
他不能將所有的資訊融會貫通。

▶ **director** [dəˋrɛktɚ] (*n.*) 主管；導演 Track 117

He is an administrative director.
他是一個行政主管。

▶ **discharge** [ˋdɪstʃɑrdʒ] (*n.*) 卸貨；退伍 Track 118

However, after his discharge, Tommy did not have many skills to help him find a job.
然而在退伍之後，湯米並沒有很多技能可以幫助他找到工作。

▶ **discount** [ˋdɪskaʊnt] (*n.*) 折扣 Track 119

They said they would give us a 10% discount.
他們說要給我們10%的折扣。

▶ **dismissal** [dɪsˋmɪsḷ] (*n.*) 解雇，遣散 Track 120

Turnover and dismissal rates of this company are kept very low.
這間公司的人事變動及遣散員工率都很低。

▶ **disorder** [dɪsˋɔrdɚ] (*n.*) 混亂；無秩序狀態 Track 121

The office is in disorder.
辦公室裡一片混亂。

▶ **disposal** [dɪˋspozḷ] (*n.*) 處理 Track 122

Sewage treatment plants will solve the problem of waste disposal.
汙水處理廠會處理廢水方面的問題。

▶ **diversify** [daɪˋvɝsə͵faɪ] (*v.*) 使多樣化 Track 123
They must diversify their products.
他們必須使產品多樣化。

▶ **dividend** [ˋdɪvə͵dɛnd] (*n.*) 被除數；股息 Track 124
The company raised its dividend by 12%.
公司提高股息12%。

▶ **downsize** [ˋdaʊnˋsaɪz] (*v.*) 以較小尺寸設計；減少 Track 125
Downsizing staffs will improve efficiency.
減少人員會增加工作效率。

▶ **drift** [drɪft] (*v.*) 漂流；溜走 同 tendence 趨向 Track 126
Do not let opportunities drift away.
不要讓機會溜走。

▶ **dubious** [ˋdjubɪəs] (*adj.*) 可疑的；不確定的 Track 127
He is still dubious about that plan.
他仍然對那個計畫不太確定。

▶ **due** [dju] (*adj.*) 到期的；應付款的 Track 128
When is the rent due?
房租何時到期？

▶ **duplicate** [ˋdjupləkɪt] (*n.*) 複製品；副本 Track 129
She made a duplicate of the files.
她做了這些檔案的副本。

[Ee]

▶ **economic** [͵ikəˋnɑmɪk] (*adj.*) 經濟的 Track 130
The government doesn't have good economic plans.
政府沒有適當的經濟計畫。

▶ **economical** [͵ikəˋnɑmɪkl̩] (*adj.*) 經濟的；節省的 Track 131
An efficient engine is economical.
效率高的機器比較節省燃料。

▶ **edition** [ɪ`dɪʃən] (*n.*) 版本 Track 132

The latest edition is binding.
最新版本的書正在裝訂。

▶ **effectively** [ə`fɛktɪvlɪ] (*adv.*) 有效地；有力地 Track 133

This method worked effectively.
這方法很有效。

▶ **efficiency** [ə`fɪʃənsɪ] (*n.*) 效率 Track 134

Friction lowers the efficiency of machines.
磨擦減低機器的效率。

▶ **efficient** [ə`fɪʃənt] Track 135

(*adj.*) 效率高的；有能力的 反 inefficient 效率低的

An efficient worker does his work well and on time.
工作效率高的員工工作做得又好，又能準時完成。

▶ **effort** [`ɛfɚt] (*n.*) 努力 Track 136

Their efforts were rewarded with success.
他們的努力獲得成功。

▶ **elaborate** [ɪ`læbərɪt] (*adj.*) 精心的 (*v.*) 詳細地說明 Track 137

Please elaborate your proposals a little.
請將你的建議詳細地說明一下。

▶ **electrical** [ɪ`lɛktrɪk!] (*adj.*) 電子的 Track 138

Today, electrical engineers are in great demand.
現今，電子的工程師的需求量極大。

▶ **electronic** [ɪˌlɛk`trɑnɪk] (*adj.*) 電子的 Track 139

It's very convenient to transfer money by using electronic money exchangers.
使用電子匯兌系統兌換錢幣是非常方便的。

▶ **electronics** [ɪ`lɛk`trɑnɪks] (*n.*) 電子學 Track 140

Electronics is a hard subject.
電子學是門困難的學科。

▶ **eligible** [ɛ`lɪdʒəb!] (*adj.*) 符合條件的；合格的 Track 141

Is she eligible for sickness pay?
她有符合獲得病假工資的條件嗎？

▶ **eliminate** [ɪˋlɪməˏnet] (*v.*) 消除；排除 *Track 142*
We should eliminate all waste.
我們應該排除不必要的浪費。

▶ **embargo** [ɪmˋbɑrgo] (*n.*) 禁運 *Track 143*
They decided to lift the embargo.
他們決定解除禁運。

▶ **emergency** [ɪˋmɝdʒənsɪ] (*n.*) 緊急事件 同 crisis 危機 *Track 144*
This fire extinguisher is to be used only in an emergency.
這個滅火器只能在緊急事件時使用。

▶ **emit** [ɪˋmɪt] (*v.*) 釋放出 *Track 145*
We can reduce the pollution emitted from the factories.
我們能減少從工廠釋放出的污染。

▶ **employ** [ɪmˋplɔɪ] (*v.*) 雇用 *Track 146*
We hope that our government could employ workers to clean up the garbage.
我們希望政府能雇用工人來清除這些垃圾。

▶ **employee** [ɪmˋplɔɪi] (*n.*) 職員 *Track 147*
Peter's father is a government employee.
彼得的父親是公家機關的職員。

▶ **employer** [ɪmˋplɔɪɚ] (*n.*) 雇主；老闆 *Track 148*
My employer is withholding taxes from my salary.
我的老闆從我的薪資中扣除稅款。

▶ **employment** [ɪmˋplɔɪmənt] (*n.*) 雇用；職業 *Track 149*
We will need to verify your employment.
我們會需要查證你的職業。

▶ **enclose** [ɪnˋkloz] (*v.*) 圍繞；隨函附寄 *Track 150*
Please find an enclosed money order.
隨函附寄匯票一紙，請查收。

▶ **encourage** [ɪnˋkɝɪdʒ] (*v.*) 鼓勵 *Track 151*
He encourages me to work harder.
他鼓勵我更加努力工作。

▶ **encouragement** [ɪn`kɝɪdʒmənt] (*n.*) 鼓舞；獎勵 Track 152

This gave us great encouragement.
這給了我們很大的鼓舞。

▶ **endeavor** [ɪn`dɛvɚ] (*v./n.*) 努力 Track 153

He endeavors to learn new things.
他努力地學習新事物。

▶ **endorse** [ɪn`dɔrs] (*v.*) 在（票據）背面簽名；背書 Track 154

Please endorse the check.
請在這張支票上簽名。

▶ **endorsement** [ɪn`dɔrsmənt] (*n.*) 背書；簽署 Track 155

Please sign your name in the space marked for endorsement.
請在標明簽署的地方簽名。

▶ **enforce** [ɪn`fors] (*v.*) 實施 Track 156

I hope our government will make every effort to enforce this insurance program.
我希望我們的政府盡全力實施這項保險計畫。

▶ **engineering** [ˏɛndʒə`nɪrɪŋ] (*n.*) 工程學 Track 157

Those who have an engineering background are needed in a society.
有工程學背景的人都是社會需要的對象。

▶ **enhance** [ɪn`hæns] (*v.*) 提高；增強 Track 158

I think the previous meeting further enhanced our mutual understanding.
我想上一次的會議更進一步提高了我們的相互了解。

▶ **enroll** [ɪn`rol] (*v.*) 使入伍（或入會、入學等）；報到 Track 159

I am preparing to enroll in early September.
我正在為九月初的報到做準備。

▶ **enrollment** [ɪn`rolmənt] (*n.*) 登記；註冊 Track 160

The enrollment has closed.
註冊已經截止了。

▶ **entire** [ɪn`taɪr] (*adj.*) 整個的；全部的 Track 161

The entire world knows.
全世界都知道了。

A B C D E F G H I J K L M N O P Q R S T U V W X Y Z

▶ **entirely** [ɪnˋtaɪrlɪ] (*adv.*) 完全地；一概 Track 162
This is entirely normal.
這是完全正常的。

▶ **entitle** [ɪnˋtaɪtl̩] (*v.*) 授權；有權享有 Track 163
Their qualifications entitle them to a higher salary.
他們的能力使他們有權享有較高的薪資。

▶ **entrepreneur** [ˏɑntrəprəˋnɝ] (*n.*)【法】企業家 Track 164
He is an unsuccessful entrepreneur.
他是一個不成功的企業家。

▶ **entry** [ˋɛntrɪ] (*n.*) 進入 Track 165
The government is taking steps to curb the entry of foreign workers.
政府正採取措施來抑阻外籍勞工進入。

▶ **envious** [ˋɛnvɪəs] (*adj.*) 嫉妒的；羨慕的 Track 166
I am not envious of your success.
我不嫉妒你的成功。

▶ **erase** [ɪˋres] (*v.*) 抹去；擦掉 Track 167
I must erase this handwriting.
我得擦掉這些筆跡。

▶ **essay** [ˋɛse] (*n.*) 散文；文章 Track 168
I rewrote the essay twice.
那篇文章我修改了兩次。

▶ **establishment** [əˋstæblɪʃmənt] (*n.*) 公司；機構 Track 169
He runs an important cater establishment.
他經營一家大型餐飲服務機構。

▶ **estate** [əˋstet] (*n.*) 地產 Track 170
The price of real estate in Hong Kong has plummeted.
香港的房地產已大幅下跌。

▶ **ethics** [ɛˋθɪks] (*n.*) 道德標準 Track 171
A genuine success depends on your values and your ethics.
真正的成功取決於你的價值觀和道德標準。

▶ **evaluate** [ɪˋvæljuˏet] (*v.*) 評估 Track 172

You should evaluate your interests before choosing an occupation.
你在選擇職業前必須先評估自己的興趣。

▶ **evaluation** [ɪˏvæljuˋeʃən] (*n.*) 評價；評估 Track 173

We did a careful evaluation of your application.
我們審慎地評估了你應徵本公司的應徵資料。

▶ **eventual** [ɪˋvɛntʃuəl] (*adj.*) 最終的 同 final 最終的 Track 174

After several failures, his eventual success surprised us.
經歷過幾次失敗後，他最終的成功出乎我們的意料。

▶ **evidence** [ˋɛvədəns] (*n.*) 證據；跡象 Track 175

Evidence of economic success is obvious in modern-day Japan.
在現今日本，經濟成功的跡象是很明顯的。

▶ **evolve** [ɪˋvɑlv] (*v.*) 發展 同 develop 發展 Track 176

He has evolved a new plan.
他發展出一項新計畫。

▶ **examine** [ɪgˋzæmɪn] (*v.*) 檢查；調查 Track 177

Let me examine your chest.
我來檢查一下您的心肺。

▶ **exceed** [ɪkˋsid] (*v.*) 超出，超過 同 excel 優於 Track 178

Their success exceeded all expectations.
他們的成功完全超出預料。

▶ **exclusive** [ɪkˋsklusɪv] (*adj.*) 排外的；唯一的 Track 179

They have exclusive right of using the machine.
他們有這台機器唯一的使用權。

▶ **execute** [ˋɛksɪˏkjut] (*v.*) 實現；執行 同 perform 完成 Track 180

He executed the captain's order.
他執行了船長的命令。

▶ **execution** [ˏɛksɪˋkjuʃən] (*n.*) 執行死刑；實行 Track 181

The judge stayed the execution order.
法官暫緩執行死刑。

▶ **executive** [ɪgˋzɛkjʊtɪv] (*adj.*) 執行的 (*n.*) 經理主管人員 *Track 182*
Let the executives start talking first.
讓經理主管人員先開始說。

▶ **exempt** [ɪgˋzɛmpt] (*v.*) 免除 (*adj.*) 免除的 *Track 183*
Food is exempt from sale taxes.
食品可以免除銷售稅。

▶ **exemption** [ɪgˋzɛmpʃən] (*n.*) 免除；免稅 *Track 184*
As a non-profit organization, you can claim tax exemption.
作為一個非營利組織，你們可以申請免稅。

▶ **expend** [ɪkˋspɛnd] (*v.*) 花費；消耗 *Track 185*
He has expended much time and energy on that experiment.
他已經花費許多時間、金錢在那實驗上。

▶ **expenditure** [ɪkˋspɛndɪtʃɚ] (*n.*) 經費 *Track 186*
The education expenditure is necessary.
教育經費是必要的。

▶ **expense** [ɪkˋspɛns] (*n.*) 費用；開支 *Track 187*
This expense will break us.
這種開支會使我們破產。

▶ **experienced** [ɪkˋspɪrɪənst] (*adj.*) 有經驗的；熟練的 *Track 188*
He is experienced in doing sales training.
他對銷售培訓很有經驗。

▶ **experimental** [ɪk͵spɛrəˋmɛntl̩] (*adj.*) 實驗的；根據實驗的 *Track 189*
The experimental results bear out our supposition.
實驗的結果證實了我們的假設。

▶ **export** [ɪksˋport] (*v.*) 外銷 (*n.*) 輸出品 *Track 190*
We hope the product will be exported to the U.S.
我們希望這項產品能外銷到美國。

▶ **extra** [ˋɛkstrə] (*adj.*) 額外的 回 additional 額外的 *Track 191*
He puts many extra hours into his work to find satisfaction.
他為了追求滿足感而願意為工作付出許多額外的時間。

▶ **extract** [ɪkˋstrækt] (*v.*) 抽出；掏出 Track 192

He extracted a letter from his pocket.

他從口袋中掏出一封信。

[Ff]

▶ **facilitate** [fəˋsɪlə͵tet] (*v.*) 使便利；促進 Track 193

Tractors and other agricultural machines greatly facilitate farming.

拖拉機和其他農業機械大大促進了農業耕作。

▶ **facility** [fəˋsɪlətɪ] (*n.*) 設備 Track 194

Today's modern facilities must pass strict codes for pollution.

現代化的機器設備必須通過污染防制的嚴格法規。

▶ **facsimile** [fækˋsɪməlɪ] (*n.*) 摹寫；傳真 Track 195

In order to meet the requirements in these respects, facsimile transceivers have been devised.

為了滿足這方面的需要，人們設計了無線電傳真收發機。

▶ **factor** [ˋfæktɚ] (*n.*) 原因 同 cause 因素 Track 196

One of the factors in sending me to the meeting is that I speak English fluently.

公司派我去那個會議的原因之一，是我的英文說得很流利。

▶ **faculty** [ˋfækl̩tɪ] (*n.*) 能力；全體教員 Track 197

This faculty creates nothing.

這種能力沒有任何用處。

▶ **failure** [ˋfeljɚ] (*n.*) 失敗 反 success 成功 Track 198

What was the cause of his failure?

他失敗的原因是什麼？

▶ **faithfully** [ˋfeθfəlɪ] (*adv.*) 堅定地 Track 199

I am confident that I can carry my plan out faithfully.

我有自信可以堅定地實現我的計畫。

▶ **fault** [fɔlt] (*n.*) 過錯；（過失的）責任 Track 200

Every man has his faults.

人無聖賢，孰能無過。

▶ **faulty** [ˋfɔltɪ] (*adj.*) 有缺點的；有錯誤的 Track 201

He submitted a faulty report.
他交出了一份有錯誤的報告。

▶ **favorable** [ˋfevərəbl̩] (*adj.*) 有利的；贊許的 Track 202

The US dollar exchange rate isn't favorable now.
最近美元的匯率不是很有利。

▶ **federal** [ˋfɛdərəl] (*adj.*) 聯邦的 Track 203

Federal deficits can cause inflation.
聯邦赤字會引起通貨膨脹。

▶ **fee** [fi] (*n.*) 費用（會費、學費等） Track 204

Is there anything like management fee or parking fee?
有沒有管理費和停車費？

▶ **figure** [ˋfɪgjɚ] (*n.*) 數字；計算 同 symbol 符號；number 數字 Track 205

Are you good at figures?
你是否擅長計算？

▶ **filter** [ˋfɪltɚ] (*n.*) 濾器 Track 206

Factories should be equipped with filters and other devices.
工廠應配備濾器和其他設備。

▶ **finance** [faɪˋnæns] (*n.*) 財政；金融 Track 207

Our company's finance has already improved.
我們公司的財政狀況改善了許多。

▶ **firm** [fɝm] (*n.*) 公司行號 (*adj.*) 堅定的 Track 208

Newspaper provides advertising space to business firms.
報紙提供了廣告空間給公司行號。

▶ **flatter** [ˋflætɚ] (*v.*) 奉承 Track 209

David's boss liked to be flattered more than anything.
大衛的老闆最喜歡有人奉承他。

▶ **flattery** [ˋflætərɪ] (*n.*) 諂媚；奉承 Track 210

He is above flattery.
他討厭別人諂媚他。

▶ **flexibility** [ˌflɛksəˋbɪlətɪ] (*n.*) 彈性；機動性 Track 211

My proximity to my office adds flexibility in work.
我住的地方靠近公司，這也讓我在工作上更加機動了。

▶ **flip** [flɪp] (*v.*) 彈；翻動書頁（或紙張） Track 212

I flip through my address book.
我翻一翻通訊錄。

▶ **fluent** [ˋfluənt] (*adj.*) 流利的 Track 213

Amy is well qualified for this job because she is fluent in English.
艾美的英語很流利，所以她可以勝任這份工作。

▶ **forecast** [ˋforˌkæst] (*v.*) 預言；預報 Track 214

Most economists forecast a further rise in the price of gold.
大多數經濟學家預言，黃金價格會上漲。

▶ **format** [ˋfɔrmæt] (*n.*) 格式 (*v.*) 【計】格式化 Track 215

Please format this disk before entering data.
請先格式化這份磁片再輸入資料。

▶ **formulate** [ˋfɔrmjəˌlet] (*v.*) 明確地表達；制定 Track 216

After this session, we shall formulate a series of laws.
這次會議以後，要接著制定一系列的法律。

▶ **forthcoming** [ˌforθˋkʌmɪŋ] (*adj.*) 即將到來的 Track 217

Her forthcoming novel promises well.
直譯：她即將到來的小說很可能會暢銷。意譯：她即將出版的小說很可能會暢銷。

▶ **fortune** [ˋfɔrtʃən] (*n.*) 財產；好運 Track 218

She couldn't believe that she had such fortune.
她不敢相信自己有這種好運。

▶ **fountain** [ˋfaʊntɪn] (*n.*) 噴水池；本源 同 spring 噴泉 Track 219

He poisoned the fountain of trust.
他破壞信用的本源。

▶ **franchise** [ˋfrænˌtʃaɪz] (*n.*) 特權；經銷權 Track 220

He has bought a printing franchise and a hot dog franchise.
他購買了印刷經銷權和熱狗經銷權。

▶ **fraud** [frɔd] (*n.*) 詐欺；假貨 *Track 221*

Don't be cheated by him! What he just gave you was a fraud.
別被他騙了！他剛剛給你的是假貨。

▶ **freelance** [ˋfriˋlæns] (*n.*) 自由作家 *Track 222*

He sets himself up as a freelance writer.
他開始從事自由作家的工作。

▶ **freelancer** [ˋfri͵lænsɚ] (*n.*) 自由工作者 *Track 223*

I envy those guys on salary when the bonus season comes. It's not always easy to make it as a freelancer.
獎金季節來到時，我真羨慕那些領薪水的傢伙。做個自由工作者，要能時常感覺滿足可不容易。

▶ **freight** [fret] (*n.*) 運費；貨運 *Track 224*

These books come by freight.
這些書是貨運來的。

▶ **fruitful** [ˋfrutfəl] (*adj.*) 果實結得多的；有成效的 *Track 225*

Our discussion has been very pleasant and fruitful.
我們之間的討論一直很愉快而且有成效。

▶ **frustration** [͵frʌsˋtreʃən] (*n.*) 挫敗；遭受挫折 *Track 226*

She was bowed with frustration.
她因遭受挫折而意氣消沈。

▶ **fulfill** [fʊlˋfɪl] (*v.*) 達到；滿足 *Track 227*

The company should be able to fulfill our requirements.
公司應該能夠滿足我們的要求。

[Gg]

▶ **germ** [dʒɝm] (*n.*) 微生物；初步 *Track 228*

The germ of a new idea has been growing in his mind ever since the discussion.
自從討論過後，他的腦海裡開始有了一個初步的想法。

▶ **global** [ˋglobḷ] (*adj.*) 球形的；全球的 *Track 229*

The information industry helps boost the global economy.
資訊工業促進了全球經濟。

▶ **goods** [gudz] (*n.*) 貨物 Track 230

These goods are semi-processed goods.

這些貨物是半成品。

▶ **grant** [grænt] (*v.*) 許可；授予 同 give 給予；donate 捐獻 Track 231

Please grant this request of ours.

請許可我們這項請求。

▶ **graph** [græf] (*n.*) 圖表；曲線圖 Track 232

The printer will output color graph.

這台印表機將輸出彩色圖表。

▶ **graphic** [ˋgræfɪk] (*adj.*) 繪畫似的；寫實的 Track 233

Printers can also generate listings of programs and graphic images.

印表機也可以列印程式列表和寫實的圖片。

▶ **grasp** [græsp] (*v./n.*) 緊握；把握 同 seize 抓住；hold 握 Track 234

It was out of his grasp.

這超出他的把握。

▶ **guarantee** [ˏgærənˋti] (*v.*) 保證；保修期 同 promise 承諾 Track 235

The clock is guaranteed for one year.

這個時鐘有一年的保修期。

[Hh]

▶ **handy** [ˋhændɪ] (*adj.*) 便利的；容易取得的 Track 236

They are quite handy sometimes.

它們有時是很便利的。

▶ **hardware** [ˋhɑrdˏwɛr] (*n.*) 五金器具；（電腦的）硬體 Track 237

Bill carries on a hardware business.

比爾經營一家五金器具店。

▶ **headquarters** [ˋhɛdˋkwɔrtɚz] (*n.*) 總部 Track 238

He is well in with the headquarters.

他和總部有密切的聯繫。

▶ **hollow** [ˋhɑlo] (*adj.*) 中空的；凹陷的 Track 239

At first glance, the product appears to be hollow.

乍看之下，這產品似乎是中空的。

▶ **honor** [ˋɑnɚ] (*n.*) 榮譽 (*v.*) 尊敬 Track 240

He strove after honor.

他為追求榮譽而努力。

▶ **hospitality** [ˏhɑspɪˋtælətɪ] (*n.*) 殷勤招待；好客 Track 241

The Arabs are known for their hospitality.

阿拉伯人以好客著稱。

[Ii]

▶ **illustrate** [ˋɪləstret] (*v.*) 舉例說明；加插圖於…… Track 242

The publisher will illustrate the book.

那個出版商會為這本書加入插圖。

▶ **imbalance** [ɪmˋbæləns] (*n.*) 不平衡，不平均 Track 243

We need more medical members in remote areas so as to prevent the imbalance of medical services available.

我們需要更多的醫療人員到偏遠地區，以防止醫療資源不平均。

▶ **immediate** [ɪˋmidɪɪt] (*adj.*) 立即的；即刻的 Track 244

We must take immediate action.

我們必須採取立即的行動。

▶ **immediately** [ɪˋmidɪɪtlɪ] (*adv.*) 立刻地，馬上 Track 245

Whenever I see a new word, I write it down immediately.

只要我看到新單字，我會馬上寫下來。

▶ **implication** [ˏɪmplɪˋkeʃən] (*n.*) 含意；暗示 Track 246

He is by implication requesting me to resign.

他暗示要我辭職。

▶ **implicit** [ɪmˋplɪsɪt] (*adj.*) 含蓄的；絕對的 Track 247

I have implicit faith in your abilities.

我絕對相信你的能力。

▶ **import** [ɪm`port] (*v.*) 輸入 反 export 出口 Track 248

In poorer countries, there is not enough money from exports to import food.

在較貧窮的國家，出口所得不足以支付食品的輸入。

▶ **impose** [ɪm`poz] (*v.*) 強迫；課（稅） Track 249

New taxes were imposed on wines and spirits.

酒類將加課新稅。

▶ **imposition** [ˏɪmpə`zɪʃən] (*n.*) 不合理的要求 Track 250

It's an imposition to ask the workers to work sixteen hours a day.

要工人每天工作十六個小時是不合理的要求。

▶ **improvement** [ɪm`pruvmənt] (*n.*) 改進 Track 251

You have a great improvement in your writing.

你在作文方面有很大的改進。

▶ **impulse** [`ɪmpʌls] (*n.*) 衝動；刺激 Track 252

You shouldn't act on impulse.

你不該衝動行事。

▶ **impulsive** [ɪm`pʌlsɪv] (*adj.*) 衝動的 Track 253

She is such an impulsive person.

她真是一個衝動的人。

▶ **incentive** [ɪn`sɛntɪv] (*n.*) 動機 (*adj.*) 獎勵的 Track 254

The incentive scheme is boosting production.

獎勵機制推動著生產的發展。

▶ **incident** [`ɪnsədənt] (*n.*) 事件 Track 255

The incident passed without notice.

該事件未受到注意。

▶ **incorporate** [ɪn`kɔrpəˏret] (*v.*) 合併；包含 Track 256

We will incorporate your suggestion in the new plan.

我們會把你的建議包含到新計畫中。

▶ **incorporated** [ɪn`kɔrpəˏretɪd] (*adj.*) 結合的；合成一體的 Track 257

The firm is incorporated with others.

這家公司與別家公司合成一體了。

▶ **increase** [ɪn`kris] Track 258

(*v.*) 增加　反 decrease 減少；diminish 降低

The U.N. has sent many scientists to underdeveloped countries to help them increase their farming production.

聯合國已派遣了許多科學家到未開發國家去協助增加其農產品產量。

▶ **index** [`ɪndɛks] (*n.*) 索引；指標 Track 259

The price index of securities keeps changing recently.

有價證券價格指數最近不斷地有變動。

▶ **inducement** [ɪn`djusmənt] (*n.*) 誘因；動機 Track 260

Reward is an inducement for people to work hard.

報酬是人們努力工作的動機。

▶ **industrial** [ɪn`dʌstrɪəl] (*adj.*) 工業的 Track 261

It is an industrial bank.

那是家工業銀行。

▶ **industrious** [ɪn`dʌstrɪəs] Track 262

(*adj.*) 勤奮的；勤勞的　同 diligent 勤勉的

He is industrious in his business.

他勤於經營事業。

▶ **inferior** [ɪn`fɪrɪɚ] (*n.*) 部屬；晚輩 Track 263

A good leader gets on well with his inferiors.

一個好領袖能與部屬和好相處。

▶ **inflation** [ɪn`fleʃən] (*n.*) 通貨膨脹 Track 264

Inflation will continue at a steady rate.

通貨膨脹將持續地成長。

▶ **inflationary** [ɪn`fleʃən͵ɛrɪ] (*adj.*) 通貨膨脹的 Track 265

He has good reasons for his anti-inflationary warning.

他有充足的理由警告人們防止通貨膨脹。

▶ **informal** [ɪn`fɔrml̩] (*adj.*) 非正式的　反 formal 正式的 Track 266

It's informal English.

這是非正式英語。

▶ **infrastructure** [ˋɪnfrə͵strʌktʃɚ] *(n.)* 基礎建設 Track 267

The infrastructure works have been completed.
基礎建設工程已經完成。

▶ **initiative** [ɪˋnɪʃɪ͵etɪv] *(n.)* 主動權 Track 268

The initiative is in our hands.
主動權掌握在我們手裡。

▶ **injure** [ˋɪndʒɚ] *(v.)* 損害；傷害 Track 269

Don't injure yourself with that tool.
不要讓那個工具傷害到你。

▶ **input** [ˋɪn͵pʊt] *(n./v.)* 輸入 Track 270

Another popular input device is mouse.
另一種常用的輸入設備是滑鼠。

▶ **insert** [ɪnˋsɝt] *(v.)* 插入；嵌入 Track 271

Please insert the plug into the socket.
請把插頭插入插座裡。

▶ **inspect** [ɪnˋspɛkt] *(v.)* 檢查；視察 Track 272

Airport officials inspected the shipment.
機場官員檢查了這批貨物。

▶ **inspection** [ɪnˋspɛkʃən] *(n.)* 檢驗；視察 Track 273

We need a certificate of ship inspection.
我們需要一份船舶檢驗證書。

▶ **installation** [͵ɪnstəˋleʃən] *(n.)* 安裝；就職 Track 274

The telephone installation took only a few minutes.
電話安裝僅需要幾分鐘。

▶ **installment** [ɪnˋstɔlmənt] *(n.)* 分期付款 Track 275

Another major expense is the monthly installment.
按月分期付款也是另一項主要的支出。

▶ **institution** [͵ɪnstəˋtjuʃən] *(n.)* 公共機構；制度 Track 276

The institution of slavery was once widespread.
奴隸制度曾經相當普遍。

▶ **instruct** [ɪnˋstrʌkt] (*v.*) 指示；指導 *Track 277*
Have you been instructed when to start?
你有接到何時開始的指示嗎？

▶ **insult** [ɪnˋsʌlt] (*v.*) 羞辱 *Track 278*
When David insulted his boss, he knew he would be fired.
當大衛羞辱了老闆，他知道自己會被炒魷魚。

▶ **intense** [ɪnˋtɛns] (*adj.*) 強烈的；熱情的 *Track 279*
The new manager has many intense supporters.
這位新經理有許多熱情的支持者。

▶ **intensify** [ɪnˋtɛnsə͵faɪ] (*v.*) 加強；強化 *Track 280*
My first failure only intensifies my desire to succeed.
我的初次失敗只有更加強我想成功的信念。

▶ **intensive** [ɪnˋtɛnsɪv] (*adj.*) 密集的 *Track 281*
Once hired, they would receive intensive training.
一旦被雇用，他們就要接受密集的訓練。

▶ **intent** [ɪnˋtɛnt] (*n.*) 意圖 *Track 282*
Perhaps you might discover their true intent in the process.
也許你可以在過程中發現他們的真正意圖。

▶ **intention** [ɪnˋtɛnʃən] (*n.*) 意圖；目的 *Track 283*
Their intention remains opaque.
他們的意圖仍是讓人難以理解。

▶ **interpersonal** [͵ɪntɚˋpɝsən!] (*adj.*) 人與人之間的 *Track 284*
He excels at interpersonal relationships.
他處理人際關係很突出。

▶ **interpretation** [ɪn͵tɝprɪˋteʃən] (*n.*) 解釋；口譯 *Track 285*
I challenge that interpretation.
我對那一份解釋提出質疑。

▶ **interpreter** [ɪnˋtɝprɪtɚ] (*n.*) 口譯人員 *Track 286*
We need an Italian interpreter.
我們需要一位義大利文口譯人員。

▶ interruption [ˏɪntəˋrʌpʃən] (*n.*) 中斷；打岔 *Track 287*

The interruption fragmented his argument.
他的論點因為打岔所以沒講完。

▶ invention [ɪnˋvɛnʃən] (*n.*) 發明 *Track 288*

Please credit the invention to him.
請將這項發明歸功於他。

▶ inventory [ˋɪnvənˏtorɪ] (*n.*) 詳細目錄；存貨 *Track 289*

Here's our inventory of cars.
這是我們汽車的詳細目錄。

▶ investigate [ɪnˋvɛstəˏget] (*v.*) 調查；研究 *Track 290*

They will investigate this thing.
他們將調查此事。

▶ invoice [ˋɪnvɔɪs] (*n.*) 發票；發貨單 *Track 291*

We overpay the invoice by $245.
我們為了該發票多付了245美元。

▶ involve [ɪnˋvɑlv] (*v.*) 牽涉；參與 *Track 292*

Although many problems were involved, the project has been profitable.
縱使牽涉到許多問題，但這項計畫是有利的。

▶ issue [ˋɪʃʊ] (*n.*) 問題；（報刊）期號 *Track 293*

Back issues of the periodicals are retained for two years.
過期的期刊會被保存兩年。

[Jj]

▶ jeopardize [ˋdʒɛpɚdˏaɪz] (*v.*) 危害 *Track 294*

Being late so often will jeopardize your chances for promotion.
這麼常遲到會危害到你升遷的機會。

▶ journalism [ˋdʒɝnḷˏɪzəm] (*n.*) 新聞業 *Track 295*

I'd like to take up something related to journalism.
我想從事與新聞業有關的工作。

[Ll]

▶ **label** [ˋlebl̩] *(n.)* 標籤；商標 Track 296

An attractive label is very necessary.
具有吸引力的標籤是非常必要的。

▶ **layoff** [ˋle͵ɔf] *(n.)* 臨時解雇；活動停止期間 Track 297

Workers were re-employed after the layoff.
在臨時解雇不久後工人們又被再度雇用了。

▶ **leadership** [ˋlidɚʃɪp] *(n.)* 領導能力 Track 298

Leadership means service.
領導就是服務。

▶ **lightweight** [ˋlaɪtˋwet] *(adj.)* 輕便型 Track 299

Lightweight sets were recently invented to provide extra convenience for people.
最新開發的輕便型機種給大家帶來更多的便利。

▶ **likely** [ˋlaɪklɪ] *(adj.)* 很可能的；有希望的 Track 300

Prices are likely to steady.
價格很可能會穩定下來。

▶ **limit** [ˋlɪmɪt] *(n./v.)* 限制 Track 301

Without a planned time limit, it is hard to reach the goals.
缺乏一份有規劃的時間限制，便很難達到目標。

▶ **load** [lod] *(v.)* 裝貨 反 unload 卸貨 Track 302

Have you finished loading up yet?
你將貨物裝上（貨車）了嗎？

▶ **lucrative** [ˋlukrətɪv] *(adj.)* 有利可圖的；待遇較佳的 Track 303

He is reaching after a more lucrative position.
他正在努力謀求一個待遇較佳的職位。

[Mm]

▶ **manage** [ˋmænɪdʒ] (*v.*) 處理；設法 回 control 控制 Track 304
How did you manage to pay your debt?
你怎麼設法還債的？

▶ **mandatory** [ˋmændə͵torɪ] (*adj.*) 命令的；強制的 Track 305
It's mandatory to pay taxes.
繳稅是強制的。

▶ **manufacture** [͵mænjəˋfæktʃɚ] (*v.*) 製造 Track 306
The company manufactures medicine for diabetes.
這家公司製造糖尿病的藥。

▶ **manufacturer** [͵mænjəˋfæktʃərɚ] (*n.*) 製造商 Track 307
I work for Intermag, Inc., a Taiwanese manufacturer of computer floppy disks.
我在一家叫英得美的公司上班，這家公司是一家本土投資的軟碟製造商。

▶ **manuscript** [ˋmænjə͵skrɪpt] (*n.*) 手稿；原稿 Track 308
Every manuscript was edited microscopically.
每份手稿都仔細地校訂了。

▶ **marketable** [ˋmɑrkɪtəbl̩] (*adj.*) 適於銷售的；有銷路的 Track 309
Stenography is no longer a marketable skill.
速記法已經沒有多大銷路了。

▶ **marketing** [ˋmɑrkɪtɪŋ] (*n.*) 行銷；買賣 Track 310
Do you work in the marketing department?
你在行銷部門工作嗎？

▶ **maximum** [ˋmæksəməm] (*n.*) 最大量；最大限度 Track 311
The maximum of our discount is 10%.
我方最大的折扣為10%。

▶ **mechanic** [məˋkænɪk] (*n.*) 技工；機械士 Track 312
He is a skilful mechanic.
他是一位很有技巧的技工。

▶ **mechanical** [mə`kænɪkḷ] (*adj.*) 機械似的；呆板的 Track 313

He has a toneless mechanical voice.

他的聲音像機械般單調。

▶ **memorandum** [͵mɛmə`rændəm] (*n.*) 備忘錄；便箋 Track 314

Let's give this memorandum the once-over.

讓我們大略地看一下備忘錄。

▶ **merchandise** [`mɝtʃən͵daɪz] (*n.*) 商品；貨物 Track 315

My company imports general merchandise.

我公司經營雜貨進口業務。

▶ **merger** [`mɝdʒɚ] (*n.*) 合併 Track 316

She was pressured into agreeing to the merger of the company.

她被迫同意將公司合併。

▶ **meteorological** [͵mitɪərə`lɑdʒɪkḷ] (*adj.*) 氣象分析的 Track 317

Meteorological research organizations in China develop a new research method.

中國氣象研究機構發展出一項新的研究方法。

▶ **meteorology** [͵mitɪə`rɑlədʒɪ] (*n.*) 氣象學 Track 318

This man had an extensive working knowledge of meteorology.

這個人有豐富的氣象學方面的實際知識。

▶ **metropolis** [mə`trɑpḷɪs] (*n.*) 主要都市；都會 Track 319

She was rehearsing at the Metropolis Theater.

她正在都市劇院排演節目。

▶ **minimum** [`mɪnəməm] (*adj.*) 最小的；最低的 Track 320

Our minimum deposit for savings account is 50.

我們這兒儲蓄存款的最低存額是50美元。

▶ **minister** [`mɪnɪstɚ] (*n.*) 部長；大臣 Track 321

She resigned as education minister.

她辭去教育部長的職務。

▶ **mission** [`mɪʃən] (*n.*) 使命；任務 Track 322

He will accept this mission.

他將擔當此任務。

A B C D E F G H I J K L **M** N O P Q R S T U V W X Y Z

▶ **mobile** [ˋmobḷ] (*adj.*) 可移動的；流動的 Track 323

We sent out five mobile sentries.
我們派出了5個流動哨。

▶ **mobility** [moˋbɪlətɪ] (*n.*) 流動性；機動性 Track 324

Without this kind of mobility, personnel will become rigid in their thinking.
員工不流動，他們的思想就會僵化。

▶ **modern** [ˋmadɚn] (*adj.*) 現代的；近代的 Track 325

The boss decided to hang a few modern paintings in his office.
老闆決定要在他的辦公室裡掛一些近代的繪畫。

▶ **modify** [ˋmadə͵faɪ] (*v.*) 修改；緩和 Track 326

These plans must be modified if they are to be followed successfully.
這些計畫必須做修改才能成功地執行。

▶ **module** [ˋmadʒul] (*n.*) 模組；指令艙 Track 327

My desk is my command module.
我的書桌就是我的指令艙（發號施令的地方）。

▶ **mortgage** [ˋmɔrgɪdʒ] (*n.*) 抵押 Track 328

One of the major expenses included in the budget is home mortgage.
房屋抵押是預算中的主要支出之一。

▶ **motion** [ˋmoʃən] (*n.*) 動作；（會議上的）動議 Track 329

The motion carried easily.
這項動議很容易地被通過了。

▶ **multinational** [͵mʌltɪˋnæʃənḷ] (*adj.*) 多國的；跨國公司的 Track 330

The company has been bought by a big multinational company.
這個公司被一家大跨國公司收購了。

▶ **municipal** [mjuˋnɪsəpḷ] (*adj.*) 市政的；地方自治的 Track 331

I invested in tax-free municipal bond funds.
我在免稅市政公債基金上投資。

[Nn]

▶ **negotiate** [nɪˋgoʃɪˏet] (*v.*) 商議；談判 *Track 332*

They have expressed their willingness to negotiate.

他們已經表示願意談判。

▶ **negotiation** [nɪˏgoʃɪˋeʃən] (*n.*) 談判 *Track 333*

Negotiation skills are necessary when conducting business.

經營生意的時候，談判的技巧是必要的。

▶ **network** [ˋnɛtˏwɝk] (*n.*) 網；網狀組織 *Track 334*

We'll plan a network of roads.

我們將策劃一個公路網。

▶ **neutral** [ˋnjutrəl] (*adj.*) 中立的；中立國的；中性的 *Track 335*

He prefers being neutral to taking sides.

他寧願保持中立而不願站在某一方。

▶ **nominate** [ˋnɑməˏnet] (*v.*) 提名；任命 *Track 336*

I nominate Jack for the job.

我提名傑克做這個工作。

[Oo]

▶ **objection** [əbˋdʒɛkʃən] (*n.*) 異議；反對的意見 *Track 337*

He ventured an objection.

他冒險提出反對的意見。

▶ **objective** [əbˋdʒɛktɪv] (*n.*) 目標 (*adj.*) 客觀的 *Track 338*

Management must also get the assistance of its employees in order to achieve its objective.

管理人員也要靠員工的協助才可達成目標。

▶ **obligation** [ˏɑbləˋgeʃən] (*n.*) 義務；職責 *Track 339*

They dispensed her from obligation.

他們免除了她的義務。

▶ **obtain** [əbˋten] (*v.*) 獲得；擁有 Track 340

We have obtained import license.

我們已獲得進口許可證。

▶ **occupation** [ˏɑkjəˋpeʃən] (*n.*) 職業 Track 341

We all need to have an occupation in order to earn a living.

為了謀生我們都需要有份職業。

▶ **odds** [ɑdz] (*n.*) 瑣事 Track 342

Without a schedule, you might spend all your time on odds and ends and not get anything important done.

沒有預定計劃表，你可能花所有的時間在瑣事上，卻沒有完成任何要緊的事。

▶ **official** [əˋfɪʃəl] (*n.*) 官員 (*adj.*) 官方的 Track 343

An important official came to see us.

一位重要的官員來拜訪我們。

▶ **officially** [əˋfɪʃəlɪ] (*adv.*) 職務上；正式 Track 344

The horse was officially scratched.

那匹馬被正式取消出賽。

▶ **offshore** [ˋɔfˋʃor] (*adj.*) 近海的；離岸的 Track 345

Do you favor his offshore development plan?

你贊成他的近海開發計畫嗎？

▶ **omit** [oˋmɪt] (*v.*) 遺漏；忘記 同 neglect 忽略；overlook 漏看 Track 346

He omitted shutting off the computer in his haste to lock the door.

他匆忙鎖上門，忘了關電腦。

▶ **operator** [ˋɑpəˏretɚ] (*n.*) 操作員；（電話）接線員 Track 347

Is this the overseas operator?

請問是長途電話接線員嗎？

▶ **opposition** [ˏɑpəˋzɪʃən] (*n.*) 反對；反對意見 Track 348

His opposition broke down.

他的反對意見被擊潰了。

▶ **order** [ˋɔrdɚ] (*n.*) 順序；命令；安排 Track 349

Time lets us put things into a definite order.

時間使我們能對事情做明確的安排。

▶ **ordinary** [ˋɔrdn̩ˏɛrɪ] (*adj.*) 普通的；平常的 Track 350

In an ordinary situation, I would refuse, but it's OK this time.

按平常的狀況我會拒絕，但這次我同意。

▶ **organism** [ˋɔrgənˏɪzəm] (*n.*) 有機體；組織 Track 351

The business is a large, complicated organism.

該企業是一個大而複雜的組織。

▶ **original** [əˋrɪdʒən!] (*adj.*) 原始的；最初的 Track 352

The original plan was changed.

最初的計畫後來改變了。

▶ **outcome** [ˋautˏkʌm] (*n.*) 結果；結局 Track 353

Millions of college students graduate every year, but for many of them, the outcome is frustrating.

每年數以百萬計的大學生畢業，他們當中許多人的結局是很令人沮喪的。

▶ **outlook** [ˋautˏluk] (*n.*) 展望；觀點 Track 354

According to a report, the economic outlook is bright for western industrialized countries in the coming months.

據報導，西方工業國今後幾個月的經濟展望是樂觀的。

▶ **output** [ˋautˏput] (*n.*) 產量；輸出 Track 355

Output is steadily picking up.

產量在不斷地提高。

▶ **outright** [ˋautˋraɪt] (*adv.*) 痛快地；全部地 Track 356

I told him outright about it.

我痛快地將這事告訴了他。

▶ **outstanding** [ˋaυtˋstændɪŋ] (*n.*) 顯著的；傑出的 Track 357

John was named Outstanding Employee of the Year.

約翰被提名為本年度的傑出員工。

▶ **overcome** [ˏovɚˋkʌm] (*v.*) 戰勝；克服 Track 358

How to overcome peer pressure?

要怎麼克服同儕壓力？

▶ **overhaul** [ˏovɚˋhɔl] (*v./n.*) 檢查；檢修 Track 359

This engine needs an overhaul.

這台發動機需要檢修。

[Pp]

▶ **pact** [pækt] (*n.*) 條約；協定 *Track 360*

They signed a non-aggression pact.
他們簽訂了不侵略條約。

▶ **patent** [ˋpætnt] (*v.*) 取得……專利權 *Track 361*

Should I patent this invention?
我能取得這項發明的專利權嗎？

▶ **payable** [ˋpeəb!] (*adj.*) 可付的；應付的 *Track 362*

This bill is payable now.
這個帳單可以支付了。

▶ **payment** [ˋpemənt] (*n.*) 支付；報酬 *Track 363*

Though the distance between the office and my house was very far, the payment of the job was very high.
儘管上班地點離家很遠，但是工作的報酬很高。

▶ **penalty** [ˋpɛn!tɪ] (*n.*) 刑罰；罰款 *Track 364*

There will be a ten-dollar penalty for late books.
如果逾期未還會有十元的罰款。

▶ **pending** [ˋpɛndɪŋ] (*adj.*) 未決的 *Track 365*

This pending matter must wait for her return from Europe.
這件未決的事必須等到她從歐洲回來再處理。

▶ **per** [pɚ] (*prep.*) 每；每一 *Track 366*

The portage is 50 yuan per kilo.
搬運費是每公斤50元。

▶ **percent** [pɚˋsɛnt] (*n.*) 百分比 *Track 367*

Only 20 percent of the people were of working age.
只有二十個百分比的人口是工作人口。

▶ **personnel** [ˏpɝsn̩ˋɛl] (*n.*) 人員；員工 *Track 368*

Well-trained personnel perform better.
訓練有素的員工會有較佳的工作表現。

▶ **pharmaceutical** [ˏfɑrməˋsjutɪkl] *Track 369*

(*n.*) 藥物 (*adj.*) 製藥（學）上的

He travelled in the north of the country to sell the products of a pharmaceutical company.

他旅行到該國北部，推銷一家製藥公司的產品。

▶ **pharmacy** [ˋfɑrməsɪ] (*n.*) 藥房；配藥學 *Track 370*

Take this prescription to the pharmacy.

把這件處方箋拿到藥房去。

▶ **phase** [fez] (*n.*) 時期；階段 *Track 371*

What phase of education are you in?

你目前正處於教育的那個階段？

▶ **potential** [pəˋtɛnʃəl] (*n.*) 可能性；潛力 *Track 372*

She has potential to be a leader but she herself doesn't know it.

她有做領袖的潛力，但是她自己不知道。

▶ **precaution** [prɪˋkɔʃən] (*n.*) 預防；小心翼翼地 *Track 373*

He replaced the parts with great precaution.

他小心翼翼地把這些零件重新安裝上去。

▶ **precede** [priˋsid] (*v.*) 在前；先於 *Track 374*

He is dissatisfied with the fact that my promotion preceded his.

他不滿我先於他被提升職位。

▶ **precisely** [prɪˋsaɪslɪ] (*adv.*) 正好；準確地 *Track 375*

She always expressed herself precisely.

她總是能夠準確地表達自己的思想感情。

▶ **predecessor** [ˋprɛdɪˏsɛsɚ] (*n.*) 前輩；前任 *Track 376*

She acquired her predecessor's list of clients.

她得到她前輩留下的客戶名單。

▶ **premature** [ˏpriməˋtjʊr] (*adj.*) 尚未成熟的 *Track 377*

This is simply a premature idea. We still need a lot of research.

這僅僅只是一個尚未成熟的點子，我們還需要做很多研究。

A B C D E F G H I J K L M N O **P** Q R S T U V W X Y Z

presentation [ˌprɛzn̩ˋteʃən] (*n.*) 介紹；簡報 Track 378

I just gave a presentation.
我剛剛發表了一個簡報。

procedure [prəˋsidʒɚ] (*n.*) 程式；手續 Track 379

They followed the usual procedure.
他們遵循一般的手續。

proceed [prəˋsid] (*v.*) 進行；著手 Track 380

Let us proceed to business.
我們著手工作吧。

proclaim [proˋklem] (*v.*) 宣稱；公佈 Track 381

The salesman proclaimed that his tonic would cure all diseases.
那個推銷員宣稱他的藥能治百病。

productive [prəˋdʌktɪv] (*adj.*) 生產性的；多產的 Track 382

Productive labor means labor which is productive of wealth.
生產性勞動意味著能生產財富的勞動。

productivity [ˌprodʌkˋtɪvətɪ] (*n.*) 生產力 Track 383

The company is aiming to increase productivity.
該公司的目的在於提高生產力。

profitable [ˋprɑfɪtəbl̩] (*adj.*) 有利可圖的 Track 384

I think the cooperation will be profitable.
我覺得此次合作是有利可圖的。

profound [prəˋfaʊnd] (*adj.*) 深遠的 Track 385

The common use of English in business has had a profound influence in our world.
英文在商業界的廣泛使用已經對我們整個世界造成深遠的影響。

progressive [prəˋgrɛsɪv] (*adj.*) 先進的；進步的 Track 386

Your management is very progressive.
你們的管理很先進。

prohibit [proˋhɪbɪt] (*v.*) 禁止；阻止 Track 387

The state prohibits the employment of children under 16 years old.
該州法律禁止雇用16歲以下的童工。

▶ **prohibition** [ˌproəˋbɪʃən] (*n.*) 禁止；阻止 *Track 388*

They voted in favor of the prohibition of smoking in public areas.

他們投票贊成禁止在公共場所吸煙。

▶ **promotion** [prəˋmoʃən] (*n.*) 發揚；提拔 *Track 389*

He wants promotion.

他希望被提拔。

▶ **proposal** [prəˋpozl̩] (*n.*) 提議 *Track 390*

The proposal was rejected.

這個提議被否決了。

▶ **prosperous** [ˋprɑspərəs] (*adj.*) 繁榮的；成功的 *Track 391*

It's a prosperous new business.

這是一家成功的新公司。

▶ **provisional** [prəˋvɪʒənl̩] (*adj.*) 臨時的 *Track 392*

GATT (General Agreement on Tariffs and Trade) was provisional.

關稅與貿易總協定是臨時的。

▶ **pursue** [pɚˋsu] (*v.*) 追求 *Track 393*

He encourages me to pursue my dreams.

他鼓勵我去追求我的夢想。

[Qq]

▶ **qualification** [ˌkwɑləfəˋkeʃən] (*n.*) 資格；條件 *Track 394*

What are the qualifications for applying for this job?

應徵這個工作的條件是什麼？

▶ **qualified** [ˋkwɑləˌfaɪd] (*adj.*) 合格的；勝任的 *Track 395*

Only two percent of them are qualified for skilled work.

他們中只有百分之二的人能勝任技術性的工作。

▶ **qualify** [ˋkwɑləˌfaɪ] (*v.*)（使）有資格；限制 *Track 396*

5 years in the industry qualified him as ‘experienced’.

在這個產業待了五年使他有資格被稱為「經驗豐富的」。

▶ **quarterly** [ˋkwɔrtəlɪ] (*adj.*) 一年四次的；每季的 Track 397
Our club has quarterly meetings.
我們的俱樂部每季開一次會。

▶ **questionnaire** [ˏkwɛstʃənˋɛr] (*n.*) 調查表；問卷 Track 398
He filled in a questionnaire concerning computer utilization.
他填了一個有關電腦使用問題的調查表。

▶ **quota** [ˋkwotə] (*n.*) 名額；配額 Track 399
The 500 initial quota of this plan was set.
這計畫初步設有500個名額。

▶ **quotation** [kwoˋteʃən] (*n.*) 引用語；報價單 Track 400
An inexact quotation could cause a serious problem.
一份不精確的報價單可能造成嚴重的問題。

[Rr]

▶ **range** [rendʒ] (*n.*) 行列；範圍 Track 401
What's the price range?
那個價格的範圍是多少？

▶ **realistic** [ˏriəˋlɪstɪk] (*adj.*) 實際的 Track 402
An advertiser must face realistic problems and solve them.
做廣告必須面對實際的問題並解決它們。

▶ **rebate** [ˋribet] (*n.*) 回扣；折扣 Track 403
She asked for a rebate. It's so ridiculous!
她要求要回扣，真是件荒謬的事！

▶ **recede** [rɪˋsid] (*v.*) 後退；撤銷 Track 404
The company decided to recede from a bargain.
公司決定撤銷買賣合同。

▶ **receipt** [rɪˋsit] (*n.*) 收據；收到 Track 405
If the clerk didn't give you a receipt, you can ask for it.
如果店員沒有給你收據，你可以跟他要。

▶ **recess** [rɪ`sɛs] (*n.*) 休息；休會 Track 406

Parliament is in recess.
議會處於休會期。

▶ **reconcile** [`rɛkən͵saɪl] (*v.*) 使和解；使一致 Track 407

We had better reconcile accounts.
我們最好使賬目一致。

▶ **reconciliation** [rɛkən͵sɪlɪ`eʃən] (*n.*) 和解；調和 Track 408

I asked for a reconciliation but ended up with nothing.
我請求和解，但無結果。

▶ **recruit** [rɪ`krut] (*n.*) 徵募；聘請 Track 409

The government will send representatives to foreign countries to recruit experts to work in Taiwan.
政府將派駐外代表去國外聘請專家來臺灣工作。

▶ **refund** [`ri͵fʌnd] (*n.*) 歸還；退款 Track 410

She demanded a refund.
她要求退款。

▶ **refusal** [rɪ`fjuzl̩] (*n.*) 拒絕；推卻 Track 411

She was dashed by the refusal.
這次被拒絕讓她很沮喪。

▶ **registration** [͵rɛdʒɪ`streʃən] (*n.*) 報到；登記 Track 412

Here's your registration card.
這是你的登記卡。

▶ **reimburse** [riɪm`bɝs] (*v.*) 償還 Track 413

You will be reimbursed for your expenses.
你的花費將得到償還。

▶ **release** [rɪ`lis] (*v.*) 釋放；發表 Track 414

The nurse is released from duty at seven o'clock.
直譯：護士七點鐘就被工作釋放了。意譯：護士七點鐘就下班了。

▶ **relocate** [ri`loket] (*v.*) 重新部署；搬遷至 Track 415

The board decided to relocate the company to Scotland.
董事會決定將公司搬遷至英格蘭。

▶ **reluctance** [rɪˋlʌktəns] (*n.*) 不願；勉強 Track 416

He showed the greatest reluctance to make a reply.

他對作出回應表現出最大程度的不願。

▶ **reluctant** [rɪˋlʌktənt] (*adj.*) 不願的 Track 417

Often, the classified advertising section is full of inaccurate advertisements, which I am very reluctant to look at.

通常在分類廣告欄充斥著我不願看到的低級不實的廣告。

▶ **remittance** [rɪˋmɪtn̩s] (*n.*) 匯款；匯款額 Track 418

Have you received our remittance?

你方是否已收到我方的匯款？

▶ **renewal** [rɪˋnjuəl] (*n.*) 更新；恢復 Track 419

They are pressing hard for a renewal of talks.

他們不斷在要求恢復會談。

▶ **renovate** [ˋrɛnə͵vet] (*v.*) 革新；翻修 Track 420

They were without the funds required to renovate the building.

他們缺乏翻修這個建築所需要的資金。

▶ **reorganize** [riˋɔrgə͵naɪz] (*v.*) 改組；再重新組織 Track 421

Could you reorganize your points?

你能把你的論點再重新組織一下嗎？

▶ **requirement** [rɪˋkwaɪrmənt] (*n.*) 需求；必要條件 Track 422

We often think of these as basic requirements for life.

我們通常視這些為生活的基本需求。

▶ **resignation** [͵rɛzɪgˋneʃən] (*n.*) 辭職；放棄 Track 423

His unexpected resignation shocked the whole company.

他突如其來的辭職嚇壞了整個公司。

▶ **resigned** [rɪˋzaɪnd] (*adj.*) 順從的；聽天由命的 Track 424

She showed a resigned smile.

她露出了一個聽天由命的笑容。

▶ **restriction** [rɪˋstrɪkʃən] (*n.*) 限制；管制 Track 425

We placed restrictions on foreign trade.

我們管制對外貿易。

▶ **retail** [ˋritel] (*n.*) 零售 Track 426
They sell wholesale, not retail.
他們批發而不零售。

▶ **retailer** [ˋritelɚ] (*n.*) 零售商人；傳播的人 Track 427
The retailers are protesting against the ban on import goods.
零售商人抗議對進口商品的禁令。

▶ **retrieve** [rɪˋtriv] (*v.*) 重新得到 (*n.*) 挽回 Track 428
The situation was beyond retrieve.
當時局面已無法挽回。

▶ **revenue** [ˋrɛvə͵nju] (*n.*) 收入；稅收 Track 429
They are seeking damages for loss of revenue.
他們要求獲得收入損失的賠償金。

▶ **revise** [rɪˋvaɪz] (*v.*) 修改；校訂 Track 430
Bob asked me to revise my plan.
鮑伯要求我修改計畫書。

▶ **revision** [rɪˋvɪʒən] (*n.*) 修改；修訂本 Track 431
Our budget needs drastic revision.
我們的預算需作重大修改。

▶ **reward** [rɪˋwɔrd] (*v.*) 報償；獎勵 Track 432
He has been justly rewarded.
他得到應得的報償。

▶ **risk** [rɪsk] (*n.*) 冒險；風險 Track 433
It eliminates currency risk.
那減除了貨幣風險。

▶ **rotten** [ˋrɑtn̩] (*adj.*) 腐爛的 Track 434
We paid $50 for the rotten seats.
我們為那爛座位付了50元。

[Ss]

▶ **sanction** [ˋsæŋkʃən] (*n.*) 批准；認可 Track 435

Our proposal is given official sanction.
我們的提案得到正式批准。

▶ **satisfactory** [ˏsætɪsˋfæktərɪ] (*adj.*) 滿意的 Track 436

They are happy for the satisfactory conclusion of the negotiation.
他們為那令人滿意的交涉結果感到開心。

▶ **scatter** [ˋskætɚ] (*v.*) 分散；驅散 Track 437

He was sent forth to scatter the leaflets.
他被派出去分傳單。

▶ **scheme** [skim] (*n.*) 計畫；方案 Track 438

He approved the scheme.
他贊成該方案。

▶ **scrap** [skræp] (*v.*) 捨棄 Track 439

He scrapped his job as garbage.
他捨棄這份工作，就如同丟棄垃圾般的不屑。

▶ **sector** [ˋsɛktɚ] (*n.*) 部分；部門 Track 440

Business is lagging behind in that sector.
那個部門的業務嚴重落後。

▶ **seminar** [ˋsɛməˏnɑr] (*n.*) 研究會；討論會 Track 441

Professor White's seminar was cancelled.
懷特教授的討論會取消了。

▶ **seniority** [sinˋjɔrətɪ] (*n.*) 資歷 Track 442

His salary was determined by his rank and seniority.
他的工資取決於他的等級和資歷。

▶ **shift** [ʃɪft] (*n.*) 移動；輪班 Track 443

He works the night shift every Wednesday.
他每週三輪夜班。

▶ **shipment** [ˋʃɪpmənt] (*n.*) 出貨的貨物 *Track 444*
The shipment is ready.
要出貨的貨物已經準備好了。

▶ **shipping** [ˋʃɪpɪŋ] (*n.*) 運輸；船運 *Track 445*
They organized a shipping company.
他們組織了一家船運公司。

▶ **shrinkage** [ˋʃrɪŋkɪdʒ] (*n.*) 萎縮 *Track 446*
There has been some shrinkage in our export trade.
我們的出口貿易已有些萎縮。

▶ **significance** [sɪgˋnɪfəkəns] (*n.*) 重要性；價值 *Track 447*
That invention is of great commercial significance.
那項發明有很大的商業價值。

▶ **situate** [ˋsɪtʃuˏet] (*v.*) 使位於；設在 *Track 448*
The company wants to situate its headquarters in the north.
公司想把總部設在北方。

▶ **skyrocket** [ˋskaɪˏrɑkɪt] (*v.*) 猛然上漲；大幅度地上漲 *Track 449*
You know that the cost of production has skyrocketed in recent years.
您知道近年來生產成本已經大幅度地上漲。

▶ **slack** [slæk] (*adj.*) 疏忽的；懶散的 *Track 450*
He is slack in his duties.
他對他的職務很懶散。

▶ **specification** [ˏspɛsəfəˋkeʃən] (*n.*) 詳述；規格；說明書 *Track 451*
Please enclosed a specification of the new model.
請附上一份新機種的說明書。

▶ **stack** [stæk] (*v.*) 堆疊 *Track 452*
Please stack the materials up here.
請把材料堆疊在這裏。

▶ **stationery** [ˋsteʃənˏɛrɪ] (*n.*) 文具；信紙 *Track 453*
This shop handles paper and stationery.
這家商店經營紙張及文具的販賣。

▶ **statistical** [stəˋtɪstɪkḷ] (*adj.*) 統計的；統計學的 Track 454

Your statistical results are off.
你的統計資料不精確。

▶ **statistics** [stəˋtɪstɪks] (*n.*) 統計資料 Track 455

According to recent statistics, more and more people are becoming better educated.
根據最近統計資料顯示，愈來愈多人教育程度提高。

▶ **status** [ˋstetəs] (*n.*) 狀況；身分 Track 456

It will give you a picture of your financial status during a given period of time.
它可以讓你在特定時間內就對你的財務狀況有所瞭解。

▶ **sticker** [ˋstɪkɚ] (*n.*) 滯銷物；貼紙 Track 457

I tried to scratch the sticker off my car window.
我試著撕下我車窗上的貼紙。

▶ **stipulate** [ˋstɪpjə͵let] (*v.*) 規定；保證 Track 458

We shall make shipment within the time stipulated in the contract.
我們將在合同規定的期限內將貨裝船。

▶ **stir** [stɝ] (*v.*) 激起；攪拌 Track 459

You had better stir that coffee before you drink it. It's very hot.
喝那杯咖啡前你最好攪拌一下，它非常燙。

▶ **stock** [stɑk] (*adj.*) 股票的；存貨的 Track 460

His stock earning quadrupled.
他的股票收入已經增至四倍。

▶ **stockholder** [ˋstɑk͵holdɚ] (*n.*) 股東 Track 461

They feared the fierce quarrels at the annual stockholder's meeting.
他們害怕一年一度股東大會上的激烈爭吵。

▶ **straightforward** [͵stretˋfɔrwɚd] Track 462

(*adj.*) 率直的；直截了當的

He gave us a straightforward answer.
他給我了我們直截了當的答覆。

A B C D E F G H I J K L M N O P Q R S T U V W X Y Z

▶ **strain** [stren] (*n.*) 過度的疲勞；張力 Track 463

He broke down under the strain.

他由於工作過度的疲勞而身體垮了。

▶ **subordinate** [sə`bɔrdnɪt] (*adj.*) 次要的；下級的 Track 464

He contented himself with a subordinate job.

他滿足於做次要的工作。

▶ **subscription** [səb`skrɪpʃən] (*n.*) 訂閱 Track 465

Subscription numbers bloomed splendidly.

訂閱銷售量激增。

▶ **subsidiary** [səb`sɪdɪˏɛrɪ] (*n.*) 輔助物；子公司 Track 466

Our company will set up a subsidiary in Singapore.

我們公司將在新加坡建立一個子公司。

▶ **subsidize** [`sʌbsəˏdaɪz] (*v.*) 資助；津貼 Track 467

Many universities subsidize research and publications.

許多大學資助研究和出版。

▶ **subsidy** [`sʌbsədɪ] (*n.*) 補助金；津貼 Track 468

She qualifies for the unemployment subsidy.

她有權獲得失業津貼。

▶ **substantial** [səb`stænʃəl] (*adj.*) 基本上的；重大的 Track 469

We are in substantial agreement.

我們的意見基本上一致。

▶ **subtraction** [səb`trækʃən] (*n.*) 減少 Track 470

He complained about the subtraction of paychecks.

他抱怨薪水不斷地減少。

▶ **success** [sək`sɛs] (*n.*) 成功；勝利 Track 471

Only hard-won success is worth having.

只有得來不易的成功值得擁有。

▶ **sufficient** [sə`fɪʃənt] (*adj.*) 足夠的 Track 472

Sometimes, you'll find that your knowledge is limited and far from sufficient for your job.

有時你會發覺所學有限，不足夠應付工作。

▶ **suitable** [ˋsutəbḷ] (*adj.*) 適當的；適合的 Track 473

I'm not suitable for this job. Please let me resign.
我不適合這個工作。請讓我辭職。

▶ **supervise** [ˋsupɚˏvaɪz] (*v.*) 監督；管理 Track 474

She supervises six girls in the Accounts Department.
她在財務部門管理六個女孩。

▶ **supervision** [ˏsupɚˋvɪʒən] (*n.*) 監督；管理 Track 475

John hates to work under supervision.
約翰不喜歡工作時受人監督。

▶ **supervisor** [ˋsupɚˏvaɪzɚ] (*n.*) 管理人；監督人 Track 476

The supervisor recommended me for a promotion.
管理人推薦我晉升。

▶ **supplementary** [ˏsʌpləˋmɛntərɪ] (*adj.*) 輔助性的 Track 477

She was satisfied with the work of supplementary property.
她滿足於輔助性的工作。

▶ **supplier** [səˋplaɪɚ] (*n.*) 供應商；廠商 Track 478

Which supplier do you deal with?
你和哪一家供應商交易？

▶ **surpass** [sɚˋpæs] (*v.*) 超越；勝過 Track 479

The task surpasses his skill.
這項任務超越了他的能力。

▶ **survive** [sɚˋvaɪv] (*v.*)（從……中）逃生；存活 Track 480

The government is arranging therapists to meet with those who just survived the disaster.
政府正在安排治療師和剛剛從災難中逃生的人見面。

▶ **suspend** [səˋspɛnd] (*v.*) 延緩；暫停營業 Track 481

During the Chinese New Year holiday, every business suspends its work.
所有商業活動在年假期間都暫停營業。

▶ **systematic** [ˏsɪstəˋmætɪk] (*adj.*) 系統的；有條理的 Track 482

He's very systematic in all he does.
他做一切事情都很有條理。

[Tt]

▶ **takeover** [ˋtekˏovɚ] (*n.*) 接收；接管 Track 483

The takeover caused 250 redundancy.

接管造成250人被解僱。

▶ **tame** [tem] (*v.*) 馴服 Track 484

One of their responsibilities was taming wild horses.

他們的工作之一是馴服野馬。

▶ **tangible** [ˋtændʒəbl̩] (*adj.*) 明確的 Track 485

The prize is a tangible testimony that she has a great writing ability.

這個獎是一個明確的證明，說明她具有創作才能。

▶ **teamwork** [ˋtimˋwɝk] (*n.*) 團隊合作；配合 Track 486

In some companies, teamwork is practiced more than working alone.

在某些公司，比起各自工作，員工們更常團隊合作。

▶ **temporary** [ˋtɛmpəˏrɛrɪ] Track 487

(*adj.*) 臨時的 反 permanent 永久的；eternal 永恒的

I got a temporary job.

我找到一個臨時的工作。

▶ **terminate** [ˋtɝməˏnet] (*v.*) 結束；終止 Track 488

The contract will terminate soon.

契約快要結束了。

▶ **trade** [tred] (*v./n.*) 貿易；交換 Track 489

Can I trade my bicycle for your table lamp?

我可以用我的腳踏車和你交換你的檯燈嗎？

▶ **trademark** [ˋtredˏmɑrk] (*n.*) 商標 Track 490

What trademark is this?

這是什麼商標的？

▶ **trading** [ˋtredɪŋ] (*n.*) 貿易 Track 491

Good afternoon. This is Tokyo Trading Firm.

午安！這裡是東京貿易公司。

▶ **training** [ˋtrenɪŋ] (*n.*) 訓練 Track 492

To advance your career, consider more professional training.
為了事業的進展，不妨考慮接受更多的職業訓練。

▶ **transaction** [trænˋzækʃən] (*n.*) 交易；辦理 Track 493

I netted $2,000 from the transaction.
我從那筆交易獲得兩千美元的純利。

▶ **transfer** [trænsˋfɝ] (*v.*) 調任；移轉 Track 494

The company plans to transfer me to the new location as soon as it opens.
公司打算在分公司開幕時就把我調任過去。

▶ **transit** [ˋtrænsɪt] (*n.*) 運送；經過 Track 495

The goods were damaged in transit.
貨物在運送中被破壞了。

▶ **transport** [trænsˋport] (*v.*) 運送 (*n.*) 運輸 Track 496

There is also a shortage of trucks to transport the food to the villages.
也沒有足夠的貨車可以將食物運送至鄉鎮。

▶ **turnover** [ˋtɝnˏovɚ] (*n.*) 營業額；翻轉 Track 497

Our remuneration increases with the turnover.
我們的報酬隨營業額的增加而增加。

[Uu]

▶ **undertake** [ˏʌndɚˋtek] (*v.*) 擔任；保證 Track 498

I agree to undertake the work.
我同意擔任這一工作。

▶ **unemployed** [ˏʌnɪmˋplɔɪd] (*adj.*) 失業的 Track 499

The unemployed population of some countries continues to increase.
有些國家的失業人口持續增加。

▶ **unemployment** [ˏʌnɪmˋplɔɪmənt] (*n.*) 失業；失業人數 Track 500

High unemployment rate is a serious threat to a stable society.
高失業率對一個穩定的社會來說是一個嚴重的威脅。

▶ **unload** [ʌn`lod] (*v.*) 卸貨；退子彈 Track 501

The ships will unload tomorrow.
這些船明天會卸貨。

▶ **unreasonable** [ʌn`riznəbl̩] (*adj.*) 不合理的；不切實際的 Track 502

They contested against unreasonable regulations.
他們反對不合理的規定。

▶ **upgrade** [`ʌp`gred] (*v.*) 使升級；提升 Track 503

Departments may suddenly need to upgrade their servers.
各單位可能突然會需要升級它們的伺服器。

▶ **urgent** [`ɝdʒənt] (*adj.*) 急迫的 Track 504

In recent years, environmental protection has become an urgent task.
近年來，環保已成為一項急迫的工作。

[Vv]

▶ **verification** [ˌvɛrɪfɪ`keʃən] (*n.*) 確認；證明 Track 505

I need a verification of employment.
我需要一份在職證明。

▶ **verify** [`vɛrəˌfaɪ] (*v.*) 驗證；核實 Track 506

It is important that the data needs to be verified.
這些資料要加以驗證，這很重要。

▶ **violation** [ˌvaɪə`leʃən] (*n.*) 違反；侵害 Track 507

The company is suing for patent violation.
那家公司正在提起關於侵害專利權的訴訟。

[Ww]

▶ **wage** [wedʒ] (*n.*) 工資 Track 508

Many people employed at factories are hourly wage earners.
許多在工廠工作的人是以鐘點計算工資。

▶ **warehouse** [ˋwɛr͵haus] (*n.*) 倉庫；貨棧 Track 509

The warehouse is guarded.

倉庫有人看守。

▶ **warranty** [ˋwɔrəntɪ] (*n.*) 保證書；保修期 Track 510

The machine is still under warranty.

這台機器仍在保修期內。

▶ **wholesale** [ˋhol͵sel] (*n.*) 批發 (*adv.*) 以批發方式 Track 511

We buy our supplies wholesale.

我們以批發方式進貨。

▶ **wholesaler** [ˋhol͵selɚ] (*n.*) 批發商 Track 512

I enjoy a good business relationship with all the leading wholesaler and retailer in that line.

我和這一行業中所有的大批發商和零售商有很好的業務聯繫。

▶ **widespread** [ˋwaɪdˋsprɛd] (*adj.*) 廣泛的 Track 513

The large-scale robot show attracted widespread attention among industrialists and students.

大規模的機器人展示，吸引了工業界人士和學生的廣泛注意。

▶ **withdrawal** [wɪðˋdrɔəl] (*n.*) 收回；取款 Track 514

Please fill out a withdrawal form.

請填一份取款單。

▶ **wither** [ˋwɪðɚ] (*v.*) 凋謝；使枯槁 Track 515

Age does not wither her.

歲月並未使她的容顏枯槁。

▶ **withhold** [wɪðˋhold] (*v.*) 拒給；忍住 Track 516

We couldn't withhold our laughter.

我們忍不住大笑起來。

▶ **withstand** [wɪθˋstænd] (*v.*) 抵抗 Track 517

They must be strong enough to withstand enemy's attacks.

他們必須堅強地抵抗敵軍的攻擊。

▶ **witness** [ˋwɪtnɪs] (*v.*) 目擊；作證 Track 518

Please witness the counting of the money.

請作證一下數錢的過程。

▶ **witty** [ˋwɪtɪ] (*adj.*) 富於機智的；詼諧的 Track 519

I enjoy listening to their witty repartee.
我很喜歡聽他們機智的對答。

▶ **worthwhile** [ˋwɝθˋhwaɪl] (*adj.*) 值得做的 Track 520

Was it worthwhile to open a shoe store?
開一家鞋店值得嗎？

NOTE

短文閱讀測驗

Finding Your Passion For Work

The average people spend a third of their life working. What we do for a living has a profound influence on our quality of life. Since we're going to work a job every day for the next twenty years of our life, an occupation around our passions is definitely worthwhile to pursue.

To find what you really want to do with your life, you need to adopt the perspective that a fulfilling job does exist and believe that you can do what you love. Next, scan the landscape of your life, make a list of things that engross you and see how they may apply to your life and career today. For example, one of your favorite summer jobs involved dealing with customers and customer complaints, you may assume the key ingredient was interpersonal communication. Then, be realistic. If you want to actually turn your passion into a career and make revenue from it, it has to be lucrative or profitable.

A job engaging your passions is no guarantee of wealth, but at least it will make the one-third of your life enjoyable and bring you a lot more sense of achievement.

TEST

( ) 1. How much time does an average person spend working in his life?

A. Half of his life　　B. A whole life
C. A third of his life　　D. Three years

( ) 2. According to the author, what is worth pursuing?

A. A lifelong friendship
B. Material wealth
C. A decent job that pays well
D. A career connecting your passions

( ) 3. What is the first step to discover your passions?

A. Believe that you can do what you love.
B. Quit your current job immediately.
C. Get away from your work and travel.
D. Talk to an employment counselor.

( ) 4. What do you need to do after you find your passions?

A. Get some rest　　B. Get realistic
C. Get some advice　　D. Get a certificate

( ) 5. What does a job engaging your passions bring along?

A. Wealth　　B. Health
C. Fame　　D. Delight

中文翻譯與解答

找出你的工作熱情

一般人一生中有三分之一的時間都在工作。我們做什麼工作維生深深地影響我們的生活品質。既然我們人生接下來的二十年將要每天工作，那麼一份與我們的熱情息息相關的事業絕對是值得追求的。

要找出你這一生中真正想做的事，你必須接受能實現個人志向且令人滿意的工作是確實存在的這個觀點，並相信你可以做你所熱愛的事。接下來，掃描你人生的經歷，列出讓你能夠全神貫注投入的事，並看看它們能如何應用在你現在的生活及事業上。例如，你最喜歡的暑期工作之一是與處理顧客及客訴有關，你便能假定其中的關鍵要素為人際溝通。然後，看現實面。如果你想要確實將你的熱忱轉化為一份事業，並且能從中得到收入，它就必須是可以賺錢或是能贏利的。

一份結合熱情的工作並不能保證你大富大貴，但至少它能你三分之一的人生充滿樂趣，並為你帶來更多的成就感。

單字補充

profound 深遠的
pursue 追求
communication 溝通
lucrative 賺錢的
occupation 事業
involve 與......相關的
realistic 現實的
profitable 贏利的
worthwhile 值得的
interpersonal 人與人的
revenue 收入、收益
achievement 成就

你有沒有發現其實單看這一些關鍵單字，就已經大概猜到這一篇短文要說什麼了？沒錯！閱讀一點也不難，只要先搞懂這些重點單字，接著再從前後文猜意思，你會發現英文閱讀SO EASY！

ANSEWER

(C) 1. 一般人一生會花多少時間工作？

A. 人生一半的時間

B. 一輩子的時間

C. 三分之一的時間

D. 三年的時間

(D) 2. 根據作者所言，何者值得追求？

A. 一輩子的友誼

B. 物質財富

C. 一份薪資優渥的正經工作

D. 一份結合你的熱情的事業

(A) 3. 何者是發現你的熱情的第一步？

A. 相信你可以做你所鍾愛的事

B. 立刻辭去現在的工作

C. 從工作中脫身並去旅行

D. 跟就業輔導員談談

(B) 4. 在你找到你的熱情之後，你應該做什麼？

A. 休息一下

B. 看現實面

C. 取得一些建議

D. 取得證照

(D) 5. 一份結合熱情的工作可以帶來什麼？

A. 財富

B. 健康

C. 名望

D. 快樂

短文閱讀測驗

"Surviving a Toxic Workplace"

Workplace stress can be poignant due to broken employee-employer relationships, bullying, or negative working atmosphere. When resignation is not a possible option, the following coping techniques can help you survive the toxic workplace.

Working under an overly demanding supervisor can be a real frustration. When your boss is being difficult and lacks empathy at work, don't make it personal. Understand that you can't change this person's behavior. Enhance your work efficiency and productivity so that your boss doesn't have any chance to find fault with you. If your boss plays favorites and you're not the apple of his eye, you can initiate a conversation with him about how to achieve better results rather than flatter him.

If there is a workplace bully who always gives you a hard time, learn to deal with him/her in an adult manner. When confronted by a workplace bully, you need to stand your ground. Do your best to separate yourself from the person. If that's impossible, go to your supervisor or someone else in authority with the problem, especially when there is a personal safety threat.

A negative work culture is the No. 1 factor of unhappiness at work. It is very difficult to feel good about your job when everyone else in the office is complaining about working in this company. If you are in this kind of working environment, try to be an outlier. Maintain positive attitude and take professional pride in your job. You can speak with your boss about how to encourage your team. This can effectively put you in the part of the solution rather than the part of the problem.

Yes, you are working in a dreadful workplace. Be aware of it, acknowledge it, and keep it in perspective. In addition to the suggestions stated above, you can also do many things to release your negative emotions. You can play loud music, sing out loud, exercise, or watch a movie to help you distract from those undesirable thoughts. Remember that your intrinsic value is made up from more than just work. Most importantly, no matter what you're going through at the moment, don't forget to keep your sense of humor. You will get rid of this eventually, and your life will go on.

TEST

( ) 1. Which is not the cause of workplace stress?

(A) Broken employee-employer relationships

(B) Workplace bullying

(C) Negative work culture

(D) Unfavorable weather condition

( ) 2. What is suggested to deal with a demanding boss?

(A) Change his behavior

(B) Perfect your work

(C) Resign from your job

(D) Flatter your boss

( ) 3. What should you do to cope with a workplace bully?

(A) Stay away from the person

(B) Give him gifts to please him

(C) Do whatever he asks you to do

(D) Report him to the police

( ) 4. What kind of colleagues can make you feel bad about your job based on the article?

(A) Colleagues who don't take responsibilities

(B) Colleagues who like to gossip behind others' back

(C) Colleagues who always complain about the company

(D)Colleagues who usually put things off until the last minute

( ) 5. What should you always have during the tough time at work?

(A) Sense of guilt

(B) Sense of humor

(C) Sense of security

(D) Sense of belonging

中文翻譯與解答

“暗黑職場生存術”

破裂的勞資關係、職場霸凌或負面的工作氣氛都有可能讓職場壓力顯得嚴峻。當辭職不是可能的選項時，以下的應對技巧能幫助你在暗黑職場環境中生存。

在一個過度苛求的主管手下工作是真的對讓人感到很挫折的一件事。當你的主管很難搞，而且在工作上沒有同理心時，不要認為他是在針對你。你必須了解你無法改變這個人的行為。唯有提高你的工作效率及生產力，才能讓你的老闆沒有機會挑你毛病。如果你的老闆會偏心，而你並不是他眼中的愛將，你可以不用奉承討好他，而是主動找他聊聊該如何達到更好的工作成效。

如果有個職場霸凌老是不給你好日子過，學著用大人的方式來對付這種人。面對職場霸凌時，你必須要站穩自己的立場。儘可能離這個人遠一點。如果沒辦法，將這個問題告訴你的主管或是掌權者，尤其是當你的個人安全受到威脅時。

負面的工作文化是造成職場不幸的首要因素。當辦公室裡所有人都對在這間公司工作有所抱怨時，要你喜歡自己的工作實在有點困難。如果你在這種工作環境裡的話，就試著當一名局外者。保持正面的態度，並以自己的工作事業為傲。你可以跟主管談談如何鼓勵團隊。這樣一來就可以有效地將你自己置於解決問題的角色，而不是造成問題的角色。

是的，你就是在一個可怕的工作環境中工作。意識問題的存在、承認問題並且將問題看清楚。除了上述的建議之外，你還可以做很多釋放負面情緒的事。你可以大聲播放音樂、大聲唱歌、運動或是看一場電影，來幫助你分散那些令人不快的思維。記住，你本身的價值並非僅僅建立在工作上。最重要的是，無論你此刻正在經歷什麼，別忘了保持你的幽默感。總有一天你會擺脫這鳥事，而你的人生還是會繼續過下去。

單字補充

resignation 辭職
supervisor 主管
efficiency 效率
flatter 奉承
survive 生存
frustration 挫折
productivity 生產力
confront 面臨
demanding 苛求的
enhance 提高
fault 毛病
factor 因素

你有沒有發現其實單看這一些關鍵單字，就已經大概猜到這一篇短文要說什麼了？沒錯！閱讀一點也不難，只要先搞懂這些重點單字，接著再從前後文猜意思，你會發現英文閱讀SO EASY！

ANSEWER

(D) 1. 何者不是造成職場壓力的原因？
A 破裂的勞資關係　B 職場霸凌行為
C 負面的工作文化　D 不適的天氣條件

(B) 2. 文中建議如何應付苛求的老闆？
A 改變他的行為　B 將工作做得盡善盡美
C 辭掉你的工作　D 奉承你的老闆

(A) 3. 對付職場霸凌，你應該怎麼做？
A 遠離那個人　B 給他禮物來取悅他
C 做任何他要求你做的事　D 將他舉報給警方

(C) 4. 根據內文，哪一種同事會讓你對自己的工作感覺很糟糕？
A 不願意承擔責任的同事　B 喜歡在背後嚼舌根的同事
C 總是抱怨公司的同事　D 經常將事情拖到最後一刻的同事

(B) 5. 工作很艱困時你應該永遠保持什麼？
A 罪惡感　B 幽默感
C 安全感　D 歸屬感

Part 2

考前30天必備的日常生活類單字

PART 2

考前30天必備的

日常生活類單字

對於接受過大大小小英文考試的你來說，「日常生活單字」的重要性相信不必再次強調也能深刻體會，畢竟從早上起床、通勤、上班／上課等等，所使用到的單字通通不出生活單字的範圍，擁有充足的生活單字字庫，就能搞定70%以上的考試內容，你還不快點開始？

[Aa]

▶ **absolute** [ˋæbsə͵lut] (*adj.*) 完全的 *Track 521*

While he was speaking, there was absolute silence.

他說話時，全場完全寂靜。

▶ **acceptable** [əkˋsɛptəbḷ] (*adj.*) 可接受的 *Track 522*

This is not acceptable.

這是無法接受的。

▶ **access** [ˋæksɛs] (*n.*) 接近；使用 *Track 523*

Professors have free access to the library.

教授可以自由使用圖書館。

▶ **accident** [ˋæksədənt] (*n.*) 意外 *Track 524*

He was killed in a car accident.

他在一次車禍意外中死亡。

▶ **accidental** [͵æksəˋdɛntḷ] (*adj.*) 意外的 *Track 525*

The accidental death rate is increasing.

意外死亡正在增加。

▶ **acclaimed** [əˋklemd] *(adj.)* 受到讚揚的 Track 526

Your excellent background and expertise are acclaimed and appreciated.
您卓越的學經歷背景和專長是受到讚揚的。

▶ **accusation** [ˌækjəˋzeʃən] *(n.)* 譴責；【律】指控 Track 527

The responsibility of the media is to give accusations to wrongdoings.
媒體的責任是對不道德行為做出譴責。

▶ **accustom** [əˋkʌstəm] *(v.)* 使習慣；適應 Track 528

It just takes time for the body to grow accustomed to temperature changes.
身體適應氣溫的變化是需要一點時間。

▶ **ache** [ek] *(n.)* 疼痛 *(v.)* 覺得疼痛；渴望 Track 529

My bones ache.
我全身骨頭都痛了。

▶ **acid** [ˋæsɪd] *(n.)* 酸 Track 530

When the toilet is stuck, we can use acid to clear it.
當馬桶塞住了的時候，我們可以用酸來清洗。

▶ **acquired** [əˋkwaɪrd] *(adj.)* 習得的；養成的 Track 531

Language is acquired rather than an innate ability.
語言是習得的而不是與生俱來的能力。

▶ **activity** [ækˋtɪvətɪ] *(n.)* 活動 Track 532

This is a healthy activity that people of all ages can do.
這是一項任何年齡都能做的健康活動。

▶ **adjacent** [əˋdʒesn̩t] *(adj.)* 鄰近的；鄰接的 Track 533

Our classroom is adjacent to yours.
直譯：我們的教室和你們的教室是鄰接的。意譯：我們的教室在你們的隔壁。

▶ **adjust** [əˋdʒʌst] *(v.)* 調整 Track 534

I had to adjust my alarm for an extra hour of sleep.
我為了多睡1小時而調整我的鬧鐘。

▶ **admire** [ədˋmaɪr] *(v.)* 欽佩；讚賞 Track 535

After reading the book, I couldn't help but admire the fisherman's courage.
讀完此書後，我不禁讚賞這漁夫的勇氣。

▶ **admission** [əd`mɪʃən] (*n.*) 入學許可；准入；入場費 Track 536
I have already made many preparations to apply for admission to a college.
我對申請大學入學許可作了很多準備工作。

▶ **adopt** [ə`dɑpt] (*v.*) 採用；收養 Track 537
Adopting children can be a difficult experience.
收養小孩可能會是個嚴苛的經驗。

▶ **adore** [ə`dor] (*v.*) 崇拜；愛慕；【口語】喜愛 Track 538
I adore musicals.
我很喜愛音樂劇。

▶ **advance** [əd`væns] (*v.*) 前進 Track 539
Learning is like rowing upstream, not to advance is to go back.
學如逆水行舟，不進則退。

▶ **advantage** [əd`væntɪdʒ] (*n.*) 利益；好處 Track 540
An advantage to this type of energy source is that it will not create any pollution.
這種能源的好處就是不會產生任何環境污染。

▶ **adventure** [əd`vɛntʃɝ] (*n.*) 冒險 Track 541
He lived for adventure.
他天生喜歡冒險。

▶ **advice** [əd`vaɪs] (*n.*) 勸告；建議 Track 542
Let me give you a piece of advice.
容我給你一點建議。

▶ **advise** [əd`vaɪz] (*v.*) 忠告；建議 Track 543
The doctor has advised me to exercise regularly in the morning.
醫生建議我在晨間養成規律的運動習慣。

▶ **advocate** [`ædvə͵ket] (*v.*) 提倡；主張 Track 544
The oranization advocates animal rights.
這個組織提倡動物的權利。

▶ **affair** [ə`fɛr] (*n.*) 事情 Track 545
This is my affair, not yours.
那是我的事情，不是你的。

▶ **affection** [əˋfɛkʃən] (*n.*) 影響；鍾愛；情感 Track 546

He won that girl's affection.
他贏得那女孩的鍾愛。

▶ **affirm** [əˋfɝm] (*v.*) 斷言；證實 Track 547

The Bible affirms that God is love.
聖經斷言上帝就是愛。

▶ **affluent** [ˋæfluənt] (*adj.*) 豐富的；富裕的 Track 548

We live in an affluent society.
我們生活在一個富裕的社會中。

▶ **afford** [əˋford] (*v.*) 負擔得起 Track 549

Some people can no longer afford a place to live, especially in a city like Taipei.
有些人壓根兒負擔不起一個住的地方，尤其是在像台北這樣的城市。

▶ **aggravation** [ˏægrəˋveʃən] (*n.*) 加重；惱怒 Track 550

The aggravation of her condition resulted from the lack of care.
缺乏照顧導致她的情況加重。

▶ **aggressive** [əˋgrɛsɪv] (*adj.*) 積極性的；侵略性的；進取的 Track 551

An aggressive country is always ready to start a war.
一個侵略性的國家永遠準備發動戰爭。

▶ **aim** [em] (*v.*) 瞄準；企圖 Track 552

This year they aim to open 10 more branches.
今年他們企圖多開10家分店。

▶ **aisle** [aɪl] (*n.*) 通道 Track 553

People walk down the aisles between the shelves.
人們走在架子與架子間的通道。

▶ **alarm** [əˋlɑrm] (*n.*) 警報；驚慌 Track 554

There is no cause for alarm.
沒有理由驚慌。

▶ **allergy** [ˋælɚdʒɪ] (*n.*) 過敏反應 Track 555

She has an allergy to penicillin.
她對青黴素有過敏反應。

▶ **alleviate** [ə`livɪ͵et] (*v.*) 減輕；緩解 Track 556

We want to help alleviate the national food shortage.
我們想幫助緩解國家糧食短缺的狀況。

▶ **allowance** [ə`laʊəns] (*n.*) 津貼；零用錢 Track 557

We reduced his allowance after he made his father angry.
當他讓他的父親生氣後，我們減少了他的零用錢。

▶ **amazing** [ə`mezɪŋ] (*adj.*) 令人驚奇的 Track 558

It is positively amazing.
這真是令人驚奇。

▶ **ambulance** [`æmbjələns] (*n.*) 救護車 Track 559

He is a volunteer ambulance driver.
他是一位救護車駕駛義工。

▶ **amend** [ə`mɛnd] (*v.*) 改進；改正 Track 560

When will you amend?
你什麼時候才會改正呢？

▶ **ample** [`æmpl̩] (*adj.*) 足夠的 Track 561

There is ample time, so you don't have to hurry.
時間是足夠的，你不必匆匆忙忙的。

▶ **amusement** [ə`mjuzmənt] (*n.*) 娛樂；有趣 Track 562

Her eyes twinkled with amusement.
她眼裡閃爍著有趣的光芒。

▶ **amusing** [ə`mjuzɪŋ] (*adj.*) 有趣的 Track 563

A short amusing show will refresh your life.
一段簡短有趣的節目會使你的生活重新提起精神。

▶ **analyst** [`ænl̩ɪst] (*n.*) 分析家 Track 564

A trend analyst says, "It's a radical generational change."
一位潮流分析家說：「這是世代性的激進變化。」

▶ **ancestor** [`ænsɛstɚ] (*n.*) 祖先 Track 565

Reading classical Chinese novels helps us see into the wisdom of our ancestors.
閱讀中國古典小說可以幫助我們深入瞭解祖先們的智慧。

▶ **anniversary** [ˏænəˋvɝsərɪ] (*n.*) 週年紀念日 *Track 566*

It's a rather important anniversary.
這是相當重要的一次週年紀念日。

▶ **annoy** [əˋnɔɪ] (*v.*) 打擾；使困擾 *Track 567*

Adults may be annoyed by children's curiosity at times.
大人有時會被小孩子的好奇所困擾。

▶ **anonymous** [əˋnɑnəməs] (*adj.*) 匿名的 *Track 568*

Don't bother yourself with these anonymous letters.
別為這些匿名信而煩惱。

▶ **anticipation** [ænˏtɪsəˋpeʃən] (*n.*) 期待；預料 *Track 569*

Anticipation can be the funniest thing.
有時候，期待是最令人開心的。

▶ **antique** [ænˋtik] (*n.*) 古董 *Track 570*

If you are lucky enough, you can find valuable antiques at flea markets!
如果夠幸運的話，你可以在跳蚤市場上找到有價值的古董呢！

▶ **anxious** [ˋæŋkʃəs] (*adj.*) 擔憂的 *Track 571*

He looks anxious.
他顯出擔憂的樣子。

▶ **apologize** [əˋpɑləˏdʒaɪz] (*v./n.*) 道歉 *Track 572*

She apologized to her teacher for coming to school late.
她因遲到向老師道歉。

▶ **apparel** [əˋpærəl] (*n.*) 衣服；裝飾 *Track 573*

Apparel makes the man.
人靠衣裝。

▶ **apparent** [əˋpærənt] *Track 574*

(*adj.*) 明顯的 同 obvious 顯著的；evident 明顯的

His guilt is apparent.
他很明顯的有罪惡感。

▶ **apparently** [əˋpærəntlɪ] (*adv.*) 顯然地 *Track 575*

Apparently he had a fight.
很顯然地，他打了場架。

▶ **appeal** [əˋpil] (*n.*) 吸引力 (*v.*) 求助；上訴 Track 576

The game has lost its appeal.
這遊戲已經失去它的吸引力。

▶ **appearance** [əˋpɪrəns] Track 577

(*n.*) 出現；外貌 反 disappearance 消失；失蹤

Never judge others by their appearance.
勿以貌取人。

▶ **appetite** [ˋæpə͵taɪt] (*n.*) 食慾；興趣 Track 578

I just seem to have an appetite for it.
我只是對於這個有興趣罷了。

▶ **appointment** [əˋpɔɪntmənt] (*n.*) 約定 Track 579

Don't forget our appointment today!
別忘了我們今天的約定！

▶ **appreciate** [əˋpriʃɪ͵et] Track 580

(*v.*) 欣賞；賞識 同 value 重視；admire 欽佩

The longer I look at the painting, the more I appreciate it.
這幅畫我越看越欣賞。

▶ **approach** [əˋprotʃ] (*v.*) 靠近；行進；提議 Track 581

As we approached the man, we were then aware that he was blind.
當我們靠近那個男人時，才發現他是盲的。

▶ **approval** [əˋpruvl̩] (*n.*) 贊成 反 disapproval 不贊成 Track 582

He nodded in approval.
他點頭表示贊成。

▶ **apt** [æpt] (*adj.*) 易於 Track 583

The elders are more apt to notice the effects of sweets.
老年人對甜食較易於敏感。

▶ **arrange** [əˋrendʒ] (*v.*) 安排；排列 Track 584

A long time ago in Asia, most marriages were arranged.
在很久以前的亞洲，大部份的婚姻都是被安排的。

▶ **arrest** [əˋrɛst] (*v.*/*n.*) 逮捕 Track 585
The arrest was important, but dangerous.
這次的逮捕行動非常重要，不過也相當危險。

▶ **arrival** [əˋraɪvḷ] Track 586
(*n.*) 抵達；到達的人 同 come 來；reach 抵達
The plane was waiting for late arrivals.
飛機在等晚到的人。

▶ **article** [ˋɑrtɪkḷ] (*n.*) 文章；物品 Track 587
Read the article carefully before you give the class a summary.
給班上同學摘要前，請好好地閱讀這一篇文章。

▶ **ashamed** [əˋʃemd] Track 588
(*adj.*) 羞恥的；引以為恥的 反 proud 以……為傲
She is ashamed of her father.
她以她的父親為恥。

▶ **asleep** [əˋslip] (*adj.*) 睡著的 Track 589
Everyone falls asleep.
所有的人都睡著了。

▶ **assert** [əˋsɝt] (*v.*) 主張；斷言 同 declare 聲明 Track 590
His classmates asserted that he was innocent.
他的同學斷言他是無辜的。

▶ **assign** [əˋsaɪn] (*v.*) 指定；分配 Track 591
The teacher assigned me a seat next to the window.
老師把窗戶旁的座位分配給我。

▶ **assignment** [əˋsaɪnmənt] (*n.*) 作業 Track 592
The assignment was very difficult.
這項作業非常的困難。

▶ **assimilate** [əˋsɪmḷˏet] (*v.*) 吸收 Track 593
He is quick to assimilate new ideas.
他擅於吸收新觀念。

▶ **associate** [ə`soʃɪ͵et] (*v.*) 交往；使聯合　Track 594

You shouldn't associate with those kinds of people.
你不應該跟那種人交往的。

▶ **assume** [ə`sum] (*v.*) 假定；擔任　Track 595

Let us assume it is true.
讓我們假定這是真的。

▶ **assure** [ə`ʃur] (*v.*) 擔保　同 guarantee 保證　Track 596

I assure you that there's no danger.
我向你擔保沒有危險。

▶ **astonish** [ə`stanɪʃ]　Track 597

(*v.*) 使震驚　同 surprise 驚訝；amaze 驚奇

We were astonished at his behavior.
他的行為使我們震驚。

▶ **astonishment** [ə`stanɪʃmənt] (*n.*) 驚訝　Track 598

His chin dropped in astonishment.
他驚訝得下巴都掉下來了。

▶ **athletic** [æθ`lɛtɪk] (*adj.*) 運動的；運動員的　Track 599

She has an athletic figure.
她有著運動員的身材。

▶ **attach** [ə`tætʃ] (*v.*) 連接；繫上　同 fasten 繫緊；join 連結　Track 600

He attached his bag to the bicycle.
他將他的袋子繫上腳踏車。

▶ **attachment** [ə`tætʃmənt] (*n.*) 附件；愛慕　Track 601

Do you feel an attachment for her?
你對她有愛慕之情嗎？

▶ **attend** [ə`tɛnd] (*v.*) 上（學）　Track 602

Although they attended high school, they didn't learn anything.
即使他們上了高中，還是沒學到任何東西。

▶ **attitude** [`ætətjud] (*n.*) 態度　Track 603

There's a famous saying that goes, "Your attitude determines your altitude."
有一句有名的諺語是這樣說的：「態度決定高度。」

▶ **attract** [ə`trækt] (*v.*) 吸引 Track 604
He shouted to attract attention to the fire.
他大聲呼叫以吸引其他人對火災的注意。

▶ **auditorium** [͵ɔdə`torɪəm] (*n.*) 禮堂 Track 605
Everyone in the auditorium applauded the speaker.
每個人在禮堂中為演講者拍手。

▶ **authority** [ə`θɔrətɪ] (*n.*) 權威 Track 606
My father was always the authority figure in my family.
我父親一直以來都是扮演家裡權威的角色。

▶ **available** [ə`veləbl̩] (*adj.*) 可用的；有空的 Track 607
I am not available today.
我今天沒有空。

▶ **avoid** [ə`vɔɪd] (*v.*) 避免 同 shun 避開；evade 迴避 Track 608
We should avoid bad people.
我們應避免與惡人為伍。

▶ **await** [ə`wet] (*v.*) 等候 Track 609
I await your answer.
我等候你的答覆。

▶ **awake** [ə`wek] (*adj.*) 醒的 Track 610
Is he awake or asleep?
他是醒著還是睡著？

▶ **aware** [ə`wɛr] (*adj.*) 注意到；察覺的 Track 611
Are you aware of the time?
你有注意到時間嗎？

▶ **awareness** [ə`wɛrnɪs] (*n.*) 意識 Track 612
If you drink, your awareness will be dulled.
如果你喝了酒，你的意識會變遲鈍。

▶ **awful** [`ɔful] (*adj.*) 可怕的 Track 613
He got an awful death.
他死得可怕。

▶ **awfully** [ˋɔfulɪ] (*adv.*) 十分 Track 614

She is awfully pretty.

她十分漂亮。

▶ **awkward** [ˋɔkwɚd] (*adj.*) 尷尬的；彆扭的 Track 615

Stop being so awkward!

別這麼彆扭！

[Bb]

▶ **backache** [ˋbækˏek] (*n.*) 背痛 Track 616

He has an excruciating backache.

他的背痛疼得很厲害。

▶ **baggage** [ˋbægɪdʒ] (*n.*) 行李 Track 617

Don't carry too much baggage when you travel.

當你旅行的時候，不要攜帶太多行李。

▶ **balcony** [ˋbælkənɪ] (*n.*) 陽臺 Track 618

I can see much of the city from the balcony of my house.

我可以從我家陽臺看到城市大部分的景觀。

▶ **barely** [ˋbɛrlɪ] (*adj.*) 僅僅；幾乎不到 Track 619

She is barely sixteen.

她僅僅十六歲。

▶ **basement** [ˋbesmənt] (*n.*) 地下室 Track 620

She lives in a basement flat.

她住在一間地下室的公寓裡。

▶ **battery** [ˋbætərɪ] (*n.*) 電池 Track 621

My cell phone's battery is dead.

我手機的電池沒電了。

▶ **beat** [bit] (*v.*) 打；打敗；跳 Track 622

His pulse beats slowly.

他的脈搏跳得很慢。

▶ **behavior** [bɪˋhevjɚ] Track 623

(*n.*) 舉止；行為 回 conduct 表現；action 舉止

His good behavior deserves praise.
他的好行為值得稱讚。

▶ **belonging** [bəˋlɔŋɪŋ] (*n.*)【常用複】附屬品；東西 Track 624

Are these your belongings?
這些東西是你的嗎？

▶ **bend** [bɛnd] (*v.*) 彎曲；屈服 Track 625

Our fingers bend at the knuckles.
我們的手指在指關節處彎曲。

▶ **bet** [bɛt] (*v./n.*) 打賭 Track 626

I never bet.
我從來不與人打賭。

▶ **betray** [bɪˋtre] (*v.*) 洩露；出賣 Track 627

He betrayed his friend.
他出賣他的朋友。

▶ **betrayal** [bɪˋtreəl] (*n.*) 出賣 Track 628

She was surprised by the betrayal of her trusted friend.
她被信任的朋友出賣，感到大為震驚。

▶ **beverage** [ˋbɛvrɪdʒ] (*n.*) 飲料 Track 629

What is your favorite beverage?
你最喜歡的飲料是什麼？

▶ **bewilder** [bɪˋwɪldɚ] (*v.*) 使糊塗；使不知所措；使昏亂 Track 630

I am totally bewildered by the clue to this crossword puzzle.
這個縱橫字謎的提示完全把我弄糊塗了。

▶ **biography** [baɪˋɑgrəfɪ] (*n.*) 傳記 Track 631

I have just read the biography of Michael Jackson.
我才剛讀完麥克傑克森的傳記。

▶ **birth** [bɝθ] (*n.*) 出生 Track 632

He received the best care since birth.
打從出生起，他就受到最好的照顧。

▶ **blood** [blʌd] *(n.)* 血液 Track 633
I donated blood last week.
我上星期去捐血。

▶ **board** [bord] *(v.)* 搭伙；提供……膳宿 Track 634
If he studies abroad, he will board with his cousin.
如果他去外國念書，他會在他的表兄家搭伙。

▶ **boarding** [bordɪŋ] *(n.)* 寄膳（宿）；【總稱】木板 Track 635
He covered the window with boarding.
他用木板蓋住窗戶。

▶ **bounce** [baʊns] *(n.)* 活力；跳起；彈回 Track 636
She has a lot of bounce.
她很有活力。

▶ **brand** [brænd] *(n.)* 商標；牌子；烙印 Track 637
I prefer Zhonghua brand to any other brand.
我喜歡中華牌而不喜歡其他牌子。

▶ **breath** [brɛθ] *(n.)* 呼吸；力氣 Track 638
I understand, so don't waste your breath.
我瞭解，因此你不用浪費力氣解釋了。

▶ **bright** [braɪt] *(adj.)* 鮮明的；明亮的 Track 639
On bright days I need to wear sunglasses.
太陽很明亮的時候我就需要戴太陽眼鏡。

▶ **brilliant** [ˋbriljənt] *(adj.)* 輝煌的；燦爛的；有才能的 Track 640
Her eyes are as brilliant as the stars in the sky.
她的眼睛跟天上的星星一樣燦爛。

▶ **broad** [brɔd] *(adj.)* 寬闊的；廣泛的；明朗的 Track 641
He is broad-minded.
他是一個心胸寬闊的人。

▶ **broil** [brɔɪl] *(v.)* 燒烤 Track 642
Would you like your meat broiled or fried?
你希望你的肉用烤的還是炒的呢？

▶ **browse** [braʊz] (*v.*) 瀏覽 Track 643
I browsed through books on her shelf.
我瀏覽了一下她書架上的書。

▶ **bruise** [bruz] (*v.*) 打傷；撞傷 (*n.*) 瘀傷；擦傷 Track 644
I bruised my arm.
我撞傷了我的手臂。

▶ **brush** [brʌʃ] (*v.*) 刷；拂 (*n.*) 刷子；毛刷；畫筆 Track 645
Brush up your shoes.
把你的鞋子刷乾淨。

▶ **bump** [bʌmp] (*v.*) 碰撞；遇到；顛簸 Track 646
How nice to bump into you!
遇到你真高興！

▶ **burst** [bɝst] (*v.*) 爆裂；炸破；突然；爆發 Track 647
She bursted out singing.
她突然唱起歌來。

[Cc]

▶ **cab** [kæb] (*n.*) 計程車 Track 648
I took a cab and followed her.
我跳上一輛計程車跟著她。

▶ **cafeteria** [͵kæfəˋtɪrɪə] (*n.*) 自助餐廳 Track 649
I lost 5kg in the first week of school because the cafeteria is so bad.
我在學校的第一個禮拜就瘦了五公斤，因為裡頭的自助餐廳很糟糕。

▶ **calculate** [ˋkælkjə͵let] (*v.*) 計算 Track 650
I just finished calculating the length of the trajectory.
我剛剛計算完軌道的長度。

▶ **calculation** [ˋkælkjə͵leʃən] (*n.*) 計算 Track 651
Your calculation is flawed.
你的計算有問題。

▶ **calm** [kɑm] (*adj.*) 平靜的 Track 652

You must try to be calm.
你必須設法平靜下來。

▶ **capable** [ˋkepəb!] (*adj.*) 有能力的；能幹的 Track 653

He is a very capable doctor.
他是一個相當能幹的醫生。

▶ **capacity** [kəˋpæsətɪ] (*n.*) 才能；能力；容納 Track 654

An understanding of literature has given me a greater capacity to enjoy life.
文學的領會帶給我更多的能力來享受人生。

▶ **careful** [ˋkɛrfəl] (*adj.*) 謹慎的；小心的 Track 655

Be careful when you walk near the railroad tracks.
在鐵軌旁行走時請特別小心。

▶ **case** [kes] (*n.*) 事件 Track 656

In this case, you were wrong.
在這件事上，你是錯的。

▶ **cash** [kæʃ] (*n.*) 現金 Track 657

He demanded cash or he wouldn't help us.
他要求現金，否則幫不了我們。

▶ **cast** [kæst] (*v.*) 投；丟；扔 Track 658

He was so angry that he cast the money on the ground.
他氣得把錢丟在地上。

▶ **caution** [ˋkɔʃən] (*n.*) 小心；警告 Track 659

We must cross streets with caution.
穿過街道時必須小心。

▶ **cautious** [ˋkɔʃəs] (*adj.*) 謹慎的 Track 660

Elizabeth is very cautious about marriage.
伊莉莎白對婚姻很謹慎。

▶ **casualty** [ˋkæʒuəltɪ] (*n.*) 災禍；傷亡人數 Track 661

The casualties were making people aware of the dangers.
傷亡人數使人們意識到了危險的存在。

▶ **celebrate** [ˋsɛlə͵bret] (*v.*) 慶祝 Track 662
My family all comes together to celebrate this holiday.
我們全家人都一起來慶祝這個節日。

▶ **cereal** [ˋsɪrɪəl] (*n.*) 穀類食品 Track 663
He ate a bowl of cereal.
他吃了一碗穀類食品。

▶ **charge** [tʃɑrdʒ] (*n.*) 費用；負責；充電 Track 664
Who is in charge here?
這裡是誰在負責？

▶ **charming** [ˋtʃɑrmɪŋ] (*adj.*) 有魅力的 Track 665
He's the most charming young man I've ever met!
他是我遇過最有魅力的一個年輕男子了！

▶ **cheat** [tʃit] (*v.*) 欺騙 Track 666
I assume that he won't cheat you.
我想他是不會欺騙你的。

▶ **chill** [tʃɪl] (*n.*) 寒意 (*v.*) 使冷卻 Track 667
Don't chill their enthusiasm.
不要讓他們的熱情冷卻了。

▶ **chop** [tʃɑp] (*v.*) 剁碎；砍 (*n.*) 砍；排骨 Track 668
Chop the onions up, please.
請把洋蔥剁碎。

▶ **chore** [tʃor] (*n.*) 家務雜事；討厭的事 Track 669
It's such a chore to change diapers.
換尿布真是一件討厭的事。

▶ **citizen** [ˋsɪtəzn̩] (*n.*) 市民；公民 Track 670
He is a native citizen.
他是本地公民。

▶ **citizenship** [ˋsɪtəzn̩͵ʃɪp] (*n.*) 公民身份 Track 671
She got her Canadian citizenship in 1985.
她於1985年取得了加拿大的公民身份。

▶ **clap** [klæp] (*v.*) 鼓掌；輕拍 Track 672

She's a good singer. Let's clap for her.

她歌唱得很好。我們來為她鼓掌吧！

▶ **clinic** [ˋklɪnɪk] (*n.*) 診所 Track 673

The baby was delivered in a clinic.

孩子是在一個診所接生的。

▶ **clip** [klɪp] (*v.*) 夾住；剪短；修剪 Track 674

Does your jewelry clip on?

妳的珠寶飾品能夾牢嗎？

▶ **collection** [kəˋlɛkʃən] (*n.*) 收藏 Track 675

His valuable collection is his most important property.

他有價值的收藏是他最重要的財產。

▶ **comfort** [ˋkʌmfɚt] (*v.*) 安慰 Track 676

He always comforts me.

他總是能安慰我。

▶ **compatible** [kəmˋpætəbl̩] (*adj.*) 協調的；一致的；相容的 Track 677

We are temperamentally compatible.

我們的性情滿一致的。

▶ **compete** [kəmˋpit] (*v.*) 比賽；競爭 Track 678

You cannot compete with those postgraduates.

你無法和那些研究生競爭。

▶ **competence** [ˋkɑmpətəns] (*n.*) 能力 Track 679

Janet drives with competence.

珍妮特很有開車的能力。

▶ **complain** [kəmˋplen] (*v.*) 抱怨 Track 680

In every city in the world, everyone complains about traffic jams.

在世界上各個城市裡，人人都抱怨塞車。

▶ **complaint** [kəmˋplent] (*n.*) 申訴 Track 681

If you want to register a complaint, please take a number.

如果你想要申訴的話，請抽取號碼牌。

▶ **complete** [kəmˋplit] Track 682

(*v.*) 完成 (*adj.*) 完整的 反 incomplete 不完整的

Is this a complete story?

這是一個完整的故事嗎？

▶ **complex** [kəmˋplɛks] (*adj.*) 複雜的 Track 683

This calculus problem is too complex for me.

這個微積分的問題對我來說太複雜了。

▶ **complexion** [kəmˋplɛkʃən] (*n.*) 膚色 Track 684

That color suits my complexion.

那顏色適合我的膚色。

▶ **comply** [kəmˋplaɪ] (*v.*) 依從；答應；遵守 Track 685

You must comply with her request.

你一定要依從她的要求。

▶ **comprehension** [ˏkɑmprɪˋhɛnʃən] (*n.*) 理解；包含 Track 686

This problem is above our comprehension.

這個問題超出我們的理解。

▶ **conceal** [kənˋsil] (*v.*) 隱藏；保守秘密 Track 687

He concealed himself behind the tree.

他隱藏在那棵樹的後面。

▶ **concentrate** [ˋkɑnsn̩ˏtret] (*v.*) 集中；專心 Track 688

You should concentrate your efforts on your schoolwork.

你應該將你的精力集中在你的課業上。

▶ **concern** [kənˋsɝn] (*n.*) 關心；掛念 Track 689

Thanks for your concern.

感謝你的關心。

▶ **conclude** [kənˋklud] Track 690

(*v.*) 結束；決定 同 close 關閉；end 結束

She concluded that it was worth waiting for.

她決定，那是值得等候的。

▶ **condemn** [kən`dɛm] (*v.*) 譴責；反對 Track 691
I condemn such ignorant measures.
我反對這種無知的手段。

▶ **condition** [kən`dɪʃən] (*n.*) 條件；狀況 Track 692
The doctor says that I am in good condition for my age.
醫生說，以我的年齡來說健康狀況相當良好。

▶ **condolence** [kən`doləns] (*n.*) 哀悼；慰問 Track 693
Please accept my heartfelt condolences.
請接受我誠摯的慰問。

▶ **conduct** [`kɑndʌkt] (*n.*) 品行；行為舉止 Track 694
Your conduct shows everyone how uneducated you are.
你的行為舉止讓所有人知道你是多麼的無知。

▶ **confer** [kən`fɝ] (*v.*) 商量；交換意見 Track 695
She returned to confer with her husband.
她回去和她的丈夫商量。

▶ **congratulate** [kən`grætʃə͵let] (*v.*) 祝賀；恭喜 Track 696
Let me congratulate you.
請允許我向您祝賀。

▶ **connect** [kə`nɛkt] (*v.*) 連接 Track 697
You have to connect the wires for it to work.
你必須把電線連接上才能使用。

▶ **connection** [kə`nɛkʃən] (*n.*) 連接 Track 698
The connection was broken and the lights went out.
連接的地方斷了，所以全部的燈都熄了。

▶ **conquer** [`kɑŋkɚ] (*v.*) 克服 Track 699
We must conquer our addictions.
我們必須克服壞習慣。

▶ **conscience** [`kɑnʃəns] (*n.*) 良心；良知 Track 700
His conscience showed him that to apologize was the right thing to do.
他的良心告訴他，道歉才是正確的。

▶ **conscious** [ˋkɑnʃəs] (*adj.*)（能）察覺的；意識到的 Track 701

We should always be conscious of the nutritional value of the food we eat.

我們應該隨時察覺自己攝取的食物是否有營養價值。

▶ **consciousness** [ˋkɑnʃəsnɪs] (*n.*) 知覺；意識 Track 702

He lost consciousness and passed out.

他失去了知覺，接著就昏倒了。

▶ **consensus** [kənˋsɛnsəs] (*n.*)（意見的）一致 Track 703

They could not reach a good consensus.

他們始終無法意見一致。

▶ **consent** [kənˋsɛnt] (*v.*) 同意 同 permit 允許 Track 704

They consented to buy this house.

他們同意買這房子。

▶ **consequence** [ˋkɑnsəˏkwɛns] (*n.*) 後果 Track 705

The consequence of his fall was a broken leg.

他跌下的後果是斷了一條腿。

▶ **conserve** [kənˋsɝv] (*v.*) 保存；節約 Track 706

She is conserving her energy for the last twenty-meter dash.

她正在保存力氣，為最後20公尺的衝刺做準備。

▶ **considerate** [kənˋsɪdərɪt] (*adj.*) 考慮周到的；體貼的 Track 707

Be considerate! Can't you see that she's in a bad mood today?

體貼一點！你看不出她今天心情不好嗎？

▶ **consideration** [kənˏsɪdəˋreʃən] (*n.*) 考慮；原因 Track 708

Price and quality are two main considerations that have influenced me in buying anything.

價格與品質通常是影響我買任何東西最主要的兩個原因。

▶ **conspicuous** [kənˋspɪkjʊəs] (*adj.*) 顯著的；引人注目的 Track 709

She is a conspicuous figure.

她是引人注目的人物。

▶ **constantly** [ˋkɑnstəntlɪ] (*adv.*) 不斷地 Track 710

The teacher constantly warned the students of the approaching tests.

老師不斷地提醒學生即將到來的考試。

▶ **constitute** [ˋkɑnstə͵tjut] (*v.*) 建立（政府）；組成 Track 711

The committee is constituted of members of all three parties.

委員會是由三個政黨的成員組成。

▶ **construction** [kənˋstrʌkʃən] (*n.*) 建築；建築物 Track 712

He is a construction worker.

他是一名建築工人。

▶ **constructive** [kənˋstrʌktɪv] (*adj.*) 建設性的 Track 713

The suggestion was very constructive and helpful.

這個提議是非常具有建設性且有幫助的。

▶ **consume** [kənˋsum] (*v.*) 消耗 Track 714

Cancer consumed him.

癌症消耗了他所有的精力。

▶ **contempt** [kənˋtɛmpt] (*n.*) 輕視；屈辱 Track 715

She lives in contempt.

她在屈辱中生活。

▶ **content** [kənˋtɛnt] (*adj.*) 知足的 (*n.*) 內容 (*v.*) 使滿足 Track 716

He is content with very little.

他很容易知足。

▶ **contract** [kənˋtrækt] (*v.*) 感染；立約 Track 717

He contracted SARS on an airplane.

他在一架飛機上感染了嚴重急性呼吸道症候群。

▶ **contradict** [͵kɑntrəˋdɪkt] (*v.*) 矛盾 Track 718

He always contradicts himself.

他總是自相矛盾。

▶ **contradiction** [͵kɑntrəˋdɪkʃən] (*n.*) 矛盾 Track 719

His contradiction proved that he was guilty.

他的矛盾證明他是有罪的。

▶ **contrary** [ˋkɑntrɛrɪ] (*adj.*) 相反的；相對的 Track 720

Miracles are contrary to nature.

奇蹟和大自然的力量是相對的。

▶ **contrast** [kən`træst] (*v.*) 對比；對照 Track 721
Our assignment was to compare and contrast two countries.
我們的任務是比較、對照二個國家。

▶ **convenience** [kən`vinjəns] (*n.*) 便利 Track 722
Many students enjoy the convenience of eating fast food.
許多學生特別享受西方速食的便利。

▶ **convict** [kən`vɪkt] (*v.*) 判某人有罪；判決 Track 723
He is convicted of being a spy.
他被判有間諜罪。

▶ **conviction** [kən`vɪkʃən] (*n.*) 信念 Track 724
Be positive of your convictions.
要確信你自己的信念。

▶ **convince** [kən`vɪns] (*v.*) 使相信；說服 Track 725
They convinced me that I could do it.
他們說服我，我可以做得到。

▶ **core** [kor] (*n.*) 果心；核心 Track 726
He is a Yankees fan to the core.
直譯：他是個到了核心的洋基迷。意譯：他是個從裡到外的洋基迷。

▶ **correction** [kə`rɛkʃən] (*n.*) 改正；修正 Track 727
The teacher wrote the proposed correction at the end of the page.
老師將建議的修正寫在頁底。

▶ **cosmetic** [kɑz`mɛtɪk] (*n.*) 化妝品 Track 728
A large part of her salary was used to buy more cosmetics.
她薪水的大部份都拿去買更多化妝品了。

▶ **cottage** [`kɑtɪdʒ] (*n.*) 小屋 Track 729
He is now living in a small cottage.
他現在住在小屋中。

▶ **couch** [kaʊtʃ] (*n.*) 長沙發 Track 730
When I am alone, I like to sleep on the couch.
當我獨自一個人時，我喜歡在長沙發上睡覺。

counselor [ˋkaunsḷɚ] (*n.*) 顧問 *Track 731*

She is a Guidance Counselor.

她是一名指導顧問。

countenance [ˋkauntənəns] (*n.*) 臉色；表情 *Track 732*

His countenance fell.

他的臉色拉了下來。

counter [ˋkauntɚ] (*n.*) 櫃檯 *Track 733*

Take the coins off the counter.

把錢從櫃檯上拿下來。

couple [ˋkʌpḷ] (*n.*) (一)對；夫婦；幾個 *Track 734*

There are a couple of paddles.

那兒有一對球拍。

courageous [kəˋredʒəs] (*adj.*) 勇敢的 *Track 735*

I am a courageous person.

我是個勇敢的人。

coverage [ˋkʌvərɪdʒ] (*n.*) 覆蓋；信貸準備金；保障額 *Track 736*

How much coverage does he need?

他需要多少保障額呢？

cozy [ˋkozɪ] (*adj.*) 舒適的；安逸的 *Track 737*

The hearth fire was cozy.

爐火很舒適。

crack [kræk] (*v.*) 擊裂；打 *Track 738*

I cracked two eggs into a bowl.

我在碗裡打了兩個蛋。

craft [kræft] (*n.*) 手工藝（品） *Track 739*

There was a craft display at the park yesterday.

昨天公園裡有手工藝品展覽。

crash [kræʃ] (*n.*) 碰撞；墜毀 *Track 740*

He survived the plane crash.

他在飛機墜毀後倖免於難。

▶ **crawl** [krɔl] (*v./n.*) 爬行；蠕動；緩慢地前進 Track 741

Being stocked in the traffic jam, he was slowed to a crawl.

遇上塞車，他只能減低速度緩慢地前進。

▶ **credit** [ˋkrɛdɪt] (*n.*) 信用 Track 742

His credit is good.

他的信用很好。

▶ **crisis** [ˋkraɪsɪs] (*n.*) 危機 同 emergency 緊急情況 Track 743

He was very calm during the crisis.

在危機發生的時候，他很鎮定。

▶ **criticize** [ˋkrɪtəˏsaɪz] (*v.*) 批評 Track 744

The movie was criticized for being too graphic.

那部電影因為色情暴力畫面太多而被批評。

▶ **cross** [krɔs] (*adj.*) 交叉的；脾氣壞的 Track 745

She'll get off at the next cross street.

她要在下一條交叉路口下車。

▶ **crowd** [kraʊd] (*n.*) 群眾 (*v.*) 聚集；擠滿 Track 746

A big crowd came to see the show.

一大群的人來看馬戲團表演。

▶ **crowded** [ˋkraʊdɪd] (*adj.*) 擁擠的 Track 747

This classroom is too crowded for 50 students.

這間教室對五十個學生來說實在太擁擠了。

▶ **crucial** [ˋkruʃəl] (*adj.*) 重要的；關鍵的 同 critical 緊要的 Track 748

He jumped at the crucial moment.

在關鍵的瞬間他跳下去了。

▶ **crude** [krud] (*adj.*) 粗略的 Track 749

The child drew a crude picture of me.

那個孩子替我粗略的畫了一幅像。

▶ **curiosity** [ˏkjʊrɪˋɑsətɪ] (*n.*) 好奇心 反 unconcern 冷漠 Track 750

I bought it out of curiosity.

我因好奇而買了它。

▶ **curious** [ˋkjʊrɪəs] (*adj.*) 好奇的；奇怪的 Track 751

He is a curious student.
他是個具有好奇心的學生。

▶ **currently** [ˋkɝəntlɪ] (*adv.*) 現在 Track 752

She is currently suffering from financial embarrassments.
她現在正遭遇經濟上的窘迫。

▶ **curriculum** [kəˋrɪkjələm] (*n.*) 課程 Track 753

Is German in your school's curriculum?
你們學校有德語課程嗎？

[Dd]

▶ **dairy** [ˋdɛrɪ] (*n.*) 乳品區 Track 754

The dairy section sells butter and cheese.
乳品區銷售奶油及乳酪。

▶ **damp** [dæmp] (*adj.*) 潮濕的 (*n.*) 濕度 Track 755

I don't like damp weather.
我不喜歡潮濕的天氣。

▶ **dare** [dɛr] (*v.*) 敢於；不懼 (*n.*) 挑戰 Track 756

He barely dares to think of it.
他簡直不敢想這件事。

▶ **deal** [dil] (*v.*) 分配；發牌 Track 757

Deal out one card at a time to everyone.
一次分給一個人一張牌。

▶ **debt** [dɛt] (*n.*) 債務 Track 758

He is deeply in debt.
他的債務很多。

▶ **deceive** [dɪˋsiv] (*n.*) 欺騙 Track 759

She deceived me. She is a very smart woman.
我被她欺騙了，她是個非常聰明的女人。

▶ **decently** [ˋdisn̩tlɪ] (*adv.*) 體面地；正派地 Track 760
We don't know how to dress decently.
我們不知道如何才能穿著體面。

▶ **decide** [dɪˋsaɪd] (*v.*) 決定 Track 761
I didn't want to leave my cozy apartment so I decided to stay home alone.
我不想離開我的舒適小窩，因此我決定一個人待在家裡。

▶ **decline** [dɪˋklaɪn] (*v.*) 拒絕 同 refuse 拒絕 Track 762
He politely declined the invitation.
他禮貌地拒絕了邀請。

▶ **decorate** [ˋdɛkəˏret] (*v.*) 裝飾；做室內裝修 Track 763
My sister likes to decorate rooms.
我姊姊非常喜歡裝飾房間。

▶ **defect** [dɪˋfɛkt] (*n.*) 缺陷 同 weakness 弱點 Track 764
This was his fatal defect.
這是他的致命缺陷。

▶ **defective** [dɪˋfɛktɪv] Track 765
(*adj.*) 有缺陷的；（智商或行為有）欠缺的
Her eyesight was exceedingly defective.
她的視力有很大的缺陷。

▶ **defendant** [dɪˋfɛndənt] (*n.*) 被告 (*adj.*) 辯護的 Track 766
She testified that the defendant was innocent.
她作證說這個被告是無辜的。

▶ **defensive** [dɪˋfɛnsɪv] (*n.*) 防禦；防範 Track 767
Now she's less defensive.
現在她防禦心沒那麼重了。

▶ **definite** [ˋdɛfənɪt] (*adj.*) 明確的；肯定的 同 clear 清楚的 Track 768
He has no definite aim in his life.
他沒有明確的生活目標。

▶ **definitely** [ˋdɛfənɪtlɪ] (*adv.*) 明確地；當然 Track 769
He definitely will come back and marry you.
他當然會回來和你結婚。

▶ **degree** [dɪˋgri] (*n.*) 學位；程度 Track 770

Can't you sense the degree of his anger?
你感受不到他憤怒的程度嗎？

▶ **deliberate** [dɪˋlɪbərɪt] (*adj.*) 深思熟慮的；故意的；有準備的 Track 771

She is deliberate in speaking.
她說話很深思熟慮。

▶ **deliberation** [dɪˏlɪbəˋreʃən] (*n.*) 從容；商議 Track 772

He spoke with great deliberation.
他極為從容地開口。

▶ **delicacy** [ˋdɛləkəsɪ] (*n.*) 微妙；優雅 Track 773

His action shows complete delicacy.
他的行為顯得極為優雅。

▶ **delight** [dɪˋlaɪt] (*n.*) 喜悅；愉快 Track 774

I delight myself in creating many short stories.
藉由創作短篇故事我感到很愉快。

▶ **delighted** [dɪˋlaɪtɪd] (*adj.*) 快樂的 Track 775

Everyone was delighted with his singing.
他的歌唱使每個人都很快樂。

▶ **delightful** [dɪˋlaɪtfəl] (*adj.*) 令人愉快的；美妙的 Track 776

Delightful music regales their ears.
美妙的音樂使他們大飽耳福。

▶ **demonstrator** [ˋdɛmənˏstretɚ] (*n.*) 示威運動者；論證者 Track 777

There were many demonstrators at the rally.
那場集會中有許多示威運動者。

▶ **denial** [dɪˋnaɪəl] (*n.*) 否認；拒絕 Track 778

She laughed off his denial.
她對於他的否認一笑置之。

▶ **denounce** [dɪˋnaʊns] (*v.*) 公開指責；譴責 Track 779

They should denounce a heresy.
他們應該公開指責異端邪說。

▶ **depress** [dɪˋprɛs] (*v.*) 使沮喪 Track 780
Rainy days always depress me.
雨天總使我沮喪。

▶ **depression** [dɪˋprɛʃən] (*n.*) 沮喪；消沉 Track 781
His depression came to an end when she kissed him.
當她吻他時，他的沮喪感逐漸消失。

▶ **deprive** [dɪˋpraɪv] (*v.*) 剝奪；使喪失 Track 782
An accident deprived him of his sight.
一場意外剝奪了他的視力。

▶ **derive** [dəˋraɪv] (*v.*) 得到；起源 Track 783
She derives great pleasure from her study.
她從學習中得到極大的樂趣。

▶ **descendant** [dɪˋsɛndənt] (*n.*) 後裔 Track 784
They are the descendants of Confucius.
他們是孔子的後裔。

▶ **descent** [dɪˋsɛnt] (*n.*) 祖籍；下降 Track 785
The balloon made a slow descent.
氣球慢慢地下降。

▶ **describe** [dɪˋskraɪb] (*v.*) 描寫；敘述；形容 同 define 解釋 Track 786
He was described as being very clever.
他被形容為非常聰明。

▶ **desire** [dɪˋzaɪr] (*v.*) 渴望；想要 Track 787
All men naturally desire to know.
人的天性就是渴望知識。

▶ **despair** [dɪˋspɛr] (*n.*) 絕望 Track 788
Defeat after defeat filled her with despair.
一次又一次的失敗，使她陷於絕望。

▶ **desperate** [ˋdɛspərɪt] Track 789
(*adj.*) 不顧一切的；拚死的；令人絕望的
He is a desperate criminal.
他是一個不顧一切的罪犯。

▶ **desperately** [ˋdɛspərɪtlɪ] (*adv.*) 拚命地；失望地 Track 790

He desperately tried to fire the bomb.

他拚命地試著點燃炸藥。

▶ **despite** [dɪˋspaɪt] (*prep.*) 儘管；不論 (*n.*) 惡意；怨恨 Track 791

She died because of pure despite and vexation.

她死於單純的怨恨和煩惱。

▶ **destroy** [dɪˋstrɔɪ] (*v.*) 毀壞；破滅 Track 792

All his hopes were destroyed.

他所有的希望都破滅了。

▶ **detective** [dɪˋtɛktɪv] (*n.*) 偵探 (*adj.*) 偵探的 Track 793

I like detective novels.

我喜歡偵探小說。

▶ **deter** [dɪˋtɝ] (*v.*) 妨礙；制止 同 hinder 阻礙；制止 Track 794

The large dog deterred trespassers.

這條大狗制止了入侵者。

▶ **deteriorate** [dɪˋtɪrɪə͵ret] (*v.*) （使）惡化 Track 795

The weather deteriorated overnight.

一夜之間天氣就惡化了。

▶ **determination** [dɪ͵tɝmɪˋneʃən] (*n.*) 決心 Track 796

His determination shows his belief that nothing is impossible to reach.

他的決心顯示了他相信沒有任何事情是不可能完成的。

▶ **determined** [dɪˋtɝmɪnd] (*adj.*) 堅決的；決定了的 Track 797

They were engaged in a protracted struggle with a determined enemy.

他們正在和堅決的敵人展開持久戰。

▶ **detour** [ˋditʊr] (*n.*) 繞路 (*v.*) 繞過 Track 798

They had to take a detour around a road-block.

他們得繞過路障。

▶ **devoted** [dɪˋvotɪd] (*adj.*) 投入的；深愛的 Track 799

She's devoted to me.

她對我深愛著。

▶ **devotion** [dɪˋvoʃən] (*n.*) 熱愛；忠誠 Track 800
Our devotion is to our leader.
我們對領袖忠誠。

▶ **diabetes** [ˏdaɪəˋbitɪs] (*n.*)【醫】糖尿病 Track 801
She has diabetes.
她患有糖尿病。

▶ **diagnose** [ˏdaɪəgˋnos] (*v.*) 診斷 Track 802
The doctor has diagnosed it as diabetes.
醫生把此病診斷為糖尿病。

▶ **dictate** [dɪkˋtet] (*v.*) 口授 (*n.*) 命令；要求 Track 803
Businessmen often dictate their letters.
商人們常口授信稿讓人筆錄。

▶ **dictation** [dɪkˋteʃən] (*n.*) 聽寫；口述 Track 804
They'll have a dictation test today.
他們今天要考聽寫了。

▶ **diet** [ˋdaɪət] (*n.*) 節食；飲食 Track 805
Your diet should include all four groups of food.
你的飲食應該包括所有四類食物。

▶ **digestion** [dəˋdʒɛstʃən] (*n.*) 消化；領悟 Track 806
He has bad digestion.
他的消化不太好。

▶ **diligence** [ˋdɪlədʒəns] Track 807
(*n.*) 勤勞 同 industrious 勤勉的；energetic 有活力的
We should cultivate diligence.
我們必須培養勤勞的習慣。

▶ **dilemma** [dəˋlɛmə] (*n.*) 左右為難的狀況；困境 Track 808
When one goes through hardships and difficult dilemmas, the words of the Bible can offer guidance.
在人們歷經磨難和困境時，聖經能夠提供指引。

A B C **D** E F G H I J K L M N O P Q R S T U V W X Y Z

▶ **dim** [dɪm] (*adj.*) 微暗的；模糊的 *Track 809*
The old woman has dim eyesight.
老婦人的視力模糊。

▶ **dimension** [dəˋmɛnʃən] (*n.*) 尺寸；面積 *Track 810*
What are the dimensions of the room?
這房間的面積是多少？

▶ **dine** [daɪn] (*v.*) 吃飯 *Track 811*
He dined in town.
他在城裡吃飯。

▶ **dip** [dɪp] (*v.*) 浸；沾；清洗 *Track 812*
He dipped a finger into the water.
他把一隻手指浸入水中。

▶ **diplomacy** [dɪˋploməsɪ] (*n.*) 外交 *Track 813*
He is a genius at diplomacy.
他是一個外交天才。

▶ **direct** [dəˋrɛkt] (*v.*) 指示 *Track 814*
Can you direct me to the post office?
你能指示我去郵局的路嗎？

▶ **directly** [dəˋrɛktlɪ] (*adv.*) 直接地；立即 反 indirectly 間接的 *Track 815*
He was looking directly at me.
他直接地看著我。

▶ **disabled** [dɪsˋebl̩d] (*adj.*) 傷殘的 *Track 816*
He is a disabled soldier.
他是一名傷殘的軍人。

▶ **disappoint** [͵dɪsəˋpɔɪnt] *Track 817*
(*v.*) 使失望 同 dissatisfy 使失望；displease 使觸怒
His conduct disappoints us.
他的行為使我們失望。

▶ **disaster** [dɪˋzæstɚ] (*n.*) 災禍 *Track 818*
Some people believe that an eclipse is an omen of an upcoming disaster.
有些人相信日蝕是災禍來臨的預兆。

▶ **disastrous** [dɪz`æstrəs] (*adj.*) 損失慘重的；極為有害 *Track 819*
The climate was disastrous to her health.
那種氣候對她的健康極為有害。

▶ **discard** [dɪs`kɑrd] (*v.*) 拋棄 *Track 820*
They should discard old beliefs.
他們應該拋棄舊信仰。

▶ **discipline** [`dɪsəplɪn] (*v.*) 懲罰；訓練 *Track 821*
You should discipline the dog.
你應該訓練這隻狗。

▶ **disclose** [dɪs`kloz] (*v.*) 揭露；透露 *Track 822*
She attempts to disclose the truth.
她試圖揭露事實的真相。

▶ **discourage** [dɪs`kɝɪdʒ] *Track 823*
(*v.*) 使氣餒 同 deter 使斷念；prevent 妨礙
Repeated failures discouraged him.
一再的失敗使他氣餒。

▶ **discovery** [dɪ`skʌvərɪ] (*n.*) 發現 *Track 824*
It was a huge discovery to Jimmy that snakes used to have legs.
對吉米來說，蛇以前有腳是一個重大發現。

▶ **discrimination** [dɪˏskrɪmə`neʃən] (*n.*) 歧視 *Track 825*
Gandhi had to live with racial discrimination.
甘地必須忍受種族歧視。

▶ **disguise** [dɪs`gaɪz] (*n.*) 偽裝 *Track 826*
Nobody saw through her disguise.
沒有人識破她的偽裝。

▶ **disgust** [dɪs`gʌst] (*v.*) 使嫌惡 *Track 827*
She is disgusted by his selfishness.
她很嫌惡他的自私自利。

▶ **disgusting** [dɪs`gʌstɪŋ] (*adj.*) 噁心的 *Track 828*
Cockroaches are so disgusting.
蟑螂真的非常噁心。

▶ **disperse** [dɪˋspɝs] (*v.*) 分散 Track 829
They dispersed to the 200 churches in the city.
他們分散到全市兩百座教堂去。

▶ **disrupt** [dɪsˋrʌpt] (*v.*) 使混亂；擾亂 Track 830
They often disrupt my thoughts.
他們經常擾亂我的思考。

▶ **dissatisfaction** [ˏdɪssætɪsˋfækʃən] (*n.*) 不滿 Track 831
She cannot articulate her dissatisfaction.
她的不滿難以表達。

▶ **distinct** [dɪˋstɪŋkt] (*adj.*) 清晰的；明顯的；獨特的 Track 832
His pronunciation is distinct.
他的發音清晰。

▶ **distinction** [dɪˋstɪŋkʃən] (*n.*) 差別；特性；顯赫 Track 833
Her writing style lacks distinction.
她的文風缺乏特性。

▶ **distinguish** [dɪˋstɪŋgwɪʃ] (*v.*) 辨別；辨認出 同 detect 察覺 Track 834
We should distinguish right from wrong.
我們應辨別是非。

▶ **distract** [dɪˋstrækt] (*v.*) 打擾 Track 835
She needs to concentrate. Don't distract her from her studies.
她需要集中精力，別打攪她學習。

▶ **distraction** [dɪˋstrækʃən] (*n.*) 娛樂；分心；分心的事物 Track 836
Her questions are a distraction.
她的問題使我分心。

▶ **distress** [dɪˋstrɛs] (*n.*) 苦惱 Track 837
She expressed her distress.
她表達了她的苦惱。

▶ **distribute** [dɪˋstrɪbjʊt] (*v.*) 分配；分發 Track 838
They distributed the prizes to the victors.
他們把獎品分發給優勝者。

▶ **disturbance** [dɪˋstɝbəns] (*n.*) 擾亂；騷動 Track 839
He often creates disturbances during class.
他經常在上課時引起騷動。

▶ **dive** [daɪv] (*v.*/n.) 潛水；俯衝 Track 840
She can dive.
她會潛水。

▶ **diversification** [daɪˏvɝsəfəˋkeʃən] (*n.*) 多元化 Track 841
They encourage diversification in the school system.
他們鼓勵教學系統有多元化的發展。

▶ **divorce** [dəˋvors] (*n.*) 離婚 Track 842
He filed for divorce.
他提出離婚訴訟。

▶ **domestic** [dəˋmɛstɪk] Track 843
(*adj.*) 家庭方面的；國內的 反 foreign 國外的
He had many domestic troubles.
他有許多家庭方面的問題。

▶ **donate** [ˋdonet] (*v./n.*) 捐贈 Track 844
He donated a large sum of money to the orphanage.
他捐贈了一大筆款項給孤兒院。

▶ **dormitory** [ˋdɔrməˏtorɪ] (*n.*) 宿舍 Track 845
We chose to live in a college dormitory.
我們選擇住進大學宿舍。

▶ **dose** [dos] (*n.*) 劑量；（一）劑 Track 846
She took a dose of aspirin.
她服了一劑阿斯匹靈。

▶ **download** [ˋdaʊnˏlod] (*v.*) 下載 Track 847
I am downloading a software.
我正在下載軟體。

▶ **downtown** [ˋdaʊntaʊn] (*adv.*) 在市區；往市區 (*adj.*) 市區的 Track 848
We have gone downtown.
我們往市區去了。

A B C **D** E F G H I J K L M N O P Q R S T U V W X Y Z

▶ **draft** [dræft] (*v.*) 徵召 (*n.*) 氣流；草稿 Track 849

When Tommy was drafted into the military, his father took good care of him.
湯米被徵召入伍時，他的父親給他很好的照顧。

▶ **drag** [dræg] (*v.*) 拖；緩慢而費力地行動 Track 850

She could hardly drag herself along.
她幾乎無法再拖著自己往前走了。

▶ **dread** [drɛd] (*v.*) 懼怕；擔心 (*n.*) 恐懼；可怕的人（或物） Track 851

We dread his coming.
我們懼怕他的到來。

▶ **dreadful** [`drɛdfəl] (*adj.*) 可怕的；討厭的 Track 852

She is perfectly dreadful.
她實在令人討厭。

▶ **drugstore** [`drʌg͵stor] (*n.*) 【美】藥房；藥妝店 Track 853

She was hanging around in the drugstore.
她在藥妝店裡閒蕩。

▶ **dull** [dʌl] (*adj.*) 感覺或理解遲鈍的；無趣的 Track 854

The students slept through his dull speech.
他無趣的演講讓學生們都睡著了。

▶ **durable** [`djʊrəbl̩] (*adj.*) 持久的；耐用的 Track 855

These shoes are durable.
這雙鞋很耐穿。

▶ **dust** [dʌst] (*n.*) 灰塵 Track 856

Nobody lived there so everything inside was covered with dust.
沒有人住在那裡，所以裡面的東西都佈滿灰塵。

[Ee]

▶ **educate** [`ɛdʒə͵ket] (*v.*) 教育 同 teach 教導；instruct 指導 Track 857

He was educated in England.
他在英國受教育。

▶ **election** [ɪ`lɛkʃən] (*n.*) 選舉 *Track 858*
What do you think about the election?
你怎麼看待這次選舉？

▶ **elegant** [`ɛləgənt] (*adj.*) 優雅的；端莊的 *Track 859*
Her manner is elegant.
她的舉止優雅。

▶ **elementary** [ˏɛlə`mɛntərɪ] (*adj.*) 基本的；初步的 *Track 860*
He has only an elementary knowledge of the grammar.
他對文法只有一點初步的知識。

▶ **elevate** [`ɛləˏvet] (*v.*) 提高 *Track 861*
Our living quality has to be elevated.
我們必須提高生活品質。

▶ **embarrassing** [ɪm`bærəsɪŋ] (*adj.*) 尷尬的 *Track 862*
Madame Michele found herself in an embarrassing position.
蜜雪兒太太發覺自己陷入尷尬的境地。

▶ **embarrassment** [ɪm`bærəsmənt] (*n.*) 困窘；不好意思 *Track 863*
She flushed with embarrassment.
她因不好意思而臉紅。

▶ **embrace** [ɪm`bres] (*v.*) 擁抱 *Track 864*
I love to embrace them when they were young.
當他們還小的時候，我很喜歡擁抱他們。

▶ **emphasize** [`ɛmfəˏsaɪz] (*v.*) 強調；著重 *Track 865*
He emphasized the importance of driving carefully.
他強調小心駕駛的重要。

▶ **encounter** [ɪn`kaʊntɚ] (*v.*) 遭遇；意外地遇見 *Track 866*
Susie encountered her old college friend on the bus.
蘇西在公車上意外地遇見她大學時期的老朋友。

▶ **endure** [ɪn`djʊr] (*v.*) 忍耐；忍受 同 stand 忍受；bear 忍耐 *Track 867*
This is not the kind of pain a normal person can endure.
這不是那種一般人可以忍受的痛。

▶ **energetic** [ˌɛnɚˋdʒɛtɪk] (*adj.*) 精力充沛的 — *Track 868*

He appears energetic.
他顯得精力充沛。

▶ **engage** [ɪnˋgedʒ] — *Track 869*

(*v.*) 與……訂婚；忙於 反 disengage 解除

Miss Jones is engaged to Mr. Smith.
瓊絲小姐與史密斯先生訂了婚。

▶ **engagement** [ɪnˋgedʒmənt] (*n.*) 約會；婚約 — *Track 870*

He cancelled our lunch engagement.
他取消了我們的午餐約會。

▶ **enjoyable** [ɪnˋdʒɔɪəbl̩] (*adj.*) 令人愉快的 — *Track 871*

It was a very enjoyable dinner.
這是非常令人愉快的一餐。

▶ **enlargement** [ɪnˋlɑrdʒmənt] (*n.*) 放大；擴展 — *Track 872*

He's working on the enlargement of the business.
他正努力擴展業務。

▶ **entertainer** [ˌɛntɚˋtenɚ] — *Track 873*

(*n.*) 款待者；表演娛樂節目的人；演藝人員

He's a popular television entertainer.
他是大眾喜愛的電視演藝人員。

▶ **enthusiasm** [ɪnˋθjuzɪˌæzəm] (*n.*) 熱忱 — *Track 874*

When recess comes, the students are happy and full of enthusiasm.
休息時間，學生顯得很高興而且充滿熱忱。

▶ **enthusiast** [ɪnˋθjuzɪˌæst] (*n.*) 狂熱者；熱衷的人 — *Track 875*

My pastime has also been very helpful in introducing me to other similar enthusiasts.
我的休閒活動也幫我認識其他同樣熱衷的人。

▶ **enthusiastic** [ɪnˌθjuzɪˋæstɪk] — *Track 876*

(*adj.*) 狂熱的 同 eager 熱切的

He is an enthusiastic baseball fan.
他是一個狂熱的棒球迷。

▶ **escape** [ə`skep] (*v.*) 逃脫 回 evade 迴避；flee 避開 Track 877
The prisoner had escaped from the prison.
囚犯從獄中逃脫了。

▶ **escort** [`ɛskɔrt] (*v.*) 護送；陪同 Track 878
He escorted me to the door.
他把我護送到門口。

▶ **essential** [ɪ`sɛnʃəl] (*adj.*) 基本的；不可或缺的 Track 879
In my opinion, exercise should be an essential part of our life.
我認為運動應該是我們生活中不可或缺的部分。

▶ **establish** [ə`stæblɪʃ] (*v.*) 建立 Track 880
His honesty is well-established.
他把自己正直的形象建立地很好。

▶ **ethical** [`ɛθɪk!] (*adj.*) 道德的；合乎道德的 Track 881
He led an ethical life.
他過著合乎道德的生活。

▶ **eventually** [ɪ`vɛntʃʊəlɪ] (*adv.*) 最後；終於 Track 882
Eventually she owned up to her mistakes.
她終於認錯了。

▶ **exactly** [ɪg`zæktlɪ] (*adv.*) 確切地 Track 883
Many people believe that they have chosen exactly the right person with whom to share their lives.
很多人相信他們選擇了確切地對的那個人一起過日子。

▶ **exaggeration** [ɪg`zædʒə͵reʃən] (*n.*) 誇張，誇大 Track 884
Exaggeration is his weakness.
誇大是他的缺點。

▶ **excess** [ɪk`sɛs] (*n.*) 過度；無節制；過分的行為 Track 885
He is abhorrent of excess.
他厭惡無節制的事。

▶ **excite** [ɪk`saɪt] (*v.*) 激動；興奮 回 stir 激起 Track 886
The news excited everybody.
這個消息讓每一個人都很激動。

▶ **excitement** [ɪk`saɪtmənt] (*n.*) 刺激；興奮 Track 887

He is crazy with excitement.
他興奮得發狂。

▶ **excited** [ɪk`saɪtɪd] (*adj.*) 感到興奮的 Track 888

An excited crowd awaited the arrival of the politician.
興奮的群眾等著政治家的蒞臨。

▶ **exclaim** [ɪks`klem] (*v.*) 呼喊，大叫 同 shout 叫喊 Track 889

He exclaimed that I should not leave without him.
他大叫說我不該丟下他而去。

▶ **exertion** [ɪg`zɝʃən] (*n.*) 費力；行使 Track 890

It is no exertion to him to do so.
這樣做對他而言並不費力。

▶ **exhaustion** [ɪg`zɔstʃən] (*n.*) 筋疲力盡；竭盡 Track 891

Her nonstop talk about her favorite idol has almost driven me to exhaustion.
她無止盡地聊她最愛的偶像，幾乎要把我弄得筋疲力盡了。

▶ **exhibition** [ˌɛksə`bɪʃən] (*n.*) 展覽；陳列品 同 show 展示 Track 892

Ted held exhibitions of his works in several galleries.
泰德在許多個畫廊舉辦展覽。

▶ **expectation** [ˌɛkspɛk`teʃən] (*n.*) 期待；預料 Track 893

His mind was throbbing with expectation.
他的心因期待而砰砰地跳著。

▶ **expensive** [ɪk`spɛnsɪv] (*adj.*) 昂貴的 同 costly 價錢高的 Track 894

The car is too expensive for me to buy.
這車子太昂貴了，我買不起。

▶ **exposure** [ɪk`spoʒɚ] (*n.*) 暴露；揭發；（住家等的）朝向 Track 895

Our house has a southern exposure.
我們的房子朝向南方。

▶ **expression** [ɪk`sprɛʃən] (*n.*) 措辭；言語 Track 896

He never uses rude expressions to display his anger.
他絕不用粗魯的言語來表現他的憤怒。

A B C D E F G H I J K L M N O P Q R S T U V W X Y Z

▶ **extraordinary** [ɪkˋstrɔdn̩,ɛrɪ] Track 897
(*adj.*) 驚人的；不正常的 反 normal 平凡的
He is a man of extraordinary strength.
他有驚人的力氣。

▶ **extreme** [ɪkˋstrim] (*adj.*) 極端的；偏激的 Track 898
He held extreme views.
他抱持偏激的見解。

[Ff]

▶ **fabulous** [ˋfæbjələs] (*adj.*) 【口】好極了 Track 899
That was a fabulous dinner.
那頓晚餐好極了。

▶ **faint** [fent] (*n.*) 昏倒 (*adj.*) 虛弱的；暗淡的；快要昏厥的 Track 900
She looks faint.
她看起來快要暈厥了。

▶ **fairly** [ˋfɛrlɪ] (*adv.*) 公正地；相當地；簡直 Track 901
Can you supply fairly promptly?
你們能夠相當迅速地供應嗎？

▶ **faith** [feθ] (*n.*) 信仰；忠誠；信心 反 doubt 懷疑 Track 902
When facing difficulties, I tend to lack faith in myself.
面臨困難時，我容易喪失信心。

▶ **faithful** [ˋfeθfəl] (*adj.*) 忠實的；忠誠的 Track 903
A faithful husband is faithful to his marriage vows.
一個忠實的丈夫會對結婚的誓約保持忠誠。

▶ **familiar** [fəˋmɪljɚ] (*adj.*) 熟悉的 Track 904
Blacksmiths have to be familiar with various kinds of metals.
鐵匠對於各式各樣的金屬要很熟悉。

▶ **fancy** [ˋfænsɪ] (*adj.*) 精美的 Track 905
Helen bought a fancy gift for one of her classmates.
海倫買了一個精美的禮物送給同學。

▶ **fantastic** [fænˋtæstɪk] (*adj.*) 幻想的；荒謬的；【口】好極了 Track 906

That sounds fantastic!

那聽起來好極了！

▶ **fare** [fɛr] (*n.*) 費用 Track 907

I spent too much on bus fare.

我花太多的費用在搭公車上。

▶ **fascinating** [ˋfæsn̩ˏetɪŋ] (*adj.*) 迷人的；吸引人的 Track 908

Your ideas are fascinating.

你這些想法很吸引人。

▶ **fasten** [ˋfæsn̩] (*v.*) 紮牢；繫緊 Track 909

Fasten your seat belt!

把安全帶繫好！

▶ **fate** [fet] (*n.*) 命運；厄運 Track 910

He said that they met each other by fate.

他說他們的相遇是命運。

▶ **fear** [fɪr] (*n.*) 恐懼 Track 911

Fear assailed her.

她突然感到極度恐懼。

▶ **feed** [fid] (*v.*) 餵食；供養 同 nourish 養育；supply 供給 Track 912

He has a large family to feed.

他有一個大家庭要供養。

▶ **fellow** [ˋfɛlo] (*n.*) 傢伙；夥伴 Track 913

The fellow pushed impatiently forward.

這傢伙急不可耐地往前鑽。

▶ **female** [ˋfimel] (*adj.*) 女性的；雌的 Track 914

He believed strongly in female emancipation.

他強烈主張女性解放。

▶ **fertile** [ˋfɝtl̩] (*adj.*) 肥沃的 Track 915

That piece of land used to be fertile.

那塊土地曾經是肥沃的。

▶ **fetch** [fɛtʃ] (*v.*) 接來；去請；售得 Track 916
Fetch a doctor at once.
立刻去請一位醫生。

▶ **fever** [ˋfivɚ] (*n.*) 發燒 Track 917
Fever indicates illness.
發燒表示生病。

▶ **fiction** [ˋfɪkʃən] (*n.*) 小說 回 legend 傳奇 Track 918
He prefers history to fiction.
比起小說，他更喜歡歷史。

▶ **fine** [faɪn] (*v.*) 科罰金 Track 919
He was fined NT$1,600 for speeding.
因為超速，他被科罰金1,600元。

▶ **fit** [fɪt] (*n.*) 突然發作；適合 Track 920
That is really a perfect fit!
那真是太適合不過了！

▶ **fix** [fɪks] (*v.*) 使固定；修理；安排 回 mend 縫補 Track 921
We fixed the post in the ground.
我們把郵筒固定在地上。

▶ **flavor** [ˋflevɚ] (*n.*) 口味；香料 (*v.*) 加味於 Track 922
Chocolate and vanilla are different flavors.
巧克力和香草是不同的口味。

▶ **flourish** [ˋflɝɪʃ] (*v.*) 茂盛；興旺；成功 回 prosper 繁榮 Track 923
She really flourished in the show business.
她在演藝界很成功。

▶ **forbid** [fɚˋbɪd] (*v.*) 禁止 Track 924
I forbid my child from driving.
我禁止我的小孩開車。

▶ **foreigner** [ˋfɔrɪnɚ] (*n.*) 外國人 Track 925
He is married to a foreigner.
他與一個外國人結婚了。

▶ **fortunate** [ˋfɔrtʃənɪt] *(adj.)* 幸運的 *Track 926*

That was fortunate of you.
你真的很幸運。

▶ **fortune** [ˋfɔrtʃən] *(n.)* 好運；財富；巨款 *Track 927*

I'll make a fortune because I've mastered crowd psychology.
我會賺進一筆巨款因為我掌握了群眾心理。

▶ **foster** [ˋfɔstɚ] *(v.)* 領養；培養；懷抱（希望） *Track 928*

We fostered three children.
我們領養了三個小孩。

▶ **found** [faʊnd] *(v.)* 建立；創辦；使有根據 *Track 929*

They found a hospital.
他們創辦了一間醫院。

▶ **fragile** [ˋfrædʒəl] *(adj.)* 脆弱的；易碎的 *Track 930*

Their marriage is fragile.
他們的婚姻很脆弱。

▶ **frank** [fræŋk] *(adj.)* 率直的；坦白的 *Track 931*

He made a frank confession of his guilt.
他坦白供述自己的罪行。

▶ **friction** [ˋfrɪkʃən] *(n.)* 摩擦力 *Track 932*

Things will slide around without friction.
沒有摩擦力，東西都會滑來滑去。

▶ **fright** [fraɪt] *(n.)* 吃驚 *Track 933*

He yelled with fright.
他吃驚得大聲喊叫。

▶ **fulfill** [fʊlˋfɪl] *(v.)* 履行；滿足 *Track 934*

He fulfilled his expectations.
他滿足了自己的期望。

▶ **fully** [ˋfʊlɪ] *(adv.)* 完全地；徹底地 *Track 935*

You didn't comprehend the whole situation fully.
你並沒有完全地了解整體的情況。

A B C D E F G H I J K L M N O P Q R S T U V W X Y Z

▶ **funeral** [ˋfjunərəl] (*n.*) 葬禮 *Track 936*

I attended a funeral yesterday.
我昨天參加了一個葬禮。

▶ **furious** [ˋfjʊrɪəs] (*adj.*) 狂怒的；激烈的；大發雷霆 *Track 937*

He was furious with her.
他對她大發雷霆。

▶ **furnish** [ˋfɝnɪʃ] (*v.*) 供應；佈置 *Track 938*

My wife furnished the house all by herself.
我老婆自己一個人佈置了這個房子。

▶ **furniture** [ˋfɝnɪtʃɚ] (*n.*) 傢俱 *Track 939*

We hadn't much furniture.
我們沒有多少傢俱。

▶ **fuss** [fʌs] (*v./n.*) 忙亂；大驚小怪 *Track 940*

Don't make a fuss now! They'll break up sooner than you think.
先不要大驚小怪！他們會比你想的還要快分手。

[Gg]

▶ **gap** [gæp] (*n.*) 差距；隔閡；缺口 *Track 941*

There's usually a gap between parents and children.
父母和孩子之間通常都有隔閡。

▶ **garage** [gəˋrɑʒ] (*n.*) 修車廠；車庫 *Track 942*

My garage backs their yard.
我的車庫背對著他們的院子。

▶ **garbage** [ˋgɑrbɪdʒ] (*n.*) 垃圾 *Track 943*

The garbage will be picked up in the morning.
這些垃圾會在早上的時候被清走。

▶ **generous** [ˋdʒɛnərəs] (*adj.*) 慷慨的；大方的 *Track 944*

Mr. White was generous.
懷特先生很大方。

▶ **glance** [glæns] (*n.*) 一瞥；目光 — Track 945

Her angry glance said everything.
她憤怒的目光說明了一切。

▶ **glare** [glɛr] (*n.*) 刺眼的強光；怒目而視 — Track 946

The glare blinded him.
刺眼的強光使他一時看不見。

▶ **glimpse** [glɪmps] (*n.*) 瞥見 — Track 947

I only caught a glimpse of the speeding car.
我只瞥見那部疾馳的車子。

▶ **globalization** [ˌglobəlaɪˋzeʃən] (*n.*) 全球化 — Track 948

He took globalization to a new level.
他把全球化推向了一個新的高度。

▶ **gloomy** [ˋglumɪ] (*adj.*) 悲觀的；陰鬱的 — Track 949

He feels gloomy about the future of a warring world.
他對戰亂世界的未來感到悲觀。

▶ **gossip** [ˋgɑsəp] (*v.*) 說閒話 — Track 950

People gossip from morning till night.
人們一天到晚都在說閒話。

▶ **govern** [ˋgʌvɚn] (*v.*) 統治；控制；管理 — Track 951

You should govern your temper.
你應該控制你的情緒。

▶ **grab** [græb] (*v.*) 抓取 — Track 952

Grab yourself a roast chestnut!
你自己抓一顆烤栗子來吃吧！

▶ **grace** [gres] (*n.*) 優美；感恩禱告 — Track 953

Brother Luke will say grace.
盧克修士將作感恩禱告。

▶ **gradual** [ˋgrædʒuəl] (*adj.*) 逐漸的 — Track 954

He made a gradual progress in English.
他的英文逐漸進步了。

▶ **graduate** [ˋgrædʒʊ͵et] (*v.*) 畢業；得到學位 Track 955
I have just graduated from senior high school.
我剛從高中畢業。

▶ **grain** [gren] (*n.*) 穀物；顆粒 Track 956
There is a ship with a cargo of grain over there.
那裡有一艘裝載穀物的船。

▶ **grand** [grænd] (*adj.*) 堂皇的；雄偉的；主要的 Track 957
We stood before the grand cathedral in awe.
我們敬畏地站在雄偉的教堂前。

▶ **grateful** [ˋgretfəl] (*adj.*) 感激的；感謝的 Track 958
She was very grateful of the government's intervention.
對於政府的調停，她非常感激。

▶ **gratitude** [ˋgrætə͵tjud] (*n.*) 感激 Track 959
They do not know how to express their gratitude to their parents.
他們不知道如何表達對父母的感激。

▶ **greet** [grit] (*v.*) 打招呼；問候 Track 960
He greeted me with a smile.
他微笑著跟我打招呼。

▶ **grief** [grif] (*n.*) 悲傷 同 sorrow 悲傷 Track 961
He died of grief.
他因悲傷而死。

▶ **grocery** [ˋgrosərɪ] (*n.*)【美】食品雜貨店；食品；雜貨 Track 962
He is in the grocery business.
他經營雜貨業。

▶ **guidance** [ˋgaɪdn̩s] (*n.*) 指導；引導 Track 963
They prayed to God for guidance in difficult times.
他們祈求上帝在困難時期給他們引導。

▶ **guide** [gaɪd] (*v.*) 引導 Track 964
Ambition can guide you on the road to success.
企圖心可以引導你走向成功之路。

▶ **guilt** [gɪlt] (*n.*) 罪行；內疚 Track 965

We try to find evidence to prove his quilt.

我們嘗試找出證據證實他的罪行。

▶ **guilty** [ˋgɪltɪ] (*adj.*) 有罪的 Track 966

You will be found guilty and put in jail.

你會被判有罪然後入獄的。

[Hh]

▶ **hail** [hel] (*v.*) 歡呼；致敬；招呼 Track 967

He whistled to hail a taxi.

他吹口哨招呼計程車停下。

▶ **hardship** [ˋhɑrdʃɪp] (*n.*) 困苦；艱難 Track 968

Some people surrender to life's hardships; some rise above it.

有些人屈服於生活的艱難；有些人克服它們。

▶ **harm** [hɑrm] (*v.*/n.) 傷害；惡意 Track 969

I meant no harm.

我並沒有惡意。

▶ **headache** [ˋhɛd͵ek] (*n.*) 頭痛 Track 970

Students developed severe headaches when they had to study.

當學生必須開始讀書時，便感到頭痛。

▶ **headline** [ˋhɛd͵laɪn] (*n.*) 標題；頭條 Track 971

A newspaper headline caught her attention.

報紙上的一個標題引起了她的注意。

▶ **heavy** [ˋhɛvɪ] (*adj.*) 重的；沉悶的 Track 972

It's too heavy for me to lift.

它太重了，我舉不起來。

▶ **hectic** [ˋhɛktɪk] (*adj.*) 忙亂的 Track 973

The journalist leads a hectic life.

這名新聞記者過著忙亂的生活。

▶ **height** [haɪt] (*n.*) 高度；身高 *Track 974*
What is your height?
你的身高是多少？

▶ **heir** [ɛr] (*n.*) 繼承人；後嗣 *Track 975*
He proclaimed Anne his heir.
他宣佈安為他的繼承人。

▶ **heroic** [hɪˋroɪk] (*adj.*) 英雄的；英勇的 *Track 976*
It was a heroic act that he tried to save the girl from drowning at the cost of his life.
他以自己的生命為代價解救落水的女孩，真是英勇的表現。

▶ **hesitate** [ˋhɛzə͵tet] (*v.*) 猶豫 *Track 977*
He never hesitates to use his physical strength to get what he wants.
他從不猶豫利用他的身強體壯去得到他想要的東西。

▶ **hospitalize** [ˋhɑspɪtḷ͵aɪz] (*v.*) 住院治療 *Track 978*
Mrs. Smith was seriously ill and already hospitalized.
史密斯夫人已經病重住院治療了。

▶ **hostage** [ˋhɑstɪdʒ] (*n.*) 人質；抵押品 *Track 979*
Possibly they will kill the hostage.
他們可能會殺掉人質。

▶ **household** [ˋhaus͵hold] (*adj.*) 家庭的；普通的 *Track 980*
In Taiwan, more and more household chores are shared between the couple.
在台灣，越來越多夫妻會互相分擔家庭的瑣事。

▶ **humiliate** [hjuˋmɪlɪ͵et] (*v.*) 羞辱；使丟臉；恥辱 *Track 981*
They pay me empty compliments which only humiliate me.
他們虛情假意地恭維我，這只會使我感到羞辱。

[Ii]

▶ **identify** [aɪˋdɛntə͵faɪ] (*v.*) 認出 *Track 982*
Can you identify your umbrella among these?
你能在這些傘中認出你的嗎？

▶ **ignorance** [ˋɪgnərəns] (*n.*) 無知 Track 983
His ignorance made him lose his job.
他的無知害他丟了工作。

▶ **ignore** [ɪgˋnor] (*v.*) 疏忽；不理睬 同 disregard 不理會 Track 984
He ignored my warnings.
他不理睬我的警告。

▶ **ill** [ɪl] (*adj.*) 生病的；壞的 Track 985
He looks ill.
他看起來生病了。

▶ **illegal** [ɪˋlig!] (*adj.*) 違法的 Track 986
It is illegal to burn the national flag.
燒國旗是違法的行為。

▶ **illness** [ˋɪlnɪs] (*n.*) 疾病；病情 Track 987
Grief aggravated her illness.
悲傷加重了她的病情。

▶ **illusion** [ɪˋljuʒən] (*n.*) 幻影，幻象 Track 988
It is only an optical illusion.
那只是一種視覺幻象。

▶ **imagination** [ɪˏmædʒəˋneʃən] (*n.*) 想像的事物；想像力 Track 989
He lacks imagination.
他缺乏想像力。

▶ **immediately** [ɪˋmidɪɪtlɪ] (*adj.*) 馬上 Track 990
She realized immediately that she could not walk any more to ask for help.
她馬上警覺到她沒辦法走路去求救了。

▶ **immune** [ɪˋmjun] (*adj.*) 免疫的；無動於衷 Track 991
He was immune to all persuasion.
他對所有的勸說都無動於衷。

▶ **immunity** [ɪˋmjunətɪ] (*n.*) 免疫性；豁免權 Track 992
He claims diplomatic immunity to avoid being arrested.
他要求外交豁免權以避免被逮捕。

▶ **improve** [ɪm`pruv] (*v.*) 提高；改善 Track 993
I wish to improve my English.
我希望改善自己的英文能力。

▶ **income** [`ɪn͵kʌm] (*n.*) 所得 同 receipt 收入；return 收益 Track 994
Though he has a humble income, he gives most of it to charity.
雖然他的所得不高，他把其中大部分都捐給慈善團體。

▶ **indifferent** [ɪn`dɪfərənt] Track 995
(*adj.*) 不感興趣的；不關心的；冷淡的
Her father is indifferent to the sufferings of other people.
她的父親對他人的苦難不感興趣。

▶ **individual** [͵ɪndə`vɪdʒuəl] (*n.*) 個體；個人 (*adj.*) 個別的 Track 996
Mr. Chen is a mature individual with a great variety of interests.
陳同學是一位興趣廣泛、成熟的個體。

▶ **infect** [ɪn`fɛkt] (*v.*) 傳染；影響 Track 997
His high spirits infected all his companions.
他的好精神影響了他所有的朋友。

▶ **inferiority** [ɪnfɪrɪ`ɑrətɪ] (*n.*) 自卑（情緒）；次等；劣勢 Track 998
Some of them developed a great inferiority complex.
他們之中有些人養成了嚴重的自卑感。

▶ **inform** [ɪn`fɔrm] (*v.*) 告知 Track 999
His doctor recently informed him that he had cancer.
他最近被他的醫生告知罹患癌症。

▶ **inhabit** [ɪn`hæbɪt] (*v.*) 居住於；佔據；棲息 Track 1000
Thoughts inhabit his mind.
各種思想佔據了他的心靈。

▶ **inherit** [ɪn`hɛrɪt] (*v.*) 繼承；遺傳而得 Track 1001
They inherited the old convention.
他們繼承了那項古老傳統。

▶ **instead** [ɪn`stɛd] (*adv.*) 代替；更換 Track 1002
Could she have something else instead?
她能吃點其他的東西來代替嗎？

▶ **instinct** [ˋɪnstɪŋkt] (*n.*) 本能 Track 1003

He has a strong possessive instinct.

他有一個很強的佔有本能。

▶ **instrument** [ˋɪnstrəmənt] (*n.*) 工具；樂器 同 device 設備 Track 1004

These are stringed instruments.

這些是絃樂器。

▶ **integrity** [ɪnˋtɛgrətɪ] (*n.*) 正直 Track 1005

People all appreciate his integrity.

人們都讚賞他的正直。

▶ **intellect** [ˋɪntḷˏɛkt] (*n.*) 智力 Track 1006

You rated his intellect too highly.

你把他的智力評估得太高。

▶ **intelligence** [ɪnˋtɛlədʒəns] (*n.*) 智力 Track 1007

The children were given an intelligence test.

那些孩子們接受了智力測驗。

▶ **intend** [ɪnˋtɛnd] (*v.*) 意圖 Track 1008

Is that what you intended for?

那就是你的意圖嗎？

▶ **interference** [ˏɪntɚˋfɪrəns] (*n.*) 干涉 Track 1009

Her interference was not warranted.

她干涉得毫無道理。

▶ **intermediate** [ˏɪntɚˋmidɪət] (*adj.*) 中間的 (*n.*) 媒介 Track 1010

We're in intermediate phase.

我們正處在中間階段。

▶ **interrupt** [ˏɪntəˋrʌpt] (*v.*) 打斷，干擾 Track 1011

A strange sound interrupted his speech.

一個怪聲打斷了他的演說。

▶ **intersection** [ˋɪntɚˏsɛkʃən] (*n.*) 十字路口；交叉點 Track 1012

I crossed the intersection.

我穿越了十字路口。

▶ **intimacy** [ˋɪntəməsɪ] (*n.*) 親密 Track 1013
You should treat your children with an affectionate intimacy.
你應該用一種深情親密的態度來對待你的孩子們。

▶ **introduce** [ˏɪntrəˋdjus] (*v.*) 介紹 同 present 呈現 Track 1014
The chairman introduced the speaker to the audience.
主席將演說者介紹給聽眾。

▶ **invasion** [ɪnˋveʒən] (*n.*) 入侵 Track 1015
He joined the Defense against Invasion.
他加入了反對入侵的防衛組織。

▶ **ironic** [aɪˋrɑnɪk] (*adj.*) 諷刺的 Track 1016
Can't you see that he was being ironic? He meant to say "You are stupid."
你難道聽不出他是在諷刺你嗎？他的意思是說「你真笨」。

▶ **ironically** [aɪˋrɑnɪklɪ] (*adv.*) 諷刺地 Track 1017
Ironically, he still lost.
諷刺地，他還是輸了。

▶ **irrigate** [ˋɪrəˏget] (*v.*) 灌溉；修水利；使潮濕 Track 1018
They set to work and drilled enough pump wells to irrigate more land.
他們開始工作，打了足夠的水來灌溉更多的土地。

▶ **irritate** [ˋɪrəˏtet] (*v.*) 激怒 Track 1019
His impoliteness irritates me.
他的無禮激怒了我。

▶ **irritated** [ˋɪrətetɪd] (*adj.*) 感到刺痛的 Track 1020
Last night, Mary's eyes were feeling very irritated.
昨夜瑪莉的眼睛感到刺痛。

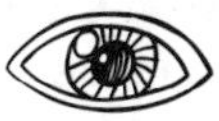

[Jj]

▶ **jail** [dʒel] (*n.*) 監獄 同 prison 監獄 Track 1021
He broke out of jail.
他越獄了。

▶ **jog** [dʒɑg] (*v.*) 慢跑 Track 1022

Although my schoolwork is heavy, I jog for half an hour every day.

雖然我的功課很繁重，我還是每天慢跑半小時。

▶ **judicial** [dʒu`dɪʃəl] (*adj.*) 司法的；法庭的；公正的 Track 1023

We don't agree with the judicial decision.

我們不認同法庭的決定。

▶ **justification** [ˌdʒʌstəfə`keʃən] (*n.*) 辯解 Track 1024

Follin's justification for stealing is that his family is starving.

福林為自己偷竊辯解的理由是他的家人正在挨餓。

[Kk]

▶ **keen** [kin] (*adj.*) 敏捷的；熱衷的；渴望的 Track 1025

Are you keen on techno?

你對電子音樂熱衷嗎？

[Ll]

▶ **ladder** [`lædɚ] (*n.*) 梯子 Track 1026

Hold this ladder steadily.

把這個梯子扶穩。

▶ **laundry** [`lɔndrɪ] (*n.*) 洗衣服；洗衣店 Track 1027

Send these shirts to the laundry.

將這些襯衫送到洗衣店去。

▶ **laziness** [`lezɪnɪs] (*n.*) 懶惰 Track 1028

My weakness is laziness.

我的缺點是懶惰。

▶ **lean** [lin] (*v.*) 傾斜；彎曲 Track 1029

She leaned down to pick up the pen.

她彎下身子去撿筆。

▶ **leave** [liv] (*v.*) 遺留 *Track 1030*

Mr. Bennet left a great fortune to his only son.

班奈特先生遺留下一大筆財產給他的獨生子。

▶ **legendary** [ˋlɛdʒəndˏɛrɪ] (*adj.*) 傳說中的；有名的 *Track 1031*

Her patience and tact were legendary.

她的耐心和機智是有名的。

▶ **leisure** [ˋliʒɚ] (*n.*) 空閒；休閒 同 spare time 空閒時間 *Track 1032*

I have not a moment of leisure.

我沒有一點空閒。

▶ **lend** [lɛnd] (*v.*) 借給 *Track 1033*

Can you lend me 2 pounds?

你可以借我兩英鎊嗎？

▶ **liberation** [ˏlɪbəˋreʃən] (*n.*) 解放 *Track 1034*

They, therefore, initiated women's liberation.

他們因此發起了婦女解放運動。

▶ **liberty** [ˋlɪbɚtɪ] (*n.*) 自由 *Track 1035*

They are zealous for liberty.

他們渴望著自由。

▶ **license** [ˋlaɪsn̩s] (*n.*) 執照 *Track 1036*

The policeman asked for his driver's license.

員警要求看他的駕駛執照。

▶ **limit** [ˋlɪmɪt] (*n.*) 界限；限度 *Track 1037*

You'll never know the limit of your ability unless you give it a try.

如果不試一下，你不會知道你能力的限度在哪裡。

▶ **literal** [ˋlɪtərəl] (*adj.*) 照字面的；不誇張的 *Track 1038*

What is the literal translation of 'bonjour'?

「bonjour」照字面翻譯是什麼意思？

▶ **literally** [ˋlɪtərəlɪ] (*adv.*) 實在地 *Track 1039*

We literally live in and breathe in pollution.

我們實在是生活及呼吸在污染當中。

▶ **litter** [ˋlɪtɚ] (*v.*) 亂丟（雜物） Track 1040

I hate to walk down a street and find people littering.

我討厭走在街上看見人們亂丟垃圾。

▶ **lookout** [ˋlukˋaut] (*n.*) 看門的人；看守 Track 1041

The gang ran off and left their lookout as a fall guy.

那夥人逃跑了，讓他們看門的人成了替死鬼。

▶ **loom** [lum] (*n.*) 織布機 (*v.*) 隱現；迫近 Track 1042

The old woman was weaving on her loom.

那位老太太正在織布機上織布。

▶ **loosen** [ˋlusn̩] (*v.*) 解開；放鬆；減輕 Track 1043

This medicine may loosen your cough.

這個藥可以減輕你的咳嗽。

[Mm]

▶ **major** [ˋmedʒɚ] (*adj.*) 主要的；較多的 (*n.*) 主修 Track 1044

The major part of the town was ruined.

此城主要的部分都已成廢墟。

▶ **majority** [məˋdʒɔrətɪ] (*n.*) 多數 Track 1045

She always stands with the majority.

她總是站多數人那邊。

▶ **makeup** [ˋmekˏʌp] (*n.*) 化妝品 Track 1046

I cannot tell who is who when the women remove their makeup.

女士們卸了妝，我就分辨不出誰是誰。

▶ **manipulate** [məˋnɪpjəˏlet] (*v.*)（熟練地）操作；操縱 Track 1047

She uses her charm to manipulate people.

她用她的魅力來操縱他人。

▶ **manual** [ˋmænjuəl] (*adj.*) 手動的；體力的 Track 1048

He delighted in hard manual labor.

他從繁重的體力勞動中得到極大的樂趣。

▶ **master** [ˋmæstɚ] (*n.*) 碩士；名師 Track 1049

John was not satisfied with a bachelor's degree; he was eager to study for a master's degree.

約翰並不滿足於學士學位，他渴望有個碩士學位。

▶ **match** [mætʃ] (*n.*) 比賽 Track 1050

Tennis matches often take a long time.

網球比賽通常要花很長的時間。

▶ **mature** [məˋtjʊr] (*v.*) 使成熟 (*adj.*) 成熟的 Track 1051

These years matured his character.

這幾年的歷練使他的性格成熟了。

▶ **measure** [ˋmɛʒɚ] (*v.*) 測量 (*n.*) 尺寸；限度 Track 1052

Can he measure accurately?

他能測量得準確嗎？

▶ **memorial** [məˋmorɪəl] (*adj.*) 紀念的；追悼的 Track 1053

Did you attend the memorial meeting?

你有去參加追悼會嗎？

▶ **menace** [ˋmɛnɪs] (*n.*) 威脅 Track 1054

We should protect the ocean from the menace of modern technology.

我們應保護海洋免受現代科技的威脅。

▶ **mere** [mɪr] (*adj.*) 僅僅的；純粹的 Track 1055

His refusal was a mere gesture.

他的拒絕純粹是一種作勢而已。

▶ **merit** [ˋmɛrɪt] (*n.*) 優點；價值 Track 1056

He is modest about his merits.

他對自己的優點很謙虛。

▶ **messy** [ˋmɛsɪ] (*adj.*) 骯髒的；混亂的；麻煩的 Track 1057

She found herself in a messy spot.

她發現自己陷入一個麻煩的處境。

▶ **metropolitan** [ˏmɛtrəˋpɑlətn̩] (*adj.*) 大都市的；都會區的 Track 1058

He can not adjust himself to the pace of metropolitan life.

他適應不了大都市的生活節奏。

▶ **mileage** [ˋmaɪlɪdʒ] (*n.*) 英里里程 Track 1059

What mileage has your car done?

你的汽車共行駛過多少英里？

▶ **mind** [maɪnd] (*v.*) 注意；看管 Track 1060

Mind your own business!

管你自己的事就好！

▶ **minor** [ˋmaɪnɚ] (*adj.*) 次要的；二流的；未成年的 Track 1061

He is a minor politician.

他是個二流的政客。

▶ **minority** [maɪˋnɔrətɪ] (*n.*) 少數；少數民族 Track 1062

They live in the minority area.

他們生活在少數民族地區。

▶ **miracle** [ˋmɪrək!] (*n.*) 奇蹟 Track 1063

His recovery is a miracle.

他的復原是一個奇蹟。

▶ **misleading** [mɪsˋlidɪŋ] (*adj.*) 易誤解的；令人誤解的 Track 1064

Your words were rather misleading.

你所說的話很容易引起誤解。

▶ **modest** [ˋmɑdɪst] (*adj.*) 謙虛的；適度的 Track 1065

He remains modest and prudent.

他保持謙虛與謹慎。

▶ **momentary** [ˋmomən͵tɛrɪ] (*adj.*) 瞬間的；短暫的 Track 1066

Her feeling of fear was only momentary; it soon passed.

她的恐懼感僅是一瞬間的，很快就消失了。

▶ **mood** [mud] (*n.*) 心情 Track 1067

The teacher's in a bad mood today.

老師今天的心情不好。

▶ **motivated** [ˋmotɪvetɪd] (*adj.*) 有積極性的；有動機的 Track 1068

Because of her teacher, she became a motivated student.

因為她的老師，她成了一個積極的學生。

▶ **motivation** [ˌmotəˋveʃən] (*n.*) 動機 Track 1069
They lack the motivation to study.
他們缺乏學習的動機。

▶ **motive** [ˋmotɪv] (*n.*) 動機；目的 同 reason 理由；cause 原因 Track 1070
He did it for selfish motives.
他做此事出於自私的動機。

▶ **muscular** [ˋmʌskjəlɚ] (*adj.*) 肌肉的；強壯的 Track 1071
The player is strong and muscular.
這個運動員長得魁梧強壯。

▶ **mutual** [ˋmjutʃʊəl] (*adj.*) 互相的 Track 1072
He aims to encourage mutual understanding.
他的目的在於增進互相的瞭解。

[Nn]

▶ **neat** [nit] (*adj.*) 整潔的 反 dirty 髒的；untidy 不修邊幅的 Track 1073
She always works hard to make her two sons look neat.
她總是很努力要讓她的兩個兒子看起來整潔。

▶ **neglect** [nɪgˋlɛkt] (*v.*) 忽視 Track 1074
They were so diligent in their study that they neglected their sleep and diet.
他們用功讀書到了忽視吃飯、睡覺的地步。

▶ **nerve** [nɝv] (*n.*) 神經；膽量 Track 1075
He strained every nerve to win.
他繃緊每一條神經，就為了要取勝。

▶ **notify** [ˋnotəˌfaɪ] (*v.*) 通知 Track 1076
The teacher notified us that the school would be closed for the holiday.
老師通知我們學校假日並不開放。

▶ **nourish** [ˋnɝɪʃ] (*v.*) 滋養；使健壯 Track 1077
They needed good food to nourish their bodies.
他們需要好食品滋養身體。

▶ **nutrition** [nju`trɪʃən] (*n.*) 營養 — *Track 1078*

In fact, Vivian was getting all the nutrition she needed from her diet. After one month, she was thinner and much happier.
其實薇薇安在她的指定飲食中攝取了足夠的營養。一個月後她變苗條了，也比往日快樂多了。

[Oo]

▶ **obedience** [ə`bidjəns] (*n.*) 順從 — *Track 1079*

Our obedience was coerced.
我們的順從是被迫的。

▶ **obedient** [ə`bidjənt] (*adj.*) 聽話的 — *Track 1080*

He is an obedient boy.
他是個聽話的孩子。

▶ **observance** [əb`zɝvəns] (*n.*) 遵守 — *Track 1081*

He backed slowly away from insisting on strict observance of the customs.
他漸漸不再堅持要嚴格遵守這些慣例了。

▶ **obstacle** [`ɑbstək!] (*n.*) 阻礙 同 barrier 障礙 — *Track 1082*

Because of his encouragement, when I meet obstacles, I am able to face them.
因為他的鼓勵，當我遇到阻礙時，我能夠面對它們。

▶ **obviously** [`ɑbvɪəslɪ] (*adv.*) 明顯地 — *Track 1083*

Obviously, you are wrong.
很顯然，你是錯的。

▶ **occasionally** [ə`keʒənl̩ɪ] (*adv.*) 有時候；偶爾 — *Track 1084*

Disputes occasionally occur between them.
他們之間偶爾也發生爭論。

▶ **odor** [`odɚ] (*n.*) 氣味 — *Track 1085*

He reeked of the pungent odor of garlic.
他散發出刺鼻的大蒜味。

offend [əˋfɛnd] (*v.*) 觸怒；犯法 *Track 1086*

He was offended by my remarks.

他被我的話觸怒。

offense [əˋfɛns] (*n.*) 進攻 *Track 1087*

Their team had a poor offense.

他們那一隊進攻不力。

offensive [əˋfɛnsɪv] (*adj.*) 冒犯的 同 insolent 無禮的 *Track 1088*

He used the most offensive language.

他用了最冒犯的語言。

opposite [ˋɑpəzɪt] (*adj.*) 對立的；相反的；對面 *Track 1089*

Tom is opposite to Mary.

湯姆在瑪麗的對面。

optimism [ˋɑptəmɪzəm] (*n.*) 樂觀；樂觀主義 *Track 1090*

Her optimism neutralizes his gloom.

她的樂觀主義減緩（中和）了他的悲觀。

outfit [ˋaʊt͵fɪt] (*n.*) 整套服裝 *Track 1091*

Mary's new outfit knocked me out.

瑪麗全新的整套服裝讓我大吃一驚。

outlet [ˋaʊt͵lɛt] (*n.*) 插座 *Track 1092*

We enjoy the convenience of electricity supply from the electrical outlets in our homes.

從家中的插座我們可以享有方便的電流供應。

outstanding [͵aʊtˋstændɪŋ] (*adj.*) 傑出的 *Track 1093*

Many outstanding students graduate from our university every year.

我們大學每年都有許多傑出的學生畢業。

overcome [͵ovɚˋkʌm] (*v.*) 克服 *Track 1094*

Dick's example encourages me to overcome my difficulties.

迪克的榜樣鼓勵我努力克服困難。

overflow [͵ovɚˋflo] (*v./n.*) 溢出；氾濫 *Track 1095*

The overflow of the river riched the soil.

河水的氾濫使土壤變得肥沃。

▶ **overlook** [ˌovɚˋlʊk] (*v.*) 忽略 Track 1096

They often overlook the importance of taking an occasional rest.
他們常忽略偶爾休息的重要。

▶ **overnight** [ˌovɚˋnaɪt] (*adv.*) 通宵；一夜間 Track 1097

Sometimes, Sue stays overnight at Jane's house.
偶爾，蘇會在珍的家裡待通宵。

▶ **overtake** [ˌovɚˋtek] (*v.*) 追上；超過 Track 1098

It's dangerous to overtake cars at the turning.
在轉彎處超車十分危險。

▶ **overturn** [ˌovɚˋtɝn] (*v.*) 推翻；打翻 Track 1099

We saw the canoe overturn, throwing its passengers into the water.
我們看到那個獨木舟翻了，把幾個乘客都拋到水裡。

▶ **overwhelming** [ˌovɚˋhwɛlmɪŋ] Track 1100

(*adj.*) 壓倒性的；無法抵抗的

I think the overwhelming majority supports this decision.
我想壓倒性的多數人是支持這個決定的。

▶ **owe** [o] (*v.*) 欠（債等）；把……歸功於 Track 1101

I owe you a favor.
我欠你一個人情。

[Pp]

▶ **pace** [pes] (*n.*) 速度；步速 同 rate 速率 Track 1102

You are thinking too fast for me. I can't keep pace with you.
你的思維太快，我跟不上你的速度。

▶ **pack** [pæk] (*n.*) 包裹；一群 (*v.*) 填塞；包裝；捆紮 Track 1103

Give me a pack of cigarettes.
給我一包香菸。

▶ **pale** [pel] (*adj.*) 蒼白的 Track 1104

She turned pale.
她臉色變得蒼白。

▶ **panic** [ˋpænɪk] (*n.*) 驚慌，恐慌 Track 1105
The panic is settling down.
恐慌已經慢慢平靜下來了。

▶ **participate** [pɑrˋtɪsə͵pet] (*v.*) 參加 Track 1106
The teacher participated in the students' games.
老師參加學生們的遊戲。

▶ **passive** [ˋpæsɪv] (*adj.*) 被動的 Track 1107
They found themselves in a passive position.
他們發現自己處於被動的局面。

▶ **peculiar** [pɪˋkjuljɚ] Track 1108
(*adj.*) 奇異的；特殊的 同 strange 奇特的；odd 古怪的
This book has a peculiar smell.
這本書有特殊的味道。

▶ **peculiarity** [pɪ͵kjulɪˋærətɪ] (*n.*) 特色；怪癖 Track 1109
We are used to his peculiarities.
我們對他的怪癖都已經習以為常了。

▶ **penetrate** [ˋpɛnə͵tret] (*v.*) 穿入；透過；看破 Track 1110
We soon penetrated his disguise.
我們很快地看破了他的偽裝。

▶ **penetration** [͵pɛnəˋtreʃən] (*n.*) 穿透；侵入；洞察力 Track 1111
He writes with penetration.
他寫的文章富有洞察力。

▶ **pension** [ˋpɛnʃən] (*n.*) 養老金；退休金 Track 1112
A company that talks about 'excellent benefits' in its ads may offer good health insurance, a pension plan for retirement and paid vacations.
一個在廣告中提到「福利優」的公司，可能有很好的健保、退休金的計畫和支薪假期。

▶ **pensioner** [ˋpɛnʃənɚ] (*n.*) 領養老金者 Track 1113
Old-age pensioners are admitted at half price.
領養老金的老年人可購半價票入場。

▶ **perceive** [pɚˋsiv] (*v.*) 察覺 Track 1114

She gradually perceived that her parents had been right.
她逐漸地察覺到她父母親當時是正確的。

▶ **perform** [pɚˋfɔrm] (*v.*) 上演；執行 Track 1115

He performed his duty faithfully.
他忠實地執行任務。

▶ **periodical** [ˏpɪrɪˋɑdɪkḷ] (*n.*) 期刊 Track 1116

There are many periodicals in our school library.
我們學校的圖書館有很多的期刊。

▶ **permanent** [ˋpɝmənənt] (*adj.*) 永久的 Track 1117

We all hope for permanent peace.
我們大家都希望永久和平。

▶ **permission** [pɚˋmɪʃən] (*n.*) 允許 Track 1118

I pray that you give me your permission to speak.
我懇求您允許我發言。

▶ **persist** [pɚˋsɪst] (*v.*) 堅持；固執；持續 Track 1119

He persists in doing it.
他堅持要做此事。

▶ **phony** [ˋfonɪ] (*adj.*) 假冒的 (*n.*) 假冒者 Track 1120

He was fooled by that phony stock deal.
他被那個假的股票交易給耍了。

▶ **picturesque** [ˏpɪktʃəˋrɛsk] (*adj.*) 如畫的；生動的 Track 1121

He used picturesque language.
他用生動的語言。

▶ **pierce** [pɪrs] (*v.*) 刺穿 Track 1122

She had her ears pierced yesterday.
她昨天去穿了耳洞。

▶ **pile** [paɪl] (*v.*) 堆積 (*n.*) 一堆 Track 1123

That's a real big pile of clothes.
那真是一大堆衣服。

▶ **pill** [pɪl] (*n.*) 藥丸 Track 1124
She swallowed the pill.
她把藥丸吞了下去。

▶ **pinpoint** [ˋpɪn͵pɔɪnt] (*v.*) 確定 Track 1125
I can't pinpoint the error.
我不能確定是為什麼失誤。

▶ **plain** [plen] (*adj.*) 清楚的；儉樸的 Track 1126
From the top of the building we had a plain view.
從大樓的頂樓我們可以看得很清楚。

▶ **playground** [ˋple͵graʊnd] (*n.*) 操場；遊戲區 Track 1127
They hurried out to the school playground to play ball.
他們急忙衝進學校操場打球。

▶ **plead** [plid] (*v.*) 辯護；懇求 Track 1128
I plead for him in vain.
我為他的辯護並未成功。

▶ **pleasant** [ˋplɛzənt] (*adj.*) 令人愉快的；舒適的 Track 1129
The weather is very pleasant today.
今天的天氣真是令人愉快。

▶ **pleasure** [ˋplɛʒɚ] (*n.*) 愉快；樂趣 Track 1130
It is such a pleasure talking with you!
跟你說話真是愉快！

▶ **plenty** [ˋplɛntɪ] (*n.*) 充足 (*adj.*) 足夠的 Track 1131
We have plenty of food.
我們有充足的食糧。

▶ **plod** [plɑd] (*v.*) 蹣跚的走 Track 1132
A woman with a baby plodded on an open field of snow.
一個婦人帶著嬰兒在廣闊的雪地上蹣跚的走著。

▶ **plot** [plɑt] (*n.*) 情節 Track 1133
It was fun to discuss the plots of different stories and hear my classmates' ideas.
能夠討論不同故事的情節，並聽聽同學的意見是件非常有趣的事。

▶ **plug** [plʌg] (*v.*) 堵；插上 Track 1134

Please plug in the radio.
請你插上收音機的插頭。

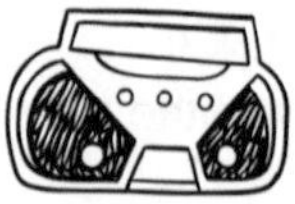

▶ **plunge** [plʌndʒ] (*v.*) 陷入 Track 1135

Suddenly, he plunged into a big hole covered by a layer of thin ice and got stuck.
突然間，他陷入了表層有薄冰的大洞裡而動彈不得。

▶ **pole** [pol] (*n.*) 柱；竿 Track 1136

I had broken three poles.
我弄斷了三枝竿。

▶ **poll** [pol] (*n.*) 選舉之投票；民意測驗 (*v.*) 投票；獲得選票 Track 1137

They expected a heavy poll.
他們預料會有很多人來投票。

▶ **ponder** [ˋpandɚ] (*v.*) 仔細考慮；衡量 Track 1138

Tim was pondering the possibility of escaping.
提姆正在衡量逃跑的可能性。

▶ **popularity** [ˏpapjəˋlærətɪ] (*n.*) 普遍；聲望 Track 1139

His popularity with the students increased rapidly.
他在學生中的聲望急速升高。

▶ **portable** [ˋportəbḷ] (*adj.*) 手提（式）的；可攜式的 Track 1140

I have a portable radio.
我有一台手提式收音機。

▶ **positive** [ˋpazətɪv] (*adj.*) 正面的；積極的 Track 1141

Professors should provide positive role models for their students.
教授應該給學生樹立正面的榜樣。

▶ **potential** [pəˋtɛnʃəl] (*adj.*) 可能的；潛在的 Track 1142

Be nice to him. He's a potential customer.
對他好一點，他是一個潛在的顧客。

▶ **potential** [pəˋtɛnʃəl] (*n.*) 潛力 Track 1143

He hasn't realized his full potential yet.
他還沒意識到他全部的潛力。

A B C D E F G H I J K L M N O P Q R S T U V W X Y Z

▶ **poverty** [ˋpɑvətɪ] (*n.*) 貧窮 Track 1144
He lived in extreme poverty.
他活在極度貧窮中。

▶ **preceding** [priˋsidɪŋ] (*adj.*) 之前的；前述的 Track 1145
I remember the war but not the preceding years.
我記得那場戰爭，但卻記不得戰爭之前的歲月。

▶ **prefer** [prɪˋfɝ] (*v.*) 較喜歡；偏好 Track 1146
I prefer coffee to tea.
我偏好咖啡勝過茶。

▶ **preoccupied** [priˋɑkjə͵paɪd] (*adj.*) 入神的；全神貫注的 Track 1147
They were preoccupied with their thoughts.
他們都入神的想著心事。

▶ **prescription** [prɪˋskrɪpʃən] (*n.*) 藥方 Track 1148
He filled a prescription.
他照藥方配藥。

▶ **presence** [ˋprɛzn̩s] (*n.*) 出席；到場；存在 Track 1149
His presence inhibits me.
他的存在使我十分拘束。

▶ **present** [ˋprɛzn̩t] (*n.*) 目前；禮物 Track 1150
The present delighted her.
那件禮物使她非常高興。

▶ **preserve** [prɪˋzɝv] (*v.*) 保持；維護 Track 1151
We should do our best to preserve the quality of our lives.
我們應盡力維護生活品質。

▶ **press** [prɛs] (*v.*) 壓 Track 1152
Press this button and the door will open.
壓這個按鈕門就會開。

▶ **pressure** [ˋprɛʃɚ] (*n.*) 壓力 Track 1153
She married because of pressure from her parents.
因為父母給予壓力所以她才結婚。

▶ **prestige** [prɛs`tiʒ] (*n.*) 威望 Track 1154
His prestige rose.
他的威望提高了。

▶ **prestigious** [prɛs`tɪdʒɪəs] (*adj.*) 聲望很高的 Track 1155
The townspeople asked a prestigious elder to solve the matter.
鎮民請一位聲望很高的長者來解決這個問題。

▶ **pretend** [prɪ`tɛnd] (*v.*) 假裝 Track 1156
I like to pretend I was sick.
我喜歡假裝生病。

▶ **prevailing** [prɪ`velɪŋ] (*adj.*) 佔優勢的；主要的；流行的 Track 1157
He wore his hair in the prevailing fashion.
他的頭髮梳的是當時流行的式樣。

▶ **prevent** [prɪ`vɛnt] (*v.*) 防止 Track 1158
The policeman said to him, "Only by fastening your seat belt can you prevent serious injury to yourself during an accident."
員警對他說：「唯有繫上安全帶才能防止在車禍中受到重大傷亡。」

▶ **primary** [`praɪˌmɛrɪ] (*adj.*) 初級的；主要的 Track 1159
My primary reason for liking trams is that they cause very little pollution.
我喜歡電車主要的原因是電車幾乎不會製造污染。

▶ **prime** [praɪm] (*n.*) 最初；青春；壯年 Track 1160
My uncle died in the prime of his life.
我叔叔在壯年時死去。

▶ **primitive** [`prɪmətɪv] (*adj.*) 原始的；未開化的 Track 1161
We may view their way of life as primitive.
我們可能會認為他們的生活方式很原始。

▶ **privacy** [`praɪvəsɪ] (*n.*) 獨處；隱私 Track 1162
I have no privacy.
我沒有個人的隱私。

▶ **private** [`praɪvɪt] (*adj.*) 私立的；私人的 Track 1163
Amy attends a private high school.
艾咪就讀一所私立的高中。

▶ **privileged** [ˋprɪvɪlɪdʒd] (*adj.*) 有特權的 Track 1164
She came from a privileged level.
她出身於特權階級。

▶ **probability** [ˏprabəˋbɪlətɪ] (*n.*) 可能性；機率 Track 1165
The probability of rain tonight is very high.
今晚下雨的機率很高。

▶ **proclamation** [ˏprɑkləˋmeʃən] (*n.*) 宣佈；宣言書 Track 1166
The proclamation will be read.
那份宣言書將被朗讀。

▶ **profession** [prəˋfɛʃən] (*n.*) 職業 Track 1167
Teaching is her profession.
教書是她的職業。

▶ **profile** [ˋprofaɪl] (*n.*) 側面；輪廓 Track 1168
He drew her a profile.
他給她畫了一幅側面像。

▶ **profound** [prəˋfaʊnd] (*adj.*) 深深的；深奧的 Track 1169
She gave a profound sigh.
她深深的歎了一口氣。

▶ **projection** [prəˋdʒɛkʃən] (*n.*) 發射 Track 1170
The projection of the rocket got everyone's attention.
火箭的發射吸引了所有人的注意。

▶ **prominent** [ˋprɑmənənt] (*adj.*) 卓越的；主要的 Track 1171
There are many prominent professors in our university.
我們大學裡有許多卓越的教授。

▶ **property** [ˋprɑpətɪ] (*n.*) 財產；所有物；特性 Track 1172
The house in the countryside is the only property my parents left for me.
鄉間的房子是我父母留下來唯一的財產。

▶ **propose** [prəˋpoz] (*v.*) 提議；求婚 Track 1173
He proposed to her.
他向她求婚。

A B C D E F G H I J K L M N O **P** Q R S T U V W X Y Z

▶ **provide** [prə`vaɪd] (*v.*) 提供；贍養 Track 1174

The satellites provided us some pictures of the earth.
人造衛星提供給我們一些地球的照片。

▶ **publicity** [pʌb`lɪsətɪ] (*n.*) 宣傳；名聲；廣告 Track 1175

The love affair between the leading actor and actress helped the film gain publicity.
男女主角間的風流韻事幫這部電影作了宣傳。

▶ **publish** [`pʌblɪʃ] (*v.*) 出版；發表 Track 1176

He'll publish a statement.
他將發表一項聲明。

▶ **pulse** [pʌls] (*n.*) 脈搏 Track 1177

The patient has a weak pulse.
這個病人的脈搏很弱。

▶ **punish** [`pʌnɪʃ] (*v.*) 處罰 同 discipline 懲戒 Track 1178

How would you punish stealing?
你如何處罰偷竊？

▶ **puzzle** [`pʌzḷ] (*v.*) 使困惑 同 confuse 迷惑 Track 1179

His last words really puzzled me.
他最後說的話真的讓我很困惑。

[Qq]

▶ **quit** [kwɪt] (*v.*) 戒；停止；辭職 反 remain 保持 Track 1180

It is very difficult to quit smoking.
戒菸真的很難。

[Rr]

▶ **radical** [`rædɪkḷ] (*adj.*) 激進的；極端的 (*n.*) 激進分子 Track 1181

His opinions are very radical.
他的意見很極端。

▶ **rage** [redʒ] (*n.*) 狂怒；盛怒 Track 1182
Blinded by rage, she missed the opportunity again.
因盛怒而完全喪失理智，她再次錯過了機會。

▶ **raise** [rez] (*v.*) 養育 Track 1183
Whatever kind of birds you raise, you must do your duty and take care of them.
不管你養的是什麼鳥，你都必須負責，照顧牠們。

▶ **ramp** [ræmp] (*n.*) 斜坡；坡道 Track 1184
The Rolls Royce caught us near the exit ramp.
那輛勞斯萊斯在出口的斜坡附近趕上了我們。

▶ **rank** [ræŋk] (*v.*) 排列；把……分等 Track 1185
Don't rank your students according to their grades.
不要按成績排列你的學生。

▶ **rapid** [ˋræpɪd] (*adj.*) 迅速的 Track 1186
He made rapid progress.
他迅速的進步。

▶ **rare** [rɛr] (*adj.*) 稀有的 Track 1187
It is very rare for her to arrive late.
她晚到是一件很稀有的事。

▶ **react** [rɪˋækt] (*v.*) 反應 Track 1188
How would she react?
她會有什麼反應呢？

▶ **reasonable** [ˋriznəbl̩] (*adj.*) 合理的 Track 1189
Is it reasonable for you to leave now?
你現在離開合理嗎？

▶ **recall** [rɪˋkɔl] (*v.*) 回憶；記起；取消 Track 1190
The story recalled old memories to my mind.
這個故事使我記起許多回憶。

▶ **receive** [rɪˋsiv] (*v.*) 收到；接到 Track 1191
When did you receive the letter?
你何時收到那封信？

▶ **recipient** [rɪˋsɪpɪənt] (*adj.*) 接納的；願意接受的 (*n.*) 接受者 Track 1192

He has a recipient mind.
他能虛心接納。

▶ **recognition** [ˏrɛkəgˋnɪʃən] (*n.*) 讚譽；承認 Track 1193

The actor soon won recognition from the public.
這演員不久便獲得眾人的讚譽。

▶ **recollect** [ˏrɛkəˋlɛkt] (*v.*) 回憶；想起 Track 1194

I'm sorry that I didn't recollect your name.
很抱歉之前想不起你的名字。

▶ **recover** [rɪˋkʌvɚ] (*v.*) 復原 Track 1195

You will recover a short time later.
你很快就會復原。

▶ **recycle** [riˋsaɪkl̩] (*v.*) 再利用 Track 1196

When we recycle trash, we protect the enviornment of the earth.
當我們再利用垃圾時，我們就保護了地球的生態。

▶ **reference** [ˋrɛfərəns] (*n.*) 提及；參考 Track 1197

Do not make any reference to his lameness.
不要提及他的跛足。

▶ **refine** [rɪˋfaɪn] (*v.*) 精煉；使優雅 Track 1198

You must refine your manners.
你必須使你的舉止更優雅。

▶ **refugee** [ˏrɛfjʊˋdʒi] (*n.*) 難民；流亡者 Track 1199

They contributed five million dollars for refugee relief.
他們捐贈了500萬美金救濟難民。

▶ **regard** [rɪˋgɑrd] (*n.*) 顧慮 Track 1200

He has no regard for the feelings of others.
他不顧慮別人的感情。

▶ **registered** [ˋrɛdʒɪstɚd] (*adj.*) 掛號的 Track 1201

If there is any registered letter for us, the postman will ring the bell at the door.
如果有我們的掛號信，郵差會按門鈴。

▶ **regret** [rɪˋgrɛt] (*v.*) 為……感到遺憾；後悔 Track 1202
I really regret it.
我真的非常後悔。

▶ **regrettable** [rɪˋgrɛtəbḷ] (*adj.*) 後悔的 Track 1203
It would be regrettable if we have not done something worthwhile in our lifetime.
如果無法在有生之年內做一些值得的事，我們一定會後悔。

▶ **rejection** [rɪˋdʒɛkʃən] (*n.*) 拒絕 Track 1204
He took the rejection very hard.
這次拒絕讓他大受打擊。

▶ **relate** [rɪˋlet] (*v.*) 敘述；使連結 Track 1205
I can relate to his personal stories very well.
我很能把他的個人故事和我自己做連結。

▶ **relaxation** [ˏrilæksˋeʃən] (*n.*) 鬆弛；消遣 Track 1206
Fishing is his favorite relaxation.
他最喜愛的消遣是釣魚。

▶ **relieve** [rɪˋliv] (*v.*) 減輕；免除 反 intensify 增強 Track 1207
Aspirin can relieve headaches.
阿斯匹靈能減輕頭痛。

▶ **religious** [rɪˋlɪdʒəs] (*adj.*) 虔誠的；宗教上的 Track 1208
He often condemns religious sectarianism.
他時常譴責宗教上的教派意識。

▶ **rely** [rɪˋlaɪ] (*v.*) 依賴；相信 Track 1209
You can rely on her words.
你可以相信她的話。

▶ **remain** [rɪˋmen] (*v.*) 保持；逗留；剩餘 Track 1210
Grandma remained curious even in her eighties.
奶奶甚至到了八十多歲還是保持著好奇心。

▶ **remark** [rɪˋmɑrk] (*n.*) 注意 (*v.*) 評論 同 comment 評論 Track 1211
We saw nothing worthy of remark.
我們看不到值得注意的事。

▶ **remarkable** [rɪˋmɑrkəbl̩] (*adj.*) 驚人的 Track 1212

One of his strong points is his remarkable memory.
他的優點之一就是有驚人的記憶力。

▶ **renew** [rɪˋnju] (*v.*) 使更新；使恢復；繼續 Track 1213

He forgot to renew his club subscription.
他忘了繼續繳交俱樂部會員費。

▶ **renowned** [rɪˋnaʊnd] (*adj.*) 有名的；有聲譽的 Track 1214

He is renowned as a novelist.
他是一個有名的小說家。

▶ **rental** [ˋrɛntl̩] (*adj.*) 租用的 (*n.*) 租金額；租貸 Track 1215

I returned a rental video.
我退還租用的錄影帶。

▶ **repair** [rɪˋpɛr] (*v.*) 修補 同 mend 縫補；fix 修補 Track 1216

He repairs shoes.
他修補鞋子。

▶ **replacement** [rɪˋplesmənt] (*n.*) 歸還；替代 Track 1217

We got him as a replacement for Eliot.
我們讓他來替代艾略特。

▶ **reporter** [rɪˋportɚ] (*n.*) 記者 Track 1218

He bribed the reporter.
他賄賂記者。

▶ **represent** [ˏrɛprɪˋzɛnt] (*v.*) 象徵；代表 Track 1219

We chose a committee to represent us.
我們選了一個委員會來代表我們。

▶ **reproach** [rɪˋprotʃ] (*v./n.*) 指摘；責備的話 Track 1220

Her manners are above reproach.
她的舉止沒有什麼好指摘的。

▶ **rescue** [ˋrɛskju] (*v./n.*) 援救 同 release 解放 Track 1221

He rescued a child from drowning.
他救出一小孩免於溺斃。

▶ **resemble** [rɪˋzɛmbḷ] (*v.*) 類似 Track 1222

The brothers resemble each other in taste.
那對兄弟的興趣類似。

▶ **reserved** [rɪˋzɝvd] (*adj.*) 預訂的；含蓄的；有所保留的 Track 1223

A table has been reserved at the Grand Hyatt.
已經在凱悅飯店預訂了一桌。

▶ **residence** [ˋrɛzədəns] (*n.*) 居住；住處 Track 1224

This is his late residence.
這是他最近的住處。

▶ **resident** [ˋrɛzədənt] (*n.*) 居民 Track 1225

The residents here are all friendly.
這裡的居民都很友善

▶ **residential** [͵rɛzəˋdɛnʃəl] (*adj.*) 居住的；住宅的 Track 1226

Most of the people who live in this residential area are rich.
住在這個住宅區的人大部分都很有錢。

▶ **resign** [rɪˋzaɪn] (*v.*) 辭職；委託 Track 1227

I resign my children to your care.
我委託你照顧我的孩子。

▶ **resolution** [͵rɛzəˋluʃən] (*n.*) 決心 Track 1228

Dick has a firm resolution to achieve his goals.
迪克懷著堅定的決心要達成他的目標。

▶ **resolve** [rɪˋzɑlv] (*v.*) 決定；解決 (*n.*) 決心 Track 1229

We need to resolve this conflict.
我們必須解決這個衝突。

▶ **respect** [rɪˋspɛkt] Track 1230

(*v./n.*) 尊敬 反 insult 侮辱；contempt 藐視

I respect my father.
我尊敬我的父親。

▶ **respective** [rɪˋspɛktɪv] (*adj.*) 各自的 Track 1231

Their respective pupils formed cheering squads.
他們各自的學生組成了啦啦隊。

▶ **restrain** [rɪ`stren] (*v.*) 抑制 *Track 1232*

He could not restrain his anger.
他無法抑制他的憤怒。

▶ **retirement** [rɪ`taɪrmənt] (*n.*) 退休 *Track 1233*

He enjoyed his retirement.
他很享受他的退休生活。

▶ **reunion** [ri`junjən] (*n.*) 團聚 *Track 1234*

I especially enjoy having family reunions because I can see all my siblings and their families.
我特別喜歡家庭團聚，因為我可以看到所有的兄弟姐妹和他們的家人。

▶ **reveal** [rɪ`vil] (*v.*) 洩露 *Track 1235*

Never reveal my secret!
永遠不要洩露我的秘密！

▶ **ridicule** [`rɪdɪkjul] (*v./n.*) 嘲笑，挖苦 *Track 1236*

They ridiculed him.
他們挖苦他。

▶ **rigid** [`rɪdʒɪd] (*adj.*) 僵硬的；死板的 *Track 1237*

The ice made his lips too rigid for him to speak.
冰霜把他的唇凍到僵硬不能說話的地步。

▶ **rigorous** [`rɪgərəs] (*adj.*) 嚴格的 *Track 1238*

Planes have to undergo rigorous safety check.
飛機必須接受嚴格的安全檢查。

▶ **roller** [`rolɚ] (*n.*) 滾筒；髮捲 *Track 1239*

Can you teach me how to use hair rollers?
你可以教我怎麼用髮捲嗎？

▶ **rough** [rʌf] *Track 1240*

(*adj.*) 粗糙的；粗魯的；初步的 反 smooth 平滑的

This is only a rough outline.
這只是一個初步的大綱。

▶ **routine** [ru`tin] (*n.*) 例行公事 回 habit 習慣；system 規律 Track 1241
Making a schedule helps me to remember my daily routines.
做一張時間表使我很容易記住每天的例行公事。

▶ **rudeness** [`rudnɪs] (*n.*) 粗蠻；無禮 Track 1242
His rudeness is inexcusable.
他的無禮是難以原諒的。

▶ **ruin** [`rʊɪn] (*v./n.*) 毀滅；毀掉 回 destroy 毀壞；spoil 損壞 Track 1243
You have ruined my life.
你毀掉了我的一生。

▶ **rumor** [`rumɚ] (*n.*) 謠言 Track 1244
Peter likes to spread rumors about classmates.
彼得喜歡到處散佈關於同學的謠言。

▶ **rusty** [`rʌstɪ] (*adj.*) 生銹的；生疏的 Track 1245
My handwriting abilily is rusty because I type on the computer too often.
因為太常在電腦上打字，我的手寫能力都生疏了。

[Ss]

▶ **safeguard** [`sef͵gɑrd] (*v.*) 維護；捍衛 Track 1246
The new policy will safeguard women's safty at home.
這個新政策會維護婦女在家中的安全。

▶ **saturated** [`sætʃə͵retɪd] (*adj.*) 滲透的；飽和的 Track 1247
Can you change the color here? It's a little bit too saturated.
你可以換一下這邊的顏色嗎？有一點過度飽和了。

▶ **saving** [`sevɪŋ] (*n.*) 存款；救助；節約 Track 1248
I have no idea why my savings have grown thinner and thinner.
我不知道為什麼我的存款越來越少。

▶ **scale** [skel] (*n.*) 天秤 (*v.*) 攀登 Track 1249
His advice tipped the scale.
直譯：他的建議使得天秤傾斜。意譯：他的建議起了決定性的作用。

▶ **scare** [skɛr] (*v.*) 驚嚇；把……嚇跑；威嚇 *Track 1250*

Spiders scared me off.
蜘蛛把我嚇跑了。

▶ **scent** [sɛnt] (*n.*) 氣味；嗅覺 *Track 1251*

Dogs are good at picking up scent.
狗有敏銳的嗅覺。

▶ **schedule** [ˋskɛdʒul] (*n.*) 進度；時間表 *Track 1252*

I find that following the same schedule can be quite boring.
我發現依照相同的時間表是滿無聊的。

▶ **scholarship** [ˋskɑlɚ͵ʃɪp] (*n.*) 獎學金 *Track 1253*

She got a scholarship for her excellent performance.
她因傑出表現獲得獎學金。

▶ **scold** [skold] (*v.*) 責備 反 encourage 鼓勵 *Track 1254*

He was afraid of being scolded by his mother.
他害怕被母親責備。

▶ **scope** [skop] (*n.*) 眼界 *Track 1255*

We should broaden our scope and heighten our spiritual life so that Taiwan will be ranked as an advanced and civilized country.
我們應擴展眼界，提高精神生活，促使臺灣成為先進且文明的國家。

▶ **score** [skor] (*n.*) 分數；樂譜 *Track 1256*

His score is 69.5.
他的分數是69.5。

▶ **scramble** [ˋskræmbḷ] (*v.*) 攪拌；炒 *Track 1257*

I scrambled the eggs with pepper.
我把蛋和胡椒炒在一起。

▶ **screen** [skrin] (*n.*) 螢幕；掩蔽物；紗窗 *Track 1258*

Don't sit too close to the screen. You'll ruin your eyesight.
不要坐離螢幕太近，你會毀了你的視力。

▶ **seek** [sik] (*v.*) 尋找；尋求 *Track 1259*

Publicity is the only thing she seeks.
受到大眾的注意是她唯一尋求的。

▶ **semester** [sə`mɛstɚ] (*n.*) 學期 Track 1260
He did not fail his courses last semester.
他上學期功課沒有不及格。

▶ **senior** [`sinjɚ] (*adj.*) 年長的；高級的 Track 1261
Jonathan Livingston Seagull was one of my favorite books in senior high school.
《天地一沙鷗》是我高級中學的時候最愛看的一本書。

▶ **sensation** [sɛn`seʃən] (*n.*) 感覺；知覺 Track 1262
I dread the sensation of the cold air when I get out of my warm bed.
從暖被中爬起來時，我最怕的就是外面冷空氣的感覺。

▶ **sense** [sɛns] (*v.*) 感到；覺得 (*n.*) 感官；官能 Track 1263
She sensed the danger of her position.
她感到處境的危險。

▶ **sensible** [`sɛnsəbḷ] (*adj.*) 合理的；明智的 Track 1264
He is sensible and does not accept a ride from strangers.
他很明智，不搭陌生人的車子。

▶ **sentence** [`sɛntəns] (*v.*) 宣判 Track 1265
The juvenile delinquent was sentenced ten years in prison.
那個青少年犯被宣判十年徒刑。

▶ **sentimental** [ˌsɛntə`mɛntḷ] (*adj.*) 多愁善感的；傷感的 Track 1266
Some of the presents I received were very sentimental.
我收到了一些讓人傷感的禮物。

▶ **setback** [`sɛtˌbæk] (*n.*) 挫折 Track 1267
He has never suffered a setback.
他從未遭遇過挫折。

▶ **settlement** [`sɛtḷmənt] (*n.*) 解決；結算；殖民 Track 1268
They worked against a peace settlement.
他們竭力反對和平解決。

▶ **severe** [sə`vɪr] (*adj.*) 嚴厲的；嚴重的 Track 1269
I have severe hives.
我患有嚴重的麻疹。

▶ **sew** [so] (*v.*) 縫 Track 1270

I couldn't sew until I was six.

我直到六歲時才會用針縫東西。

▶ **shame** [ʃem] (*n.*) 羞愧；可恥的人（或事物） Track 1271

He blushed with shame.

他羞愧得臉都紅了。

▶ **shameful** [ˋʃemfəl] (*adj.*) 不體面的；可恥的 Track 1272

His shameful behaviour derogated his reputation.

他可恥的行為損害了他的名聲。

▶ **shatter** [ˋʃætɚ] (*v.*) 打碎 Track 1273

The vase was shattered by the little boy.

花瓶被小男孩打碎了。

▶ **shed** [ʃɛd] (*v.*) 流出 (*n.*) 棚；小屋 Track 1274

During the service, she shed the most painful tears.

儀式的過程中，她流出了最悲切的淚。

▶ **shelter** [ˋʃɛltɚ] (*n.*) 避難所；遮蓋物；庇護 Track 1275

My home is the best shelter for me.

我家是我最好的避難所。

▶ **shoot** [ʃut] (*v.*) 射獵；拍攝 Track 1276

I like to shoot in winter.

我喜歡在冬天射獵。

▶ **shrug** [ʃrʌg] (*v./n.*) 聳肩 Track 1277

She shrugged off all her troubles.

對她的麻煩事她總是聳聳肩。

▶ **sidewalk** [ˋsaɪd͵wɔk] (*n.*) 人行道 Track 1278

He began walking along the sidewalk.

他開始沿著人行道步行。

▶ **significant** [sɪgˋnɪfəkənt] (*adj.*) 重大的；有意義的 Track 1279

The most significant thing in my life is that I made a decision to be a member of the medical profession when I graduated from junior high school.

我一生中最有意義的事就是在我國中畢業時，下定決心成為一名醫護人員。

▶ **silence** [ˋsaɪləns] (*n.*) 寂靜；靜默 Track 1280
He commanded silence.
他命令大家靜默。

▶ **silent** [ˋsaɪlənt] (*adj.*) 寂靜的；沉默寡言的；無聲的 Track 1281
Gradually he became silent.
漸漸地他變得沉默寡言了。

▶ **similarity** [͵sɪməˋlærətɪ] (*n.*) 相似；類似處 Track 1282
The similarity between them has often been remarked on.
他們之間的相似，總是讓人印象深刻。

▶ **simultaneous** [͵saɪmļˋtenɪəs] (*adj.*) 同時的；聯立的 Track 1283
I could never do simultaneous equations.
我從來不會算聯立方程式。

▶ **sincere** [sɪnˋsɪr] (*adj.*) 真誠的；誠實的 Track 1284
He is a sincere friend.
他是個真誠的朋友。

▶ **situation** [͵sɪtʃʊˋeʃən] (*n.*) 處境；位置 Track 1285
David was caught in a sticky situation.
大衛處在一個棘手的處境裡。

▶ **skeptical** [ˋskɛptɪkļ] (*adj.*) 懷疑；多疑的 Track 1286
She is unassumingly skeptical of her own work.
她對自己的工作抱著謙遜的懷疑。

▶ **skin** [skɪn] (*n.*) 皮膚；獸皮 Track 1287
Animals' skin is usually for keeping warm.
獸皮通常是用來保暖的。

▶ **slash** [slæʃ] (*v.*) 猛砍；大量削減 Track 1288
Prices have been slashed in all departments.
所有的百貨商店都大量削減價格。

▶ **slice** [slaɪs] (*n.*) 薄片 Track 1289
When frying the egg, I also put two slices of cheese on top of it.
在煎蛋時，我又放了兩片起司在上面。

▶ **slim** [slɪm] (*adj.*) 苗條的；纖細的 Track 1290

Dancing can help us keep a slim figure.
跳舞可以幫我們保持苗條的身材。

▶ **slippery** [ˋslɪpərɪ] (*adj.*) 狡猾的；光滑的 Track 1291

She's as slippery as a fox.
她像狐狸一樣狡猾。

▶ **sluggish** [ˋslʌgɪʃ] (*adj.*) 懶散的；遲緩的 Track 1292

The market of music industry is sluggish now.
音樂產業的市場現在的發展遲緩。

▶ **slump** [slʌmp] (*n.*) 衰退；（物價）暴跌 Track 1293

We are experiencing an economic slump.
我們正經歷著經濟衰退。

▶ **smash** [smæʃ] (*v.*) 猛撞 Track 1294

Unfortunately, on his way home Sam smashed his car into a tree.
真夠倒楣，回家路上山姆的車竟然撞到一棵樹。

▶ **smuggle** [ˋsmʌgl̩] (*v./n.*) 走私 Track 1295

He makes his money from smuggling arms.
他靠走私軍火賺錢。

▶ **snatch** [snætʃ] (*v.*) 奪取；抓住（機會、時間等） Track 1296

He snatched an hour of sleep.
他抓住時間睡了一個小時。

▶ **soak** [sok] (*v.*) 浸；使溼透 Track 1297

Mom soaked the pork in a special sauce.
媽媽把豬肉浸在一種特殊醬汁裡。

▶ **sole** [sol] (*adj.*) 唯一的；單獨的 同 only 只有 Track 1298

She is the sole girl in her class.
她是班上唯一的女生。

▶ **solid** [ˋsɑlɪd] (*n.*) 固體 (*adj.*) 堅硬的 Track 1299

When water becomes solid, we call it ice.
水變得堅硬時，我們稱之為冰。

▶ **sour** [saur] (*adj.*) 酸的；發酵的 *Track 1300*
Whisky sour, please.
請給我來一杯酸的威士忌酒吧！

▶ **spare** [spɛr] (*adj.*) 空閒的 *Track 1301*
My friend had much spare time to enjoy life.
我的朋友有許多空閒時間去享受他的生活。

▶ **span** [spæn] (*n.*) 一段時間；範圍 *Track 1302*
A human being's life span has been prolonged over the years.
這幾年來，人的壽命範圍已經被延長了。

▶ **specify** [ˋspɛsə͵faɪ] (*v.*) 指定；明確說明 *Track 1303*
Please specify when you will be at home tomorrow.
請明確說明你明天何時會在家。

▶ **spectacle** [ˋspɛktəkl̩] (*n.*) 景象；壯觀 *Track 1304*
A big army parade is a fine spectacle.
大規模的陸軍閱兵很壯觀。

▶ **speculate** [ˋspɛkjə͵let] (*v.*) 推測；做投機買賣 *Track 1305*
We all speculated that he was going to retire soon.
我們都推測他應該快要退休了。

▶ **spot** [spɑt] (*n.*) 地方；斑點 *Track 1306*
They can sit in their favorite spot and pray in silence.
他們可以坐在最喜歡的地方，靜靜地祈禱。

▶ **spouse** [spauz] (*n.*) 配偶（指夫或妻） *Track 1307*
They get free tickets for their spouses.
他們幫他們的配偶領到了免費的票。

▶ **spread** [sprɛd] (*v.*) 攤開；散佈 *Track 1308*
They spread everything out on a blanket.
他們把每樣東西攤開放在毛毯上。

▶ **squeeze** [skwiz] (*v./n.*) 壓榨；擠 *Track 1309*
He tried to squeeze into that car.
他試圖擠進那輛車。

▶ **stabilize** [ˋstebḷ͵aɪz] (*v.*) 穩定 Track 1310

He had a hand in helping to stabilize the situation.

他為穩定局勢出了一臂之力。

▶ **stable** [ˋstebḷ] (*adj.*) 穩定的；可靠的；穩重的 Track 1311

Unlike her mother, she is a woman of stable character.

不像她媽媽，她的性格穩重。

▶ **stair** [stɛr] (*n.*)（階梯的某）一級；樓梯 Track 1312

I passed my new neighbor on the stairs.

我在樓梯間與我的新鄰居擦身而過。

▶ **stake** [stek] (*n.*) 樹樁；危險 Track 1313

His reputation was at stake.

他面臨身敗名裂的危險。

▶ **standard** [ˋstændɚd] (*n.*) 標準 Track 1314

His moral standards are unparalleled.

他的道德標準是無與倫比的。

▶ **stare** [stɛr] (*v.*) 凝視；盯著看；瞪 Track 1315

I stared at him angrily.

我生氣地盯著他看。

▶ **steady** [ˋstɛdɪ] (*adj.*) 穩定的；平穩的 Track 1316

What should I do to make this table steady?

我要怎樣做才可使這桌子平穩一點呢？

▶ **steeped** [stip] (*adj.*) 沉浸在……中 Track 1317

He is steeped in liquor.

他沉浸在酒精中。

▶ **sticky** [ˋstɪkɪ] (*adj.*) 黏的；濕熱的 Track 1318

The room is full of people so the air is sticky.

房間裡充滿了人，所以空氣濕熱。

▶ **stiff** [stɪf] (*adj.*) 僵硬的；生硬的 Track 1319

They are afraid that their delivery will sound stiff.

他們擔心自己的表達聽起來會顯得生硬。

▶ **stiffen** [ˋstɪfn̩] (*v.*) 使僵硬；使生硬 *Track 1320*

He stiffened a litte when I mentioned about money.

當我提到錢時，他變得有點生硬。

▶ **stimulate** [ˋstɪmjəˏlet] (*v.*) 刺激 *Track 1321*

Sometimes I have to rub the bottoms of my feet to stimulate the circulation and warm them up .

有時我非得按摩腳底刺激血液流通，兩雙腳才會暖和。

▶ **sting** [stɪŋ] (*v.*) 刺痛；螫 *Track 1322*

A few hours later when he woke up, he felt a light stinging in his eyes and then he found himself fastened to a chair.

幾個小時後他醒來，感到一道光刺痛他的雙眼，並發現被綁在椅子上。

▶ **stomachache** [ˋstʌməkˏek] (*n.*) 胃痛；肚子痛 *Track 1323*

I just got a serious stomachache.

我最近常嚴重的胃痛。

▶ **strange** [strendʒ] (*adj.*) 奇怪的 *Track 1324*

Many of his friends thought that he was very strange.

許多他的朋友都覺得他很奇怪。

▶ **stranger** [ˋstrendʒɚ] (*n.*) 陌生人；外地人 *Track 1325*

I'm a stranger here myself.

我本身是外地人。

▶ **strap** [stræp] (*n.*) 帶；皮帶 (*v.*) 用帶縛住 *Track 1326*

He buckled the strap on.

他把皮帶扣上。

▶ **strength** [strɛŋθ] (*n.*) 力量；長處 *Track 1327*

Gentleness is one of his greatest strengths.

為人紳士是他最大的長處。

▶ **stress** [strɛs] (*n.*) 壓力 (*v.*) 強調 *Track 1328*

Sometimes I experience a great deal of stress because of all the deadlines I must meet daily.

因為我必須處理所有當日需完成的事情， 所以有時會感受到很大的壓力。

▶ **strict** [strɪkt] Track 1329

(*adj.*) 嚴格的 同 harsh 嚴厲的；severe 苛刻的

He was very strict and expected all the children to have good manners.
他非常的嚴格，而且希望他所有的孩子們都能行為端正。

▶ **strive** [straɪv] (*v.*) 努力 同 struggle 掙扎；fight 奮鬥 Track 1330

They strive for liberty.
他們努力爭取自由。

▶ **stuff** [stʌf] (*v.*) 塞滿，填充 同 fill 裝滿；load 裝載 Track 1331

Despite all the modern electronic toys, stuffed animals still remain very popular.
雖然有許多新型的電子玩具，但是填充動物娃娃依然十分盛行。

▶ **subject** [səb`dʒɛkt] (*v.*) 使服從；使隸屬 Track 1332

I'm so angry that my boss subjected my will to his own.
我的老闆要求我服從他的意願，讓我覺得好生氣。

▶ **submit** [səb`mɪt] (*v.*) 提出；屈服 同 surrender 屈服 Track 1333

I will submit several applications to the colleges of my choice.
我將對我所選定的大學提出申請。

▶ **subsequent** [`sʌbsɪˌkwɛnt] (*adj.*) 後來的；併發的 Track 1334

Subsequent events proved that she was right.
後來發生的事證明她是對的。

▶ **subtract** [səb`trækt] (*v.*) 減去 Track 1335

The little girl has begun to learn to add and subtract.
這小女孩已在學加減法了。

▶ **suburb** [`sʌbɝb] (*n.*) 市郊 Track 1336

He lives in the suburbs.
他住在市郊。

▶ **successor** [sək`sɛsɚ] (*n.*) 繼承人；接任者 Track 1337

He designated Smith as his successor.
他指定史密斯為他的繼承人。

▶ **suicide** [`suəˌsaɪd] (*n.*) 自殺 Track 1338

Turner's father committed suicide when he was 24.
透納的父親在他24歲時自殺了。

▶ **sum** [sʌm] (*n.*) 金額 (*v.*) 總計 Track 1339
He paid a large sum for the house.
他出了一大筆金額買這個房子。

▶ **summarize** [ˋsʌməˏraɪz] (*v.*) 概述；總結 Track 1340
I'd like to ask Mr. Kettening to summarize the situation.
我想請凱特寧先生概述一下形勢。

▶ **summit** [ˋsʌmɪt] (*n.*) 峰頂；高峰 反 bottom 底部 Track 1341
We reached the summit of that mountain.
我們到達那山的峰頂。

▶ **superficial** [ˋsupɚˋfɪʃəl] (*adj.*) 表面的；膚淺的 Track 1342
We saw through his superficial charm.
我們看穿了他的膚淺的魅力。

▶ **superior** [səˋpɪrɪɚ] (*adj.*) 較高的；上級的；優良的 Track 1343
Their computer is superior to ours.
他們的電腦比我們的優良。

▶ **superiority** [səˏpɪrɪˋɔrətɪ] (*n.*) 優勢 Track 1344
He won the bout by great superiority.
他以絕對優勢贏了這場比賽。

▶ **support** [səˋport] (*v./n.*) 支持 反 abandon 遺棄 Track 1345
I support the use of trams in any city that wants quiet, low-cost, low-polluting public transportation.
一個城市想要擁有安靜、費用少、污染低的交通運輸工具，我會支持使用電車。

▶ **suppose** [səˋpoz] (*v.*) 應該要；想像 Track 1346
You are supposed to be here on time.
你應該要準時到達這裡的。

▶ **suppression** [səˋprɛʃən] (*n.*) 鎮壓；抑制 Track 1347
They fought back heroically against its bloody suppression.
他們對它的血腥鎮壓進行了英勇的回擊。

▶ **surcharge** [ˋsɝˏtʃɑrdʒ] (*n.*) 超載；追加罰款；額外費用 Track 1348
What's the surcharge on this express letter?
這封快遞信件的額外費用是多少？

▶ **surplus** [ˋsɝpləs] Track 1349

(*adj.*) 過剩的；多餘的 (*n.*) 剩餘；過剩；【會計】盈餘

They plucked the surplus wool off.
他們拔掉多餘的羊毛。

▶ **survive** [sɚˋvaɪv] (*v.*) 存活；生命較……為長 Track 1350

It is hard to imagine how humans survived during the Ice Age.
我們很難想像人類如何在冰河時期存活下來。

▶ **suspicious** [səˋspɪʃəs] Track 1351

(*adj.*) 懷疑的；可疑的 同 doubtful 可疑的

Our dog is always suspicious of strangers.
我們的狗總是懷疑陌生人。

▶ **sweep** [swip] (*v.*) 打掃 Track 1352

We should sweep our house regularly to keep it clean.
我們應該定時打掃住屋，保持乾淨。

▶ **swiftly** [ˋswɪftlɪ] (*adv.*) 很快地；即刻 Track 1353

He became famous swiftly.
他很快就出名了。

[Tt]

▶ **tangle** [ˋtæŋg!] (*v.*) 使糾結；使混亂；亂作一團 Track 1354

My wool always seems to tangle.
我的毛線似乎總是糾結在一起。

▶ **tedious** [ˋtidɪəs] (*adj.*) 沉悶的；冗長乏味的 Track 1355

My homework is long and tedious.
我的家庭作業既長又乏味。

▶ **temper** [ˋtɛmpɚ] (*n.*) 脾氣 Track 1356

You need to tame your temper!
你要改一改你的脾氣！

▶ **tempt** [tɛmpt] (*v.*) 誘惑；吸引 Track 1357

The warm weather tempted him to go for a swim.

暖和的天氣吸引他去游泳。

▶ **temptation** [tɛmp`teʃən] (*n.*) 誘惑 Track 1358

Lily tried her best not to give in to temptation.

莉莉盡全力不向誘惑屈服。

▶ **tend** [tɛnd] (*v.*) 易於；有……的傾向 Track 1359

This is because children tend to imitate what they see on TV programs.

這是因為小孩子易於模仿他們看的電視節目。

▶ **tentative** [`tɛntətɪv] (*adj.*) 試驗性的；暫定的 Track 1360

Our plans are only tentative.

我們的計畫僅是暫定的。

▶ **terminal** [`tɝmənl̩] (*adj.*) 終點的；末期的 Track 1361

He has a terminal disease.

他的病是末期。

▶ **terrific** [tə`rɪfɪk] (*adj.*) 可怕的；【口】非常好的 Track 1362

It was a terrific flight, I think.

在我看來，這次飛行真是太好了。

▶ **testify** [`tɛstə͵faɪ] (*v.*) 證明；作證 Track 1363

I can testify to his honesty.

我可以為他的誠實作證。

▶ **testimony** [`tɛstə͵monɪ] (*n.*) 證詞 Track 1364

The doctors supported his testimony.

醫師們證實他的證詞。

▶ **theft** [θɛft] (*n.*) 偷竊；盜竊案 Track 1365

He was put in prison for theft.

他因偷竊而入獄。

▶ **thrill** [θrɪl] (*n.*) 激動；恐怖 (*v.*) 顫抖；激動 Track 1366

I felt a thrill when the lights were out.

燈一暗我就覺得很激動。

▶ **tidy** [ˋtaɪdɪ] (*adj.*) 整潔的 (*v.*) 使整齊 Track 1367

She is a neat and tidy person.
她是一個整齊而且整潔的人。

▶ **tie** [taɪ] (*n.*) 平局；關係；領帶 Track 1368

He straightened his tie.
他整一整他的領帶。

▶ **tolerance** [ˋtɑlərəns] (*n.*) 寬容；忍受 Track 1369

I have no tolerance for whiny people.
我無法忍受總是哀哀叫的人。

▶ **tolerant** [ˋtɑlərənt] (*adj.*) 容忍的；寬恕的 Track 1370

He is not tolerant of criticism.
他不能容忍批評。

▶ **toothache** [ˋtuθ͵ek] (*n.*) 牙痛 Track 1371

A toothache racked my jaw.
牙痛使我整個下巴都痛起來了。

▶ **threat** [θrɛt] (*n.*) 威脅 Track 1372

It's a kind of threat.
這算是一種威脅。

▶ **tragedy** [ˋtrædʒədɪ] (*n.*) 悲劇；慘案 Track 1373

I prefer comedy to tragedy.
我喜歡喜劇而不喜歡悲劇。

▶ **transitional** [trænˋzɪʃən!] (*adj.*) 變遷的；過渡期的 Track 1374

Hopefully, this is a transitional phase.
我希望這只是一段過渡時期。

▶ **translate** [trænsˋlet] (*v.*) 翻譯 Track 1375

I will try to translate one Chinese story into English every week.
我會試著每星期將一個中文故事翻譯成英文。

▶ **treasure** [ˋtrɛʒɚ] (*v.*) 珍惜；珍藏 Track 1376

I treasure our friendship.
我珍惜我們的友誼。

▶ **treat** [trit] (*v./n.*) 治療；對待；款待 *Track 1377*

People suffering from lead poisoning can be treated with medicine.
罹患鉛中毒的人可用藥物來治療。

▶ **tremendous** [trɪˋmɛndəs] *Track 1378*

(*adj.*) 極大的；非常的 同 enormous 巨大的

It's a tremendous long way.
這是段非常遠的路程。

▶ **trial** [ˋtraɪəl] (*n.*) 試用；考驗 *Track 1379*

Mom is going through a big trial now.
媽媽正在經歷一個很大的考驗。

▶ **tricky** [ˋtrɪkɪ] (*adj.*) 狡猾的；棘手的 *Track 1380*

It is a tricky problem.
這是個棘手的問題。

▶ **trim** [trɪm] (*v.*) 修剪 *Track 1381*

Ask the hairdresser to trim your beard.
請理髮師給你修剪一下鬍鬚。

[Uu]

▶ **ultimate** [ˋʌltəmɪt] (*adj.*) 最終的；終極的 *Track 1382*

Teaching is my ultimate goal.
教書是我最終的目標。

▶ **unanimous** [jʊˋnænəməs] (*adj.*) 全體一致的；無異議的 *Track 1383*

They reached unanimous agreement.
他們達成全體一致的意見。

▶ **unconscious** [ʌnˋkɑnʃəs] *Track 1384*

(*adj.*) 不省人事；未發覺的；無意識的

They beat him unconscious.
他們把他打得不省人事。

▶ **undergraduate** [ˏʌndɚˋgrædʒʊɪt] Track 1385

(*n.*) 大學肄業生；（尚未取得學位的）大學生

She majors in history as an undergraduate.
她是一位主修歷史的大學生。

▶ **unfair** [ʌnˋfɛr] (*adj.*) 不公平的 Track 1386

You obviously like your son more than your daughter. It's unfair!
你很明顯就是喜歡兒子勝過女兒。真是不公平！

▶ **uniform** [ˋjunəˏfɔrm] (*n.*) 制服 Track 1387

Every morning a man in a green uniform delivers mails to our community.
每天早晨都有一位穿綠色制服的人，把信件送到我們社區來。

▶ **uniquely** [juˋniklɪ] (*adv.*) 獨特地；唯一地；珍奇地 Track 1388

He could determine uniquely the properties of the compound.
他能夠測定出這一化合物獨特性質的人。

▶ **universe** [ˋjunəˏvɝs] (*n.*) 宇宙 Track 1389

Our world is but a small part of the universe.
我們的世界只是宇宙一小部份。

▶ **upright** [ˋʌpˏraɪt] Track 1390

(*adv.*) 挺直地；豎立著 (*adj.*) 垂直的；正直的

Hold yourself upright when you walk.
你走路時要挺直身子。

▶ **upset** [ʌpˋsɛt] (*n.*) 生氣；沮喪 Track 1391

You must be upset now.
你現在一定很沮喪。

▶ **urge** [ɝdʒ] (*v.*) 催促；力勸；驅策 同 push 推動 Track 1392

He urged her to study English.
他力勸她研讀英文。

▶ **urgently** [ˋɝdʒəntlɪ] (*adv.*) 急切地 Track 1393

My sister is ill and money is urgently needed.
我妹妹生病，急切地需要用錢。

[Vv]

▶ **vacant** [ˋvekənt] (*adj.*) 空著的；空虛的 Track 1394
Is this seat vacant?
這個座位空著嗎？

▶ **vaccinate** [ˋvæksn̩ˌet] (*v.*) 接種疫苗 Track 1395
She is vaccinated against smallpox as a child.
她小時候就接種了天花疫苗。

▶ **vain** [ven] (*adj.*) 徒然的；無效的 同 unsuccessful 失敗的 Track 1396
All our efforts were vain.
我們的一切努力都無效。

▶ **vanish** [ˋvænɪʃ] (*v.*) 消失 反 appear 出現 Track 1397
They had vanished in the crowd.
他們已消失在人群中。

▶ **vegetarian** [ˌvɛdʒəˋtɛrɪən] Track 1398
(*adj.*) 素食的 (*n.*) 素食者；草食動物
I've become used to a vegetarian diet.
我已經習慣了素食的飲食。

▶ **vicious** [ˋvɪʃəs] (*adj.*) 惡意的；墮落的 Track 1399
He leads a vicious life.
他過著墮落的生活。

▶ **victim** [ˋvɪktɪm] (*n.*) 遇難者；受害者 Track 1400
Jenny's dad was one of the victims of the tragic event.
珍妮的爸爸是那個不幸事件中的遇難者。

▶ **vigor** [ˋvɪgɚ] (*n.*) 精力 Track 1401
Her old vigor returned.
她又恢復了過去的精力。

▶ **virtual** [ˋvɝtʃuəl] (*adj.*) 虛擬的；實際上的 Track 1402
He was the virtual leader of the movement.
他是該運動實際上的領袖。

▶ **virtually** [ˋvɝtʃuəlɪ] (*adv.*) 事實上；差不多 Track 1403
The dinner's virtually ready.
飯菜差不多準備好了。

▶ **visa** [ˋvizə] (*n.*) 簽證；信用卡 Track 1404
Do you accept visa?
你們接受（Visa這一張）信用卡嗎？

▶ **vision** [ˋvɪʒən] (*n.*) 美景；視力；幻覺 Track 1405
The old man's vision is poor.
這老人視力不好。

▶ **vow** [vaʊ] (*v.*) 宣誓；發誓 (*n.*) 誓約 Track 1406
I vow, child, you are vastly handsome.
我發誓，孩子，你長得相當漂亮。

▶ **vulnerable** [ˋvʌlnərəbl̩] Track 1407
(*adj.*) 易受攻擊的；有弱點的；容易受傷的
We are all, in a sense, vulnerable.
從某種程度上來看，我們都是容易受傷的。

[Ww]

▶ **wander** [ˋwandɚ] (*v.*) 神遊；閒逛；流浪 Track 1408
In my daydreams, I often wander off into my own make-believe world.
在我的白日夢裡，我常神遊到自己心中的幻想世界。

▶ **wealthy** [ˋwɛlθɪ] (*adj.*) 富有的 Track 1409
Their family is very wealthy.
他們家很富有。

▶ **weary** [ˋwɪrɪ] (*adj.*) 疲倦的 Track 1410
He is weary from his journey.
一趟旅程下來，他感到疲倦了。

▶ **widen** [ˋwaɪdn̩] (*v.*) 加寬；放寬；擴展 Track 1411
We have to widen this road.
我們必須加寬這條公路。

▶ **wipe** [waɪp] (*v.*) 擦 Track 1412
Please wipe the windshield.
請擦一下擋風玻璃。

▶ **wisdom** [ˋwɪzdəm] (*n.*) 智慧 反 folly 愚笨 Track 1413
He is a man of wisdom.
他是一個有智慧的人。

▶ **wise** [waɪz] (*n.*) 聰明的；明智的；有見識的 Track 1414
I think that's a wise method.
我想這是個明智的方法。

▶ **worthy** [ˋwɝðɪ] (*adj.*) 有價值的；可敬的；值得的 Track 1415
It's worthy of praise.
這件事值得稱讚。

▶ **wound** [waʊnd] (*n.*) 創傷；傷口 Track 1416
Where did you get that wound?
你從哪裡弄來的傷口？

[Yy]

▶ **yell** [jɛl] (*v.*) 大叫 Track 1417
He yelled because of pain.
他因痛而大叫。

▶ **yield** [jild] (*v.*) 生產；放棄；投降 同 surrender 屈服 Track 1418
They yielded to the enemy.
他們向敵人投降。

短文閱讀測驗

"The Most Misunderstood Generation: Millennials"

The millennial generation has long been described as a bunch of know-it-alls who are apt to avoid responsibility. Growing up in an affluent and protected environment, the millennials are considered to be less able to endure hardship and setbacks. What is more, this generation gets a reputation for being offensive, indifferent, emotionally vulnerable, etc.

However, let's not neglect the fact that this generation was raised in a world of modern communication and advanced technology. It's unfair to judge them by an old-school standard. Compared with the previous generations, the millennials are more educated, more creative, and more courageous to speak out and fight for what they believe in. Most importantly, they dare to embrace changes.

As the millennials are becoming the major employee demographic, they have proved themselves misunderstood. While millennial leaders place a high value on open workplaces rather than company hierarchy, millennial employees endeavor to create a more diverse and inclusive workplace where everyone can share their voice.

Instead of doubt, we should have more faith in the millennial generation, and believe that they will do their best to make this world a better place.

TEST

( ) 1. In the first paragraph, which is not the stereotype of the millennials?

A. Being offensive B. Being sensitive
C. Being indifferent D. Being enthusiastic

( ) 2. Why does the author think the millennials have been misunderstood?

A. They were placed in the wrong position.
B. They were judged by old-school standard.
C. They were deprived of their rights.
D. They grow up in an impoverish environment.

( ) 3. According to the article, how are the millennials different from the previous generations?

A. They are more conservative.
B. They are more intelligent.
C. They are more willing to accept changes.
D. They are more anxious.

( ) 4. What do millennial leaders make much of?

A. Company hierarchy B. Open workplaces
C. Positions and titles D. Size of the organization

( ) 5. What does the author imply in this article?

A. The potential of the millennials is doubtful.
B. The millennials should take more responsibilities.
C. The millennials are not to be underestimated.
D. The world shouldn't be too harsh on the millennials.

中文翻譯與解答

“你誤解了千禧世代”

長久以來，千禧世代被描述成自以為無所不知卻動不動就逃避責任的一群人。千禧世代成長於一個富足且受保護的環境，而被認為較無法承受逆境及挫折。而且，這個世代還得到無理、冷漠、情緒脆弱等名聲。

然而，讓我們別忽視一個事實：這個世代的人是生長在一個充滿現代通訊及進步科技的世界。用老派的標準來評斷他們是不公平的。跟前面的世代相比，千禧世代受較多的教育、較有創造力，也較勇於發表意見，並且為自己的信念而奮鬥。最重要的是，他們敢於接納變化。

隨著千禧世代逐漸成為主要的工作人口，他們已經證明自己是被誤解的。千禧世代的領導者看重的是開放的工作職場而非公司階級，而千禧世代的員工則致力於開創一個更多元及包容、讓每個人都能分享意見的職場環境。

與其懷疑，我們應該對千禧世代抱持信心，相信他們會盡全力將這個世界變成一個更棒的地方。

單字補充

affluent 富足的
endure 忍受
hardship 逆境
setback 挫折
offensive 無禮的
indifferent 冷漠的
vulnerable 易受傷的
standard 標準
educate 教育
courageous 勇敢的
dare 敢於
embrace 擁抱

你有沒有發現其實單看這一些關鍵單字，就已經大概猜到這一篇短文要說什麼了？沒錯！閱讀一點也不難，只要先搞懂這些重點單字，接著再從前後文猜意思，你會發現英文閱讀SO EASY！

ANSEWER

(D) 1.在第一段文章中，哪一個不是對千禧世代的刻板印象？
A. 無禮的
B. 敏感的
C. 冷漠的
D. 熱心的

(B) 2.為何作者認為千禧世代被誤解了？
A. 他們被放在錯誤的職位。
B. 他們被用老派標準評斷。
C. 他們的權利遭受剝奪。
D. 他們成長在一個貧困的環境 。

(C) 3. 根據文章內容，千世代跟過去的世代有何不同？
A. 他們比較保守。
B. 他們比較聰明。
C. 他們比較願意接受改變。
D. 他們比較焦慮。

(B) 4. 千禧世代的領導者重視什麼？
A. 公司階級
B. 開放的職場環境
C. 職位與頭銜
D. 組織的規模

(C) 5. 作者在本文中做了什麼暗示？
A. 千禧世代的潛力令人懷疑。
B. 千禧世代應該承擔更多責任。
C. 千禧世代不應被小看。
D. 世人不該對千禧世代過於嚴厲。

短文閱讀測驗

"Give Children the Respect They Deserve"

I totally disagree whenever I hear people complain about how little respect children nowadays have for their parents and other elders. Respect is a two-way street. It's earned, not given. If you expect to get respect from children, you need to give them the respect they deserve first.

Respect is an acquired attitude rather than an innate ability. It is something that we need to teach our children by setting a good example with our own conduct. Children learn to respect themselves and others by copying the behavior they have been demonstrated. To put it in another way, they need role models with morals, principles, and guidance to be respectful. When parents or carers are disrespectful, so will their children be, and there's no one else to blame.

Children do not need painful techniques to learn disciplines or to realize mistakes. Instead, they need understanding, empathy and respect. A child who is constantly being physically abused, inappropriately criticized or punished, or malevolently humiliated simply doesn't know how to love and respect others.

Children should be treated the way we like to be treated. They hate interferences, just as we do. They get irritated when their life being controlled or manipulated, just as we do. They feel discouraged when their actions are being judged or punished inappropriately, just as we do. Aggressive and judgmental words only serve to destroy their self-consciousness and self-confidence.

If children are taught to respect others and themselves when they are young, they're likely to carry that value with them when they grow up into mature adults and use it to create a successful and happy life.

TEST

( ) 1. According to the article, what is respect?
A. An innate ability
B. An acquired attitude
C. A natural product
D. An irresponsible behavior

( ) 2. What do children need in order to learn to respect?
A. Strict punishment
B. Judgmental criticism
C. Empathy and understanding
D. Clear rules

( ) 3. According to the author, how do children learn to respect?
A. By displaying the behavior they have been shown
B. By doing what their elders ask them to
C. By listening to their parents and teachers
D. By imitating their favorite movie stars

( ) 4. How do children feel when they are being treated disrespectfully?
A. Delightful B. Discouraged
C. Confused D. Grateful

( ) 5. According to the article, what will aggressive and judgmental words result in?
A. Broken parent-child relationship
B. Permanent disability
C. Brain damage
D. Lack of self-confidence

中文翻譯與解答

給孩子他們應得的尊重

每當我聽到有人抱怨現在的孩子有多不尊重他們的父母及其他長輩時，我完全不能同意。尊重是一條雙向道路。它是靠贏得，而不是給予而來。如果你期望從孩子身上獲得尊重，你必須先給予他們所應得的尊重。

尊重是一種後天習得的態度，而不是天生的能力。這是我們需要藉由以身作則來教導我們的孩子的東西。孩子們是透過模仿他們所被示範表現的行為來學習尊重他們自己以及他人。換句話說，他們需要有道德、原則以及領導的榜樣來學習尊重他人。當父母或照顧者本身不懂得尊重人，他們的孩子也將會是如此，怪不得別人。

孩子們不需要痛苦的手段來學習紀律或理解錯誤。相反地，他們需要理解、同理心及尊重。一個不斷被濫用體罰、不當批評及處罰或是惡意羞辱的孩子當然不知道應該如何愛與尊重別人。

我們應該要用我們喜歡被對待的方式對待。他們就跟我們一樣討厭被干涉，跟我們一樣當生活被控制或操控時會感到惱火，也跟我們一樣當行為被不當地憑斷或懲罰時會感到氣餒。挑釁及批判性的言語只會摧毀他們的自我意識及自信心。

如果孩子在小的時候被教導尊重他人及自己，他們就可以帶著這個價值觀成長為成熟的大人，並運用它來創造成功及幸福的人生。

單字補充

respect 尊重
discipline 紀律
interference 干涉
discourage 使氣餒
demonstrate 示範
criticize 批評
irritated 惱火的
aggressive 挑釁的
guidance 領導
humiliate 羞辱
manipulate 操控
consciousness 意識

你有沒有發現其實單看這一些關鍵單字，就已經大概猜到這一篇短文要說什麼了？沒錯！閱讀一點也不難，只要先搞懂這些重點單字，接著再從前後文猜意思，你會發現英文閱讀SO EASY！

ANSEWER

(B) 1. 根據本文內容，尊重是什麼？
A. 一種天生的能力
B. 一種後天習得的態度
C. 一個天然產物
D. 一種不負責任的行為

(C) 2. 孩子需要什麼以學習尊重？
A. 嚴厲的懲罰
B. 批判性的批評
C. 同理心及理解
D. 明確的規定

(A) 3. 依作者所說，孩子們是如何學習尊重的？
A. 表現他們所看到的行為
B. 做他們長輩所要求他們做的
C. 聽父母及老師的話
D. 模仿他們最喜歡的電影明星

(B) 4. 孩子被無禮地對待時感受如何？
A. 愉悅 B. 氣餒
C. 困惑 D. 感謝

(D) 5. 根據本文內容，挑釁及批判性的言語會造成什麼？
A. 破裂的親子關係
B. 終身殘廢
C. 腦部損傷
D. 缺乏自信

Part 3

考前30天必備的旅行類單字

PART 3

考前30天必備的

旅行類單字

雖然多數英語考試並不會以旅行情境作為考題分類，但其實旅行情境中所囊括的「購物用單字」、「交通用單字」、「住宿用單字」，都常常隱藏在題目當中，是藏在細節中的魔鬼，若不小心因此遺漏掉該拿的分數，絕對是相當可惜的事情，所以一定要把握呀！

[Aa]

▶ **abroad** [əˋbrɔd] (*adv.*) 在國外 *Track 1419*

Studying abroad is an exciting and great learning experience.

在國外學習是一個令人興奮並且很棒的學習歷程。

▶ **accommodate** [əˋkɑməˏdet] (*v.*) 容納；供給住宿 *Track 1420*

The big room can accommodate six beds.

這大房間能容納六張床。

▶ **accommodation** [əˏkɑməˋdeʃən] (*n.*) 設備 *Track 1421*

Hotels provide accommodations for travelers.

旅館為旅客提供住宿設備。

▶ **agenda** [əˋdʒɛndə] (*n.*) 議程；行程 *Track 1422*

My daily activities follow an agenda that I make every morning.

我的每天活動是依照每個早上擬定的行程來作息。

▶ **airfare** [ˋɛrˏfɛr] (*n.*) 機票費用 *Track 1423*

Don't worry about the airfare! It's included.

別擔心機票費用！它有包括在裡面。

▶ **airline** [ˋɛrˏlaɪn] (*n.*) 定期航線；航空公司 *Track 1424*

China Airline Flight 201 leaves at 9:10.

中國航空公司的201航班在九點十分起飛。

▶ **anticipate** [ænˋtɪsə͵pet] (*v.*) 預期；預料 Track 1425
I anticipated that you would ask that question.
我預料到你會問那個問題。

▶ **atmosphere** [ˋætməs͵fɪr] (*n.*) 氣氛；大氣 Track 1426
Many customers like a nice atmosphere in restaurants.
許多顧客喜歡餐廳中美好的氣氛。

▶ **attendant** [əˋtɛndənt] (*n.*) 服務員 Track 1427
An attendant put some melons on the table.
有個服務員往桌上放了一些香瓜。

▶ **attraction** [əˋtrækʃən] (*n.*) 吸引；景點 Track 1428
It's a tourist attraction.
這是一個旅遊景點。

▶ **attractive** [əˋtræktɪv] (*adj.*) 吸引人的 Track 1429
Most of the foods in the supermarkets are very attractive.
超級市場中所販賣的大部份食品都非常吸引人。

▶ **authentic** [ɔˋθɛntɪk] (*adj.*) 可信的；正宗的 Track 1430
Can we have some authentic Chinese food there?
在那兒我們能吃上正宗的中國菜嗎？

[Bb]

▶ **bargain** [ˋbɑrgɪn] (*v.*) 議價 Track 1431
In most stores in America, you cannot bargain.
在美國大多的商店裡是不能議價的。

▶ **boast** [bost] (*v.*) 自誇；誇耀 Track 1432
Commercials always boast that their products are the best.
廣告總是自誇他們的產品是最好的。

▶ **bound** [baʊnd] (*adj.*) 開往；被束縛的；裝訂的 Track 1433
This bus is bound for Istanbul.
這台公車要開往伊斯坦堡。

[Cc]

▶ **cabin** [ˋkæbɪn] (*n.*) 小屋；機艙 *Track 1434*

The flight attendant thought she saw smoke in the cabin.

那名空服員以為她在機艙內看到有煙。

▶ **cabinet** [ˋkæbənɪt] (*n.*) （有抽屜或格子的）櫥櫃 *Track 1435*

5 people can fit in this cabinet.

這個櫥櫃能塞得下五個人。

▶ **carriage** [ˋkærɪdʒ] (*n.*) 馬車；運費 *Track 1436*

Not everyone liked this horseless carriage.

並不是每一個人都喜歡這種不用馬拉的馬車。

▶ **cater** [ˋketɚ] (*v.*) 供應飲食；滿足（需要） *Track 1437*

We cater for various religions.

我們供應符合各種宗教規定的飲食。

▶ **catering** [ˋketərɪŋ] (*n.*) 承辦酒席；提供伙食及服務 *Track 1438*

The catering can be left to mother.

伙食的事可以留給母親來準備。

▶ **ceremony** [ˋsɛrə͵monɪ] (*n.*) 典禮 *Track 1439*

At the opening ceremony a couple weeks ago, all the drinks were free.

幾個禮拜前的開幕典禮當天，所有的飲料都免費供應。

▶ **certain** [ˋsɝtn̩] (*adj.*) 有些 *Track 1440*

There are certain places in this town that I have never been to.

這城鎮裡有些地方我從來沒有去過。

▶ **challenge** [ˋtʃælɪndʒ] (*v.*) 挑戰；要求 *Track 1441*

They challenged us to a swimming contest.

他們要求我們來一場游泳比賽。

▶ **chapter** [ˋtʃæptɚ] (*n.*) （書籍）篇章 *Track 1442*

Airplane travel opened a new chapter in America's exploration of the West.

飛機旅行為開發美國西部翻開了新篇章。

▶ **charter** [ˋtʃɑrtɚ] (*v.*) 出租；包（船、車等） *Track 1443*
This travel firm provides buses for charter.
這家旅遊公司提供巴士出租。

▶ **cheer** [tʃɪr] (*v.*) 為……加油；使開心 *Track 1444*
I hope this will cheer you up.
我希望這可以讓你開心一點。

▶ **civic** [ˋsɪvɪk] (*adj.*) 市的；公民的 *Track 1445*
Bus no. 67 passes by the civic center.
六十七號巴士會經過市中心區。

▶ **clarity** [ˋklærətɪ] (*n.*) 清澈；透明 *Track 1446*
Mozart's music is characterized by its naivete and clarity.
莫札特的音樂特色是坦白與清澈。

▶ **clear** [klɪr] (*adj.*) 清楚的；明白的 *Track 1447*
There is a clear view across the lake from this tower.
從這個塔可以清楚看到湖的對面。

▶ **clearance** [ˋklɪrəns] (*n.*) 清除；清倉 *Track 1448*
Are you coming to the clearance sale with me or not?
你要跟我來清倉大拍賣還是不要？

▶ **commuter** [kəˋmjutɚ] (*n.*) 通勤者；經常往返者 *Track 1449*
The train in the morning is always full of commuters.
通常火車在早晨總是充滿通勤者。

▶ **compliment** [ˋkɑmpləˏmɛnt] (*v.*) 讚美 *Track 1450*
Tommy complimented me on my new hair style.
湯米讚美我的新髮型。

▶ **conductor** [kənˋdʌktɚ] (*n.*) 領導者；指揮；列車長 *Track 1451*
We can't reach the conductor.
我們無法與列車長聯絡上。

▶ **continent** [ˋkɑntənənt] (*n.*) 大陸；大洲 *Track 1452*
There are seven continents and five oceans on the Earth.
地球上有七個大洲和五大洋。

▶ **continental** [ˌkɑntəˋnɛntḷ] *(adj.)* 大陸的；大陸性的 Track 1453

We have continental climate here.

我們這裡是大陸性氣候。

▶ **convenient** [kənˋvinjənt] *(adj.)* 方便的 Track 1454

Will the 3:50 train be convenient for you to take?

三點五十分的火車對你方便嗎？

▶ **courteous** [ˋkɝtɪəs] *(adj.)* 彬彬有禮；謙恭的 Track 1455

Courteous behavior will always give people a good impression.

彬彬有禮的舉止總是給人留下好的印象。

▶ **courtesy** [ˋkɝtəsɪ] *(n.)* 禮貌；禮儀 Track 1456

We can cultivate social courtesy and make friends by dancing.

我們可藉由跳舞培養社交禮儀及結交朋友。

▶ **creature** [ˋkritʃɚ] *(n.)* 動物；生物；人 Track 1457

These creatures can soon become extinct if nothing is done to protect them.

如果沒有措施來保護牠們，這些動物會很快絕種。

▶ **crew** [kru] *(n.)* 全體工作人員 Track 1458

We are the crew of the aircraft.

我們是這架飛機的全體工作人員。

▶ **crop** [krɑp] *(n.)* 農作物 Track 1459

In order to prevent further damage to the crops, we have to shoot the birds.

為了避免有更多農作物損失，我們必須射殺這些鳥類。

▶ **custom** [ˋkʌstəm] *(n.)* 習俗；慣例 Track 1460

These tribes maintain their old customs and habits.

這些部落保存他們固有的習俗。

[Dd]

▶ **delegation** [ˌdɛləˋgeʃən] *(n.)* 代表團；授權 Track 1461

The delegation arrived in Shanghai on Wednesday.

代表團星期三到達上海。

▶ **delicate** [ˋdɛləkət] (*adj.*) 精細的；脆弱的 *Track 1462*
We found many delicate shells along the shore.
我們沿著海邊發現許多精細的貝殼。

▶ **departure** [dɪˋpɑrtʃɚ] (*n.*) 出發；離境 *Track 1463*
We saw many people there waiting for their plane's departure.
我們看到許多人在那兒等著他們的飛機離境。

▶ **dessert** [dɪˋzɝt] (*n.*) 餐後點心 *Track 1464*
Desserts and champagne are served without charge.
備有點心及香檳，一切免費提供。

▶ **discover** [dɪˋskʌvɚ] (*v.*) 發現 *Track 1465*
Columbus discovered America.
哥倫布發現美洲。

▶ **display** [dɪˋsple] (*v.*) 展示 (*n.*) 展覽 *Track 1466*
The peacock displayed its fine tail feathers.
孔雀展示其美麗的尾部羽毛。

▶ **distance** [ˋdɪstəns] (*n.*) 距離 *Track 1467*
The strait continues to place a distance between the two lands.
這道海峽一直讓海峽兩岸的雙方保持距離。

▶ **divisional** [dəˋvɪʒənl̩] (*adj.*) 分割的；區分的 *Track 1468*
I don’t know where the divisional line between these two cities is.
我不知道這兩個城市之間的區分線在哪。

▶ **downturn** [ˋdaʊntɝn] (*n.*) 降低；（經濟）衰退 *Track 1469*
Can someone explain the sudden downturn in the market?
有人可以解釋為什麼市場會突然衰退嗎？

[Ee]

▶ **economy** [ɪˋkɑnəmɪ] (*n.*) 經濟；經濟艙 *Track 1470*
Economy, please.
一張經濟艙的票，謝謝。

▶ **empty** [ˋɛmptɪ] (*adj.*) 空的；空著 Track 1471

The restaurant is half-empty.

餐館的座位有一半空著。

▶ **entertain** [͵ɛntɚˋten] (*v.*) 娛樂；招待 Track 1472

The restaurant provides music to entertain you while you dine.

用餐時，餐廳內會播放音樂以娛樂顧客。

▶ **exclude** [ɪkˋsklud] (*v.*) 拒絕；不包括 回 reject 抵制 Track 1473

Excluding Jenny, there were 10 students who voted.

不包括珍妮，一共有十個學生投票。

▶ **excursion** [ɪkˋskɝʒən] (*n.*) 遠足 Track 1474

We took an excursion to the beach today.

今天我們到海邊去遠足。

▶ **exhausted** [ɪgˋzɔstɪd] (*adj.*) 疲憊不堪的 Track 1475

John was too exhausted to walk any further.

約翰已疲憊不堪，不能再往前走了。

▶ **exploration** [͵ɛkspləˋreʃən] (*n.*) 探險；探勘 Track 1476

The exploration involves danger.

這次探險必然帶有危險。

▶ **explorer** [ɪkˋsplorɚ] (*n.*) 探險家 Track 1477

Captain James Cook was a great explorer.

詹姆士．庫克船長是一位偉大的探險家。

▶ **extensive** [ɪkˋstɛnsɪv] (*adj.*) 廣闊的；長途的 Track 1478

Many people like to take an extensive road trip for their vacation.

很多人喜歡利用他們的假期做長途開車旅遊。

▶ **extremely** [ɪkˋstrimlɪ] (*adv.*) 極端地；非常地 Track 1479

It was hot, but the water was extremely cold.

雖然那天是大熱天，海水卻非常地冷。

▶ **ethnic** [ˋɛθnɪk] (*adj.*) 種族的；地方的 Track 1480

There are many kinds of ethnic foods to choose from.

有許多各地方的食物可供選擇。

[Ff]

▶ **fatality** [fəˋtælətɪ] (*n.*) 致命；死亡 Track 1481
The fatality rate is way too high.
死亡率實在太高了。

▶ **fatigue** [fəˋtig] (*n.*) 疲勞 Track 1482
The explorer forgot about his fatigue and was able to keep going.
這位探險家忘記疲勞，繼續前進。

▶ **feast** [fist] (*n.*) 宴會 Track 1483
We all hope to have a big feast at Christmas.
我們都希望在耶誕節舉行一場大型宴會。

▶ **festival** [ˋfɛstəvl̩] (*n.*) 節日；喜慶 Track 1484
The festival begins tomorrow.
節日明天開始。

▶ **fierce** [fɪrs] (*adj.*) 兇猛的 Track 1485
Lions are large, fierce, and powerful beasts.
獅子是一種大型、兇猛又強壯的野獸。

▶ **fold** [fold] (*v.*) 折疊；包 Track 1486
Fold your napkin.
把餐巾疊起來。

▶ **former** [ˋfɔrmɚ] (*adj.*) 從前的；前一個的 Track 1487
My former plan was too costly so I decided to give up.
我的前一個計畫成本太高了，因此我決定放棄。

▶ **freeway** [ˋfri͵we] (*n.*) 高速公路 Track 1488
This road leads to the freeway.
這條路通往高速公路。

▶ **frequent** [ˋfrikwənt] (*v.*) 時常出入 Track 1489
Tourists frequent the district.
遊客時常出入那個區域。

▶ **fried** [fraɪd] (*adj.*) 油炸的 Track 1490

Fried fish and french-fried potatoes taste good.
油炸的魚和法國風味的炸薯片很好吃。

▶ **front** [frʌnt] (*n.*) 前面；正面 (*adj.*) 前面的 Track 1491

Front center, please.
請給我前排中間的座位。

[Gg]

▶ **genuine** [ˋdʒɛnjuɪn] (*adj.*) 真正的 同 real 真的；pure 純的 Track 1492

It's a genuine picture by Rubens.
這是魯賓斯畫的真跡。

▶ **gourmet** [ˏgɔrˋmeɪ] (*n.*) 美食家 Track 1493

This restaurant can be considered a gourmet's paradise.
這家餐廳可以說是美食家的天堂。

[Hh]

▶ **habitat** [ˋhæbəˏtæt] (*n.*) 棲息地 Track 1494

Beavers choose habitats near rivers.
海狸們選擇靠近河的地方做棲息地。

▶ **harbor** [ˋhɑrbɚ] (*n.*) 港口 Track 1495

This harbor is a natural harbor.
這個港口是自然形成的。

▶ **heritage** [ˋhɛrətɪdʒ] (*n.*) 遺產 Track 1496

China is a country with great cultural heritage.
中國是一個擁有偉大的文化遺產的國家。

▶ **highlight** [ˋhaɪˏlaɪt] (*n.*) 精彩處；最顯著（重要）部分 Track 1497

It is one of the highlights of the match.
這是比賽中的精彩處之一。

A B C D E F G H I J K L M N O P Q R S T U V W X Y Z

▶ **historic** [hɪsˋtɔrɪk] *(adj.)* 歷史上著名的；有歷史性的 *Track 1498*
I like visiting historic sites.
我喜歡遊覽歷史古跡。

▶ **historical** [hɪsˋtɔrɪkḷ] *(adj.)* 歷史上的 *Track 1499*
All dynasties had historical value.
所有的朝代都有歷史上的價值。

▶ **history** [ˋhɪstrɪ] *(n.)* 歷史 *Track 1500*
History repeats itself.
歷史會重演。

▶ **housing** [ˋhaʊzɪŋ] *(n.)* 供給住宅；居住 *Track 1501*
Their housing conditions are shocking.
他們的居住條件使人震驚。

▶ **humid** [ˋhjumɪd] *(adj.)* 潮濕的；濕氣重的 反 dry 乾燥的 *Track 1502*
Summer in Taipei is hot and humid.
臺北的夏天炎熱而潮濕。

▶ **hunt** [hʌnt] *(v.)* 狩獵 *Track 1503*
Cavemen used to fish and hunt.
穴居人過去是打魚狩獵。

▶ **hunting** [hʌntɪŋ] *(n.)* 打獵；搜索 *Track 1504*
They were hunting nomads.
他們是打獵遊牧民族。

[Ii]

▶ **identity** [aɪˋdɛntətɪ] *(n.)* 身分 *Track 1505*
If a nation knows nothing of its history, it will lose its identity.
如果一個國家不知其歷史，將失去自己的身分。

▶ **immense** [ɪˋmɛns] *(adj.)* 廣大的 同 huge 巨大的 *Track 1506*
China has an immense territory.
中國有廣大的領土。

▶ **immigrant** [ˋɪməgrənt] (*n.*) 移民；僑民 Track 1507

Her parents were immigrants.
她的父母都是移民。

▶ **immigrate** [ˋɪmə͵gret] (*v.*) 使移居入境；移至 Track 1508

This country immigrated many colonists to another.
這個國家把很多殖民地居民移至另一個國家。

▶ **independence** [͵ɪndɪˋpɛndəns] (*n.*) 獨立 Track 1509

The flag of the U.S. represents the fight for independence.
美國國旗是爭取獨立的象徵。

▶ **inexpensive** [͵ɪnɪkˋspɛnsɪv] (*adj.*) 不昂貴的；價廉的 Track 1510

To many customers, fast foods are generally inexpensive.
對於很多顧客而言，速食大部分是價廉的。

▶ **inn** [ɪn] (*n.*) 旅館 Track 1511

They stayed at the same inn.
他們投宿同一家旅館。

▶ **insure** [ɪnˋʃʊr] (*v.*) 給……投保；確保 Track 1512

Please insure it for 40 dollars.
請給它投保四十美元。

▶ **intermission** [͵ɪntɚˋmɪʃən] (*n.*) 間斷；中場休息 Track 1513

It looks as if the intermission is over.
看來中場休息結束了。

▶ **internal** [ɪnˋtɝnḷ] (*adj.*) 內在的；內部的 Track 1514

I discussed this plan with my boss on the internal phone.
我在內部電話上與我的老闆討論這個計劃。

▶ **interval** [ˋɪntɚvḷ] (*n.*) 距離；間隔時間 Track 1515

There was an interval of 6 years between these two wars.
這兩次戰爭之間有6年的間隔時間。

▶ **itinerary** [aɪˋtɪnə͵rɛrɪ] (*n.*) 路線；行程 Track 1516

Let's settle on an itinerary for tomorrow.
我們來決定明天的行程。

[Jj]

▶ **journey** [ˋdʒɝnɪ] (*n.*) 旅行 *Track 1517*

I have many memories about my journey to the seaside.
我有許多關於到海邊旅行的記憶。

[Ll]

▶ **landscape** [ˋlænskep] (*n.*) 景色 *Track 1518*

The landscape around the museum is beautiful.
博物館附近的景色很迷人。

▶ **lane** [len] (*n.*)（鄉間）小路；巷 *Track 1519*

You are on lane 16.
你位在16巷。

▶ **lift** [lɪft] (*v.*) 提起 *Track 1520*

The mountain's fresh air lifted our spirits.
山上新鮮的空氣提起了我們的精神。

▶ **line** [laɪn] (*n.*) 路線；航線 *Track 1521*

Sorry, none of the buses on this line goes there.
對不起，這條路線沒有巴士開往那裡。

▶ **liquor** [ˋlɪkɚ] (*n.*) 烈酒；酒 *Track 1522*

People under a certain age are not allowed to enter a liquor store.
在某限定年齡下的人不允許進入酒店。

▶ **lobby** [ˋlɑbɪ] (*n.*) 大廳；門廊 *Track 1523*

Hotels provide a lobby for their guests to relax while talking to each other.
旅館提供大廳給客人聊天、休息。

▶ **locate** [loˋket] (*v.*) 位於；找出 *Track 1524*

Shoppers usually try to locate bargains when they are at a sale.
購物者通常會在東西拍賣時試著找出一些便宜貨。

▶ **location** [lo`keʃən] (*n.*) 位置；場所 Track 1525

Can you tell me your current location?
你可以告訴我你現在的位置嗎？

▶ **luggage** [`lʌgɪdʒ] (*n.*) 行李 Track 1526

I lost three pieces of luggage.
我弄丟了三件行李。

▶ **luncheon** [`lʌntʃən] (*n.*) 午宴；正式的午餐 Track 1527

Are you coming to the club luncheon?
你要來俱樂部吃午宴嗎？

▶ **luxurious** [lʌg`ʒʊrɪəs] (*adj.*) 豪華的 Track 1528

The restaurant located in the suburbs was very clean and luxurious.
這家位於郊區的餐廳，既乾淨又豪華。

[Mm]

▶ **mall** [mɔl] (*n.*) 購物中心 Track 1529

A shopping mall can be a good place for a flea market.
購物中心是設置跳蚤市場的好地方。

▶ **meal** [mil] (*n.*) 一餐；一頓飯 Track 1530

He wolfed down his meal.
他狼吞虎嚥地吃了一頓飯。

▶ **memorable** [`mɛmərəbḷ] (*adj.*) 值得紀念的；難忘的 Track 1531

Since liberation, all its memorable sites have been restored.
解放以來，所有值得紀念的地點都已修復了。

▶ **merge** [mɝdʒ] (*v.*) 合併；匯合 Track 1532

The roads merge a kilometer ahead.
這兩條道路在前面一公里處匯合。

▶ **monument** [`mɑnjəmənt] (*n.*) 紀念碑 同 memorial 紀念物 Track 1533

The monument was erected as a memorial to the dead soldiers.
這紀念碑為紀念陣亡將士而建立。

▶ **mount** [maunt] (*n.*) 山 Track 1534
The tallest mountain in California is Mount Whitney.
在加州最高的山是惠特尼山。

[Nn]

▶ **nation** [ˋneʃən] (*n.*) 國家 Track 1535
The United States of America is a nation.
美利堅合眾國是一個國家。

▶ **national** [ˋnæʃənl̩] (*adj.*) 國家的；民族的 Track 1536
National laws can't be broken.
國家法律不能違反。

▶ **nationality** [ˏnæʃənˋælətɪ] (*n.*) 國籍；民族 Track 1537
Every Chinese minority's nationality costume has its own special traits.
中國少數民族服裝各有各的特色。

[Oo]

▶ **obscure** [əbˋskjur] (*adj.*) 含糊的；不清楚的 Track 1538
The shapes of the buildings were obscure because of the distance.
由於距離較遠，建築物的外形看不清楚。

▶ **obsess** [əbˋsɛs] (*v.*) 佔據心思；沈迷於…… Track 1539
She was almost obsessed with taking pictures.
她幾乎沈迷於拍照。

▶ **outdoor** [ˋautˏdor] (*adj.*) 室外的；戶外的 Track 1540
We love outdoor activities.
我們熱愛戶外活動。

▶ **outdoors** [ˋautˋdorz] (*adv.*) 戶外地 Track 1541
Some people prefer indoor leisure activities, while others would rather be outdoors.
有些人較喜歡室內休閒活動而另外有些人則喜好戶外休閒活動。

▶ **overwhelm** [ˌovɚˋhwɛlm] (*v.*) 壓倒；使受不了 *Track 1542*
The heat outside often overwhelms me.
戶外的熱氣通常使我覺得受不了。

[Pp]

▶ **packing** [ˋpækɪŋ] (*n.*) 包裝 *Track 1543*
I bought some colorful packing sheets for Christmas gifts.
我為了聖誕禮物買了些彩色的包裝紙。

▶ **parade** [pəˋred] (*n.*) 遊行；閱兵 *Track 1544*
The parade went by us.
遊行隊伍從我們旁邊走過。

▶ **participation** [pɑrˌtɪsəˋpeʃən] (*n.*) 分享；參與 *Track 1545*
Active participation is required in this class.
這堂課要求積極參與。

▶ **partition** [pɑrˋtɪʃən] (*n.*) 分割 *Track 1546*
The shed had a partition separating it into two rooms.
那間庫房被分割成兩間。

▶ **passenger** [ˋpæsn̩dʒɚ] (*n.*) 乘客；旅客 *Track 1547*
Passengers have come ashore.
旅客們上岸了。

▶ **passport** [ˋpæsˌport] (*n.*) 護照 *Track 1548*
The passport officer stamped my passport.
這位海關官員在我的護照上蓋了章。

▶ **path** [pæθ] (*n.*) 小徑；小路 *Track 1549*
Keep to the path or you may lose your way.
沿著這小路走，否則你可能會迷路。

▶ **patronage** [ˋpetrənɪdʒ] (*n.*) 贊助者；光顧者 *Track 1550*
The hotel has a large patronage.
那家旅館有很多光顧者。

▶ **police** [pə`lis] *(n.)* 警察，警方 Track 1551
Contact the police immediately.
立刻與警方連絡。

▶ **popular** [`pɑpjəlɚ] *(adj.)* 流行的；受歡迎的 Track 1552
Fast foods are popular in Taiwan, especially among young people.
速食很受台灣人民的歡迎，特別是年輕人。

▶ **postpone** [post`pon] *(v.)* 延期；延長 Track 1553
The rain has caused us to postpone our outdoor plans.
這場雨使我們必須把戶外計畫延期。

▶ **principal** [`prɪnsəpl̩] *(adj.)* 主要的；首要的 Track 1554
Manhattan is now a principle part of New York City.
曼哈頓現在是紐約市主要的一部分。

▶ **prior** [`praɪɚ] *(adj.)* 在前的 Track 1555
She traveled in America prior to her marriage.
她在結婚前先在美國旅行。

▶ **program** [`progræm] *(n.)* 節目；計畫 Track 1556
There are usually special musical programs during these holidays.
在這些假期中，通常都有特別的音樂節目。

[Rr]

▶ **receptionist** [rɪ`sɛpʃənɪst] *(n.)* 接待員；傳達員 Track 1557
He tipped the receptionist 5 dollars.
他給了接待員五美元小費。

▶ **refreshment** [rɪ`frɛʃmənt] *(n.)* 點心；心曠神怡 Track 1558
We might not serve refreshments today.
我們今天可能不會供應點心。

▶ **resort** [rɪ`zɔrt] *(n.)* 休閒度假村 Track 1559
There is a great demand for artificial snow at ski resorts.
滑雪休閒度假村對於人造雪的需求很大。

▶ **room** [rum] (*n.*) 房間；空間 Track 1560

Your room is 213.
你的房間是213號。

▶ **roughly** [ˋrʌflɪ] (*adv.*) 約略地；大約 Track 1561

I think that would cost roughly three dollars.
我想那大約會花三元美金。

[Ss]

▶ **sail** [sel] (*n.*) 帆；航行 Track 1562

They slackened off the sail.
他們把帆放鬆了。

▶ **sanitary** [ˋsænəˏtɛrɪ] (*adj.*) 衛生的；清潔的 Track 1563

I don't think it's sanitary to eat there.
我認為在那裡吃東西不衛生。

▶ **scene** [sin] (*n.*) 景象；出事地點 Track 1564

Cavemen painted scenes of their daily lives on cave walls.
穴居人將他們日常生活的景象刻畫於洞穴的牆上。

▶ **scenery** [ˋsinərɪ] (*n.*) 風景 Track 1565

In addition to seeing some beautiful scenery, mountain climbers can also benefit from the exercise.
除了可欣賞一些美麗的風景之外，爬山也對健康有益。

▶ **scenic** [ˋsinɪk] (*adj.*) 景色優美的；壯觀的 Track 1566

The area was spectacularly scenic.
那個地區的景色非常壯觀。

▶ **seal** [sil] (*n.*) 海豹 Track 1567

Seals live partly on land and partly in the sea.
海豹是兩棲動物。

▶ **seat** [sit] (*n.*) 座位 Track 1568

The restaurant has 75 sits.
餐館有七十五個座位。

▶ **sightseeing** [ˋsaɪtˏsiɪŋ] (*n.*) 觀光 Track 1569
I'm here just for sightseeing.
我來這裡只是為了觀光。

▶ **slightly** [ˋslaɪtlɪ] (*adv.*) 輕微地 Track 1570
A few of the passengers were slightly injured.
有一些乘客輕微地受了點傷。

▶ **sophisticated** [səˋfɪstɪˏketɪd] (*adj.*) 精密的；老練的 Track 1571
I'm a sophisticated traveler.
我是一個老練的旅行家。

▶ **souvenir** [ˏsuvəˋnɪr] (*n.*) 紀念品 Track 1572
I'm looking for a souvenir.
我在尋找紀念品。

▶ **space** [spes] (*n.*) 場所；空間 Track 1573
It's our duty to preserve a clean, fresh and unpolluted living space for future generations.
保存一個清新乾淨、無污染的生存空間給下一代是我們的責任。

▶ **spectacular** [spɛkˋtækjələ˞] (*adj.*) 壯觀的 Track 1574
The scenery in the national park was so spectacular.
國家公園裡的景色是如此壯觀。

▶ **steer** [stɪr] (*v.*) 駕駛；掌舵 Track 1575
Steer the boat for that island.
把船駛向那個島。

▶ **steering** [ˋstɪrɪŋ] (*n.*) 操縱；指導 Track 1576
He is the leader of the steering committee of our community.
他是我們社區指導委員會的領導者。

▶ **superb** [sʊˋpɝb] (*adj.*) 華美的；壯麗的 Track 1577
The mountain scenery is superb.
山景是壯麗的。

▶ **surround** [səˋraʊnd] (*v.*) 包圍 同 envelop 圍繞 Track 1578
Most of the continents on the earth are surrounded by ocean.
地球上大部分的陸地都被海洋所包圍。

▶ **surroundings** [sə`raʊndɪŋz] (*n.*) 環境 Track 1579

The surroundings of the house are remarkably picturesque.
這幢房子的周圍環境很美。

[Tt]

▶ **taxi** [`tæksɪ] (*n.*) 計程車 (*v.*) 乘坐計程車 Track 1580

It takes about 15 minutes from the house to my home by taxi.
由那間屋子坐計程車回我家大約十五分鐘。

▶ **temperate** [`tɛmprɪt] (*adj.*) 溫和的 Track 1581

Most of China is located in the temperate zone.
大部份的中國土地位於氣候溫和的地區。

▶ **temperature** [`tɛmprətɚ] (*n.*) 溫度 Track 1582

But the temperature dropped rapidly in the afternoon.
但是到了下午，溫度卻急速下降。

▶ **tip** [tɪp] (*n.*) 小費 Track 1583

We gave him an extra tip at the end of the ride.
我們在下車時給了司機額外的小費。

▶ **tour** [tʊr] (*v.*) 旅遊；遊歷 Track 1584

Let's tour London by subway.
讓我們坐地下鐵旅遊倫敦吧。

▶ **tourism** [`tʊrɪzəm] (*n.*) 觀光事業；遊覽 Track 1585

Tourism is developing continuously.
觀光業持續發展。

▶ **tourist** [`tʊrɪst] (*n.*) 旅客 Track 1586

This will attract many tourists.
這能招來不少旅客。

▶ **transportation** [ˌtrænspɚ`teʃən] (*n.*) 運輸工具 Track 1587

These buses were public transportation.
這些公車都是大眾運輸工具。

▶ **trip** [trɪp] (*n.*)（短途）旅行 *Track 1588*

Enjoy your trip!
祝您旅途愉快！

[Vv]

▶ **void** [vɔɪd] (*adj.*) 空的；無人的；無效的 *Track 1589*

The ticket is void.
這是一張無效的票券。

▶ **voyage** [ˋvɔɪɪdʒ] (*n.*) 航行 *Track 1590*

Would you like to take a voyage to the moon?
你想航行到月球上去嗎？

[Ww]

▶ **wild** [waɪld] (*adj.*) 野性的；野生的 *Track 1591*

These deers are rather wild.
這些鹿是相當野生的。

▶ **wildlife** [waɪldˏlaɪf] (*n.*) 野生動物 *Track 1592*

Panthers are an endangered species of wildlife.
豹是一種瀕臨絕種的野生動物。

▶ **wing** [wɪŋ] (*n.*) 翅膀；機翼 *Track 1593*

A seagull fluttered down with an injured wing.
一隻海鷗拍打著受傷的翅膀向下飛來。

[Yy]

▶ **yearn** [jɝn] (*v.*) 渴望；嚮往 *Track 1594*

In spring, I yearn to visit the countryside again.
春天的時候，我渴望重遊鄉間。

短文閱讀測驗

"Put Life On Pause and Take A Gap Year"

Anyone can take gap years at any stage for variable amounts of time. Students may wish to have a break from study to see more of the world before going to university, while nine-to-fivers are desperate for a gap year adventure when they feel overwhelmed at work. After focusing on school or work for so long, getting away from the 'normal track' for a while can be healthy.

In the process of creating a fulfilling gap year, you can develop your confidence, independence and transferable skills. You must budget for your airfare, transportation and accommodation when planning your journey abroad, and learn to appreciate different customs and cultures while expanding your global network of friends.

The gap year is your chance to step out of your comfort zone, challenge yourself with new things and broaden your horizons. It's a great time to learn a new craft, or gain work experience relevant to your course and future career. It also provides you the space to consider your next step in life. Making the best use of your gap year, you'll be refreshed, clearheaded when you're ready to return for a new start!

TEST

( ) 1. What is the best time to take a gap year?
A. It differs from person to person.
B. Before going to university
C. After you graduate from college
D. Before you get married

( ) 2. Who is most likely to take a gap year?
A. An elementary school student
B. A full-time mother
C. A retired businessman
D. Someone who needs a break from the normal track

( ) 3. Which is not a gap year can help you develop?
A. Transferable skills
B. Budgeting skills
C. Interpersonal relationships
D. Cultural awareness

( ) 4. What can you do to make the best use of your gap year?
A. Get rid of a bad habit
B. Try new things
C. Change your job
D. Start your own business

( ) 5. What does the author imply in this article?
A. A gap year allows you to ponder your future.
B. You need to save enough money for the gap year.
C. You may be even more confused about the future after the gap year.
D. The gap year is for wealthy people only.

中文翻譯與解答

按下人生暫停鍵，給自己一個空檔年

任何人在任何階段都能為自己安排一個不同時間的空檔年。學生可能會希望能在上大學前，休息一下學業，去看看更多這個世界，而朝九晚五的上班族在被工作壓得喘不過氣來時，渴望能有個冒險空檔年。在專注於學業或工作那麼長一段時間之後，脫離「正軌」一段時間，是有益健康的。

在創造一個令人滿足的空檔年的過程中，你可以培養你的自信、獨立以及環境應變能力。當你為你的海外旅行做計劃時，你必須為機票費用、交通工具及住宿編列預算，而且當你開拓你的全球交友圈時，你也要學著欣賞不同的習俗與文化。

空檔年可說是你踏出舒適圈、挑戰新事物以及拓展你的視野的機會。這是學習一項新技術，或是獲得與你的科系及未來事業相關的工作經驗的好時機。它也提供你思考人生下一步的空間。將你的空檔年做最好的利用，你將會煥然一新、頭腦清晰的回來準備迎接新的開始。

單字補充

overwhelm 不知所措
independence 獨立
airfare 機票費用
transportation 交通工具
accommodation 住宿
journey 旅行
abroad 在國外
custom 習俗
challenge 挑戰
space 空間

你有沒有發現其實單看這一些關鍵單字，就已經大概猜到這一篇短文要說什麼了？沒錯！閱讀一點也不難，只要先搞懂這些重點單字，接著再從前後文猜意思，你會發現英文閱讀SO EASY！

ANSEWER

(A) 1. 什麼時候最適合放空檔年？

A. 因人而異　　B. 上大學前

C. 大學畢業後　　D. 結婚之前

(D) 2. 誰最可能放空檔年？

A. 小學生

B. 全職母親

C. 退休商人

D. 需要脫離正軌一段時間的人

(C) 3. 何者不是空檔年可以幫你發展的？

A. 環境應變能力　　B. 編列預算能力

C. 人際關係　　D. 文化意識

(B) 4. 你可以做什麼來將空檔年做最好的利用？

A. 擺脫一個惡習

B. 嘗試新事物

C. 換工作

D. 創業

(A) 5. 作者在文中做了什麼暗示？

A. 空檔年能讓你思考未來。

B. 你需要為空檔年存足夠的錢。

C. 你可能在空檔年之後會對未來感到更困惑。

D. 空檔年只適合有錢人。

短文閱讀測驗

Let's Go Chase the Northern Lights

The Northern Lights, also known as the Aurora Borealis, occur when excited solar particles collide with atmospheric gases. For long, the glow of the aurora has captured the curiosity of people all around the world, and has been put at the top of their bucket list. That's why the Northern Lights tour has always been popular.

The Northern Lights, one of nature's most majestic and attractive displays, can be found in the "aurora zone" in the Northern Hemisphere - an area of 2,000-3,000 km from the magnetic pole, or at a latitude of 66 to 69 degrees north. The closer you are to this region, the better your odds of grasping the lights, which usually last for minutes or even days at a time.

The best places where you can enjoy a spectacular scene of the Northern Lights includes Alaska, Northern Canada, Iceland, Norway, Finland, Russian, Sweden and Greenland. Some regions have sightings year round, but the best time to see the Northern Lights is from late September to April. Northern Lights are more common to occur in winter due to the extended hours of darkness. Your odds to spot the neon light show are especially higher during from January to March, as the nights are longer and the temperature is relatively even lower.

The Northern Lights are quite unpredictable. They do not appear every night. So when you make your itinerary, allow yourself plenty of time to spot aurora, even you are in the locations with the highest frequent occurrence.

Clear skies are essential to spot the Northern Lights. The Northern Lights can be obscure because of light pollution. To improve visibility, it is highly recommended that you get out of the cities to escape the city lights where possible and seek out dark skies with clearer skies.

The beautiful Northern Lights are one of the magical and unique shows the Earth offers. Rather than not just a glow in the distance, the Northern Lights actually cover the whole sky and move so quickly as if they were dancing in the sky. Just watching them can make you completely overwhelmed by the power of nature and enormity of the universe.

Watching the Northern Lights is an emotional and memorable experience! Wait no more. Book your trip and go chase the aurora! It definitely deserves all efforts to eyewitness them.

TEST

( ) 1. Where can the Northern Lights be observed?

A. In the aurora zone in the Northern Hemisphere

B. At a latitude of 80 degrees south

C. In an area of 200-300 km from the magnetic pole

D. Near the equator

( ) 2. How long do the Northern Lights usually last when they occur?

A. A few minutes

B. A few seconds

C. A whole month

D. An entire week

( ) 3. In which of the following countries is the Northern light most unlikely to be seen?

A. Finland

B. Russia

C. Singapore

D. Canada

( ) 4. When is the best time to catch the Northern Lights?
A. May
B. June
C. February
D. July

( ) 5. What should you avoid when trying to capture the Northern Lights?
A. Air pollution
B. Water pollution
C. Trash pollution
D. Light pollution

中文翻譯與解答

讓我們去追北極光

北極光，是活躍的太陽粒子與大氣氣體碰撞所產生的極光。長久以來，北極光的光芒攫住全世人的好奇心，而且一直是人們此生必做清單的榜首。這也是為什麼北極光旅遊團總是非常受歡迎的原因。

北極光是大自然中最壯觀有魅力的景象，它會出現在北半球距磁北極2,000至3,000公里，或是北緯66至69度的極光區裡。你越接近這個區域，你能看到極光的機會就越高。極光出現時，一次通常會持續數分鐘至數天之久。

欣賞北極光的壯觀景象的最佳地點包括阿拉斯加、北加拿大、冰島、挪威、芬蘭、俄羅斯、瑞典和格陵蘭島。有些地區終年都可見到極光，但是捕捉極光的最佳時間是從九月下旬到隔年四月。因為黑夜時間延長的關係，北極光在冬天較常出現。想看到這場霓光表演，一月到三月的機率尤其更高，因為夜晚時間較長，而且溫度相對更低。

北極光相當難以預測。它們並非每晚都會出現。所以當你在訂定行程計劃時，即使在出現頻率最高的地方，也請給自己足夠的時間可以追極光。

清朗的天空是看極光不可或缺的要素。北極光可能會因為光害而模糊不清。為了增加可見度，你最好盡可能遠離城市，逃離都市的光線，往外尋找有清朗天空的黑暗天空。

美麗的北極光，是地球所提供的奇幻獨特的表演之一。北極光並不只是遠處的一道光線，它覆蓋整個天空，並且移動得非常快速，彷彿像是在天際舞動一般。光是看著它們，你就會被大自然的力量以及宇宙的浩瀚給震懾。

看極光是一個令人激動又難忘的經驗。別等了。現在就預訂你的旅行，去追極光吧！它絕對值得一切努力親眼目睹！

單字補充

popular 受歡迎的
spectacular 壯觀的
itinerary 行程規劃
obscure 不清楚的
attractive 有魅力的
scene 景象
location 地點
distance 距離
display 展示
temperature 溫度
frequent 頻繁的
trip 旅行

你有沒有發現其實單看這一些關鍵單字，就已經大概猜到這一篇短文要說什麼了？沒錯！閱讀一點也不難，只要先搞懂這些重點單字，接著再從前後文猜意思，你會發現英文閱讀SO EASY！

ANSEWER

(A) 1. 哪裡可以看到北極光？
A. 在北半球的極光區裡　B. 在南緯80度的地方
C. 在離磁極200至300公里處　D. 在赤道附近

(A) 2. 北極光出現時通常會持續多久？
A. 幾分鐘　B. 幾秒鐘
C. 一整個月　D. 一整個星期

(C) 3. 在以下哪一個國家最不可能看到北極光？
A. 芬蘭　B. 俄羅斯
C. 新加坡　D. 加拿大

(C) 4. 何時是捕捉北極光最佳時間？
A. 五月　B. 六月
C. 二月　D. 七月

(D) 5. 要捕捉北極光，你應該避開什麼？
A. 空氣污染　B. 水污染
C. 垃圾污染　D. 光害

Part 4

考前30天必備的商務趨勢類單字

PART 4

考前30天必備的

商務趨勢類單字

許多英文考試強調「務實性」，其目的多半是為了檢視考生是否能在工作場合上靈活運用英文，因此「商務趨勢單字」這個類別便因應而生，對於想要進入外商公司、或者藉由增進英語能力使工作效率提高的你來說，搞定商務單字能使你在試場、職場都更如魚得水！

[Aa]

▶ **ability** [ə`bɪlətɪ] (*n.*) 能力 Track 1595

Reading ability is not difficult to develop if a correct method is used.
其實，只要方法正確，閱讀能力並不難培養。

▶ **aboard** [ə`bord] Track 1596

(*adv.*) 在船（飛機、車）上；搭乘船（飛機、車）

Good morning. Welcome aboard.
早安。歡迎搭乘本次航班。

▶ **abolish** [ə`bɑlɪʃ] (*v.*) 廢除（法律、制度、習俗等） Track 1597

Should we abolish capital punishment?
我們是否應廢除死刑？

▶ **abstract** [`æbstrækt] (*adj.*) 抽象的；理論的 Track 1598

Abstract reasoning and abstract science are both difficult to me.
抽象推理和理論科學兩者對我來說都很難。

▶ **accelerate** [æk`sɛlə ˏret] (*v.*) 加速；促進 Track 1599
Look, Miguel has begun to accelerate.
看，米蓋爾開始加速了。

▶ **acceleration** [æk ˏsɛlə`reʃən] (*n.*) 加速度；加速性能 Track 1600
Ike bought a new car with good acceleration last week.
艾克上星期買了一輛加速性能良好的新車。

▶ **accompany** [ə`kʌmpənɪ] (*v.*) 陪伴；隨著……發生 Track 1601
Supermarkets often play soft music to accompany shoppers.
超市通常播放輕音樂來陪伴購物者。

▶ **according** [ə`kɔrdɪŋ] (*adv.*) 依據；按照 Track 1602
According to Paul, this is a dangerous plant.
根據保羅說的，這是一種危險的植物。

▶ **account** [ə`kaunt] (*n.*) 計算；帳目；說明 Track 1603
Our accounts showed that we have already spent more than we make.
我們的帳目已經顯示入不敷出了。

▶ **accumulation** [əˏkjumjə`leʃən] (*n.*) 累積；堆積物 Track 1604
The illegal accumulation of wealth is an urgent problem now.
違法的財富累積現在是一個很急迫的問題。

▶ **accurate** [`ækjərɪt] (*adj.*) 精確的；無誤的 Track 1605
Only accurate information is beneficial.
唯有精確無誤的訊息才有益處。

▶ **accuse** [ə`kjuz] (*v.*) 控告；歸咎 Track 1606
They accused me of taking bribes.
他們控告我接受賄賂。

▶ **accused** [ə`kjuzd] (*n.*) 被告 Track 1607
What did the accused say?
被告講了什麼？

▶ **accustom** [ə`kʌstəm] (*v.*) 使習慣於 Track 1608
The Taiwanese must become accustomed to inflation.
臺灣人必須習慣通貨膨脹。

▶ **acknowledge** [əkˋnɑlɪdʒ] Track 1609

(*v.*) 承認；接受 同 recognize 認可

We acknowledge his right to vote.

我們承認他有投票的權利。

▶ **actually** [ˋæktʃuəlɪ] (*adv.*) 事實上；真的 Track 1610

Believe it or not, he actually won.

信不信由你，他還真的贏了。

▶ **addition** [əˋdɪʃən] (*n.*) 加；附加物 反 subtraction 扣除 Track 1611

There is no room for additions.

沒空間再放入任何附加物了。

▶ **additional** [əˋdɪʃənḷ] (*adj.*) 另外的；額外的 Track 1612

Can I make one additional recommendation?

我可以再提一個額外的建議嗎？

▶ **adequate** [ˋædəkwɪt] (*adj.*) 夠的 同 sufficient 充分的 Track 1613

Fifty dollars will be adequate.

五十元就夠了。

▶ **admiration** [ˏædməˋreʃən] (*n.*) 欽佩 反 disdain 鄙視 Track 1614

Napoleon's military genius deserves admiration.

拿破崙的軍事天份值得欽佩。

▶ **admit** [ədˋmɪt] (*v.*) 承認；容納 Track 1615

He admitted that he was wrong.

他承認他錯了。

▶ **administer** [ədˋmɪnəstɚ] (*v.*) 管理；執行 Track 1616

Judges administer justice and punishment.

法官執行審判和刑罰。

▶ **admission** [ədˋmɪʃən] (*n.*) 進入許可；門票 Track 1617

Admission to the concert is one dollar.

音樂會的門票是一美元。

▶ **adopt** [əˋdɑpt] (*v.*) 採用；收養；接受 Track 1618

The House adopted the report.

議院正式接受這份報告。

▶ **advance** [əd`væns] (*v.*) 前進；進步 *Track 1619*

The technology is advancing rapidly in this country.

這個國家的科技進步得很快。

▶ **advertise** [`ædvɚ͵taɪz] (*v.*) 登廣告；宣傳 *Track 1620*

They advertised a new product in the paper.

他們在報紙上做新產品的廣告。

▶ **advertisement** [͵ædvɚ`taɪzmənt] (*n.*) 廣告；宣傳 *Track 1621*

Advertisements help selling products.

廣告有助於推銷產品。

▶ **advertising** [`ædvɚ͵taɪzɪŋ] (*n.*) 廣告業；廣告 *Track 1622*

She works in advertising.

她在廣告業工作。

▶ **advisory** [əd`vaɪzərɪ] (*adj.*) 顧問的；勸告的 *Track 1623*

The advisory body lacks executive powers.

這個顧問團缺乏執行權。

▶ **aerospace** [`ɛrə͵spes] (*n.*) 太空 *Track 1624*

In America, the aerospace industry is progressing in laser weapon technology.

在美國，太空工業在雷射武器發展上，有很大的進步。

▶ **affiliate** [ə`fɪlɪ͵et] (*v.*) 接受為會員；有關連 *Track 1625*

I'm in no way affiliated with those people.

我和那些人完全沒有關連。

▶ **affirmative** [ə`fɝmətɪv] (*adj.*) 肯定的；表示贊成的 *Track 1626*

We're expecting an affirmative answer.

我們期待肯定的答覆。

▶ **affluence** [`æfluəns] (*n.*) 富裕；富足 *Track 1627*

The USA is a country of great affluence.

美國是一個很富裕的國家。

▶ **agent** [`edʒənt] (*n.*) 代理商；經紀人 *Track 1628*

We already have an agent who will distribute this product.

我們已經有一家代理商來行銷這項產品。

▶ **agreement** [ə`grimənt] (*n.*) 同意；共識 Track 1629
Can we come to an agreement soon?
我們可不可以快點達成共識？

▶ **allege** [ə`lɛdʒ] (*v.*) 宣稱；聲言 Track 1630
He was an alleged thief, but he said he was not.
他被宣稱是小偷，可是他卻說他根本沒偷東西。

▶ **alliance** [ə`laɪəns] (*n.*) 同盟；聯合 Track 1631
They formed an alliance with Russia.
他們和俄羅斯結成了同盟。

▶ **allocate** [`æləˌket] (*v.*) 分配 Track 1632
A budget is a working plan for allocating finances.
預算是為分配財務而擬定的實用計畫。

▶ **allotment** [ə`lɑtmənt] (*n.*) 分配 Track 1633
Your allotment was five hundred dollars.
你分配到五百美元。

▶ **ally** [`ælaɪ] (*n.*) 聯盟；合作伙伴 Track 1634
Do you want to be allies in the game?
你想在這場遊戲中當合作伙伴嗎？

▶ **alter** [`ɔltɚ] (*v.*) 改變 Track 1635
After that incident, her personality seems to be completely altered.
那件事後，她的個性好像完全改變了。

▶ **ambiguity** [ˌæmbɪ`gjuətɪ] (*n.*) 含糊；模棱兩可 Track 1636
She is quick to notice the ambiguity in the article.
她很快就察覺出了文中的那些模棱兩可的意思。

▶ **amendment** [ə`mɛndmənt] (*n.*) 改正；修正案 Track 1637
I move for an amendment.
本席提議一項修正案。

▶ **amount** [ə`maunt] (*n.*) 總數 (*v.*) 總計 同 sum 總數 Track 1638
Can you give me the correct amount of today's sales?
你可以告訴我今天銷售正確的總數嗎？

▶ **analysis** [əˋnæləsɪs] (*n.*) 分析 Track 1639
The blood analysis was necessary to help the doctor diagnose the disease.
為了幫助醫生診斷疾病，血液分析是必需的。

▶ **analyze** [ˋænḷaɪz] (*v.*) 分析 Track 1640
Geologists can study the structure of the earth by analyzing rocks and land.
地質學家能藉由分析岩石及地層來研究地球的結構。

▶ **annual** [ˋænjʊəl] (*adj.*) 每年的；年度的 Track 1641
He is sent to the annual meeting.
他被派去參加那個年度會議。

▶ **appoint** [əˋpɔɪnt] (*v.*) 任命 Track 1642
He was appointed the mayor of New York City.
他被任命為紐約市長。

▶ **approve** [əˋpruv] (*v.*) 贊成；批准 反 disapprove 反對 Track 1643
Congress approved the bill.
國會批准了這法案。

▶ **argue** [ˋɑrgjʊ] (*v.*) 辯論；爭論 Track 1644
The counsel argued about the verdict.
辯護律師為了這個判決而展開辯論。

▶ **aspect** [ˋæspɛkt] (*n.*) 觀點；方向 Track 1645
There are many aspects to this offer.
這項提議包含許多不同觀點。

▶ **aspire** [əˋspaɪr] (*v.*) 渴望；渴求 Track 1646
Scholars aspire after truth.
學者渴求真理。

▶ **assembly** [əˋsɛmblɪ] (*n.*) 集合；集會 Track 1647
People own the right of assembly.
人們擁有集會權。

▶ **assertion** [əˋsɝʃən] (*n.*) 主張；斷言 Track 1648
A bare assertion is not necessarily the naked truth.
坦率的主張未必就是坦白的事實。

▶ **assess** [əˋsɛs] (*v.*) 評估 Track 1649
We must assess the problem before we can solve it.
在解決這個問題之前，我們必須先做出評估。

▶ **asset** [ˋæsɛt] (*n.*) 資產 Track 1650
A balance sheet is a statement of assets and liabilities.
資產負債表是資產和負債的列表單。

▶ **assign** [əˋsaɪn] (*v.*) 讓渡 Track 1651
You need to assign a contract.
你必須讓渡契約。

▶ **assimilation** [ə͵sɪmḷˋeʃən] (*n.*) 同化作用；消化 Track 1652
The assimilation of African Americans in American society is brutal history.
非裔美國人在美國社會的同化作用是一段殘暴的歷史。

▶ **assurance** [əˋʃurəns] (*n.*) 承諾；保證 Track 1653
He gave me an assurance that it would be ready by Friday.
他向我保證星期五一定準備好。

▶ **attain** [əˋten] (*v.*) 達到 同 reach 達到；arrive 抵達 Track 1654
He finally attained his goal.
他終於達到了目的。

▶ **attainment** [əˋtenmənt] (*n.*) 達到 Track 1655
Attainment of spiritual enlightenment is hard to achieve.
靈魂上的昇華是很難達到的。

▶ **attendance** [əˋtɛndəns] (*n.*) 出席；出席的人 Track 1656
The attendance gradually dropped off.
出席的人越來越少了。

▶ **attorney** [əˋtɝnɪ] (*n.*) 律師；代理人 Track 1657
His solicitor is granted power of attorney.
他的初級律師被授予代理人的權力。

▶ **audience** [ˋɔdɪəns] (*n.*) 觀眾 Track 1658
Movies draw a large audience.
電影吸引大批的觀眾。

▶ **audit** [ˋɔdɪt] (*n./v.*) 審計；查帳 *Track 1659*
In addition, they lack audit mechanisms.
此外，它們缺乏審計機制。

▶ **autograph** [ˋɔtə͵græf] (*n.*)（親筆）簽名 *Track 1660*
I have Tom Cruise's autograph.
我有湯姆克魯斯的簽名。

▶ **automation** [͵ɔtəˋmeʃən] (*n.*) 自動操作；自動化 *Track 1661*
We need automation or else the company will go broke.
我們需要自動化，不然公司會倒。

▶ **award** [əˋwɔrd] (*v.*) 頒發 *Track 1662*
He was awarded a silver medal.
他獲頒發銀色獎章。

"Bb"

▶ **ballot** [ˋbælət] (*n.*) 選票；（尤指無記名）投票 (*v.*) 投票表決 *Track 1663*
They decided to vote by ballot.
他們決定進行無記名投票表決。

▶ **ban** [bæn] (*n./v.*) 禁令；禁止 *Track 1664*
If we want to have a better society we must impose a ban on drugs.
如果我們想要有一個更好的社會，必須下禁令嚴禁毒品。

▶ **banking** [ˋbæŋkɪŋ] (*n.*) 銀行業 *Track 1665*
Computers have revolutionized banking.
電腦的運用徹底改變了銀行業運作。

▶ **banquet** [ˋbæŋkwɪt] (*n.*) 宴會 *Track 1666*
After the performance there came a banquet.
演出之後是宴會。

▶ **barter** [ˋbɑrtɚ] (*n.*) 以物易物 *Track 1667*
The barter system was used before money.
在錢幣出現前採用的是以物易物的制度。

▶ **bear** [bɛr] (*v.*) 忍受；負擔 Track 1668

Tim will bear all costs of the trip by his own.
提姆會自己負擔所有旅行的花費。

▶ **beneficiary** [ˌbɛnəˋfɪʃərɪ] (*n.*) 受惠者；受益人 Track 1669

He is the beneficiary of a generous trust set up by his father.
他是他爸爸大筆信託的受益人。

▶ **bid** [bɪd] (*v.*) 出價；投標；命令 Track 1670

I bid 2000 dollars on that horse.
我出價2000元買那匹馬。

▶ **blend** [blɛnd] (*v.*) 混合 Track 1671

Pepsi and milk blend together nicely, and it tastes delicious.
百事可樂和牛奶很容易混合，而且嚐起來很可口。

▶ **bold** [bold] (*adj.*) 大膽的 (*n.*) 粗體 Track 1672

If you're bold enough, you can go and talk to her yourself.
如果你夠大膽，你可以自己去跟她說。

▶ **bond** [bɑnd] (*n.*) 聯結；債券 Track 1673

These bonds have an AAA rating.
這些債券的信用度是3A級的（十分可靠的）。

▶ **boom** [bum] (*n.*) 繁榮；隆隆聲 Track 1674

The industry enjoyed a boom.
工業獲得了繁榮發展。

▶ **boost** [bust] (*v.*) 促進；增進 Track 1675

I'll try to boost her confidence a bit.
我會試著增進一點她的信心。

▶ **borrowing** [ˋbɑroɪŋ] (*n.*) 借款 Track 1676

Your proposal necessitates borrowing.
你的提議會讓我們有必要借款。

▶ **boundary** [ˋbaʊndərɪ] (*n.*) 邊界；邊界線 Track 1677

My love for you knows no boundaries.
我對你的愛沒有邊界（止境）。

A
B
C
D
E
F
G
H
I
J
K
L
M
N
O
P
Q
R
S
T
U
V
W
X
Y
Z

▶ **boycott** [ˋbɔɪˏkɑt] (*v.*) 抵制；杯葛 Track 1678
In 1956, Egypt, Iraq, and Lebanon boycotted the Olympic Games.
1956年，埃及、伊拉克及黎巴嫩聯合抵制當屆奧運。

▶ **breakthrough** [ˋbrekˏθru] (*n.*) 突破 Track 1679
The scientists strive for a breakthrough in cancer research.
科學家們力爭在癌症研究方面有所突破。

▶ **bribe** [braɪb] (*n.*) 賄賂 (*v.*) 向……行賄 Track 1680
He took a bribe.
他接受了一筆賄賂。

▶ **brief** [brif] (*adj.*) 簡短的 (*n.*) 摘要 Track 1681
After a brief pause, the show continued.
在經過一次簡短的暫停後，表演繼續進行。

▶ **bulletin** [ˋbulətɪn] (*n.*) 公告；佈告 Track 1682
He posted up a notice on the bulletin board.
他把通知貼在佈告板上。

▶ **bureau** [ˋbjuro] (*n.*) 局；處 Track 1683
FBI stands for the Federal Bureau of Investigation.
FBI代表美國聯邦調查局。

▶ **bureaucracy** [bjuˋrɑkrəsɪ] (*n.*) 官僚作風；官僚機構 Track 1684
The bureaucracy has become ossified.
官僚機構已變得僵化了。

“Cc”

▶ **calculator** [ˋkælkjəˏletɚ] (*n.*) 計算器 Track 1685
The abacus is an early manual calculator.
算盤是早期的手動計算器。

▶ **campaign** [kæmˋpen] (*n.*) 戰役；一系列活動 Track 1686
Many health organizations have begun anti-smoking campaigns.
很多健康組織機構已經著手於戒菸活動。

▶ **cancellation** [ˌkænsl̩ˋeʃən] (*n.*) 取消 *Track 1687*

The cancellation of the class made many students angry.
這堂課的取消讓許多學生都感到憤怒。

▶ **candidate** [ˋkændəˌdet] (*n.*) 候選人 *Track 1688*

Some candidates think they can buy votes from people.
有些候選人認為他們可以從選民那裡買到選票。

▶ **capacity** [kəˋpæsətɪ] (*n.*) 容量；生產量 *Track 1689*

The airplane is at maximum capacity.
這台飛機目前已達最大載客容量。

▶ **capital** [ˋkæpətl̩] (*n.*) 首都；資本 *Track 1690*

Tokyo is the capital of Japan.
日本的首都是東京。

▶ **categorize** [ˋkætəgəˌraɪz] (*v.*) 加以類別；分類 *Track 1691*

I need someone to help me categorize these products.
我需要人幫忙我把這些產品分類。

▶ **cease** [sis] (*v.*) 結束；停止 *Track 1692*

The general ordered his troops to cease fire.
將軍命令部隊停火。

▶ **censor** [ˋsɛnsɚ] (*n.*)（出版物、電影等的）審查員 (*v.*) 檢查 *Track 1693*

The censor cut the swearing words.
電影審查員剪去了罵人的話。

▶ **censorship** [ˋsɛnsɚˌʃɪp] (*n.*) 審查機構；審查制度 *Track 1694*

News censorship is absolutely needed in Taiwan.
台灣絕對需要新聞審查制度。

▶ **certify** [ˋsɝtəˌfaɪ] (*v.*) 證明；保證 *Track 1695*

I will certify to his good character anytime.
我隨時都能證明他的品性優良。

▶ **chairman** [ˋtʃɛrmən] (*n.*) 主席；會長 *Track 1696*

They appointed him as a chairman.
他們任命他為主席。

▶ **challenging** [ˋtʃælɪndʒ] (*adj.*) 具有挑戰性的
He is a challenging opponent to me.
對我來說，他是個具有挑戰性的對手。

▶ **champion** [ˋtʃæmpɪən] (*n.*) 冠軍 ***Track 1697***
The champion became a worldwide icon of success.
這位冠軍在全世界成為了成功的代言人。

▶ **chart** [tʃɑrt] (*v.*) 製圖 (*n.*) 圖表 ***Track 1698***
This chart shows only facts from the data we collected.
這份圖表只顯示了我們搜集到的真相。

▶ **cholesterol** [kəˋlɛstəˏrol] (*n.*) 膽固醇 ***Track 1699***
Nuts are very effective at lowering cholesterol levels.
堅果類對降低膽固醇很有效。

▶ **chronic** [ˋkrɑnɪk] (*adj.*) 慢性的；長期的 ***Track 1700***
Doctors have shown that stress can cause certain chronic diseases.
醫生指出壓力會造成某些慢性的疾病。

▶ **circulation** [ˏsɝkjəˋleʃən] (*n.*) 循環；流通；發行量 ***Track 1701***
We observed the commodity circulation within the commercial sector.
我們觀察了商業部門內部的商品流通。

▶ **citation** [saɪˋteʃən] (*n.*) 引用；表揚 ***Track 1702***
She was given a citation for her outstanding work.
她由於工作出色受到了表揚。

▶ **civil** [ˋsɪvḷ] (*adj.*) 公民的；有禮的 ***Track 1703***
This is our civil duties.
這是我們公民的義務。

▶ **civilized** [ˋsɪvḷˏaɪzd] (*adj.*) 文明的；開化的 ***Track 1704***
Our nation is a civilized one.
我們的國家是一個開化的國家。

▶ **coherent** [koˋhɪrənt] (*adj.*) 一致的；連貫的 ***Track 1705***
He welded their stories into a single coherent account.
他把他們的故事連在一起寫成一個連貫的報導。

▶ **coincidence** [koˋɪnsədəns] (*n.*) 巧合 Track 1706
That was a really creepy coincidence.
那樣的巧合實在太離奇了。

▶ **columnist** [ˋkɑləmɪst] (*n.*) 專欄作家 Track 1707
Many authors begin as columnists before writing their first long work.
許多作家一開始都是專欄作家，後來才寫出第一部的長篇作品。

▶ **commercial** [kəˋmɝʃəl] (*adj.*) 商業的；商務的 Track 1708
That was purely a commercial film!
那完全就是一部商業電影！

▶ **commitment** [kəˋmɪtmənt] (*n.*) 託付；承諾 Track 1709
His political commitment is only skin-deep.
他政治上的承諾只是表面文章。

▶ **committee** [kəˋmɪtɪ] (*n.*) 委員會 Track 1710
He is a member of the committee of education.
他是教育委員會的委員。

▶ **commodity** [kəˋmɑdətɪ] (*n.*) 日用品 Track 1711
The price has become steady on the commodity market.
日用品市場上的價格穩定下來了。

▶ **compensate** [ˋkɑmpənˏset] (*v.*) 補償 Track 1712
Nothing can compensate for the loss of one's health.
沒有東西可以補償一個人健康的損失。

▶ **competent** [ˋkɑmpətənt] (*adj.*) 能幹的；有法定資格的 Track 1713
Two competent witnesses testified to his innocence.
兩個有法定資格的證人作證他是無罪的。

▶ **compile** [kəmˋpaɪl] (*v.*) 收集；匯編 Track 1714
These tabloids were compiled from actual observations.
這些表是由實際觀察匯編而成的。

▶ **compromise** [ˋkɑmprəˏmaɪz] (*v.*) 妥協；和解 Track 1715
I would rather die than compromise.
我寧死不妥協。

▶ **compulsory** [kəm`pʌlsərɪ] (*adj.*) 義務的；強制的 *Track 1716*
Compulsory education is necessary for everyone.
義務教育對每個人來說都是必要的。

▶ **concealment** [kən`silmənt] (*n.*) 隱蔽；隱蔽處 *Track 1717*
The commandos went into action at night with their faces blackened for better concealment.
突擊隊員抹黑了臉以利於隱蔽，在晚上開始了行動。

▶ **concept** [`kɑnsɛpt] (*n.*) 觀念；概念 *Track 1718*
Although the concept is sound, I still have doubt.
就算這個概念相當健全，我還是有所質疑。

▶ **concise** [kən`saɪs] (*adj.*) 簡明的；簡練的 *Track 1719*
Teaching content should be concise.
教學內容應該要簡明。

▶ **concrete** [`kɑnkrit] (*adj.*) 具體的 *Track 1720*
Only a good solid concrete approach will solve the problem.
唯有一個優良、一致並具體的方法才可以解決這個問題。

▶ **conflict** [kən`flɪkt] (*v./n.*) 衝突 *Track 1721*
His point of view conflicts with mine.
他的觀點與我的衝突。

▶ **confrontation** [ˏkɑnfrʌn`teʃən] (*n.*) 面對；對抗 *Track 1722*
We cannot risk another confrontation with the government.
我們不能再次冒險對抗政府了。

▶ **congress** [`kɑŋgrəs] (*n.*) 國會 *Track 1723*
Sometimes congress is as bad as the president.
有時候國會與總統是一丘之貉。

▶ **conservation** [ˏkɑnsə`veʃən] (*n.*) 保護 *Track 1724*
Conservation laws must be enacted to prevent more species from extinction.
保護法案必須制定出來，以防止更多動物絕種。

▶ **considerable** [kən`sɪdərəbḷ] (*adj.*) 相當大的；重要的 *Track 1725*
The population had been increasing at a considerable rate.
人口數量以相當大的速率往上攀升。

▶ **consultant** [kən`sʌltənt] (*n.*) 顧問；諮詢者 Track 1726

The writer is an investment consultant.
作者是一名投資顧問。

▶ **consumer** [kən`sumɚ] (*n.*) 消費者 Track 1727

Our society is consumer-oriented.
我們社會是以消費者為導向。

▶ **consumption** [kən`sʌmpʃən] Track 1728

(*n.*) 消耗；消費 反 production 生產

This is produced for domestic consumption.
這是為國內消費而生產的。

▶ **contemporary** [kən`tɛmpə͵rɛrɪ] (*adj.*) 同時代的；當代的 Track 1729

In contemporary society, citizens receive education and are taught to behave.
在當代的社會裡，人民受到教育並且學習良好的舉止。

▶ **contribution** [͵kɑntrə`bjuʃən] (*n.*) 貢獻 Track 1730

Einstein made great contribution to science.
愛因斯坦對科學作出了偉大的貢獻。

▶ **controversial** [͵kɑntrə`vɝʃəl] (*adj.*) 有爭議的 Track 1731

In the future, abortion will remain a controversial issue in many countries.
未來在許多國家中，墮胎仍會是一個有爭議的話題。

▶ **conventional** [kən`vɛnʃən!] (*adj.*) 慣例的；常規的 Track 1732

You broke conventional rules.
你打破了常規。

▶ **convincing** [kən`vɪnsɪŋ] (*adj.*) 有說服力的；令人信服的 Track 1733

The theory sounds quite convincing.
這個學說聽起來很有說服力。

▶ **coordination** [ko`ɔrdn̩͵eʃən] (*n.*) 協調；調和 Track 1734

Dancers need to have good coordination.
舞者需要良好的協調能力。

▶ **corporation** [ˌkɔrpəˋreʃən] (*n.*) 公司 Track 1735
Corporations in Arizona encouraged new workers to move to this part of the U.S.
亞利桑那州的公司鼓勵新的工人遷居到美國的這一區。

▶ **corrupt** [kəˋrʌpt] (*v.*) 使變壞 (*adj.*) 腐敗的 Track 1736
The corrupt politician had many tricks.
腐敗的政客有許多詭計。

▶ **cost** [kɔst] (*n.*) 費用；成本；代價 Track 1737
For most people, success can only be won at the cost of hard work.
對大多數的人而言，唯有付出辛苦的代價，才可獲得成功。

▶ **council** [ˋkaʊnsḷ] (*n.*) 會議；商討 同 conference 會議 Track 1738
The manager decided to hold a council to discuss the new proposal.
經理決定舉行會議討論新的提案。

▶ **counseling** [ˋkaʊnsḷɪŋ] (*n.*) 諮詢服務 Track 1739
Credit counseling made them much less anxious.
信用諮詢服務讓他們不那麼擔心了。

▶ **critical** [ˋkrɪtɪkḷ] (*adj.*) 關鍵的；吹毛求疵的 Track 1740
She looks at everything with a critical eye.
她以吹毛求疵的眼光看每一項事物。

▶ **crucial** [ˋkruʃəl] (*adj.*) 決定性的；重要的 Track 1741
In many countries, controlling air pollution is crucial.
在許多國家中，控制空氣污染是一項重要的計畫。

▶ **curb** [kɝb] (*v.*) 抑制 Track 1742
Only by severe punishment can we curb the illegal selling of drugs.
只有藉著嚴懲，才能抑制非法的毒品買賣。

▶ **currency** [ˋkɝənsɪ] (*n.*) 流通；貨幣 Track 1743
Paper currency from ancient China is very precious now.
中國古代的紙幣現在相當珍貴。

▶ **customary** [ˋkʌstəmˌɛrɪ] (*adj.*) 通常的；慣例的 Track 1744
It is customary to give people gifts on their birthday.
在人們過生日時贈送禮物是一種慣例。

“ Dd ”

▶ **data** [ˋdetə] (*n.*) 資料 *Track 1745*

This is analog data.
這是類比資料。

▶ **debate** [dɪˋbet] (*v./n.*) 爭論；辯論 *Track 1746*

The third debate is starting now.
第三次辯論現在開始。

▶ **decade** [ˋdɛked] (*n.*) 十年 *Track 1747*

The economic progress the country has made over the last few decades has been due mainly to the spread of education.
在過去數十年來經濟發展的主因是由於教育的普及。

▶ **decrease** [dɪˋkris] (*v.*) 減少 *Track 1748*

Third World nations should decrease their dependence on foreign aid.
第三世界的國家應減少依賴外援。

▶ **defensive** [dɪˋfɛnsɪv] (*adj.*) 防禦用的；防守的 *Track 1749*

We take a defensive attitude in the negotiation.
我們在談判的時候採取防守的態度。

▶ **democracy** [dəˋmɑkrəsɪ] (*n.*) 民主政治；民主主義 *Track 1750*

They need democracy.
他們需要民主政治。

▶ **democratic** [͵dɛməˋkrætɪk] (*adj.*) 民主的 *Track 1751*

In May 1989, the democratic forces in Mainland China gathered to speak out.
1989年5月，中國大陸民主的勢力聚集共同發出了怒吼。

▶ **demonstration** [͵dɛmənˋstreʃən] (*n.*) 示威；證明 *Track 1752*

Demonstrations in recent years have affected social stability.
近年來的示威活動已影響了社會的安定。

▶ **deny** [dɪˋnaɪ] (*v.*) 否認；拒絕給予 *Track 1753*

No one can deny the importance of respect.
尊重的重要性是無可否認的。

▶ **designation** [ˌdɛzɪgˋneʃən] (*n.*) 指定；標題 *Track 1754*

You need to read more information before you give designation to the article.

在替文章下標題前，你需要多讀一些資料。

▶ **device** [dɪˋvaɪs] (*n.*) 儀器；手段 *Track 1755*

This is an ingenious device.

這是一個精巧的儀器。

▶ **dictator** [ˋdɪkˏtetɚ] (*n.*) 獨裁者 *Track 1756*

The dictator has absolute control over the people.

獨裁者完全控制了人民。

▶ **digital** [ˋdɪdʒɪtḷ] (*adj.*) 數字的；數位的 *Track 1757*

Digital technology has only been developed since the last decade.

數位科技才發展不過十年而已。

▶ **diminish** [dəˋmɪnɪʃ] (*v.*) 降低；縮減 *Track 1758*

The imbalance of the blood can diminish pain.

血液不平衡，會降低我們對疼痛的敏感力。

▶ **directory** [dəˋrɛktərɪ] (*n.*) 姓名地址錄；目錄 *Track 1759*

Do you have a phone directory in your house?

你家有電話簿（電話的目錄）嗎？

▶ **disastrous** [dɪzˋæstrəs] (*adj.*) 災難性的；悲慘的 *Track 1760*

The tsunami was disastrous. Nobody could have been prepared.

當災難性的海嘯來臨，沒有人有可能事先預備好。

▶ **disclosure** [dɪsˋkloʒɚ] (*n.*) 揭發；敗露 *Track 1761*

The newspaper's disclosure of the business secret made a big influence to that company.

報紙對那件商業內幕的揭發對那間公司造成了很大的影響。

▶ **dispute** [dɪˋspjut] (*v.*) 爭論；辯論 *Track 1762*

There is no need to dispute over personal tastes.

個人喜好沒什麼好爭論的。

▶ **distribution** [ˌdɪstrəˋbjuʃən] (*n.*) 分配 *Track 1763*

Now the government should equalize the distribution of wealth.

現今政府必須學習如何使財富分配平均。

▶ **diversity** [də`vɝsətɪ] (*n.*) 差異；多元性 Track 1764

Maintaining their cultural diversity is the responsibility of the village.
保持他們文化的多元性是村民的責任。

▶ **division** [də`vɪʒən] (*n.*) 分歧；分裂 Track 1765

The hatred finally led to violence and to the division of the country.
這仇恨最終導致了暴力及國家的分裂。

▶ **document** [`dɑkjəmənt] (*n.*) 文件 (*v.*) 以文件證明 Track 1766

This software includes programs for accounting and editing documents.
軟體包括會計與文件編輯的程式。

▶ **dominant** [`dɑmənənt] (*adj.*) 有統治權的；主要的 Track 1767

The Three Principles of the People will become dominant doctrines in the near future.
三民主義會在不久的將來成為主要的學說。

▶ **downsize** [`daʊn`saɪz] (*v.*) 裁減人數 Track 1768

Downsizing the army is needed.
裁減軍隊的人數是必需的。

▶ **drastic** [`dræstɪk] (*adj.*) 激烈的 Track 1769

We have seen drastic changes and great strides in technology.
我們看到了科技方面激烈的變動和長足的進步。

“ Ee ”

▶ **ecological** [ˏɛkə`lɑdʒɪkəl] (*adj.*) 生態學的 Track 1770

The world's ecological system is balanced carefully.
世界的生態系統很巧妙地維持平衡。

▶ **effective** [ə`fɛktɪv] (*adj.*) 有效的 反 ineffective 無效果的 Track 1771

The law became effective at midnight.
此項法律凌晨12點起開始有效。

▶ **electronic** [ɪlɛk`trɑnɪk] (*adj.*) 電子的 Track 1772

Do you like electronic music?
你喜歡電子音樂嗎？

▶ **emerge** [ɪ`mɝdʒ] (*v.*) 出現 Track 1773
The sun emerged from behind the clouds.
太陽從雲後出現。

▶ **emission** [ɪ`mɪʃən] (*n.*) 散發；發射 Track 1774
The emission of water vapors from the leaves of plants.
水氣從植物的葉子散發出去。

▶ **emphasis** [`ɛmfəsɪs] (*n.*) 強調 Track 1775
In Taiwan, the emphasis in school is on English grammar.
在臺灣，學校強調的是英文文法。

▶ **enforcement** [ɪn`forsmənt] (*n.*) 執行；強制 Track 1776
The police is responsible for the enforcement of the law.
員警負責執行法律。

▶ **ensure** [ɪn`ʃur] (*v.*) 確保；確定 Track 1777
Sophisticated weapons can ensure the safety of Taiwan.
精密的武器可以確保臺灣的安全。

▶ **enterprise** [`ɛntɚˌpraɪz] (*n.*) 企業；有進取心 Track 1778
My sister is a saleperson with great enterprise.
我姊是一個很有進取心的業務。

▶ **epidemic** [ˌɛpə`dɛmɪk] (*n.*) 流行病；流行病的傳播 Track 1779
The worst polio epidemic in the United States history came in 1910.
美國史上最嚴重的小兒麻痺流行病的傳播發生於1910年。

▶ **equip** [ɪ`kwɪp] (*v.*) 裝備；使有能力 Track 1780
Animals were much better equipped for cold weather than humans.
動物比人類更有能力適應寒冷的氣候。

▶ **equivalent** [ɪ`kwɪvələnt] (*adj.*) 相等的；同意義的 Track 1781
The two words are equivalent in meaning.
那兩個詞在意思上是相等的。

▶ **era** [`ɪrə] (*n.*) 時代；紀元 Track 1782
These characters seem interesting because they are from an ancient era.
這些人物相當有趣，因為他們來自於過去的時代。

▶ **estimate** [ˋɛstə͵met] (*v.*) 評估 Track 1783

It is estimated that world population will double by the year 2020.
依據評估顯示，世界人口將於2020年前成長2倍。

▶ **evacuate** [ɪˋvækjʊ͵et] (*v.*) 撤退；撤離 Track 1784

Accurate prediction of earthquakes can help save people's lives by evacuating them earlier from the area.
準確的預測地震，讓我們能藉由提前撤離災區保障人們的生命安全。

▶ **exert** [ɪgˋzɝt] (*v.*) 發揮；運用 Track 1785

A ruler exerts authority.
統治者運用權威。

▶ **expansion** [ɪkˋspænʃən] (*n.*) 擴張 Track 1786

The expansion of modern civilization is damaging nature.
現代文明的擴張正在破壞自然生態。

▶ **expertise** [͵ɛkspɚˋtiz] (*n.*) 專家的意見；專門技術 Track 1787

A foreign coach has special knowledge and expertise.
外國教練具有專門的知識和專門技術。

▶ **exploit** [ɪkˋsplɔɪt] (*v.*) 開發 Track 1788

Many areas of land have been exploited.
大多數的土地都已經開發。

▶ **extend** [ɪkˋstɛnd] (*v.*) 延伸；延長 Track 1789

Can you extend your visa? We really need you to stay longer.
你的簽證可以延長嗎？我們真的需要你停留多一點時間。

“Ff”

▶ **fame** [fem] (*n.*) 名聲；聲譽 Track 1790

Our table-tennis players enjoy worldwide fame.
我國的乒乓球選手享有世界級的聲譽。

▶ **fatal** [ˋfetḷ] (*adj.*) 致命的；無可挽回的 Track 1791

He committed a fatal mistake.
他犯了一個無可挽回的錯誤。

▶ **firmly** [ˋfɝmlɪ] (*adv.*) 堅定地 Track 1792
We need to learn how to deal with people kindly but firmly.
我們必須學習如何親切地但也堅定地與人相處。

▶ **financial** [faɪˋnænʃəl] (*adj.*) 財政的；金融的 Track 1793
New York is a financial center.
紐約是個金融中心。

▶ **fiscal** [ˋfɪskḷ] (*adj.*) 財政的；會計的 Track 1794
The minister started talking about the fiscal problem.
部長開始談起財政問題。

▶ **flexible** [ˋflɛksəbḷ] (*adj.*) 可通融的；靈活的 Track 1795
Our plans are quite flexible.
我們的計劃十分靈活。

▶ **flourish** [ˋflɝɪʃ] (*v.*) 興隆；活躍 Track 1796
Cloud computing will flourish in the future.
雲端運算在未來會很活躍。

▶ **flu** [flu] (*n.*) 流感 Track 1797
Flu is highly infectious.
流感的傳染性很強。

▶ **formal** [ˋfɔrmḷ] (*adj.*) 形式的；正式的 Track 1798
There are no formal relations between the two countries.
這兩個國家間並沒有正式的外交關係。

▶ **formula** [ˋfɔrmjələ] (*n.*) 配方；處方 Track 1799
The formulas of medicine are expensive in Third World countries.
藥品的配方在第三世界國家是昂貴的。

▶ **frontier** [frʌnˋtɪr] (*n.*) 國境；邊境 Track 1800
Troops are massing at the frontier.
軍隊正在邊境集結。

▶ **fuel** [ˋfjuəl] (*n.*) 能源 Track 1801
The world's fuel supply is being used up at an alarming rate.
世界的能源供應以一種令人恐慌的速度損耗中。

▶ fund [fʌnd] *(n.)* 資金；基金 ◀ *Track 1802*

We should start mapping out our investment fund.
我們應該開始計畫我們的投資資金。

▶ fundamental [ˌfʌndəˋmɛntḷ] *(adj.)* 基本的；必要的 ◀ *Track 1803*

Reading is a fundamental skill in learning.
閱讀是學習的基本技能。

▶ further [ˋfɝðɚ] *(v.)* 促進 ◀ *Track 1804*

Discipline is necessary before you can further your education.
在促進你的教育之前，教養是必須的。

“ Gg ”

▶ garment [ˋgɑrmənt] *(n.)* 服裝 ◀ *Track 1805*

A cotton garment is more comfortable.
棉質的服裝穿起來比較舒服。

▶ gathering [ˋgæðərɪŋ] *(n.)* 集會，聚會 ◀ *Track 1806*

I enjoy our weekly gathering a lot!
我很享受我們每週的聚會！

▶ gene [dʒin] *(n.)* 基因 ◀ *Track 1807*

Genes are no longer in technical usage only in today's world.
今日世界中基因不再只用於科技。

▶ generate [ˋdʒɛnəˌret] *(v.)* 產生；使發生 ◀ *Track 1808*

A dynamo can generate electricity.
發電機能產生電。

▶ globe [glob] *(n.)* 地球；世界 ◀ *Track 1809*

She has been traveling all over the globe.
她正在周遊全世界。

▶ grave [grev] *(adj.)* 嚴重的 ◀ *Track 1810*

However, one of the gravest problems of the world today is the growth of human population.
然而，人口的成長是現今世界所面臨最嚴重的問題之一。

A B C D E F G H I J K L M N O P Q R S T U V W X Y Z

▶ **gravity** [ˋgrævətɪ] (*n.*) 地心引力 *Track 1811*
Newton's discovery of gravity was significant.
牛頓發現的地心引力是相當意義深遠的。

▶ **guideline** [ˋgaɪd͵laɪn] (*n.*) 方針 *Track 1812*
This guideline stresses the deterrence of war.
這一方針注重遏制戰爭的爆發。

“Hh”

▶ **hamper** [ˋhæmpɚ] (*v.*) 妨礙；牽制 *Track 1813*
Prejudice sometimes hampers a person from doing the right thing.
偏見有時候妨礙人做正確的事情。

▶ **handicapped** [ˋhændɪ͵kæpt] (*adj.*) 殘障的 *Track 1814*
Social services are responsible for the welfare of the handicapped.
社會服務負責殘障人士的福祉。

▶ **hazard** [ˋhæzɚd] (*n.*) 危險；冒險 *Track 1815*
Life is full of hazards.
生活中充滿各種危險。

▶ **hazardous** [ˋhæzɚdəs] (*adj.*) 冒險的；有危險的 *Track 1816*
If drivers do not heed traffic rules, driving can be quite hazardous.
如果駕駛們都不遵守交通規則，開車就成了一件相當危險的事。

▶ **hemisphere** [ˋhɛməs͵fɪr] (*n.*) 半球 *Track 1817*
They live in the Eastern Hemisphere.
他們生活在東半球。

▶ **horizon** [həˋraɪzn̩] (*n.*) 水平線；地平線 *Track 1818*
I like to see the sun slowly climbing over the eastern horizon.
我喜歡看太陽慢慢地爬上東方的地平線。

▶ **horizontal** [͵harəˋzant!] (*adj.*) 水平的；橫的 *Track 1819*
Bottles of wine should be kept horizontal.
葡萄酒應該放橫的。

▶ **humidity** [hju`mɪdətɪ] (*n.*) 濕氣，濕度 *Track 1820*

Humidity in Taiwan is usually high during summer.
台灣夏季的溼度通常很高。

▶ **hypothesis** [haɪ`pɑθəsɪs] (*n.*) 假設 同 supposition 假定 *Track 1821*

This is a pure hypothesis.
這完全是一個假設。

"Ii"

▶ **illustration** [ɪˌləs`treʃən] (*n.*) 說明；例證；插圖 *Track 1822*

The teacher detailed the matter by illustration.
老師用例證詳述了這件事。

▶ **immigration** [ˌɪmə`greʃən] (*n.*) 移民；移居入境 *Track 1823*

Where is the Immigration Control?
移民管制站在哪兒？

▶ **impact** [`ɪmpækt] (*n.*) 衝擊；影響 *Track 1824*

The impact of this tragedy is frightening.
這個悲劇造成的影響很可怕。

▶ **implement** [`ɪmpləˌmɛnt] (*v.*) 實行 *Track 1825*

Taiwan's success in implementing democracy has enabled people to enjoy the blessings of freedom as well as prosperity.
臺灣成功地實行民主政治，全民得以享受自由的福祉和繁榮。

▶ **implementation** [ˌɪmpləmɛn`teʃən] (*n.*) 執行 *Track 1826*

Circuit gateways provide a more general way of implementation.
線路入口提供了一種更一般化的執行方式。

▶ **imply** [ɪm`plaɪ] (*v.*) 暗示；意味 *Track 1827*

Silence sometimes implies consent.
沉默有時暗示著應允。

▶ **include** [ɪn`klud] (*v.*) 包括 *Track 1828*

Such a report included people living in the city and the country.
這項報告包括都市人口和鄉村人口。

▶ **incur** [ɪnˋkɝ] (*v.*) 招致；引起 Track 1829

His speech is such as to incur enmity.
他的演說會引起敵意。

▶ **indicate** [ˋɪndə͵ket] (*v.*) 指出；顯示 Track 1830

A thermometer indicates temperature.
溫度計顯示溫度。

▶ **indication** [͵ɪndəˋkeʃən] (*n.*) 指出；跡象 Track 1831

This map gives no indication of the way to the museum that I want to go.
這張地圖沒有指出我想去的博物館的路。

▶ **indispensable** [͵ɪndɪsˋpɛnsəbl̩] Track 1832

(*adj.*) 不可缺少的；必要的 同 necessary 必需的

Air is indispensable to life.
空氣對生命是必要的。

▶ **induce** [ɪnˋdjus] (*v.*) 導致；勸 Track 1833

The programs at these rehabilitation centers have been proven to successfully induce patients to give up smoking.
在這個復健中心裡，這些計畫已獲得證明能成功地勸病人戒除煙癮。

▶ **inevitable** [ɪnˋɛvətəbl̩] Track 1834

(*adj.*) 不可避免的 同 unavoidable 不可避免的

Death is inevitable.
死是不可避免的。

▶ **ingredient** [ɪnˋgridɪənt] (*n.*) 成分；原料 Track 1835

Flour and fat are the most important ingredient.
麵粉和油脂是最主要的烹調原料。

▶ **initiate** [ɪˋnɪʃɪ͵et] (*v.*) 開始；創始 Track 1836

The French initiated the Panama Canal project.
法國人開始建造巴拿馬運河的計畫。

▶ **initial** [ɪˋnɪʃəl] (*adj.*) 最初的 (*n.*) 字首字母 Track 1837

Please sign your initials here, please.
請在這裡簽上姓名的字首字母。

▶ **innovate** [ˋɪnə͵vet] (*v.*) 改革，創新 Track 1838

To be a leader, you need to continue to innovate and create.

身為領先者，就得不斷創新和表現出創意。

▶ **innovation** [͵ɪnəˋveʃən] (*n.*) 改革，創新 Track 1839

Along with modern living also comes a great pressure to always have the newest and best innovations.

隨著現代生活而來的，就是隨時要有最新最好創新的巨大壓力。

▶ **innovative** [ˋɪno͵vetɪv] (*adj.*) 創新的 Track 1840

A city in southwestern Germany is famous for innovative architecture.

德國西南部城市，其創新的建築非常著名。

▶ **inquiry** [ɪnˋkwaɪrɪ] (*n.*) 質詢；問題 Track 1841

The lady won't answer our inquiries.

那位女士不肯回答我們的問題。

▶ **insider** [ɪnˋsaɪdɚ] (*n.*) 內部的人；會員；內幕 Track 1842

The division also provides counsel to the Insider Dealing Tribunal.

該科也為「內幕交易審裁處」提供律師。

▶ **install** [ɪnˋstɔl] (*v.*) 裝置；安裝 Track 1843

Many cars have never had anti-pollution devices installed.

很多汽機車從未安裝反制污染設備。

▶ **insurance** [ɪnˋʃʊrəns] (*n.*) 保險 Track 1844

Higher living standards have led everyone to focus on nationwide health insurance programs.

隨著生活水準的提升，每個人都很注意全民健康保險計畫。

▶ **integrate** [ˋɪntə͵gret] (*v.*) 整合；取消（種族）隔離 Track 1845

The government integrated the restaurant.

政府整合了這家餐廳。

▶ **integrated** [ˋɪntə͵gretɪd] (*adj.*) 綜合的；完整的 Track 1846

Integrated control of atmospheric pollution is an important prevention of environmental problem.

大氣污染的綜合防治對環境保護來說是很重要的預防措施。

▶ **intensity** [ɪnˋtɛnsətɪ] (*n.*) 強烈；強度 *Track 1847*
The play shows great intensity of feeling.
這齣戲表現了強烈的感情。

▶ **interaction** [ˏɪntəˋrækʃən] (*n.*) 互相影響；互動 *Track 1848*
Cross-cultural interaction alone can enrich our spiritual civilization.
跨文化的互動本身就能豐富人類的精神文明。

▶ **interactive** [ˏɪntɚˋæktɪv] (*adj.*) 互動式的 *Track 1849*
The psychotherapy is carried out in small interactive groups.
這種心理治療是在互動式的小組之間進行的。

▶ **interfere** [ˏɪntɚˋfɪr] (*v.*) 妨礙；干擾 *Track 1850*
People interfered with nature.
人類干擾了大自然。

▶ **international** [ˏɪntɚˋnæʃənḷ] (*adj.*) 國際的；世界的 *Track 1851*
I need to get to Beijing International Airport before 10:00 A.M.
我必須在早上十點前到達北京國際機場。

▶ **interpret** [ɪnˋtɝprɪt] (*v.*) 解釋；解讀 *Track 1852*
You interpreted his words correctly.
你正確解讀了他說的話。

▶ **introduction** [ˏɪntrəˋdʌkʃən] (*n.*) 介紹；引言 *Track 1853*
An introduction tells the reader what the composition's topic is.
引言能告訴讀者作文的主題是什麼。

▶ **invention** [ɪnˋvɛnʃən] (*n.*) 發明，創造 *Track 1854*
What do you think is the greatest human invention?
你認為什麼是人類最偉大的發明？

▶ **invest** [ɪnˋvɛst] (*v.*) 投資 *Track 1855*
Most of the advertisements concern opportunities to invest overseas to change citizenship or residency.
大部分廣告所載皆是提供海外投資的機會，以便能變更國籍或是居留地。

▶ **investigation** [ɪnˏvɛstəˋgeʃən] (*n.*) 調查 *Track 1856*
Recent investigations show that some animals can predict earthquakes.
近來的一些調查顯示某些動物能夠預知地震的發生。

▶ **investment** [ɪnˋvɛstmənt] (*n.*) 投資 Track 1857

Getting an education is a wise investment of time and money.
受教育是時間與金錢明智的投資。

▶ **isolation** [ˏaɪsl̩ˋeʃən] (*n.*) 孤立；隔離 Track 1858

The hospital enforced isolation of certain patients to prevent the spread of disease.
醫院強制隔離某些患者為了要防止疾病的擴散。

" Jj "

▶ **joint** [dʒɔɪnt] (*adj.*) 聯合的；連接的 Track 1859

It's a joint session of congress.
這個議會是有上下兩院的聯合會議。

▶ **journal** [ˋdʒɝnl̩] (*n.*) 日報；期刊 Track 1860

It transmitted the latest news from TV and journals.
它可傳送電視及日報業的最新新聞。

▶ **justify** [ˋdʒʌstəˏfaɪ] (*v.*) 證明……是正當的 Track 1861

Nothing can justify such behavior.
沒有什麼能證明這樣的行為是正當的。

" Kk "

▶ **knowledge** [ˋnɑlɪdʒ] (*n.*) 知識 反 ignorance 無知 Track 1862

People often say that knowledge is power.
人們總是說知識就是力量。

“ Ll ”

▶ **labor** [ˋlebɚ] (*n.*) 勞動；勞力工作 Track 1863
Most people earn their living by manual labor.
大多數人靠勞力工作過活。

▶ **landmark** [ˋlændˏmɑrk] (*n.*) 地標；里程碑 Track 1864
The invention of the computer was a landmark for humans.
電腦的發明是人類文明的一個里程碑。

▶ **launch** [lɔntʃ] (*v.*) 發射；使開始從事 Track 1865
According to Wallop's theory, we must find a power supply light enough to be launched into space.
根據華勒浦的理論，我們必須找一座輕到足以發射到太空的電子供應器。

▶ **law** [lɔ] (*n.*) 法律；規律 Track 1866
Everyone should obey the law.
大家都應該遵守法律。

▶ **lease** [lis] (*v.*) 出租；租 Track 1867
Many families can only afford to lease a residence, due to the rising costs of purchasing a house.
房價的不斷上升，使得許多家庭只能負擔得起租房子。

▶ **legislate** [ˋlɛdʒɪsˏlet] (*v.*) 制定法律，立法 Track 1868
It's impossible to legislate for every contingency.
為每一個偶發事件都立法是不可能的。

▶ **legitimate** [lɪˋdʒɪtəmɪt] (*adj.*) 合法的；理所當然的 Track 1869
Politicians are legitimate targets for satire.
政治家理所當然的是諷刺的靶子。

▶ **liable** [ˋlaɪəbḷ] (*adj.*) 有義務的；有……傾向的 Track 1870
Citizens are liable to jury duty.
公民應盡陪審的義務。

▶ **liberal** [ˋlɪbərəl] (*adj.*) 寬大的；不守舊的；自由黨的 Track 1871
The Liberal candidate has won the election!
自由黨的候選人當選了！

▶ **limited** [ˋlɪmɪtɪd] (*adj.*) 限制的；有限的 *Track 1872*

In the beginning, I found that what I had learned in school was limited and insufficient.

起先，我發現在學校所學的是有限且不足的。

▶ **liquidate** [ˋlɪkwɪˏdet] (*v.*) 清算 *Track 1873*

Hitler tried to liquidate the Jews in Germany.

希特勒試圖清算全德國的猶太人。

▶ **loan** [lon] (*n.*) 貸款 *Track 1874*

I have a loan of ten thousand dollars.

我有一萬元的貸款。

▶ **local** [ˋlokḷ] (*adj.*) 當地的；地方的 同 regional 地區的 *Track 1875*

These imported cigarettes were permitted to be sold in local markets.

進口香煙已經允許在當地市場銷售。

▶ **logo** [logo] (*n.*) 標誌 *Track 1876*

The hotel uses a small pine tree as its logo.

這個飯店的標誌是一顆小松樹。

▶ **lower** [ˋloɚ] (*v.*) 降低；減少 *Track 1877*

Therefore, many countries should lower trade barriers to achieve the aim of open markets.

因此，許多國家應降低貿易障礙來達到開放市場的目的。

▶ **lure** [lʊr] (*v.*) 誘惑 *Track 1878*

Some people continue to be lured by the convenience of using these milk products.

有些人持續地被使用這些乳製品所帶來的便利性所誘惑。

“Mm”

▶ **machinery** [məˋʃinərɪ] (*n.*) 機械裝置 *Track 1879*

Today's miners need complicated machinery to separate gold from other minerals.

現今的礦工要用複雜的機械裝置才能把金礦和其他礦物分開。

▶ **mail** [mel] (*n.*) 郵件 (*v.*) 郵寄 Track 1880

Surface mail, please.
此件寄普通郵件，謝謝。

▶ **mainly** [ˋmenlɪ] (*adv.*) 大體上；主要地 Track 1881

Coke consists mainly of carbon.
可樂大體上是由碳酸組成的。

▶ **malfunction** [mælˋfʌŋʃən] (*n.*) 失調 Track 1882

Noninfectious diseases are usually caused by body malfunctions.
非傳染性的疾病通常因身體機能失調所致。

▶ **manipulation** [mə͵nɪpjʊˋleʃən] (*n.*) 操作；操縱 Track 1883

Some parents raise their children through manipulation.
有一些父母透過操縱來養育他們的孩子。

▶ **mass** [mæs] (*n.*) 大量 (*adj.*) 大眾的 Track 1884

If we want to have clean air and water, the mass media should make great efforts to publicize the importance of environmental protection.
如果我們要享有乾淨的水和空氣，大眾媒體應不遺餘力的宣傳環保的重要性。

▶ **material** [məˋtɪrɪəl] (*adj.*) 物質的 Track 1885

People worry about whether they have as much money and as many material things as other people have.
人們憂慮他們是否像別人一樣有錢和擁有一樣多物質的東西。

▶ **matter** [ˋmætɚ] (*n.*) 事件 (*v.*) 有關係；要緊 Track 1886

Does it matter?
這有關係嗎？

▶ **maximize** [ˋmæksə͵maɪz] (*v.*) 使增加至最大限度 Track 1887

Scientists are trying their best to maximize the usage of solar energy.
科學家正設法將太陽能的使用增加至最大限度。

▶ **means** [minz] (*n.*) 方法；工具 Track 1888

I tried to solve my problems by all means.
我用盡一切方法解決我的問題。

▶ **medium** [ˋmidɪəm] (*n.*) 媒介；手段 Track 1889

Sound travels through the medium of air.
聲音透過空氣這個媒介來傳遞。

▶ **mention** [ˋmɛnʃən] (*v.*) 提起；說起 Track 1890

I forgot to mention that he hadn't been here yesterday.
我忘記提起了，他昨天沒來。

▶ **mild** [maɪld] (*adj.*) 輕度的 Track 1891

Even mild floods may require temporary evacuation.
即使是輕度洪水，也可能要暫時性疏散。

▶ **minimize** [ˋmɪnə͵maɪz] (*v.*) 將……減到最少 Track 1892

Let's minimize the risk.
讓我們把風險減到最少。

▶ **mobile** [ˋmobl̩] (*adj.*) 流動的；機動的 Track 1893

The children were excited because a mobile library had come.
孩子們很興奮因為流動的圖書館來了。

▶ **mode** [mod] (*n.*) 方法；形式 Track 1894

Heat is a mode of motion.
熱是運動的一種形式。

▶ **model** [ˋmɑdl̩] (*n.*) 模型 (*adj.*) 模範的 Track 1895

He made drawings and scale models of objects.
他畫出草圖，並按實物的比例製成模型。

▶ **modern** [ˋmɑdɚn] (*adj.*) 現代化的；現代的 Track 1896

Modern people have to live in very complex societies.
現代人必須生活在複雜的社會中。

▶ **monetary** [ˋmʌnə͵tɛrɪ] (*adj.*) 貨幣的 Track 1897

The invention of electronic monetary systems is a great achievement in human history.
在人類的歷史上，電子貨幣的發展真可謂是一大成就。

▶ **monopolize** [məˋnɑpl̩͵aɪz] (*v.*) 獨佔；壟斷 Track 1898

OPEC wants to monopolize oil.
石油輸出國家打算壟斷石油。

▶ **movement** [ˋmuvmənt] (*n.*)（政治，社會，思想）運動 Track 1899
There is a movement in the United States to quit smoking.
在美國，有一項蓬勃興起的戒菸運動。

▶ **multiple** [ˋmʌltəpḷ] (*adj.*) 多樣的；多重的 Track 1900
I selected my answer from multiple choices.
我從多重選擇中選擇我的答案。

▶ **multiply** [ˋmʌltəˏplaɪ] (*v.*) 增加；乘 Track 1901
The population in Taiwan has multiplied rapidly in recent years.
近年來臺灣人口數量快速地增加。

“ Nn ”

▶ **native** [ˋnetɪv] (*n.*) 本地人 (*adj.*) 本國的；出生地的 Track 1902
Are you a native of this place?
你是本地人嗎？

▶ **necessary** [ˋnɛsəˏsɛrɪ] (*adj.*) 必須的；必要的 Track 1903
Decisiveness is necessary for a commander.
果斷是一個指揮者必要的特質。

▶ **necessity** [nəˋsɛsətɪ] (*n.*) 需求；必需品 Track 1904
Necessity is the mother of invention.
需求為發明之母。

▶ **negative** [ˋnɛgətɪv] (*adj.*) 否定的；負面的 Track 1905
One negative result of people's interference with the environment is that many kinds of animals are becoming rare.
人類干擾自然生態的一項負面結果就是許多動物變得愈來愈少。

▶ **normal** [ˋnɔrmḷ] (*adj.*) 正常的 Track 1906
The normal temperature of the human body is 98.6 degrees.
人類正常的體溫是華氏98.6度。

▶ **nomination** [ˏnɑməˋneʃən] (*n.*) 任命；提名 Track 1907
He won the nomination of the Nobel Prize.
他獲得了諾貝爾獎的提名。

▶ **nuclear** [ˋnjuklɪɚ] (*adj.*) 原子核的；核心的 *Track 1908*
A nuclear war could destroy the whole earth.
核子的戰爭能毀滅整個地球。

"Oo"

▶ **obey** [əˋbe] (*v.*) 遵守；服從 同 submit 屈服 *Track 1909*
It is important that these laws be enforced and are obeyed.
重要的是，這些法規應強制執行及確實遵守。

▶ **obsolete** [ˏɑbsəˋlit] (*adj.*) 作廢的；淘汰的 *Track 1910*
Wallop suggests that developing laser weapons will make nuclear war obsolete.
華勒浦提出：雷射武器的發展會使得核子戰爭被淘汰。

▶ **occasion** [əˋkeʒən] (*n.*) 時刻；場合 *Track 1911*
Others only go to church on special occasions, such as Christmas and Easter.
有些人只在例如耶誕節、復活節等特別時刻才上教堂。

▶ **occasional** [əˋkeʒənḷ] (*adj.*) 偶爾的；特殊場合的 *Track 1912*
I took an occasional glass of wine.
我偶爾喝杯酒。

▶ **occupy** [ˋɑkjəˏpaɪ] (*v.*) 佔據；佔領 *Track 1913*
The Dutch first occupied Manhattan as part of New Netherland.
就我所知曼哈頓最初由荷蘭人所佔領，而成為新尼德蘭的一部份。

▶ **occur** [əˋkɝ] (*v.*) 發生；使想起 *Track 1914*
Scientists are doing research so the world will be ready if the greenhouse effect really occurs.
對此，科學家正進行研究，以便溫室效應真發生時可以有備無患。

▶ **operate** [ˋɑpəˏret] (*v.*) 運作；營運 *Track 1915*
The brake suddenly failed to operate.
煞車突然不能運作了。

▶ **opponent** [ə`ponənt] (*n.*) 對手 Track 1916
The opponents are very competitive as they try to slap the hockey puck past the goalie.
當對手設法將曲棍球賽中的橡皮圓盤擊進球門時，他們競爭十分激烈。

▶ **opportunity** [͵ɑpɚ`tjunətɪ] (*n.*) 機會；時機 Track 1917
Such opportunities should not be missed.
這種機會不應失去。

▶ **oppose** [ə`poz] (*v.*) 反對 Track 1918
I strongly oppose to your proposal.
我強烈反對你的提案。

▶ **optional** [`ɑpʃənl̩] (*adj.*) 可選擇的；隨意的 Track 1919
Contributions are purely optional.
捐獻完全是隨意的。

▶ **outbreak** [`aut͵brek] (*n.*) 爆發；發作 Track 1920
The area was struck by an outbreak of cholera.
該地區突然爆發了霍亂。

▶ **overdue** [͵ovɚ`dju] (*adj.*) 遲到的 Track 1921
Legislative reform is long overdue.
立法方面的改革早就遲到很久了。

▶ **owner** [`onɚ] (*n.*) 所有者；物主 Track 1922
The owner sacrificed his horses.
物主把他的馬匹犧牲掉了。

“ Pp ”

▶ **package** [`pækɪdʒ] (*v.*) 包裝 Track 1923
In today's society, paper is used for books, letters, packaging and so on.
在現今社會中，紙可以做為書、信封及包裝的材料。

▶ **pardon** [`pɑrdn̩] (*v.*) 原諒 Track 1924
Pardon me for interrupting you.
請原諒我，打擾你一下。

▶ **percentage** [pɚˋsɛntɪdʒ] (*n.*) 比例；百分比 Track 1925

Here, it is expressed as a percentage.
這裡它是以百分比表示的。

▶ **personal** [ˋpɝsn̩l] (*adj.*) 個人的，自己的 Track 1926

Everyone has his personal idea about what a good teacher is.
何謂一個好老師每個人都有自己的觀點。

▶ **perspective** [pɚˋspɛktɪv] (*n.*) 正確的眼光 Track 1927

Humility helps us to see ourselves in the right perspective.
謙虛能讓我們以正確的眼光來審視自己。

▶ **petition** [pəˋtɪʃən] (*n.*) 請願 Track 1928

Many animal lovers are writing petitions to ask the government to help protecting the wildlife.
許多愛護動物者寫請願書，要求政府幫忙保護野生動物。

▶ **petroleum** [pəˋtrolɪəm] (*n.*) 石油 Track 1929

Petroleum is a good source of energy.
石油是一項好的能源。

▶ **phenomenon** [fəˋnɑməˏnɑn] (*n.*) 現象 Track 1930

Fever and inflammation are phenomena of disease.
發燒和發炎是疾病的現象。

▶ **pioneer** [paɪəˋnɪər] (*n.*) 開拓者；先驅 Track 1931

We are the pioneers of this industry.
我們是這個行業的先驅。

▶ **plastic** [ˋplæstɪk] (*adj.*) 塑膠的 Track 1932

In Taiwan, plastic bags are more popular than paper bags.
在臺灣，塑膠袋比紙袋更普遍。

▶ **point** [pɔɪnt] (*n.*) 要點；論點 Track 1933

There should be several main points in the composition to support the discussion of the topic.
作文裡應該要有一些主要論點來支撐所要探討的主題。

▶ **policy** [ˋpɑləsɪ] (*n.*) 政策；方針 Track 1934

Honesty is the best policy.
誠實是最好的方針。

▶ **pollute** [pə`lut] (*v.*) 污染 Track 1935
The water at the beach was polluted.
海灘附近的水源已經被污染了。

▶ **popularity** [͵papjə`lærətɪ] (*n.*) 流行；大眾化 Track 1936
The popularity of Korean dramas in Taiwan is beyond imagination.
韓劇在台灣的流行程度是很難想像的。

▶ **population** [͵papjə`leʃən] (*n.*) 人口 Track 1937
The population of this country rose by 20 percent.
這個國家的人口增加了20%。

▶ **portion** [`porʃən] (*n.*) 部份 Track 1938
Large portions of land on the earth have gradually diminished in the past few years.
在過去幾年間，地球上大部份的陸塊都在逐縮小中。

▶ **possess** [pə`zɛs] (*v.*) 持有；擁有 Track 1939
Good health is one of the best treasures a man can possess.
健康是一個人所能擁有的最大財富之一。

▶ **post** [post] (*n.*) 郵政 (*v.*) 張貼 Track 1940
She posted the announcement on the bulletin board.
她在公布欄上面張貼了公告。

▶ **precedent** [`prɛsədənt] (*n.*) 先例 Track 1941
The judgment set a new precedent.
那次判決樹立了一個先例。

▶ **prediction** [prɪ`dɪkʃən] (*n.*) 預測 Track 1942
No one can make accurate predictions for the future.
沒有人能完全無誤地預測未來。

▶ **preliminary** [prɪ`lɪmə͵nɛrɪ] (*adj.*) 初步的 (*n.*) 開端 Track 1943
Physical examination is preliminary to joining the army.
體格檢查是從軍的開端。

▶ **premium** [`primɪəm] (*n.*) 獎品；附贈禮品 Track 1944
I got a premium item when I bought 3 pairs of pants.
當我買了三件褲子我得到了一個附贈禮品。

▶ **prevalent** [ˋprɛvələnt] (*adj.*) 普遍的；流行的 Track 1945

Colds are prevalent in the winter.

感冒在冬季很普遍。

▶ **principle** [ˋprɪnsəpl̩] (*n.*) 主義；原則 Track 1946

It is against my principle to tell lies.

說謊違背我個人的原則。

▶ **privilege** [ˋprɪvl̩ɪdʒ] (*n.*) 特權 Track 1947

Alumni have the privilege of buying football tickets at special rates.

校友有買特價足球票的特權。

▶ **prospective** [prəˋspɛktɪv] (*adj.*) 預期的；未來的 Track 1948

He entered a list of prospective jurors.

他列名在未來的陪審員名單之內。

▶ **prosper** [ˋprɑspɚ] (*v.*) 使昌盛；旺盛 Track 1949

Our country is prospering with each passing day.

我們的國家日益昌盛。

▶ **protest** [ˋprotɛst] (*n.*) 抗議；抗爭 Track 1950

I protested for my rights bravely.

我勇敢地為了權利抗爭。

▶ **provoke** [prəˋvok] (*v.*) 激怒；煽動 Track 1951

Don't provoke the animals in the cage.

不要激怒籠中的動物。

▶ **publication** [ˏpʌblɪˋkeʃən] (*n.*) 出版物；發行 Track 1952

Publication of the paper discontinued.

報紙停止發行。

▶ **punctual** [ˋpʌŋktʃuəl] (*adj.*) 準時的 Track 1953

Please be punctual.

請準時（出席）。

▶ **punishment** [ˋpʌnɪʃmənt] (*n.*) 懲罰；處罰 Track 1954

He was very afraid of the punishment.

他非常害怕那個懲罰。

“ Qq ”

▶ **quality** [ˋkwɑlətɪ] (*n.*) 品質；特性 *Track 1955*

Quality matters more than quantity.

質重於量。

▶ **quantity** [ˋkwɑntətɪ] (*n.*) 量；數量 *Track 1956*

It's the largest possible quantity.

這是可能達到的最大數量。

▶ **quarter** [ˋkwɔrtɚ] (*n.*) 四分之一 *Track 1957*

I wanted to understand how three quarters of the world's people live, and how their future might affect ours.

我想去瞭解這世界上四分之三的人們是如何生活及他們的未來與我們會有什麼關係。

“ Rr ”

▶ **raid** [red] (*n.*) 突擊 *Track 1958*

If there is a raid, not only soldiers die, but civilians, too.

城市一旦遭突擊，不僅軍人會被殺害，連平民也遭殃。

▶ **ratify** [ˋrætəˏfaɪ] (*v.*) 批准；認可 *Track 1959*

The treaty was ratified by congress.

國會批准了該條約。

▶ **recession** [rɪˋsɛʃən] (*n.*) 不景氣，衰退 *Track 1960*

Experts predict that the worldwide recession will end in the coming year.

專家預測，世界性的經濟衰退在來年會告一段落。

▶ **reform** [rɪˋfɔrm] (*v.*) 改革 *Track 1961*

This has made it necessary to reform education on a large scale.

這顯示有必要對教育作大幅性的改革。

▶ **refrain** [rɪˋfren] (*n.*)（音樂）副歌 (*v.*) 節制；避免 *Track 1962*

Please refrain from smoking.

請節制，不要吸煙。

▶ **refute** [rɪˋfjut] (*v.*) 駁斥；反駁 Track 1963

Historical facts refute such a fallacy.
歷史事實駁斥了這種謊言。

▶ **region** [ˋridʒən] (*n.*) 區域 Track 1964

This plant grows only in the tropical regions.
這植物僅生長於熱帶區域。

▶ **regulate** [ˋrɛgjəˏlet] (*v.*) 管理；管制 Track 1965

Because strong national laws regarding advertising have not been passed, the government is unable to regulate aggressive marketing.
因為有力可控制廣告的法令尚未通過，政府便無法管制具慫恿性的行銷廣告。

▶ **reinforce** [ˋriɪnˋfors] (*v.*) 增援；強化 Track 1966

The media reinforced the protest.
傳播媒體強化了他們的抗爭。

▶ **repeat** [rɪˋpit] (*v.*) 重複 同 recite 背誦 Track 1967

Please repeat that.
請重複一遍。

▶ **repetition** [ˏrɛpɪˋtɪʃən] (*n.*) 重複；複製品 Track 1968

All that repetition in the song is making the listeners very bored.
歌曲中一直重複，讓聽眾都很無聊。

▶ **replace** [rɪˋples] (*v.*) 取代；替換 Track 1969

This door is broken. Can you ask someone to replace it?
這門壞了。你可以找人來把它替換掉嗎？

▶ **representative** [ˏrɛprɪˋzɛntətɪv] (*n.*) 代表 Track 1970

The United Nations is made up of representatives from countries all over world.
聯合國是由全世界各國所委派的代表所組成。

▶ **reservation** [ˏrɛzɚˋveʃən] (*n.*) 保留區 Track 1971

Many Indians in the U.S. have been moved to large tracts of land called reservations.
許多在美國的印地安人都已經被遷徙到被稱為保留區的大片土地上。

▶ **resource** [ˋrizors] (*n.*) 資源；消遣 Track 1972

Lakes can provide the resources for villagers who like to fish.
這些湖泊提供了喜愛釣魚的村民一個消遣的好去處。

▶ **rest** [rɛst] (*n.*) 休息；其餘 Track 1973

Have a good rest.
好好休息一下。

▶ **restrain** [rɪˋstren] (*v.*) 制止；克制 Track 1974

I can hardly restrain my laughter.
我幾乎無法克制我的笑聲。

▶ **restrict** [rɪˋstrɪkt] (*v.*) 限制 Track 1975

Our government should restrict smoking in public places.
政府應限制吸煙者在公共場所吸煙。

▶ **revival** [rɪˋvaɪvl̩] (*n.*) 復興；復甦 Track 1976

Our economy is undergoing a revival.
我們的經濟正處於復興階段。

▶ **risk** [rɪsk] (*n.*) 危險，風險 Track 1977

Don't overlook the risks!
別忽略了風險！

▶ **rival** [ˋraɪvl̩] (*n.*) 敵手，對手 Track 1978

After struggling through the hardships on the sea, the fisherman finally defeated his rival.
在海上歷經萬難之後，這漁夫終於擊敗了他的對手。

"Ss"

▶ **satellite** [ˋsætl̩.aɪt] (*n.*) 人造衛星 Track 1979

The space shuttle orbited a satellite.
太空梭把一顆人造衛星送入軌道。

▶ **scramble** [ˋskræmbl̩] (*n.*) 爭奪 Track 1980

Many people predict that an international scramble is to take place shortly.
很多人在預測一場國際爭奪戰將要發生了。

▶ **sensor** [ˋsɛnsɚ] (*n.*) 感測器 ◀ Track 1981

The scientists use a separate sensor to record each direction of movement.
科學家利用一個單獨的感測器來記錄運動的每個方向。

▶ **sequence** [ˋsikwəns] (*n.*) 順序 ◀ Track 1982

Arrange the names in alphabetical sequence.
依字母順序排列這些姓名。

▶ **serial** [ˋsɪrɪəl] (*adj.*) 連續的 ◀ Track 1983

These are serial numbers.
這些號碼是連續的。

▶ **shortage** [ˋʃɔrtɪdʒ] (*n.*) 不足；缺乏 ◀ Track 1984

Food shortages often occur in times of war.
在戰爭時期常發生糧食缺乏的情形。

▶ **signal** [ˋsɪgn!] (*n.*) 信號 ◀ Track 1985

Animals do not rely on language for communication, but use particular signals instead.
動物無法使用語言來溝通，但牠們用特殊的信號來代替語言。

▶ **simulate** [ˋsɪmjə͵let] (*v.*) 模擬；假裝 ◀ Track 1986

Some moths can simulate dead leaves.
有些蛾可以假裝成枯葉。

▶ **skyscraper** [ˋskaɪ͵skrepɚ] (*n.*) 摩天樓 ◀ Track 1987

Skyscrapers have shiny, mirror-like surfaces that attract falcons during their flights.
摩天樓有閃亮如同鏡子一般的外表，它們會吸引在飛行中的獵鷹。

▶ **software** [ˋsɔft͵wɛr] (*n.*) 軟體 ◀ Track 1988

Developments in computer hardware can't be compared with the rapid growth in computer software.
和軟體的快速發展相比，電腦在硬體上的發展便無法相提並論。

▶ **source** [sors] (*n.*) 來源；發源 ◀ Track 1989

Where is the source of the Yellow River?
黃河發源於何地？

▶ **specimen** [ˋspɛsəmən] (*n.*) 樣品；標本 *Track 1990*
Those of more modest means can collect wild flowers and make their specimens.
那些較溫和的方法就可以收集野花草製成標本。

▶ **speculation** [ˏspɛkjəˋleʃən] (*n.*) 思索；投機買賣 *Track 1991*
Property speculation was minimal.
資產投機買賣已經沉寂下來了。

▶ **sponsor** [ˋspɑnsɚ] (*v.*) 發起；贊助 *Track 1992*
A hospital sponsored by oil tycoons will be ready for service tomorrow.
一間由石油鉅子贊助的醫院明天將正式啟用。

▶ **starvation** [stɑrˋveʃən] (*n.*) 饑荒 *Track 1993*
The damage can lead to starvation in that region.
這種毀損會導致該地區的饑荒。

▶ **state** [stet] (*n.*) 情形；狀態 (*adj.*) 國家的 *Track 1994*
Everything was in a state of disorder.
一切都處於紊亂狀態。

▶ **structure** [ˋstrʌktʃɚ] (*n.*) 結構 *Track 1995*
The family structure is changing throughout the world.
整個世界的家庭結構都在改變中。

▶ **substitute** [ˋsʌbstəˏtjut] (*n.*) 代替品 (*v.*) 代替 *Track 1996*
If excessive marketing of milk substitute is curbed, many infants could be saved.
如果能抑制母乳代替品的過度推銷，許多幼兒也許就能存活。

▶ **summary** [ˋsʌmərɪ] (*n.*) 摘要；概要 *Track 1997*
This article is a succinct summary.
這篇文章是一個簡潔的摘要。

▶ **summon** [ˋsʌmən] (*v.*) 召喚；叫來 *Track 1998*
Summon the police, quickly!
快去叫員警來！

▶ **suppress** [səˋprɛs] (*v.*) 抑制；鎮壓 *Track 1999*
The troops suppressed the rebellion.
軍隊鎮壓住叛亂。

“ Tt ”

▶ **tackle** [ˋtækḷ] (*v.*) 處理；解決 Track 2000

Everyone has his problems to tackle.

每個人都有自己的問題要解決。

▶ **tag** [tæg] (*n.*) 標籤 Track 2001

Before buying something, you should take a look at the price tag.

在購物之前，你應該看一下標籤。

▶ **takeoff** [ˋtek͵ɔf] (*n.*) 起飛；開始 Track 2002

Cabin lights will be dim for takeoff.

機艙燈將會因飛機起飛而變暗。

▶ **tariff** [ˋtærɪf] (*n.*) 關稅；價目表 Track 2003

Trade barriers usually consist of tariff restrictions and non-tariff barriers.

貿易壁壘通常包括關稅壁壘和非關稅壁壘。

▶ **taxation** [tæksˋeʃən] (*n.*) 徵稅；稅款 Track 2004

Religious organizations are exempt from taxation.

宗教機構被免除徵稅。

▶ **technical** [ˋtɛknɪkḷ] (*adj.*) 技術的；技術上的 Track 2005

Comprehensive technical services have been further improved.

綜合技術服務已經進一步完善提高。

▶ **technique** [tɛkˋnik] (*n.*) 技巧 Track 2006

The techniques of advertising are much better than they used to be.

廣告技巧比以前好多了。

▶ **technology** [tɛkˋnɑlədʒɪ] (*n.*) 技術；科技 Track 2007

Technology is very advanced in these years.

近幾年科技相當先進。

▶ **tend** [tɛnd] (*v.*) 移向；趨向 Track 2008

Prices are tending upward.

物價往上移。

▶ **tendency** [ˋtɛndənsɪ] (*n.*) 趨勢；傾向 Track 2009
This tendency still persists.
這種趨勢仍然存在。

▶ **termination** [ˏtɝməˋneʃən] (*n.*) 終止 Track 2010
The termination was caused by an act of destruction.
這項終止源自於行為上的破壞。

▶ **territorial** [ˏtɛrəˋtorɪəl] (*adj.*) 領土的 Track 2011
A country's territorial land, inland waters, territorial seas and territorial airspace are inviolable.
一個國家的領土、內水、領海、領空是神聖不可侵犯的。

▶ **territory** [ˋtɛrəˏtorɪ] (*n.*) 領土 Track 2012
Of the total territory, Taiwan only has 30% of flat land.
臺灣所有的領土中，只有30%是平地。

▶ **textile** [ˋtɛkstḷ] (*n.*) 紡織品 Track 2013
This textile feels like velvet.
這種紡織品摸上去像絲絨似的。

▶ **thoughtful** [ˋθɔtfəl] (*adj.*) 有思想的；有見解的 Track 2014
For this reason, many thoughtful women decided to fight for absolute equality with men.
基於這個理由，許多有見解的女性，決定要爭取與男性同樣的平等。

▶ **threaten** [ˋθrɛtṇ] (*v.*) 威脅 Track 2015
Floods have long threatened the survival of people.
洪水已大大地威脅到人類的生存。

▶ **toll** [tol] (*n.*) 通行費；費 Track 2016
They allow motorists to drive through designated toll booths without stopping to pay toll.
這些系統可讓司機無須停車而通過指定的通行費繳費處。

▶ **toll-free** [ˏtolˋfri] (*n.*) 免付費 Track 2017
Can you give me the toll-free number for United Airlines?
能不能給我聯合航空公司的免付費電話號碼？

▶ **trace** [tres] (*v.*) 追溯 (*n.*) 足跡 *Track 2018*

Her family can be traced back to Confucius.
她的家族可追溯自孔夫子。

▶ **transition** [træn`zɪʃən] (*n.*) 變化；過渡時期 *Track 2019*

Adolescence is the transition period between childhood and adulthood.
青春期是童年與成年之間的過渡時期。

▶ **transmission** [træns`mɪʃən] (*n.*) 傳送；傳承 *Track 2020*

If the transmission of civilization is interrupted, our society will return to a primitive state.
如果文化的傳承中斷，社會將再返回原始狀態。

▶ **treasury** [`trɛʒərɪ] (*n.*) 財政部；國庫 *Track 2021*

O'Neill was chosen as the minister of Department of the Treasury.
奧尼爾被選上為財政部長。

▶ **trigger** [`trɪgɚ] (*v.*) 引發；引起 *Track 2022*

Careless political action can trigger off a war.
不慎重的政治行動足以引發一場戰爭。

▶ **trivial** [`trɪvɪəl] (*adj.*) 瑣碎的；無關緊要的 *Track 2023*

These are only trivial matters.
這些只是無關緊要的事。

“Uu”

▶ **ultimately** [`ʌltəmɪtlɪ] (*adv.*) 最終；基本上 *Track 2024*

Reaction cannot ultimately prevail.
反動勢力最終是不能佔優勢的。

▶ **uniformity** [͵junə`fɔrmətɪ] (*n.*) 統一；一致 *Track 2025*

It is pushing language towards greater uniformity, a trend that is all but irreversible.
推動語言統一的發展趨勢是不可避免的。

▶ **unify** [ˋjunə͵faɪ] *(v.)* 統一 Track 2026

These states were unified into one nation.

這些國家被統一成為一個國家。

▶ **urban** [ˋɝbən] *(adj.)* 城市的；市內的 Track 2027

Comprehensive urban development is now progressing.

城市建設綜合開發目前正進行中。

▶ **utility** [juˋtɪlətɪ] *(n.)* 利益；效用 Track 2028

It is of no utility.

那是沒有效用的。

▶ **utmost** [ˋʌt͵most] *(n.)* 極度 Track 2029

While some professors give their utmost during a lecture, others read from yellowed notes.

當有些教授極度投入教學的同時，卻也有些教授依然對著陳年老講義照本宣科。

“Vv”

▶ **vacuum** [ˋvækjuəm] *(n.)* 真空；空虛 Track 2030

My father's departure created a vacuum in our family's lives.

我父親的離去在我們的家庭生活中造成了空虛。

▶ **valid** [ˋvælɪd] *(adj.)* 有效的；有根據的 Track 2031

This contract is valid and fair.

這份合約是有效且公平的。

▶ **validity** [vəˋlɪdətɪ] *(n.)* 有效性；正確性 Track 2032

The validity of such certificates is recognized in society.

這些證書的有效性是被社會所正式承認的。

▶ **vehicle** [ˋviɪkḷ] *(n.)* 交通工具；工具 Track 2033

Language is the vehicle of thought.

語言是傳達思想的工具。

▶ **vendor** [ˋvɛndɚ] *(n.)* 小販 Track 2034

The night market is always composed of a number of vendors.

夜市總是由許多小販組成。

▶ **verbal** [ˋvɝbḷ] (*adj.*) 口頭的；言語的 Track 2035

His biggest advantage is his great verbal skill.
他最大的優勢是其極為優秀運用言語的能力。

▶ **verdict** [ˋvɝdɪkt] (*n.*) 裁決；定論 Track 2036

The appeal court quashed the verdict.
上訴法院撤銷了裁決。

▶ **violate** [ˋvaɪə͵let] (*v.*) 違反 Track 2037

Those who violate traffic rules should receive severe punishments.
那些違反交通規則的人，都應接受嚴懲。

▶ **violence** [ˋvaɪələns] (*n.*) 暴行；暴力 Track 2038

He showed the world that people could win their freedom and other basic rights without violence.
他讓全世界知道不用暴力也可以爭取自由及其他基本人權。

▶ **virus** [ˋvaɪrəs] (*n.*) 病毒 Track 2039

Scientists later found that polio is caused by a kind of virus.
後來科學家發現小兒麻痺是由一種病毒所引起。

▶ **vital** [ˋvaɪtḷ] (*adj.*) 極重要；致命的 Track 2040

He plays a vital role in national development.
他在國家發展上扮演重要角色。

▶ **vitality** [vaɪˋtælətɪ] (*n.*) 活力；生命力 Track 2041

We associate Taiwan with vitality, enormous vitality.
我們提到台灣就想起生命力，巨大的生命力。

▶ **volunteer** [͵vɑlənˋtɪr] (*v.*) 自願去做；奉獻 (*n.*) 志願者 Track 2042

Many people volunteer their time to social organizations.
很多人將他們的時間奉獻在社會團體上。

“Ww”

▶ **wealth** [wɛlθ] (*n.*) 財富 Track 2043

Health is above wealth.
健康勝於財富。

▶ **welfare** [ˋwɛl͵fɛr] (*n.*) 福祉，福利 Track 2044
The government has enacted laws in line with social welfare programs.
政府訂定法律以配合社會福利計畫。

▶ **well-established** [ˋwɛlɪsˋtæblɪʃt] Track 2045
(*adj.*) 信譽卓著的；根深蒂固的
The little shop is well-established in the community.
那家小店在社區中信譽卓著。

▶ **wholesome** [ˋholsəm] (*adj.*) 有益健康的 Track 2046
Breathing in wholesome air is beneficial to my health.
呼吸有益健康的空氣對我的健康有幫助。

▶ **will** [wɪl] (*n.*) 意志；主見 Track 2047
Mary had no will of her own; therefore she can't make decision by herself.
瑪莉是個沒有主見的人，因此她不能自己做出決定。

▶ **wit** [wɪt] (*n.*) 智力；機智 Track 2048
The reason why John can survive in this company is because of his wit.
機智是約翰能在這間公司生存的原因。

▶ **withdraw** [wɪðˋdrɔ] (*v.*) 撤退；提領 Track 2049
By using automated teller machines people can easily withdraw money.
經由自動提款機，人們很容易將錢提領出來。

▶ **workplace** [ˋwɝk͵ples] (*n.*) 工作場所 Track 2050
Computers have brought about many changes in the workplace.
電腦給工作場所帶來了許多變化。

▶ **worldwide** [ˋwɝld͵waɪd] (*adj.*) 遍及世界的；世界性的 Track 2051
Concerns for whales should be a worldwide movement.
對鯨魚的關心應該是世界性的運動。

▶ **worth** [wɝθ] (*n.*) 價值 Track 2052
Readers can extract news of great worth from newspapers.
讀者可從報紙中汲取極有價值的消息。

短文閱讀測驗

"Have You Got A Smart Wallet Yet?"

If you are still using a bulky traditional wallet to keep your cash and other personal pieces of information, such as credit cards, health insurance cards, identify card and driver's license, well, it's time for you to replace it with an advanced smart wallet.

Featuring the latest technology, a smart wallet is a lighter and more stylish wallet equipped with electronics. It is compatible with Android and iOS, and it only takes you a few minutes to integrate it with your smartphone. After a tracker app is installed, your smart wallet can work seamlessly with your smartphone. Your mobile phone will ensure that you always carry your wallet whenever you go out, and the sensor on your wallet will remind you to carry your phone in the other way around.

Furthermore, a smart wallet not only allows you to hold cash and credit cards in a much more effective manner, but also makes your cards more accessible. For example, it can give out all your cards in your wallet on just a single press. With a smart wallet, your life is literally much easier.

TEST

( ) 1. What is so special about a smart wallet?
A. It can sense the temperature.
B. It has a built-in tapping device.
C. It's integrated with the smartphone.
D. It can be used as a monitor.

( ) 2. What is the key feature of a smart wallet?
A. It's weightless.
B. It is trackable.
C. It's renewable.
D. It's waterproof.

( ) 3. What can a smart wallet work with?
A. Your car
B. Your computer
C. Your bank
D. Your smartphone

( ) 4. What do we know about a smart wallet?
A. It's a technological product.
B. It's a contemporary art.
C. It's the latest fashion trend.
D. It's a classic wallet.

( ) 5. What does the author imply in the second paragraph?
A. No one can live without a smart wallet.
B. You don't need to recharge your smart wallet.
C. You can never lose your smart wallet.
D. A smart wallet is a necessity in modern life.

中文翻譯與解答

你有智慧錢包了沒？

如果你還在用笨重的傳統錢包來放現金和其他個人資料像是信用卡、健保卡、身分證和駕照，嗯，是你該用先進的智慧錢包來取代它的時候了。

以最新科技為特色的智慧錢包，是一種有電子配備的更輕、更時尚的錢包。它跟Android及iOs相容，而且只要幾分鐘就可以跟你的智慧手機整合。再安裝一個追蹤軟體之後，你的智慧錢包就能跟你的智慧手機合作無間。無論你去到哪裡，你的行動電話會確保你總是帶著你的錢包；反過來，你錢包上的感測器也會提醒你要帶著你的手機。

而且，一個智慧錢包不僅讓你可以用一種更加有效的方式存放現金及信用卡，同時也讓你的卡片更易取得。舉例來說，只要按一下，你的錢包就可以將所有的卡片秀出來。有了智慧錢包，你的生活完全就更加簡單了。

單字補充

replace 取代	advance 前進	technology 科技
equip 裝備	electronics 電子	compatible 相容的
integrate 整合	install 安裝	mobile 移動的
ensure 確保	sensor 感測器	effective 有效的

你有沒有發現其實單看這一些關鍵單字，就已經大概猜到這一篇短文要說什麼了？沒錯！閱讀一點也不難，只要先搞懂這些重點單字，接著再從前後文猜意思，你會發現英文閱讀SO EASY！

ANSEWER

(C) 1. 智慧錢包的特別之處為何？

A. 它能感應溫度。

B. 它有內建竊聽裝置。

C. 它能跟智慧手機整合。

D. 它能用來作為監視器。

(C) 2. 智慧錢包的主要特色為何？

A. 它是可追蹤的。

B. 它是可永續使用的。

C. 它是無重量的。

D. 它是防水的。

(D) 3. 智慧錢包能跟什麼合作？

A. 你的車

B. 你的電腦

C. 你的銀行

D. 你的手機

(A) 4. 我們對智慧錢包有何認知？

A. 它是個科技產物。

B. 它是個當代藝術。

C. 它是最新時尚潮流。

D. 它是一個典型的錢包。

(C) 5. 作者在第二段做了什麼樣的暗示？

A. 沒有人可以沒有智慧錢包而活。

B. 你不需要幫你的智慧錢包充電。

C. 你絕不可能弄丟你的智慧錢包。

D. 智慧錢包是現代生活的必需品。

短文閱讀測驗

"Are The Brain-Zapping Headphones Really Good?"

Imagine that you can effortlessly improve your sleep, your athletic performance or even lose weight simply by wearing a lightweight headset on your noggin. Well, it's not just a fantasy story. A medical device called the Brain-Zapping Headphones has recently been invented to help stimulate the brain to improve performance.

In the past two decades, scientists have found that stimulating the targeted region of the brain that coordinates movement with a low level positive electric current can effectively make neurons create new neural pathways that enables the brain to become better at learning motor skills. Research data also suggests that mild transcranial direct-current stimulation can be utilized to help athletes get more out of their training.

Halo Neuroscience, the company that created and released the neurostimulating headphones, claims that the device can not only provide benefits when paired with rigorous training, but also help alleviate nausea or depression. However, not everyone is optimistic about this advanced technology.

While the scientists have proved that the technology

could be used to improve cognition, aid in stroke recovery, and better skill learning, whether it's advisable to market the technology to consumers is still controversial. John Krakauer, a professor of neurology and neuroscience, argues that the role of the motor cortex in learning, much less in athleticism, is not fully understood. Since it is not grounded in peer-reviewed science, claiming that direct-current stimulation of the motor cortex can enhance athleticism is disingenuous. Flavio Frohlich, a psychiatry professor, also indicates that the technology should not be commercialized without medical supervision. After all, there is still a lot we don't know about its effects on the brain in the long run.

Despite plenty of evidence suggesting transcranial direct-current stimulation is safe, Halo Neuroscience acknowledges that this medical device may not work without a doctor's guidance or specific regulations. The company also admits that patients with epilepsy could be impaired by the treatment for depression.

Moreover, whether users will rely too much on it to cause chronic diseases or even hazardous brain injuries, and whether users would become addicted to miniature electric shocks to the head, are both something we should take into consideration before we decide to adopt such device to improve our self-performance.

TEST

( ) 1.What is this article mainly discussing?

A. An office equipment
B. A sports equipment
C. A medical device
D. A household appliance

( ) 2. What is the purpose of the brain-zapping headset?

A. To improve one's learning motor skills
B. To enhance one's communication skills
C. To help one develop better interpersonal skills
D. To better one's eyesight

( ) 3. What is being utilized to stimulate the brain with the headphone?

A. Mild positive electric current
B. Physical punishment
C. A separate sensor
D. An investigator software

( ) 4. Who should not use the brain-zapping headphones?

A. A language therapist
B. A patient with epilepsy
C. A workaholic
D. A gymnast

( ) 5. What can be the potential problem of the brain-zapping headphones?

A. It could cause hearing difficulties.
B. It could affect eyesight.
C. It could interfere with nature.
D. It could cause brain injuries.

中文翻譯與解答

『電』腦耳機真的好嗎？

想像你只要在頭上帶著一個輕量耳機，便能毫不費力地改善睡眠、增強運動表現或甚至減重。嗯，這並不只是個天方夜譚。一款叫做「電」腦耳機的醫學裝置最近被發明出來幫助刺激大腦，增進表現。

在過去二十年裡，科學家發現以低程度的正電流刺激大腦中協調動作的特定區域，能有效讓神經元製造新的神經線，使得大腦能在技巧動作學習上表現更好。研究數據亦表示微小的穿顱直接電流刺激可以用來幫助運動員在訓練中得到更好的成效。

哈洛神經科學一發明並推出神經系統刺激耳機的公司，宣稱這項裝置不僅在搭配嚴峻訓練時可以發揮益處，還能幫助減緩嘔吐或抑鬱。然而，並非每個人都對這項先進科技抱持樂觀態度。

儘管科學家已經證明這項科技可以用來提高認知、幫助中風復健，並且加強技巧學習，但是將這項科技行銷給消費者是否為明智之舉，仍備受爭議。神經病學及神經科學專家John Krakauer認為運動神經皮層在學習體育活動上的角色還未全面被了解。既然它不具科學學術界評審的基礎，那麼宣稱直接電流刺激運動神經皮層能提升體育活動表現便是不誠實的。精神病學專家Flavio Frohlich也表示，這項科技在沒有醫學監督的狀態下，不應該被商品化。畢竟我們對於它對大腦有沒有長期的影響，還有太多未知。

儘管有足夠的證據表示穿顱直接電流刺激是安全的，哈洛神經科學仍坦誠這項醫學裝置若沒有醫師的指導或具體規範，便可能行不通。該公司同時也承認，癲癇病人使用這項裝置治療抑鬱可能有損健康。

而且，使用者是否會太過依賴這項裝置，而導致慢性疾病或甚至嚴重的大腦傷害，以及使用者會不會對微小的大腦電流刺激成癮，都是我們在決定採納這樣的裝置來提高自我表現之前所應該考慮的事。

單字補充

device 儀器裝置
alleviate 減輕
argue 爭論
chronic 慢性的
region 區域
technology 科技
indicate 指出
hazardous 危害的
movement 活動
controversial 有爭議的
acknowledge 承認
adopt 採用

你有沒有發現其實單看這一些關鍵單字，就已經大概猜到這一篇短文要說什麼了？沒錯！閱讀一點也不難，只要先搞懂這些重點單字，接著再從前後文猜意思，你會發現英文閱讀SO EASY！

ANSEWER

(C) 1. 本文主要在討論什麼？
(A) 一項辦公設備　(B) 一項運動設備
(C) 一個醫學裝置　(D) 一個家電用品

(A) 2. 「電腦」耳機的目的為何？
(A) 加強動作技巧的學習　(B) 提升溝通技能
(C) 幫助建立較好的人際技巧　(D) 強化視力

(A) 3. 此耳機是用什麼來刺激大腦？
(A) 微弱的正電流　(B) 體罰
(C) 分離式感測器　(D) 調查軟體

(B) 4. 誰不應該使用腦部訓練耳機？
(A) 語言治療師　(B) 癲癇病人
(C) 工作狂　(D) 體操選手

(D) 5. 「電」腦耳機可能有什麼潛在問題？
(A) 它可能導致聽覺障礙。　(B) 它可能影響視力。
(C) 它可能會影響自然環境。　(D) 它可能會導致大腦傷害。

Part 5

考前30天必備的
報章雜誌類單字

PART 5

考前30天必備的

報章雜誌類單字

在各種限時的英文考試當中，閱讀常常會是考生不得不面對的夢魘，一篇冗長又複雜的閱讀會拖累你的答題速度，所以搞定「報章雜誌類單字」，可以讓你不輕易落入閱讀陷阱裡，即便看到滿滿是字的閱讀文章也能迅速找到關鍵單字，觸發你的英文神經，秒殺取分！

[Aa]

▶ **abate** [əˋbet] (*v.*) 減低；減弱 Track 2054

The storm is finally abating.

暴風雨終於開始減弱了。

▶ **abdicate** [ˋæbdə͵ket] Track 2055

(*v.*) 放棄；退讓 同 renounce 宣佈放棄

I'm shocked that she abdicated the position.

我很驚訝她放棄了這個職位。

▶ **abject** [ˋæbdʒɛkt] Track 2056

(*adj.*) 卑賤的；卑屈的 反 lofty 高尚的；崇高的

He wants to help people out of abject poverty.

他想幫助人們脫離卑賤的貧困。

▶ **abstinence** [ˋæbstənəns] Track 2057

(*n.*) 自我克制；節制飲食 同 temperance 節制；節慾

His abstinence from all food is getting quite worrying.

他一直禁食什麼都不吃，有點令人擔心。

▶ **abysmal** [ə`bɪzml̩] (*adj.*) 深不可測的；差到不行的 *Track 2058*
My performance last night was abysmal.
我昨晚的表演差到不行。

▶ **adamant** [`ædəmənt] (*adj.*) 堅持的 *Track 2059*
My grandma is adamant in her refusal to take drugs.
我奶奶很堅持不肯吃藥。

▶ **adjunct** [`ædʒʌŋkt] *Track 2060*
(*adj.*) 附加的；兼任的 同 addition 增加的人或事物
She's an adjunct professor at my school.
她是我學校的兼任教授。

▶ **admonish** [əd`mɑnɪʃ] (*v.*) 責備 同 rebuke 責難 *Track 2061*
You shouldn't admonish her for something she didn't do.
你不應該因為她沒做的事責備她。

▶ **adulterate** [ə`dʌltə͵ret] (*v.*) 摻假；混入雜質 *Track 2062*
Why did you adulterate my coffee with nuts?
你幹嘛在我的咖啡裡面混入核果？

▶ **aesthetic** [ɛs`θɛtɪk] (*adj.*) 美學的；審美的 *Track 2063*
From a purely aesthetic point of view, this building is terrible.
從純美學的角度來看，這大樓真是太糟了。

▶ **affected** [ə`fɛktɪd] (*adj.*) 受感染的；做作的 *Track 2064*
She acts in such an affected way that I feel like throwing up whenever I talk to her.
她做作到我每次和她講話都想吐。

▶ **affinity** [ə`fɪnətɪ] (*n.*) 構造相似；意氣相投 *Track 2065*
同 similarity 類似 反 aversion 厭惡
There's a close affinity between John and my brother.
約翰和我弟相當意氣相投。

▶ **aggregate** [`ægrɪ͵get] (*n.*) 合計；總數 *Track 2066*
This number is the aggregate of all our scores.
這個數字是我們大家的分數累積合計的。

▶ **allure** [ə`lɪur] (*v.*) 引誘；吸引 Track 2067
I find her charms very alluring.
她的魅力非常吸引我。

▶ **ambivalent** [æm`bɪvələnt] Track 2068
(*adj.*) 有矛盾心理的；既贊同又不贊同
I'm ambivalent towards your suggestion. Let me think it over for a bit.
我對你的提議既贊同又不贊同。讓我想一下。

▶ **ambrosia** [æm`broʒɪə] (*n.*) 精饌；美食 Track 2069
We should name our restaurant Ambrosia since that's what we sell.
我們應該把我們的餐廳取名叫「精饌」，因為我們賣的就是美食啊。

▶ **amenable** [ə`minəbḷ] (*adj.*) 願服從的；可處理的 Track 2070
同 agreeable 欣然同意的 反 intractable 不聽話的
I'm so glad that my employees are amenable.
我很慶幸我的員工都很服從。

▶ **amenity** [ə`mɛnətɪ] Track 2071
(*n.*) 便利設施；環境舒適 同 agreeableness 適合
You can find many amenities in the town center 2 mintues away.
你可以在離這裡兩分鐘遠的市區找到很多好的設施。

▶ **amulet** [`æmjəlɪt] (*n.*) 符咒；護身符 同 talisman 護身符 Track 2072
Jessica gave her mom an amulet to hang on the door.
潔西卡給了她的媽媽一個護身符，讓她掛在門上。

▶ **analogous** [ə`næləgəs] (*adj.*) 相似的 Track 2073
I don't see why he considers the brain and the computer analogous.
我不懂他為什麼覺得大腦和電腦很相似。

▶ **analogy** [ə`nælədʒɪ] (*n.*) 相似；類推 Track 2074
There's no analogy between your situation and mine, so stop assuming things.
我跟你的狀況一點都不相似，所以不要一直自以為瞭解事情。

▶ **anarchy** [`ænəkɪ] Track 2075
(*n.*) 無政府；無法治的社會（狀態） 同 lawlessness 不服從法律
The town is slowly slipping into anarchy without their leader.
少了領袖，這個城鎮慢慢開始陷入無法治的狀態。

A B C D E F G H I J K L M N O P Q R S T U V W X Y Z

▶ **antecedent** [ˌæntəˋsidənt] (*n.*) 祖先 同 ancestor 祖先 Track 2076
My antecedents seemed to have been quite rich, but I'm dirt poor.
我的祖先好像以前很有錢的樣子，但我可是窮得要命。

▶ **antipathy** [ænˋtɪpəθɪ] (*n.*) 厭惡；反感 Track 2077
I'm feeling such an antipathy towards this subject.
這個主題真是讓我反感到不行。

▶ **apathy** [ˋæpəθɪ] (*n.*) 冷漠；漠不關心 Track 2078
I wouldn't say that I hate politics. It's just apathy.
我不是很討厭政治啦，只是不關心而已。

▶ **apogee** [ˋæpəˌdʒi] (*n.*) 最高或最遠之點 Track 2079
The development of this town reached its apogee ten years ago.
這個城鎮的發展已經在十年前達到最高點了。

▶ **appease** [əˋpiz] (*v.*) 使平息；使息怒 Track 2080
Johnny made Angel mad so he bought two cats to appease her.
強尼惹安琪生氣了，所以他買了兩隻貓來讓她息怒。

▶ **approbation** [ˌæprəˋbeʃən] (*n.*) 許可；批准 Track 2081
Surprisingly enough, his suggestion that we all take a day off met with approbation.
驚人的是，他提議我們放一天假，這個提議居然被批准了。

▶ **archeology** [ˌarkɪˋalədʒɪ] (*n.*) 考古學 Track 2082
My mom used to want to study archeology, but she became an accountant instead.
我媽以前想讀考古學，但她後來成為會計了。

▶ **ardor** [ˋardɚ] (*n.*) 熱情；熱忱 同 zeal 熱心 Track 2083
He loved tennis and always spoke about it with great ardor.
他很愛網球，所以每次都很熱情地在講網球的事。

▶ **arduous** [ˋardʒuəs] Track 2084
(*adj.*) 險峻的；艱鉅的 同 difficult 困難的
The dog with its short legs could not walk on the arduous path.
這條小路太險峻，這隻短腿狗沒辦法在上面走。

▶ **arrest** [ə`rɛst] (*v.*) 逮捕 反 release 釋放 Track 2085
I came home to discover that they arrested my neighbor.
我回家一看，發現他們把我鄰居逮捕了。

▶ **artifact** [`ɑrtɪˏfækt] (*n.*) 人工製品；工藝品 Track 2086
Be careful! If you break that artifact you will be in big trouble.
小心！如果你打破那個工藝品，你就慘了。

▶ **artless** [`ɑrtlɪs] Track 2087
(*adj.*) 自然的；不矯揉造作的 同 candid 直率的
Her artless elegance is what makes her charming.
她不矯揉造作的優雅正是她迷人的地方。

▶ **assiduous** [ə`sɪdʒuəs] (*adj.*) 勤奮的；不懈的 Track 2088
She spent all her life on assiduous research.
她一生都在勤奮地做研究。

▶ **assuage** [ə`swedʒ] (*v.*) 緩和；減輕 Track 2089
Is there anything we could do to help assuage his grief?
我們可以做什麼來幫助減輕他的悲傷嗎？

▶ **astringent** [ə`strɪndʒənt] (*adj.*) 收斂的；收緊的 Track 2090
Astringent cosmetic lotions sound very scary to James.
詹姆士覺得收斂的化妝乳聽起來好像很恐怖。

▶ **asylum** [ə`saɪləm] (*n.*) 收容院；避難所 同 refuge 避難 Track 2091
She grew up in an orphan asylum and turned out just fine.
她在孤兒院長大，還不是好好的。

▶ **audacious** [ɔ`deʃəs] (*adj.*) 大膽的；有精神的 Track 2092
How dare you make such an audacious remark to the president?
你怎麼敢對總統說這種大膽的話？

▶ **austere** [ɔ`stɪr] (*adj.*) 嚴厲的；嚴肅的 Track 2093
同 rigid 嚴格的 反 mild 溫和的
The teacher glared at her students with an austere expression.
那位老師用很嚴肅的表情瞪著她的學生。

A
B
C D E F G H I J K L M N O P Q R S T U V W X Y Z

▶ **autonomous** [ɔˋtɑnəməs] (*adj.*) 自治的；自動的 *Track 2094*
Little Tommy needs an autonomous wheelchair.
小湯米需要一張自動輪椅。

▶ **avarice** [ˋævərɪs] (*n.*) 貪婪 回 greed 貪心 *Track 2095*
My grandma often lectures us on the dangers of avarice.
我奶奶常教導我們貪婪有多危險。

▶ **avocation** [ˌævəˋkeʃən] (*n.*) 副業；嗜好 回 hobby 興趣 *Track 2096*
Hunting is his favorite avocation; the problem is that he doesn't have a gun.
他最喜歡的嗜好是打獵，但問題是他沒有槍。

"Bb"

▶ **banal** [bəˋnɑl] (*adj.*) 平凡的；毫無新意的 *Track 2097*
The things he says are always banal and boring.
他說的話總是毫無新意、很無聊。

▶ **banter** [ˋbæntɚ] (*n.*)（善意的）取笑；鬥嘴 回 chaff 逗弄 *Track 2098*
They're not fighting! It's just harmless banter.
他們沒在吵架啦！只是無害的鬥嘴而已。

▶ **bard** [bɑrd] (*n.*) 詩人；遊唱詩人 *Track 2099*
I wanted to be a bard when I was little, but my parents said no.
我小時候想當遊唱詩人，但我父母說不行。

▶ **bawdy** [ˋbɔdɪ] (*adj.*) 淫穢的；猥褻的 回 ribald 下流的 *Track 2100*
Don't sing bawdy songs in front of her! She's still a minor.
別在她面前唱一些猥褻的歌！她還未成年耶。

▶ **belie** [bɪˋlaɪ] (*v.*) 使矛盾；辜負 回 contradict 使矛盾 *Track 2101*
Her twitching eyebrows belied her calm demeanor.
她跳個不停的眉毛和她平靜的外表完全矛盾了。

▶ **beneficent** [bɪˋnɛfəsənt] *Track 2102*
(*adj.*) 行善的；慈善的 回 benevolent 仁慈的
She often donates to beneficent institutions.
她常捐錢給慈善機構。

▶ **bolster** [ˋbolstɚ] (*n.*) 提起（精神）；鼓舞（人；士氣） Track 2103
She's so depressed that it's impossible to bolster her spirits.
她太憂鬱了，根本沒辦法鼓舞她。

▶ **bombastic** [bɑmˋbæstɪk] (*adj.*) 誇張的 Track 2104
He speaks in a very bombastic style and uses huge words.
他講話的方式很誇張，總是用一些難字。

▶ **boorish** [ˋbʊrɪʃ] (*adj.*) 舉止笨拙的；粗魯的 Track 2105
That boy is very boorish and spends all his school days punching classmates.
那個男孩很粗魯，上學總是到處揍他的同學。

▶ **brazen** [ˋbrezən] (*adj.*) 厚顏無恥的 Track 2106
That brazen young lady just sat on the lap of my husband!
那個厚顏無恥的年輕女性剛坐在我老公的腿上了！

▶ **broach** [brotʃ] (*v.*) 鑽開；提及 Track 2107
I know that this is a dangerous subject to broach but I'm just so curious about his divorce!
我知道提及這個話題很危險，但我就是很好奇他離婚是怎麼回事嘛！

▶ **burnish** [ˋbɝnɪʃ] (*v.*) 使光滑；擦亮 同 shine 擦亮 Track 2108
You need to burnish your shoes. I can't tell what color they used to be anymore.
你應該要把你的鞋子擦亮。我都看不出它們本來是什麼顏色了。

▶ **byte** [baɪt] (*n.*) 位元組 Track 2109
Jason told me that a byte equals eight bits, but I have no idea what he was talking about.
傑森告訴我，一個位元組就是八個位元，但我完全聽不懂他在講什麼。

“ Cc ”

▶ **callous** [ˋkæləs] (*adj.*) 冷酷無情的；無同情心的 Track 2110
She ignored the sick baby and went back to sleep. What a callous person!
她無視生病的嬰兒，回頭繼續睡。真無情啊。

▶ **canon** [ˋkænən] (*n.*) 基準；經典 Track 2111
People on the Internet often fight over what should be considered canon.
網路上的人常常吵一些什麼才算是經典的事。

▶ **capricious** [kəˋprɪʃəs] Track 2112
(*adj.*) 變幻無常的；反覆易變的 同 moody 喜怒無常的
She has a capricious temper, which makes being her boyfriend very difficult.
她的脾氣變幻無常，所以要當她的男朋友很困難。

▶ **cardinal** [ˋkɑrdnəl] Track 2113
(*adj.*) 最重要的；基本的 同 fundamental 基本的
I thought everyone knew this cardinal rule.
我以為這個基本規則大家都知道。

▶ **carnal** [ˋkɑrn!] (*adj.*) 肉體的；世俗的 Track 2114
She's a good example of someone who has no carnal desires.
她是完全沒有肉體慾望的人的最佳例子。

▶ **castigate** [ˋkæstə͵get] (*v.*) 嚴厲責罵 同 chasten 懲戒 Track 2115
She castigated her husband for being interested in only money.
她因為她老公只對錢有興趣而責罵了他一頓。

▶ **cataclysm** [ˋkætə͵klɪzəm] Track 2116
(*n.*) 突發的劇烈變動或災難 同 catastrophe 災難
That cataclysm almost destroyed our entire country.
那場大災難差點把我們整個國家都毀了。

▶ **catalyst** [ˋkætəlɪst] (*n.*) 催化劑 Track 2117
Our media should act as the catalyst of progress.
我們的媒體應該要扮演促進進步的催化劑。

▶ **categorical** [͵kætəˋgɔrɪk!] (*adj.*) 有系統的 Track 2118
Can you arrange these books in a categorical way?
你可以把這些書有系統地排好嗎？

▶ **causal** [ˋkɔz!] (*adj.*) 原因的；因果的 Track 2119
I've heard that there's a causal relationship between weight gain and lack of sleep.
我聽說體重增加和睡眠不足有因果關係。

▶ **caustic** [ˋkɔstɪk] (*adj.*) 諷刺的；尖刻的 同 bitter 刻薄的 Track 2120
He was very annoyed at all her questions so he gave a brief, caustic reply.
他覺得她問的一堆問題很煩，所以給了一個簡短、尖刻的回答。

▶ **celestial** [sɪˋlɛstʃəl] (*adj.*) 天的；天體的 Track 2121
Harry has always been fascinated with celestial bodies.
哈利一直都對天體非常感興趣。

▶ **champion** [ˋtʃæmpɪən] (*v.*) 擁護；支持 同 support 支持 Track 2122
Why are people championing his death sentence?
為什麼人們都支持他被判死刑？

▶ **chastened** [ˋtʃesn̩d] (*adj.*) 經磨練的；變乖了的 Track 2123
He seems very chastened these days. I liked him better when he was proud.
他最近好像變乖了。我比較喜歡他以前驕傲的樣子。

▶ **chivalric** [ˋʃɪvl̩rɪk] Track 2124
(*adj.*) 有騎士精神的；俠義的 同 knightly 俠義的
That chivalric gentleman ran over and saved the lady's dog.
這位有騎士精神的紳士跑過來救了這位小姐的狗。

▶ **churlish** [ˋtʃɝlɪʃ] (*adj.*) 粗野的；沒禮貌的 Track 2125
If you say no to her offer, she will think that you're churlish.
如果你對她說不，她會覺得你很沒禮貌。

▶ **clairvoyant** [klɛrˋvɔɪənt] Track 2126
(*adj.*) 有超人之目力或洞察力的；能通靈的
I don't believe for a minute that she has clairvoyant abilities.
我完全不相信她有通靈能力。

▶ **clamor** [ˋklæmɚ] (*v.*) 吵鬧地提出；喧嚷 Track 2127
The mob is trying to clamor the mayor into resigning, but they've not been successful so far.
群眾正試著吵鬧地提出要市長下台，但目前他們還沒成功。

▶ **clique** [klik] (*n.*) 派系；小團體 同 faction 組織中的派別 Track 2128
Everyone wants to get into the popular clique in high school.
在高中，大家都想要加入最受歡迎的小團體。

▶ **cloistered** [ˋklɔɪstɚd] Track 2129
(*adj.*) 隱居在修道院內的；與世隔絕的
Jane has lived a cloistered life because her father wouldn't let her out of the house.
珍妮過著與世隔絕的生活，因為她爸不讓她出門。

▶ **coda** [ˋkodə] (*n.*) 樂章結尾部；完結部 同 finale 末樂章 Track 2130
When I play a song on the piano, I always like the coda best.
我彈鋼琴的時候，總是最喜歡最後完結的部分。

▶ **cognizant** [ˋkɑgnɪzənt] Track 2131
(*adj.*) 知曉的；意識到的 同 aware 知道的
Is she even cognizant of how difficult this is for us?
她到底有沒有意識到這對我們來說有多難啊？

▶ **collage** [kəˋlɑʒ] (*n.*) 拼貼畫 Track 2132
I made a collage out of pictures of my friends and put it on my wall.
我用朋友們的照片作了一幅拼貼畫，放在牆上。

▶ **commensurate** [kəˋmɛnʃərɪt] (*adj.*) 相當的；成比例的 Track 2133
I don't think his salary is commensurate to his lackluster performance.
我不覺得他的薪水跟他差勁的表現有成比例。

▶ **complacent** [kəmˋplesn̩t] Track 2134
(*adj.*) 自滿的；自以為是的 同 self-satisfied 自滿的
He is so complacent about winning the bet that he stopped paying attention and his money was stolen.
他賭贏了太自滿，完全沒注意，結果錢就被偷了。

▶ **complement** [ˋkɑmpləmənt] (*v.*) 補足；相襯 Track 2135
Your shoes and tie complement each other perfectly.
你的鞋子和領帶彼此相襯得非常完美。

▶ **compliant** [kəmˋplaɪənt] (*adj.*) 順從的 Track 2136
She has a very compliant nature and never says no to anything.
她的天性很順從，對什麼事都不會說不。

▶ **concoct** [kənˋkɑkt] (*v.*) 調製；捏造 Track 2137
We learned how to concoct a love potion at school.
我們在學校學了怎麼調製愛情魔藥。

▶ **condone** [kən`don] (*v.*) 原諒；不處罰 Track 2138

I don't condone people who steal things from my closet.

我不原諒從我衣櫃偷東西的人。

▶ **confound** [kən`faʊnd] (*v.*) 使困惑；使不知所措 Track 2139

This strange situation confounded the poor man.

這個奇怪的狀況使這個可憐的男人很困惑。

▶ **congenial** [kən`dʒinjəl] (*adj.*) 意氣相投的；舒服的 Track 2140

I work better in a congenial atmosphere.

我在舒服的氣氛中工作得比較好。

▶ **conjugal** [`kɑndʒəgl̩] (*adj.*) 婚姻的；夫婦（間）的 Track 2141

Not even they themselves are sure whether they're in a conjugal relationship or not.

連他們自己都搞不清楚他們現在到底是不是夫婦關係。

▶ **connoisseur** [͵kɑnə`sɝ] Track 2142

(*n.*) 鑑定專家；行家 同 cognoscente 行家

My brother is a connoisseur of red wine.

我弟弟是個紅酒的鑑定專家。

▶ **contend** [kən`tɛnd] (*v.*) 爭奪；堅決主張 同 compete 競爭 Track 2143

So many people are contending for her heart. I have no chance!

好多人都在爭奪她的心。我根本沒機會嘛。

▶ **continence** [`kɑntənəns] (*n.*) 自制；節制情慾 Track 2144

Continence is supposed to be a virtue, but too much is scary too.

在性方面很自制應該是美德，但太自制又很恐怖。

▶ **contrite** [`kɑntraɪt] Track 2145

(*adj.*) 極度悔恨的；懺悔的 同 remorseful 極為後悔的

She felt so contrite that she sat down and cried.

她太悔恨，就坐下來哭了。

▶ **conventional** [kən`vɛnʃənl̩] (*adj.*) 傳統的 Track 2146

It's conventional for us to gather once a year at grandpa's house.

我們的傳統是每年在爺爺家集合一次。

▶ **converge** [kən`vɝdʒ] (*v.*) 集中於一點；會合 同 meet 接觸 Track 2147
These lines are parellel. They'll never converge.
這些是平行線，它們不會會合的。

▶ **coquette** [ko`kɛt] (*n.*) 風騷女子 同 minx 輕佻的女子 Track 2148
Lisa is such a coquette but I can't help liking her.
莉莎真是很風騷，但我還是蠻喜歡她的。

▶ **cornucopia** [ˌkɔrnə`kopɪə] Track 2149
(*n.*) 豐富；豐饒 同 profusion 充沛
There's a cornucopia of opportunities online if you know where to look.
如果你知道到哪裡找，網路上有很豐富的機會。

▶ **cosmology** [kɑz`mɑlədʒɪ] (*n.*) 宇宙學 Track 2150
My teacher studied cosmology, but for some reason he now teaches music.
我老師以前念宇宙學，但不知道為什麼，他現在是教音樂的。

▶ **covert** [`kovət] (*adj.*) 秘密的；暗示的 Track 2151
Covert military operations are a subject that always interested me.
秘密軍事行動是個我一直很感興趣的主題。

▶ **covet** [`kʌvɪt] (*v.*) 垂涎；非常想要 Track 2152
I covet the steak that Jenny is eating.
我非常想要珍妮正在吃的牛排。

“Dd”

▶ **daunting** [`dɔntɪŋ] (*adj.*) 令人怯步的；可怕的 Track 2153
The book may look daunting, but actually it isn't that hard to read.
那本書看起來可能很可怕，但讀起來其實沒那麼難。

▶ **debauchery** [dɪ`bɔtʃərɪ] (*n.*) 放蕩；玩樂 同 orgy 狂歡 Track 2154
You can't just call the police and tell them to stop debauchery.
你不能就這樣打給警察，叫他們阻止人家放蕩狂歡啊。

▶ **decorum** [dɪ`korəm] (*n.*) 禮節 Track 2155
That little boy obviously has no idea what decorum is.
那個小男孩很明顯地完全不知道什麼叫做禮節。

▶ **defame** [dɪˋfem] (*v.*) 破壞名譽；中傷 回 malign 誹謗 Track 2156
He is defaming me by saying that I am actually an alien in disguise, but why would anyone believe that?
他中傷我，說我的真實身份是外星人，但誰會相信啊。

▶ **default** [dɪˋfɔlt] (*n.*) 違約；拖欠 Track 2157
He's defaulting on loans because he's broke.
他拖欠借款，因為他破產了。

▶ **deference** [ˋdɛfərəns] (*n.*) 服從；尊重 回 respect 尊敬 Track 2158
We decided to buy the house in deference to grandma's wishes.
我們決定尊重奶奶的願望，買下那棟房子。

▶ **demographic** [ˏdɛməˋgræfɪk] (*adj.*) 人口統計學的 Track 2159
Demographic surveys aren't always correct.
人口統計調查不是每次都很正確。

▶ **demur** [dɪˋmɝ] (*v.*) 猶豫；有顧慮；反對 Track 2160
I demurred at his suggestion that we rob a bank. Too dangerous!
我猶豫地反對他要我們去搶銀行的提議。太危險了嘛。

▶ **denizen** [ˋdɛnəzn̩] (*n.*) 居民；棲息者 Track 2161
The denizens of Taipei are used to traffic jams.
台北的居民對塞車很習慣。

▶ **derivative** [dəˋrɪvətɪv] (*adj.*) 引出的；衍生的 Track 2162
His writing style is derivative of his teacher's.
他寫作的風格是從他老師那裡衍生出來的。

▶ **desultory** [ˋdɛsl̩torɪ] (*adj.*) 漫無邊際的；無條理的 Track 2163
We're having a desultory conversation because there's nothing to talk about.
我們漫無邊際地亂聊，因為沒什麼事好講。

▶ **deterrent** [dɪˋtɝrənt] (*adj.*) 制止的；威嚇的 Track 2164
I hope that these laws have a deterrent effect on crime.
我希望這些法律對犯罪有威嚇的效果。

▶ **dichotomy** [daɪˋkɑtəmɪ] (*n.*) 二分法 *Track 2165*
The dichotomy between "straight" and "gay" is ridiculous. There are too many people who are either both or neither.
把人們二分成「異性戀」跟「同性戀」兩種實在很扯。有太多人可能兩個都是，也可能兩個都不是。

▶ **diffidence** [ˋdɪfədəns] (*n.*) 膽怯；羞怯 *Track 2166*
The little girl approached the stranger with diffidence.
小女孩膽怯地走向那位陌生人。

▶ **digression** [daɪˋgrɛʃən] (*n.*) 離題；岔題 *Track 2167*
Her speech was full of digressions so no one could take her seriously.
她的演講岔題很多次，所以沒人能認真看待她。

▶ **dirge** [dɝdʒ] (*n.*) 輓歌 同 lament 哀歌 *Track 2168*
The warriors sang a dirge for their fallen comrades.
戰士們為他們死去的伙伴們唱了一首輓歌。

▶ **discerning** [dɪˋzɝnɪŋ] (*adj.*) 有洞察力的；明察秋毫的 *Track 2169*
The more discerning customer would not have enjoyed this dish.
明察秋毫的顧客都不會喜歡這道菜的。

▶ **discredit** [dɪsˋkrɛdɪt] (*v.*) 懷疑；不信任 同 disbelieve 不信 *Track 2170*
I'm not discrediting your findings; I'm just saying that they're not very useful.
我不是不信任你找到的結果，我只是說這些結果沒什麼用而已。

▶ **discrepancy** [dɪˋskrɛpənsɪ] (*n.*) 差異；不一致 *Track 2171*
There are discrepancies between these two news reports.
這兩篇新聞報導不一致。

▶ **discretion** [dɪˋskrɛʃən] (*n.*) 謹慎；考慮周到 *Track 2172*
They tried to handle this delicate situation with discretion.
他們試著很謹慎地處理這個棘手的狀況。

▶ **disinterested** [dɪsˋɪntərɪstɪd] (*adj.*) 無私的；沒有偏見的 *Track 2173*
Judges are supposed to be disinterested in all situations.
法官無論何時都應該沒有偏見。

▶ **disjointed** [dɪsˋdʒɔɪntɪd] (*adj.*) 關節脫臼的；毫無條理的 Track 2174
When he talks in his sleep, his sentences are all disjointed.
他在說夢話的時候，句子都毫無條理。

▶ **dismiss** [dɪsˋmɪs] (*v.*) 解雇；要求離開 Track 2175
The teacher dismissed us from class.
老師說我們可以離開教室（放學）了。

▶ **dissonance** [ˋdɪsənəns] Track 2176
(*n.*) 不一致；不祥和的事 回 noise 噪音
There is too much dissonance in this world. Can't we all just live in harmony?
這世界上太多不祥和的事了。我們就不能和諧相處嗎？

▶ **distill** [dɪsˋtɪl] (*v.*) 蒸餾 Track 2177
Will you laugh at me if I tell you that I don't know how to distill water?
如果我告訴你我不知道怎麼蒸餾水，你會嘲笑我嗎？

▶ **diverge** [daɪˋvɝdʒ] (*v.*) 分岔 回 swerve 使改變方向 Track 2178
The two roads diverge here and you need to decide which one to take.
兩條路在這裡分岔了，你要決定該走哪一條。

▶ **divulge** [dəˋvʌldʒ] (*v.*) 洩漏；暴露 Track 2179
The angry girl divulged all of her boyfriend's secrets.
這位生氣的女孩把她男友的秘密通通洩漏出去了。

▶ **documented** [ˋdɑkjəmɘntɪd] Track 2180
(*adj.*) 備有證明文件的；有紀錄證明的
This is the first documented case of people being attacked by raccoons.
這是第一個有紀錄證明人被浣熊攻擊的案子。

▶ **dogmatic** [dɔgˋmætɪk] (*adj.*) 固執的 Track 2181
My uncle is very dogmatic on the subject of politics.
我舅舅談到政治就很固執。

▶ **dormant** [ˋdɔrmənt] (*adj.*) 休眠的 反 active 活躍的 Track 2182
A dormant volcano is still a volcano. I'm scared!
休眠的火山還是火山。我會怕啦！

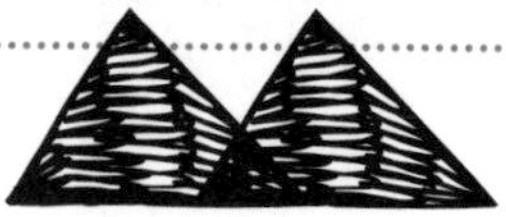

▶ **dupe** [djup] (*v.*) 欺騙；愚弄 Track 2183
He duped me into believing that he was actually female.
他欺騙我說他其實是女的，我還相信了。

"Ee"

▶ **egoism** [ˋigoɪzəm] Track 2184
(*n.*) 自我；利己主義 反 altruism 利他主義
His egoism can get infuriating at times.
他自我的個性有時候真的蠻令人生氣的。

▶ **egotistical** [ˏigəˋtɪstɪkḷ] Track 2185
(*adj.*) 自我主義的；自大的 同 egotistic 自負的
He is very egotistical and spends all day admiring himself in the mirror.
他非常自大，整天都在欣賞鏡子裡的自己。

▶ **elegy** [ˋɛlədʒɪ] (*n.*) 輓歌 同 lament 哀歌 Track 2186
He wrote an elegy for his dead friend.
他為了過世的朋友寫了一首輓歌。

▶ **elicit** [ɪˋlɪsɪt] (*v.*) 引出；誘出 Track 2187
I'm hoping to elicit a positive response.
我希望能引出正面的回應。

▶ **elixir** [ɪˋlɪksɚ] (*n.*) 鍊金藥；長生不老藥 Track 2188
Everyone wants to find the elixir of life.
大家都想找到長生不老藥。

▶ **elysian** [ɪˋlɪʒən] (*adj.*) 極樂世界的 Track 2189
Her cooking is so good that her meals are said to be elysian.
她的廚藝之好，人家都說她煮的菜是極樂世界的神吃的。

▶ **emaciated** [ɪˋmeʃɪˏetɪd] (*adj.*) 消瘦的；憔悴的 Track 2190
After three weeks in the game, she looks emaciated.
參加這個比賽三週後，她看起來非常消瘦。

embellish [ɪm`bɛlɪʃ] (*v.*) 美化；裝飾 同 decorate 裝飾 Track 2191
Don't try to embellish your story. I want only the truth.
別試著美化你的故事。我只要聽事實。

emulate [`ɛmjə͵let] (*v.*) 竭力效仿；模仿 Track 2192
He tries to emulate the writing style of his favorite author.
他試著模仿他最喜歡的作家寫作風格。

enhance [ɪn`hæns] (*v.*) 提高；增加 同 improve 增進 Track 2193
This machine is supposed to enhance their performance.
這台機器應該要提高他們的表現。

entomologist [͵ɛntə`mɑlədʒɪst] (*n.*) 昆蟲學家 Track 2194
My parents are both entomologists, so my house is full of insects.
我的父母都是昆蟲學家，所以我家一堆昆蟲。

enunciate [ɪ`nʌnsɪ͵et] (*v.*) 清晰地發音 同 pronounce 發音 Track 2195
The teacher always scolds her students for not enunciating properly.
這位老師總是罵她的學生不好好清晰地發音。

ephemeral [ɪ`fɛmərəl] Track 2196
(*adj.*) 只有一日壽命的；短暫的 同 transient 片刻的
This is an ephemeral insect. It lives only one day and dies.
這是一隻只有一日壽命的昆蟲。它只會活一天就死了

errant [`ɛrənt] (*adj.*) 漫遊的；漂泊的 Track 2197
The lady was in love with the errant knight.
那位小姐愛上了那個漂泊的騎士。

erudite [`ɛru͵daɪt] Track 2198
(*adj.*) 有學問的；博學的 同 learned 有學問的
The erudite professor has a whole house of books.
那位有學問的教授整棟房子裡都是書。

estimable [`ɛstəməbḷ] (*adj.*) 可敬的 同 honorable 可敬的 Track 2199
I've always considered you an estimable opponent.
我一直把你當作可敬的對手。

▶ **etymology** [ˌɛtəˋmɑlədʒɪ] (*n.*) 詞源學 Track 2200
Can you tell me the etymology for the word "eon"?
你可以告訴我「eon」這個字的詞源嗎？

▶ **euphemism** [ˋjufəmɪzəm] (*n.*) 委婉說法 Track 2201
"Departed" is a euphemism of "dead".
「辭世」是「死掉」的委婉說法。

▶ **euthanasia** [ˌjuθəˋneʒɪə] (*n.*) 安樂死 Track 2202
Do you support euthanasia? I do.
你支持安樂死嗎？我支持。

▶ **evocative** [ɪˋvɑkətɪv] (*adj.*) 喚起……的；讓人想起…… Track 2203
The smell of her shampoo is evocative of sunshine.
她洗髮精的味道讓人想起陽光。

▶ **exacting** [ɪgˋzæktɪŋ] (*adj.*) 嚴格的；要求很高的 Track 2204
同 demanding 苛求的　反 effortless 容易
My grandma is very exacting when it comes to correct writing posture.
我奶奶對正確的寫字姿勢這種事要求很高。

▶ **existential** [ˌɛgzɪsˋtɛnʃəl] Track 2205
(*adj.*)（有關）存在的；存在主義的
She self-harms to make sure that she's alive. Sounds very existential.
她自殘來確認自己還活著。聽起來很存在主義。

▶ **exorcise** [ˋɛksɔrˌsaɪz] (*v.*) 驅除（惡魔） Track 2206
His job is to exorcise evil spirits.
他的工作是驅除惡靈。

▶ **expatriate** [ɛksˋpetrɪˌet] (*v.*) 流放；移居國外　同 exile 流放 Track 2207
The expatriate artists often gather in pubs to discuss art.
那些從國外移居來的藝術家常在酒吧聚集，討論藝術。

▶ **extortion** [ɪkˋstɔrʃən] (*n.*) 敲詐　同 blackmail 勒索 Track 2208
The members of the extortion branch are throwing a party.
敲詐部門的成員正在開派對。

▶ **extrinsic** [ɛkˋstrɪnsɪk] Track 2209

(*adj.*) 外來的；非固有的 反 intrinsic 內在的

Her motivations to learn English are mostly extrinsic.

她學英文的動機都是外來的（不是自動自發的）。

“Ff”

▶ **facetious** [fəˋsiʃəs] Track 2210

(*adj.*) 滑稽的；好開玩笑的 同 funny 有趣的

He never tries to help. Instead, he just stands there and makes facetious remarks.

他從來不試著幫忙，而總是站在那裡講一些開玩笑的話。

▶ **facilitate** [fəˋsɪlə͵tet] (*v.*) 促進；幫助 同 assist 協助 Track 2211

I hope that the new laws will facilitate the development of the country.

我希望這些新法律能促進國家發展。

▶ **fauna** [ˋfɔnə] (*n.*) 動物群 反 flora 植物群 Track 2212

I'm interested in learning more about the fauna in the mountains.

我很想更瞭解山上的動物群。

▶ **fawning** [ˋfɔnɪŋ] (*adj.*) 阿諛奉承的；搖尾乞憐的 Track 2213

My boss is always surrounded by fawning minions.

我的老闆總是被一群阿諛奉承的部屬包圍。

▶ **feral** [ˋfɪrəl] (*adj.*) 野生的 同 ferine 野生的 Track 2214

Don't try to pet feral cats. Their claws are dangerous!

別試著摸野生的貓。牠們的爪子很危險！

▶ **fervor** [͵fɝvɚ] (*n.*) 熱切；熱情 反 apathy 冷漠 Track 2215

She defended her friend with great fervor.

她很熱切地為她的朋友辯護。

▶ **fidelity** [fɪˋdɛlətɪ] (*n.*) 忠貞；忠誠 同 faithfulness 忠實 Track 2216

He promised fidelity to his wife.

他保證會對他老婆忠貞。

▶ **finesse** [fəˋnɛs] (*n.*) 技巧；手腕 同 diplomacy 交際手段 *Track 2217*
He handles his three girlfriends with finesse.
他用高明的手腕搞定三個女朋友。

▶ **flag** [flæg] (*n.*) 旗子 同 banner 橫幅 *Track 2218*
They stole our flag so we decided to get it back.
他們偷了我們的旗子，所以我們決定把它搶回來。

▶ **fledgling** [ˋflɛdʒlɪŋ] *Track 2219*
(*n.*) 剛會飛的小鳥；無經驗的新手 同 neophyte 新手
Don't laugh at her! She's just a fledgling.
別笑她啦！她還是新手啊。

▶ **flora** [ˋflorə] (*n.*) 植物群 反 fauna 動物群 *Track 2220*
The flora in this area is pretty strange.
這個區域的植物群蠻奇怪的。

▶ **flourish** [ˋflɝɪʃ] (*v.*) （植物等）茂盛 同 thrive 興盛 *Track 2221*
This kind of tree flourishes in tropical areas.
這種樹在熱帶最容易長得茂盛。

▶ **flux** [flʌks] (*n.*) 流出；流動 同 flow 流動 *Track 2222*
Our plans for the night are still in the state of a flux.
我們晚上的計畫現在還是流動、不確定的。

▶ **formidable** [ˋfɔrmɪdəbḷ] (*adj.*) 可怕的 同 terrible 可怕的 *Track 2223*
My great-grandma looks very formidable in pictures.
我曾祖母在照片中看起來非常可怕。

▶ **fresco** [ˋfrɛsko] (*n.*) 壁畫 *Track 2224*
Where are the best frescoes in this country?
這個國家最棒的壁畫在哪裡？

▶ **frugal** [ˋfrugḷ] (*adj.*) 節約的；儉樸的 同 economical 節儉的 *Track 2225*
The couple has always been very frugal on their spendings.
這對夫婦一直都很節約花費。

▶ **fusion** [ˋfjuʒən] (*n.*) 融合 *Track 2226*
Fusion cuisine is my favorite thing.
各種風格融合的餐點是我最喜歡的。

▶ **futile** [ˋfjutḷ] (*adj.*) 無益的；沒用的 同 unavailing 徒勞的 Track 2227
At this point all our planning has become futile.
現在我們所有的計畫都沒用了。

“Gg”

▶ **gauche** [goʃ] Track 2228
(*adj.*) 不圓滑的；笨拙的 同 graceless 不知禮的
I feel very gauche around her because she seems so high-class.
我在她身邊總是覺得自己很笨拙，因為她感覺很高階級。

▶ **geniality** [͵dʒinəˋælətɪ] Track 2229
(*n.*) 和藹；親切 同 affability 和藹可親
Her geniality makes me feel at home.
她如此親切，讓我好像回到家一樣。

▶ **glib** [glɪb] (*adj.*) 能言善道的 同 slick 聰明的 Track 2230
He is as glib as a real estate agent.
他跟房仲一樣能言善道。

▶ **gouge** [gaudʒ]  Track 2231
(*v.*) 用圓鑿子削除；挖出 同 burrow 掘洞穴
This book is so horrible that I want to gouge my eyes out after reading it.
這本書太糟了，我讀完只想把眼睛挖出來。

▶ **gregarious** [grɪˋgɛrɪəs] (*adj.*) 群居性的 Track 2232
These birds are gregarious and tend to fly everywhere in a group.
這些鳥是群居性的，牠們通常飛到哪裡都是一群一群的。

▶ **grouse** [graus] (*v.*) 發牢騷；抱怨 同 complain 抱怨 Track 2233
Stop grousing about your life. I’m not interested.
不要一直抱怨你的人生。我不想聽。

▶ **guileless** [ˋgaɪllɪs] (*adj.*) 不狡猾的；誠實的 Track 2234
同 honest 誠實的 反 dishonest 不誠實的
She’s too guileless to tell a lie, so I believe what she said.
她太不狡猾了，不可能說謊的，所以我相信她說的話。

“Hh”

▶ **halcyon** [ˋhælsɪən] (*n.*) 太平的；快樂的 Track 2235
I want to go back to those halcyon years.
我真想回到過去那些太平日子。

▶ **hallowed** [ˋhælod] (*adj.*) 神聖的 Track 2236
That hallowed cemetery is built very beautifully.
那個神聖的墓場蓋得很漂亮。

▶ **harangue** [həˋræŋ] (*n.*) 向……作長篇大論的演說 Track 2237
Stop haranguing me in Russian. I don't understand a word!
別一直用俄語跟我長篇大論。我一個字也聽不懂啊。

▶ **harrowing** [ˋhæroɪŋ] (*adj.*) 使痛苦的 Track 2238
同 agonizing 令人痛苦難忍的
It was a very harrowing experience that I don't want to go through again.
那是個非常痛苦的經驗，我可不想再經歷一次。

▶ **herbivorous** [hɚˋbɪvərəs] Track 2239
(*adj.*) 草食性的 反 carnivorous 肉食性的
My son stares at pictures of herbivorous dinosaurs all day.
我兒子整天都盯著草食性恐龍的圖片看。

▶ **heterodox** [ˋhɛtərə͵dɑks] Track 2240
(*adj.*) 異端的；非正統的 同 heretical 異教的
Anyone with heterodox ideas will be killed.
任何有異端想法的人都會被殺。

▶ **hieroglyphics** [haɪərəˋglɪfɪks] (*n.*) 象形文字；楔形文字 Track 2241
I don't know anyone who can read ancient Egyptian hieroglyphics.
我不認識任何看得懂古埃及楔形文字的人。

▶ **histrionic** [͵hɪstrɪˋɑnɪk] (*adj.*) 表演的；戲劇的 Track 2242
His histrionic gestures scare me. We're playing basketball, not acting!
他戲劇化的動作嚇到我了。我們在打籃球耶，不是在演戲。

▶ **homogeneous** [ˌhoməˋdʒinɪəs] Track 2243

(*adj.*) 同質的；類似的 反 heterogeneous 混雜的

They are a very tight-knit homogenous group of people.
他們是很團結、個性類似的一群人。

▶ **hyperbole** [haɪˋpɝbəlɪ] Track 2244

(*n.*) 誇張說法 同 exaggeration 誇張

That's just a hyperbole. I didn't really mean that he's 20 feet tall!
那只是誇張說法啦！我不是真的要說他有20尺高。

"Ii"

▶ **idolatry** [aɪˋdɑlətrɪ] (*n.*) 偶像崇拜；盲目崇拜 Track 2245

He likes her so much it's turning into idolatry.
他太喜歡她，已經快變成偶像崇拜了。

▶ **impair** [ɪmˋpɛr] (*v.*) 減弱；損害 同 spoil 損壞 Track 2246

His vision has been impaired ever since that accident.
自從那次意外後，他的視力就減弱了。

▶ **imperceptible** [ˌɪmpɚˋsɛptəbl̩] Track 2247

(*adj.*) 覺察不出的；微微的 反 perceptible 可感知的

He gave her an imperceptible nod; she took the hint and opened fire.
他微微地對她點了個頭，她接受到暗示，開始開槍到處射。

▶ **imperturbable** [ˌɪmpɚˋtɝbəbl̩] Track 2248

(*adj.*) 沉著的；鎮靜的 同 cool 冷靜的

Even though we're on a roller coaster, my grandma is sitting erect with imperturbable calmness.
雖然我們在雲霄飛車上，我奶奶還是坐得直直的，非常鎮靜。

▶ **impervious** [ɪmˋpɝvɪəs] Track 2249

(*adj.*) 不能滲透的；不透水的 反 pervious 可被滲透的

This coat is impervious to water.
這件外套不透水。

▶ **implausible** [ɪm`plɔzəbl̩] Track 2250

(*adj.*) 難以相信的；不可能的 同 incredible 不可思議的

It's implausible that he could be there and back in 3 minutes.

他不可能在三分鐘內來回那裡。

▶ **implicit** [ɪm`plɪsɪt] Track 2251

(*adj.*) 不直接表明的；隱含的 反 explicit 明確的

You can hear implicit fear in his voice.

你可以聽得出他的聲音中隱含有恐懼。

▶ **implode** [ɪm`plod] (*v.*) 往內爆炸 反 explode 向外爆炸 Track 2252

I'm not sure how it happened but my water bottle imploded.

我不知道是怎麼回事，但我的水瓶往內爆炸了。

▶ **inadvertent** [ˌɪnəd`vɝtn̩t] Track 2253

(*adj.*) 非故意的；無意的 同 accidental 意外的

An inadvertent error took hundreds of lives.

一次無意的小錯誤造成幾百人死亡。

▶ **incarnate** [ɪn`kɑrˌnet] (*adj.*) 具有肉體的；化身的 Track 2254

I believe that my cat is the devil incarnate.

我覺得我的貓真是惡魔化身。

▶ **incongruous** [ɪn`kɑŋgruəs] (*adj.*) 不和諧的 Track 2255

We are talking about serious business so all joking remarks will sound incongruous.

我們在講的是很正經的事，所以講一些開玩笑的話就會顯得很不和諧。

▶ **incorporate** [ɪn`kɔrpəˌret] Track 2256

(*v.*) 併入 同 integrate 使結合成為整體

We've incorporated many special elements in this game.

我們在這個遊戲中併入許多特殊的元素。

▶ **indeterminate** [ɪndɪ`tɝmənɪt] Track 2257

(*adj.*) 不確定的；模糊的 反 determinate 確定的

We'll be in Hawaii for an indeterminate period of time.

我們會在夏威夷待一段不確定多久的時間。

▶ indolent [ˋɪndələnt] Track 2258

(*adj.*) 懶惰的；懶洋洋的 同 slothful 懶散的

The indolent weather is making us all sleepy.
這種懶洋洋的天氣讓大家都很想睡。

▶ inert [ɪnˋɝt] (*adj.*) 惰性的；鈍的 反 active 活躍的 Track 2259

I can't remember which gases are inert and which are not.
我不記得哪種氣是鈍氣，哪種不是。

▶ ingenious [ɪnˋdʒinjəs] (*adj.*) 巧妙的 同 clever 精巧的 Track 2260

That's such an ingenious plan! How did you come up with it?
那真是個巧妙的計畫！你怎麼想到的？

▶ inherent [ɪnˋhɪrənt] (*adj.*) 固有的；本來就有的 Track 2261

反 extrinsic 非本質的

There's an inherent danger in using nuclear power.
使用核能本來就會有危險。

▶ innocuous [ɪˋnɑkjʊəs] (*adj.*) 無害的 反 noxious 有毒的 Track 2262

All she did was make an innocuous remark. Why are you mad?
她只是講了句無害的話而已，你生什麼氣？

▶ insensible [ɪnˋsɛnsəbl̩] Track 2263

(*adj.*) 無感覺的；感覺不到的 反 sensible 可感覺到的

He is insensible to all criticism of his work.
他完全感覺不到所有對他作品的批評。

▶ insinuate [ɪnˋsɪnjʊˏet] (*v.*) 暗示；暗指 同 suggest 暗示 Track 2264

Are you insinuating that I'm the culprit?
你是暗指我是罪犯嗎？

▶ insipid [ɪnˋsɪpɪd] Track 2265

(*adj.*) 枯燥無味的；沒味道的 同 vapid 無趣味的

Insipid coffee—worst way to start a day.
沒味道的咖啡—開始一天最糟的方法。

A B C D E F G H I J K L M N O P Q R S T U V W X Y Z

▶ **intangible** [ɪnˋtændʒəbḷ] *Track 2266*

(*adj.*) 無實體的；無形的 回 tangible 有實體的

Some good things are intangible, like love.

有些好東西是無形的，像愛啊。

▶ **introspection** [ˏɪntrəˋspɛkʃən] (*n.*) 內省；反省 *Track 2267*

After a moment of quiet introspection, he realized that he was wrong.

安靜反省了一會後，他發現他錯了。

▶ **inundate** [ˋɪnʌnˏdet] (*v.*) 淹沒；使充滿 回 flood 為水淹沒 *Track 2268*

Their mailbox is inundated with messages.

他們的信箱都被訊息給淹沒了。

▶ **irresolute** [ɪˋrɛzəlut] *Track 2269*

(*adj.*) 優柔寡斷的 回 indecisive 無決斷力的

She is the most irresolute person I've ever known.

她是我認識最優柔寡斷的人。

▶ **itinerary** [aɪˋtɪnəˏrɛrɪ] (*n.*) 路線；行程 回 route 路程 *Track 2270*

What's our itinerary for tomorrow's island trip?

明天的小島之旅行程是怎樣？

“ Jj ”

▶ **jibe** [dʒaɪb] (*v.*) 嘲笑 回 taunt 嘲諷 *Track 2271*

“You're such a baby,” he jibed.

「你真是長不大，」他嘲笑道。

▶ **jocose** [dʒəˋkos] *Track 2272*

(*adj.*) 愛開玩笑的；詼諧的 回 jocular 詼諧的

He is a plump, jocose man.

他是個胖胖的、愛開玩笑的男人。

▶ **juxtapose** [ˏdʒʌkstəˋpoz] (*v.*) 並置；並列 回 place 放置 *Track 2273*

If you juxtapose these two colors together, they look ugly.

如果你把這兩種顏色並列在一起，它們會看起來很醜。

“ Kk ”

▶ **kudos** [ˋkjudɔs] *(n.)* 名聲；做得很好 Track 2274
Kudos for writing my favorite character into the story!
你把我最喜歡的角色寫進故事裡，真是做得很好。

“ Ll ”

▶ **laconic** [ləˋkɑnɪk] *(adj.)* 簡潔的；簡明的 Track 2275
He is very laconic at work but quite talkative at home.
他在工作時說話都很簡潔，但在家裡就講個不停。

▶ **latent** [ˋletn̩t] *(adj.)* 潛伏性的；隱藏的 同 underlying 潛在的 Track 2276
Is there a latent meaning behind your message?
你的訊息後面有隱藏的意思嗎？

▶ **laud** [lɔd] *(v.)* 讚美；稱讚 同 praise 稱讚 Track 2277
We all lauded him for his bravery.
我們都大力稱讚他的勇敢。

▶ **lethargic** [lɪˋθɑrdʒɪk] *(adj.)* 昏昏欲睡的 Track 2278
During warm afternoons, my cat becomes lethargic.
溫暖的下午，我的貓總是昏昏欲睡。

▶ **levity** [ˋlɛvətɪ] *(n.)* 輕率；輕浮 Track 2279
Mom glared at him for his levity during the funeral.
他在喪禮上很輕率，讓媽媽瞪了他一眼。

▶ **liberal** [ˋlɪbərəl] *(adj.)* 寬大的；放任的 Track 2280
His parents are rather liberal in his upbringing.
他的父母在養他長大的時候，總是對他很放任。

▶ **libido** [lɪˋbido] *(n.)* 性慾 Track 2281
Most adult women know what libido feels like.
大部分成年女人都知道性慾是什麼感覺。

▶ **limpid** [ˋlɪmpɪd] *Track 2282*

(*adj.*) 清晰的；透明的 回 transparent 透明的

Her writing is limpid. No hidden meanings or terribly difficult words.

她的寫作風格很清晰。沒有什麼隱藏含意或很困難的字。

▶ **linguistics** [lɪŋˋgwɪstks] (*n.*) 語言學 *Track 2283*

My linguistics teacher specializes in phonetics.

我的語言學老師專長是語音學。

▶ **litany** [ˋlɪtənɪ] (*n.*) 反覆唸頌；嘮嘮叨叨 *Track 2284*

His litany of complaints is so boring that I just tuned him out.

他嘮嘮叨叨抱怨不停，實在太無聊了，我只好左耳進右耳出。

▶ **literati** [ˏlɪtəˋrɑti] (*n.*) 文人；文學界 *Track 2285*

The literati in that era were usually good at chess.

那個時期的文人通常都很會下棋。

▶ **litigation** [ˋlɪtəˏgeʃən] (*n.*) 訴訟 *Track 2286*

The murder case is still in litigation after five years.

都已經五年了，這起謀殺案還在訴訟中。

▶ **log** [lɔg] (*n.*) 圓木；日誌 *Track 2287*

We collect logs to make a house.

我們收集圓木來做房子。

▶ **loquacious** [loˋkweʃəs] (*adj.*) 話很多的；好辯的 *Track 2288*

回 garrulous 饒舌的

He's usually loquacious, but is suspiciously quiet today.

他平常話很多，今天卻安靜得很可疑。

▶ **lucid** [ˋlusɪd] (*adj.*) 明白易懂的；有意識的 *Track 2289*

I've always wanted to master lucid dreaming!

我一直很想學會如何在夢中有意識。

▶ **luminous** [ˋlumənəs] *Track 2290*

(*adj.*) 發光的；螢光的 回 radiant 發光的

The little girl smeared luminous paint all over the wall.

那個小女孩把螢光漆都塗在牆上。

▶ **lustrous** [ˋlʌstrəs] (*adj.*) 有光澤的；光輝的 同 bright 明亮的 Track 2291
She has lovely lustrous black hair.
她有漂亮、有光澤的黑髮。

" Mm "

▶ **Machiavellian** [ˏmækɪəˋvɛlɪən] Track 2292
(*adj.*) 狡滑的；詭計多端的
If you have to make decisions in the Machiavellian way, keep me out of it.
你如果一定要做一些狡猾的決定，別找我。

▶ **machination** [ˏmækəˋneʃən] Track 2293
(*n.*) 陰謀；策劃 同 intrigue 詭計
He was bought to power because of political machinations.
他掌權是因為政治陰謀。

▶ **maelstrom** [ˋmelstrəm] Track 2294
(*n.*) 大漩渦；災禍 同 whirlpool 漩渦
The country was caught in the maelstrom of war.
這個國家被捲入戰爭漩渦。

▶ **magnanimity** [ˏmægnəˋnɪmətɪ] (*n.*) 寬大；肚量 Track 2295
Even though we lost the game, we still have to show magnamity.
就算我們輸了，還是要表現出我們的肚量。

▶ **malign** [məˋlaɪn] (*v.*) 誹謗；中傷 同 defame 誹謗 Track 2296
She maligns her husband even when he's right there.
她總是誹謗她老公，連他在場的時候也一樣。

▶ **malingerer** [məˋlɪŋgərɚ] (*n.*) 裝病逃避責任者 Track 2297
Judy is a malingerer to the core. Fever one day, toothache the next.
茱蒂是個裝病逃避責任的高手。一天發燒，第二天又牙痛。

▶ **malleable** [ˋmælɪəbl̩] Track 2298
(*adj.*) 可塑的；容易適應的 同 adaptable 能適應的
Being only three years old, he is very malleable.
他只有三歲，所以很容易適應新環境。

▶ **menagerie** [məˋnædʒərɪ] Track 2299

(*n.*) 獸群；動物園 同 zoo 動物園

I pick up a zebra in the glass managerie on the table.

我從桌上的玻璃動物園模型中拿起一隻斑馬。

▶ **mesmerize** [ˋmɛsməˏraɪz] Track 2300

(*v.*) 施催眠術；迷住 同 hypnotize 使恍惚

He mesmerized the audience with his magic tricks.

他用魔術迷住觀眾。

▶ **metamorphosis** [ˏmɛtəˋmɔrfəsɪs] Track 2301

(*n.*) 變形；轉變 同 transfiguration 變形

Her metamorphosis from an ugly little girl to a stunning lady is amazing.

她從醜小孩到超級美女的轉變真是驚人。

▶ **metaphysical** [ˏmɛtəˋfɪzɪkḷ] (*adj.*) 抽象的；純粹哲學的 Track 2302

Stop asking metaphysical questions that won't help us solve the problem.

別一直問一些無法幫我們解決困難的抽象問題。

▶ **meticulous** [məˋtɪkjələs] Track 2303

(*adj.*) 一絲不苟的；細心的 同 punctilious 精密細心的

He is a very meticulous reader.

他讀書讀得很細心。

▶ **mettle** [ˋmɛtḷ] (*n.*) 氣質；性格 Track 2304

She is a lady of fine mettle.

她是個性格很好的女士。

▶ **mettlesome** [ˋmɛtḷsəm] Track 2305

(*adj.*) 精神飽滿的；勇敢的 同 spirited 生氣勃勃的

He is a very mettlesome worker and gets things done fast.

他是個精神飽滿的工人，總是很快把事情做完。

▶ **microcosm** [ˋmaɪkrəˏkɑzəm] Track 2306

(*n.*) 微觀世界；縮影 反 macrocosm 宏觀世界

A school is like a microcosm of the society.

學校就像是社會的縮影。

▶ **militate** [ˋmɪlɪˏtet] (*v.*) 發生作用；影響 Track 2307

He said he didn't do it, but the evidence militated against him.

他說他沒做，但證據對他有不利的影響。

▶ **minatory** [ˋmɪnəˏtɔri] Track 2308

(*adj.*) 威脅的；恫嚇的 同 minacious 威嚇的

He gave the passers-by minatory looks so they would leave him alone.

他一直用恫嚇的眼神瞪著路人，他們就不會來煩他。

▶ **minuscule** [mɪˋnʌskjul] (*n.*) 草寫小字；小寫字 Track 2309

Writing in minuscule proportions is the only way to fit all the words on this postcard.

要把字都塞進這張明信片，把字寫得很小是唯一方法。

▶ **minutia** [mɪˋnjuʃɪə] (*n.*) 微枝末節；細節 Track 2310

All minutiae of this scene have to be memorized.

這個場景所有的細節都要記下來。

▶ **misanthrope** [ˋmɪzənˏθrop] Track 2311

(*n.*) 厭惡人類的人；不願與人來往者 同 misanthropist 厭世者

Grandpa is a misanthrope who keeps himself shut up in his room.

爺爺是個厭惡人類的人，總是把自己關在房間裡。

▶ **misanthropic** [ˏmɪzənˋθrɑpɪk] Track 2312

(*adj.*) 不願與人來往的；厭世的

We try to convince him out of his misanthropic ways but of no avail.

我們試著要說服他不要這麼厭世，但都沒用。

▶ **miscellany** [ˋmɪsəˏleɪnɪ] (*n.*) 混雜 同 mixture 混合物 Track 2313

My drawer is filled with a miscellany of odd things.

我的抽屜滿滿都是一大堆混雜的怪東西。

▶ **miscreant** [ˋmɪskrɪənt] Track 2314

(*n.*) 罪大惡極的人；惡棍 同 reprobate 惡棍

The townspeople demand that the miscreants be lynched.

鄉民要求惡棍們被吊死。

▶ **misogynist** [maɪˋsɑdʒɪnɪst] (*n.*) 厭惡女人的人 Track 2315
My uncle is a misogynist. He treats all women like dogs.
我叔叔是個厭惡女人的人。他把女人當作狗來看待。

▶ **mitigate** [ˋmɪtə͵get] (*v.*) 緩和；減輕 反 aggravate 使惡化 Track 2316
If we can't defuse the bomb, can we at least mitigate the effects of the explosion?
如果我們沒辦法拆掉炸彈，我們可不可以至少試著把爆炸的效果減輕？

▶ **mnemonic** [niˋmɑnɪk] (*adj.*) 助記的；記憶的 Track 2317
I need a mnemonic device that would help me remember where I put my glasses.
我需要一種幫助記憶的裝置來幫我記得我把眼鏡放在哪裡。

▶ **modicum** [ˋmɑdɪkəm] (*n.*) 少量；一點 Track 2318
He likes to tell himself that he had a modicum of success in life.
他常告訴自己，他在生活中有那麼一點的成功。

▶ **mollify** [ˋmɑlə͵faɪ] Track 2319
(*v.*) 平息；緩和 反 exasperate 使惱怒；激怒
How do we mollify my mom's anger?
我們怎麼讓我媽平息怒氣啊。

▶ **monolithic** [͵mɑnəˋlɪθɪk] Track 2320
(*adj.*) 巨石的；龐大的 同 massive 大而重的
That monolithic building on our street is a bank.
我們街上那個巨石建築是一家銀行。

▶ **morose** [məˋros] (*adj.*) 鬱悶的；沈悶的 同 gloomy 憂悶的 Track 2321
She is a very morose person so no one likes talking to her.
她是個很沈悶的人，所以沒有人喜歡和她講話。

▶ **motley** [ˋmɑtlɪ] Track 2322
(*adj.*) 雜色的；混雜的 同 diversified 多樣化的
She has a motley collection of dresses and hats.
她收集很多混雜的洋裝和帽子。

▶ **multifarious** [ˌmʌltəˋfɛrɪəs] Track 2323

(*adj.*) 多種的；各式各樣的 同 many-sided 多方面的

She participates in multifarious activities after school.

她放學後都會參加各式各樣的活動。

▶ **mundane** [mʌnˋden] Track 2324

(*adj.*) 現世的；世俗的 反 heavenly 天上的

There's no fun in our mundane everyday lives.

我們世俗的日常生活一點都不好玩。

" Nn "

▶ **necromancy** [ˋnɛkrəmænsɪ] Track 2325

(*n.*) 通靈術；巫術 同 sorcery 巫術

The old lady on the bus screeched that I used necromancy on her.

公車上的老太太尖叫說我在她身上用了巫術。

▶ **negate** [nɪˋget] (*v.*) 否定；取消 同 nullify 使無效 Track 2326

She is very pessimistic and negates everything other people say.

她很悲觀，別人說的她都一律否定。

▶ **neologism** [niˋɑləˌdʒɪzəm] Track 2327

(*n.*) 新詞；新義 同 neology 新詞的使用

I don't understand any of the neologisms you young people use.

我完全不懂你們年輕人用的新詞。

▶ **neophyte** [ˋnɪəˌfaɪt] Track 2328

(*n.*) 初學者；新手 同 catechumen 新信徒

Even neophytes would be able to understand his lecture.

就連初學者都可以瞭解他的講課。

▶ **nexus** [ˋnɛksəs] (*n.*) 連結；關係 Track 2329

People think that there's always a nexus between drugs and crime.

人們認為吸毒和犯罪總是有關係。

▶ **nonplus** [ˌnɑnˋplʌs] (*v.*) 使困惑；使不知所措 *Track 2330*

The man was nonplussed by his wife's question.

那位男士被他太太的問題搞得不知所措。

▶ **nostalgia** [nɑsˋtældʒɪə] (*n.*) 鄉愁；懷舊之情 *Track 2331*

I feel so much nostalgia when listening to this song.

我聽這首歌時總覺得很懷舊。

▶ **nostrum** [ˋnɑstrəm] *Track 2332*

(*n.*) 萬能藥；所謂妙方 同 catholicon 萬靈丹

They say that this is a nostrum that cures all your diseases.

人家說這是個可以治所有疾病的萬能藥。

▶ **nugatory** [ˋnjugəˌtorɪ] (*adj.*) 無價值的；沒用的 *Track 2333*

That's just a nugatory law that we can do without.

那條沒用的法律沒有也沒關係。

“Oo”

▶ **obdurate** [ˋɑbdjərɪt] *Track 2334*

(*adj.*) 頑固的；冷酷的 同 cussed 倔強的

He has become an obdurate miser after all these years.

經過這麼多年，他已經變成了個很頑固的守財奴。

▶ **obsequious** [əbˋsikwɪəs] *Track 2335*

(*adj.*) 奉承的 同 toadyish 拍馬屁的

The obsequious servants followed their master everywhere.

那些奉承的傭人到哪裡都跟著他們的主人。

▶ **obsequy** [ˋɑbsɪkwɪ] (*n.*) 葬禮；葬儀 同 funeral 葬禮 *Track 2336*

Obsequies used to be held here.

以前都會在這裡辦葬禮。

▶ **obviate** [ˋɑbvɪˌet] (*v.*) 消除；避免 同 eliminate 除去 *Track 2337*

Using this method, we could obviate the need of starting over.

用這個方法，我們就可以避免要重新來過。

▶ occlude [əˋklud] (*v.*) 阻塞；封閉 Track 2338

Her arteries are all occluded.
她的動脈都阻塞了。

▶ occult [əˋkʌlt] (*adj.*) 神秘的；超自然的 Track 2339

同 mysterious 不可思議的

Maria is obsessed with occult practices.
瑪麗亞對神秘超自然儀式很著迷。

▶ odyssey [ˋɑdəsɪ] (*n.*) 長途飄泊；旅程 Track 2340

He went on an odyssey of self-discovery.
他踏上旅程找自己。

▶ officious [əˋfɪʃəs] Track 2341

(*adj.*) 多管閒事的；非官方的 同 meddlesome 好干涉的

That officious landlord is getting quite creepy.
那位多管閒事的房東開始讓人有點不舒服了。

▶ olfactory [ɑlˋfæktərɪ] Track 2342

(*adj.*) 嗅覺的；味道的 同 olfactive 嗅覺的

My olfactory senses are terrible.
我的嗅覺很差。

▶ oligarchy [ˋɑlɪˏgɑrkɪ] Track 2343

(*n.*) 寡頭政治；被同一個家庭統治 反 polyarchy 多頭政治

We're not a democracy. Instead, we're run by an oligarchy.
我們不是民主國家，而是被同一個家庭統治。

▶ onerous [ˋɑnərəs] Track 2344

(*adj.*) 繁重的；麻煩的 同 burdensome 累贅的

The onerous duties that she has to do every day are killing her.
她每天得做的繁重事務快把她搞死了。

▶ onomatopoeia [ˏɑnəˏmætəˋpiə] (*n.*) 擬聲語；狀聲詞 Track 2345

"Meow" is onomatopoeia for the sounds cats make.
「喵」是貓發出的聲音的狀聲詞。

▶ **opprobrium** [ə`probrɪəm] Track 2346

(*n.*) 恥辱；咒罵 同 infamy 聲名狼藉

The student has to go under the opprobrium of being scolded in front of the whole school.

這個學生得經歷在全校面前被罵的恥辱。

▶ **ornithologist** [ˏɔrnə`θɑlədʒɪst] (*n.*) 鳥類學者 Track 2347

My dad is an ornithologist. He never goes anywhere without his binoculars.

我爸是鳥類學者。他無論去哪裡都帶著望遠鏡。

▶ **oscillate** [`ɑsl̩et] (*v.*) 擺動；搖擺不定 Track 2348

She keeps oscillating between happiness and annoyance.

她一直在覺得快樂和覺得很煩之間搖擺不定。

▶ **ostentatious** [ˏɑstɛn`teʃəs] Track 2349

(*adj.*) 裝飾表面的；豪華的 同 garish 炫耀的

Grandma disapproves of people who live in an ostentious way.

奶奶看不慣過著豪華生活的人。

▶ **overweening** [`ovə`winɪŋ] (*adj.*) 驕傲的；自負的 Track 2350

I can't stand that doctor's overweening manner.

我受不了那個醫生驕傲的表現。

"Pp"

▶ **paean** [`piən] (*n.*) 歡樂歌；讚美歌 同 eulogy 頌詞 Track 2351

People don't usually sing paeans anymore.

現在的人不常唱讚美歌了。

▶ **paleontologist** [ˏpelɪɑn`tɑlədʒɪst] (*n.*) 古生物學家 Track 2352

I used to want to be a paleontologist, but my grades weren't good enough.

我以前想當古生物學家，但我的成績不夠好。

▶ **pallid** [`pælɪd] (*adj.*) 蒼白的；暗淡的 同 pale 蒼白的 Track 2353

The pallid walls give the room a gloomy atmosphere.

蒼白的牆壁給房間帶來一種鬱悶的氣氛。

▶ **panegyric** [ˌpænəˋdʒɪrɪk] (*n.*) 讚美詞 同 encomium 讚頌 Track 2354
He gave a panegyric to the dead.
他為死者朗誦了讚美詞。

▶ **paragon** [ˋpærəgən] Track 2355
(*n.*) 模範；優秀之人 同 perfection 完美
That professor is a paragon of virtue.
那個教授是個充滿美德的好模範。

▶ **partisan** [ˋpɑrtəzn̩] Track 2356
(*adj.*) 黨派性強的；偏袒的 同 denominational 宗派的
He is too partisan to convince. Let's try someone else.
他太偏袒了，沒辦法說服他。我們找別人吧。

▶ **pathology** [pəˋθɑlədʒɪ] (*n.*) 病理學；病理 Track 2357
The pathology of such diseases is his specialty.
這種疾病的病理是他的專長。

▶ **pathological** [ˌpæθəˋlɑdʒɪkəl] (*adj.*) 病態的；病理上的 Track 2358
He is a pathological liar who pretty much lies for fun.
他是個病態的騙子，說謊都是為了好玩。

▶ **patois** [ˋpætwɑ] (*n.*) 方言；行話 同 dialect 方言 Track 2359
Only people on the street know how to speak street patois.
只有街友知道怎麼講一些街頭方言。

▶ **paucity** [ˋpɔsətɪ] (*n.*) 少數；缺乏 同 dearth 缺乏 Track 2360
The paucity of natural resources makes this country very dependent on others.
這個國家缺乏自然資源，所以很依賴其他國家。

▶ **pedantic** [pɪˋdæntɪk] (*adj.*) 賣弄學問的；書呆子式的 Track 2361
His speech was way too pedantic. Everyone fell asleep.
他的演講太書呆子式了，大家都睡著了。

▶ **pellucid** [pəˋljusɪd] (*adj.*) 透明的；清晰的 Track 2362
同 lucid 明白易懂的
Her pellucid prose is easy for even children to understand.
她意思清晰的文章連小孩都很容易瞭解。

penchant [ˋpɛntʃənt] Track 2363

(*n.*) 嗜好；特別喜歡 同 predilection 偏愛

I have a penchant for girls with ponytails.

我特別喜歡馬尾女孩。

penury [ˋpɛnjərɪ] (*n.*) 貧困；貧窮 反 luxury 奢侈 Track 2364

His widow and children were reduced to penury.

他的寡婦和孩子不得不變得很窮困。

peregrination [ˏpɛrəgrɪˋneʃən] Track 2365

(*n.*) 遊歷；旅行 同 journey 旅行

They went for a wild peregrination in Taipei.

他們在台北來了一場瘋狂旅行。

perennial [pəˋrɛnɪəl] Track 2366

(*adj.*) 四季不斷的；長期的 同 continuous 連續的

The perennial problem of the homeless is still unsolved.

有關流浪漢的長期問題還是沒有解決。

perfidious [pɚˋfɪdɪəs] Track 2367

(*adj.*) 不忠的；不能信任的 同 treacherous 奸詐的

It's common knowledge that some politicians are perfidious people.

大家都知道有些政客不能信任。

perfunctory [pɚˋfʌŋktərɪ] (*adj.*) 敷衍的 Track 2368

The receptionist at the desk greeted us with perfunctory disinterest.

桌子前的接待員用敷衍的方式接待我們。

perigee [ˋpɛrɪˏdʒi] (*n.*) 近地點；最低點 Track 2369

The point closest to the earth's center in the moon's orbit is what we call a perigee.

在月亮軌道中離地球中心最近的一點就是所謂的「近地點」。

perturb [pɚˋtɝb] (*v.*) 使心慌；使混亂 同 disturb 擾亂 Track 2370

He was perturbed by the news of the attack.

這次攻擊的消息讓他很心慌。

▶ **pervasive** [pɚˋvesɪv] Track 2371

(*adj.*) 普遍的；瀰漫的 同 permeant 充滿的

The pervasive smell of the restaurant is everywhere, even on my clothes.

那家餐廳的味道到處瀰漫，連我衣服上都有。

▶ **petulant** [ˋpɛtʃələnt] (*adj.*) 暴躁的；難以取悅的 Track 2372

同 fretful 煩燥的

He is usually amiable, so you know that something's wrong when he's yelling like a petulant kid.

他平常很親切，所以當他開始像難取悅的小孩這樣亂叫，你就知道事情有問題。

▶ **phlegmatic** [flɛgˋmætɪk] (*adj.*) 多痰的；冷淡的 Track 2373

I didn't expect him to have such a phlegmatic voice.

我沒想到他的聲音會這麼冷淡。

▶ **phoenix** [ˋfinɪks] (*n.*) 鳳凰 Track 2374

He still believes in phoenixes even at 17 years old.

他到了十七歲還相信鳳凰存在。

▶ **physiognomy** [ˏfɪzɪˋɑgnəmɪ] (*n.*) 人相學；外貌 Track 2375

His blonde hair and Italian physiognomy makes him very attractive.

他的金髮和義大利人的外貌讓他看起來很吸引人。

▶ **piety** [ˋpaɪətɪ] (*n.*) 虔誠；孝順 Track 2376

She believes that driving her mom everywhere is a good example of her filial piety.

她覺得載著她媽到處跑就是孝順的表現。

▶ **piquant** [ˋpikənt] Track 2377

(*adj.*) 有趣的；辛辣的 同 spicy 加了香料的

I thought she would have a piquant face, but she just looks plain.

我以為她的臉會很可愛有趣，但她看起來很平凡。

▶ **pique** [pik] (*n.*) 生氣；憤怒 同 anger 生氣 Track 2378

In a fit of pique, he hit his dog.

他一生氣，就打了他的狗。

▶ **placate** [ˋpleket] (*v.*) 安撫；和解 反 enrage 激怒 Track 2379
She tried to placate me by offering me chicken nuggets.
她給我雞塊，試著安撫我。

▶ **placid** [ˋplæsɪd] (*adj.*) 平靜的；沉著的 同 calm 冷靜的 Track 2380
She looks placid, but inside she's fuming.
她看起來很平靜，但心裡可是氣得要死。

▶ **plaintive** [ˋplentɪv] Track 2381
(*adj.*) 悲哀的；可憐的 同 mournful 悲慟的

"I want an ice cream," the child said in a small and plaintive voice.
「我想要冰淇淋，」那個孩子用很小、很可憐的聲音說。

▶ **plasticity** [plæsˋtɪsətɪ] Track 2382
(*n.*) 可塑性；柔軟性 同 malleability 可鍛性
As an artist, she's perfectly aware of the plasticity of clay.
身為藝術家，她很清楚黏土的可塑性。

▶ **platitude** [ˋplætəˏtjud] (*n.*) 單調；陳腐 Track 2383
He always spouts the same old platitudes when he is guilty.
他犯錯的時候，總是說一樣的那些單調的話。

▶ **plethora** [ˋplɛθərə] (*n.*) 太多；多血症 同 overplus 過剩 Track 2384
I've already written a plethora of papers on this subject.
我已經寫了太多和這個主題有關的論文了。

▶ **plumb** [plʌm] (*v.*) 探究；直直掉落 Track 2385
His boss's words made him plumb to the depths of despair.
他老闆說的話讓他心情直直掉落到谷底。

▶ **plummet** [ˋplʌmɪt] (*v.*) 直直往下掉 Track 2386
Without the rope, he would have plummeted to 30 feet below.
要是沒有繩子，他就會直直往下掉個30尺。

▶ **plutocracy** [pluˋtɑkrəsɪ] (*n.*) 富豪統治；富豪集團 Track 2387
Not all the plutocracy is stuck-up.
不是每個富豪集團的人都很驕傲討人厭。

▶ **porous** [ˋporəs] Track 2388

(*adj.*) 容易滲透的；多孔的 同 holey 多洞的

Our line of defense is way too porous.

我們的防線實在太容易滲透了。

▶ **poseur** [ˋpozɝ] (*n.*) 裝模作樣的人 同 poser 裝模作樣的人 Track 2389

She's a poseur pretending to be intellectual.

她是個裝模作樣想看起來很聰明的人。

▶ **platonic** [pleˋtɑnɪk] (*adj.*) 理想的；精神上的 Track 2390

I would love to say that what's between my boyfriend and I is platonic love, but... it isn't.

我很想說我和我男友是精神戀愛，但就不是嘛。

▶ **pragmatic** [prægˋmætɪk] Track 2391

(*adj.*) 忙碌的；實際的 同 practical 實際的

Let's be pragmatic and ration our food and water.

我們還是實際點吧，食物和水都要分配好省著用。

▶ **prate** [pret] (*v.*) 嘮叨地講；閒聊 同 maunder 胡扯 Track 2392

Sick and tired of his girlfriend's prating, he spent the night at a hotel.

他受不了女朋友的嘮叨，所以晚上去睡旅館。

▶ **prattle** [ˋprætl̩] Track 2393

(*v.*) 說孩子氣的話；說個不停 同 babble 牙牙學語；喋喋不休

It's hard to imagine our proud captain prattling like a little girl.

很難想像我們驕傲的隊長居然會像個小女生一樣說個不停。

▶ **preamble** [ˋpriæmbl̩] (*n.*) 序文；前言 同 preface 序言 Track 2394

The preamble to this document is way too long so let's just skip it.

這文件的前言太長了，我們就跳過它吧。

▶ **precarious** [prɪˋkɛrɪəs] (*adj.*) 不穩定的；危險的 Track 2395

His footing on the ladder is very precarious.

他站在梯子上的方式很危險。

▶ **precept** [ˋprisɛpt] (*n.*) 告誡；規則；格言 同 axiom 格言 Track 2396

I follow the precept "Don't look where you fall, but where you slipped".

我遵守這個格言：「不要看你在哪裡跌倒，而是看你被什麼絆倒。」

▶ **precipitate** [prɪˋsɪpə͵tet] (*v.*) 促成；落入 同 fall 倒下 Track 2397
When the bridge broke, the unlucky girl was precipitated into the water below.
橋斷掉的時候，這位不幸的女孩就落入下面的水中了。

▶ **precursor** [priˋkɜsɚ] (*n.*) 先驅；前導 同 forerunner 先驅 Track 2398
That game can be considered a precursor to the bigger one to come.
那個遊戲可以說是為了接下來一個更大的遊戲作準備的先驅。

▶ **preempt** [priˋɛmpt] (*v.*) 先佔有；佔走 Track 2399
The important baseball game preempted the soap opera.
那場重要的棒球比賽把連續劇的時間佔走了。

▶ **prehensile** [prɪˋhɛnsḷ] (*adj.*) 適於抓握的；適合移動的 Track 2400
The monkey's prehensile tail allows it to move easily on trees.
猴子適合抓握的尾巴讓牠能輕鬆地在樹上移動。

▶ **presage** [ˋprɛsɪdʒ] (*v.*) 預知；前兆 Track 2401
These incidents presage a coming war.
這些事件都是戰爭要發生的前兆。

▶ **presumptuous** [prɪˋzʌmptʃuəs] Track 2402
(*adj.*) 放肆的；冒昧的 同 insolent 無禮的
If I tell you what I think on this subject, it would be presumptuous.
如果我說出我對這件事的想法，那就太放肆了。

▶ **preternatural** [͵pritɚˋnætʃərəl] Track 2403
(*adj.*) 超自然的；奇異的 同 otherworldly 超俗的
The man is glowing like he has preternatural powers.
那個男人在發光，好像他有超自然能力一樣。

▶ **prevaricate** [prɪˋværə͵ket] (*v.*) 支吾其辭；搪塞 Track 2404
He kept prevaricating by talking about random things like birds.
他一直隨便講一些鳥類之類的話題來搪塞過去。

▶ **primordial** [praɪˋmɔrdɪəl] Track 2405
(*adj.*) 原始的；最初的 同 aboriginal 土著的
Primordial forms of life always interested scientists greatly.
原始的生命型態總是讓科學家很感興趣。

▶ **pristine** [ˋprɪstin] (*adj.*) 原來的；全新的 Track 2406
I can't wait to take a ride in his pristine car.
我等不及要搭他全新的車了。

▶ **probity** [ˋprobətɪ] (*n.*) 正直；廉潔 同 uprightness 誠實 Track 2407
Wendy is not exactly known for her probity.
溫蒂並不是以誠實正直聞名。

▶ **problematic** [͵prɑbləˋmætɪk] (*adj.*) 有問題的；有疑問的 Track 2408
This algorithm might seem fine now, but can turn out problematic later.
這個演算法現在看起來還好，但接下來可能會有問題。

▶ **prodigal** [ˋprɑdɪg!] (*adj.*) 浪費的；揮霍的 Track 2409
同 extravagant 奢侈的
His prodigal expenditures on idol pictures amused all his friends.
他揮霍在買偶像照片上的錢讓他的朋友都覺得很有趣。

▶ **profound** [prəˋfaʊnd] Track 2410
(*adj.*) 極深的；深奧的 反 shallow 淺的；表面的
Let me share some profound wisdom with you: make sure there are no spiders on your bed before going to sleep.
我來和你分享一些深奧的智慧：睡覺前先確定床上沒有蜘蛛。

▶ **prohibitive** [prəˋhɪbɪtɪv] Track 2411
(*adj.*) 禁止的；防制的 同 prohibitory 禁止的
They took prohibitive measures to make sure that zombies won't approach.
他們做了很多防制措施來確定活屍不會靠近。

▶ **proliferate** [prəˋlɪfə͵ret] (*v.*) 增殖；擴散 Track 2412
Everyone's glad to know that free wi-fi is proliferating all over the country.
大家都很開心知道免費無線上網在國內到處擴散得越來越普遍了。

▶ **propensity** [prəˋpɛnsətɪ] (*n.*) 傾向；愛好 同 aptness 性情 Track 2413
She seems to be a beautiful and kind girl but actually has a propensity for violence.
她似乎是個美麗而和藹的女孩，但她其實有暴力傾向。

A B C D E F G H I J K L M N O **P** **Q** R S T U V W X Y Z

▶ **propriety** [prə`praɪətɪ] Track 2414

(*n.*) 適當；禮節 同 correctitude 得體

She has a very strange sense of social propriety.

她對社交禮節的瞭解有點奇怪。

▶ **propitiate** [prə`pɪʃɪ͵et] (*v.*) 撫慰；取悅 同 appease 平息 Track 2415

They propitated the spirits of the waters by offering an innocent boy as sacrifice.

他們奉上一個無辜男孩當犧牲品來取悅水神。

▶ **proscribe** [pro`skraɪb] Track 2416

(*v.*) 剝奪……的公權；禁止 同 interdict 制止

Our laws proscribe people from owning firearms.

我們的法律禁止人們擁有槍枝。

▶ **provident** [`prɑvədənt] Track 2417

(*adj.*) 有先見之明的；深謀遠慮的 反 improvident 無遠見的

We have to be provident so that we don't run out of food.

我們得深謀遠慮一點，才不會沒東西吃。

“Qq”

▶ **quagmire** [`kwæg͵maɪr] Track 2418

(*n.*) 沼澤地；無法脫身的困境 同 morass 沼澤；困境

He has no idea how he found himself in a political quagmire.

他完全不知道為什麼他會陷入政治沼澤無法脫身。

▶ **quail** [kwel] (*v.*) 膽怯；畏縮 同 cringe 畏縮；奉承 Track 2419

The thought of entering the cold water made him quail.

想到要進入冷水中就讓他很畏縮。

▶ **qualified** [`kwɑlə͵faɪd] Track 2420

(*adj.*) 有資格的；合格的 同 capable 有能力的

Don't worry, he is a qualified lawyer!

不用擔心，他是合格的律師！

▶ **qualm** [kwɔm] (*n.*) 疑慮；不安

Track 2421

I can't help having qualms about eating this cake.
我禁不住有疑慮到底該不該吃這個蛋糕。

▶ **query** [ˋkwɪrɪ] (*v.*) 對……表示疑問；問 回 question 詢問 Track 2422
"What time is it there?" Brock queried.
「你那邊幾點？」布洛克問。

▶ **quibble** [ˋkwɪbl̩] (*v.*) 推託；模稜兩可地講 回 niggle 挑剔 Track 2423
Stop quibbling over minor things and get to the point.
不要一直模稜兩可地講一些小事，快點說重點。

▶ **quiescent** [kwaɪˋɛsn̩t] (*adj.*) 靜止的；安靜的 Track 2424
This quiscent little village should be good for your health.
這個安靜的小村莊對你的健康應該很好。

▶ **quorum** [ˋkwɔrəm] (*n.*) 法定人數；選出的團體 Track 2425
We have not yet reached the quorum.
我們還沒達到法定人數。

"Rr"

▶ **raconteur** [ˏrækɑnˋtur] Track 2426
(*n.*) 健談者；善談者 回 anecdotist 講述或收集軼事的人
He is the raconteur of the group.
他是這一群人中最健談者。

▶ **rail** [rel] (*n.*) 鐵軌；扶手 Track 2427
The thief slid down the rail and disappeared out of the door.
那個小偷從扶手上滑下去，消失在門外。

▶ **raiment** [ˋremənt] (*n.*) 衣服；服飾 回 apparel 服裝 Track 2428
He doesn't need this kind of raiment for a job like his.
他的職業根本不需要這種衣服。

▶ **ramification** [ˌræməfəˋkeʃən] Track 2429
(*n.*) 衍生物；支流 同 branch 樹枝；支流
You don't understand what personal ramifications this has for me.
你不瞭解這件事對我來說會衍生出哪些私人問題。

▶ **rarefy** [ˋrɛrəˌfaɪ] (*v.*) 使疏鬆；使稀薄 反 condense 使濃縮 Track 2430
He has the scary superhuman ability to rarefy people's bones.
他擁有恐怖的超能力，能讓人們骨質疏鬆。

▶ **rational** [ˋræʃənl̩] Track 2431
(*adj.*) 理性的；合理的 同 reasonable 合理的
The rational thing to do right now is to run away as fast as we can.
現在該做的最合理的事就是趕快跑啊。

▶ **rebus** [ˋribəs] (*n.*) 謎；畫謎 Track 2432
A rebus is a particular kind of puzzle where you decode a message of pictures and words.
「畫謎」是一種特殊的謎題，要你解開一個圖和字組成的訊息。

▶ **recalcitrant** [rɪˋkælsɪtrənt] (*adj.*) 反抗的；不聽話的 Track 2433
That student is very recalcitrant. She won't stop playing video games in class.
那個學生很不聽話，總是在上課的時候打電動。

▶ **recant** [rɪˋkænt] (*v.*) 撤回；取消自己主張 Track 2434
同 abjure 發誓放棄
Even if you threaten her with a gun, she won't recant what she said.
就算你拿槍威脅她，她還是不會撤回自己說的話。

▶ **recluse** [rɪˋklus] (*n.*) 隱士 同 hermit 隱居者 Track 2435
He decided that it's better to become a recluse than get his heart broken.
他決定比起為愛心碎還是當隱士比較好。

▶ **recondite** [ˋrɛkənˌdaɪt] (*adj.*) 深奧的；難理解的 Track 2436
同 abstruse 難懂的
The things the little girl says are all of a recondite subject matter.
那個小女孩說的事情主題總是很難理解。

▶ **redoubtable** [rɪˋdaʊtəbḷ] Track 2437

(*adj.*) 可怕的；可敬的 同 formidable 強大的

The redoubtable Sophia is the best fighter in our school.

可怕的蘇菲亞是我們學校的打架高手。

▶ **refractory** [rɪˋfræk͵torɪ] (*adj.*) 不聽話的；難治療的 Track 2438

My refractory case of acne is getting quite frustrating.

我那些不聽話的青春痘實在很惱人。

▶ **refulgent** [rɪˋfʌldʒənt] Track 2439

(*adj.*) 輝煌的；燦爛的 同 effulgent 光輝的

The pair of childhood friends sat there watching the refulgent sunset together.

那對青梅竹馬坐在那裡一起看燦爛的夕陽。

▶ **refute** [rɪˋfjut] (*v.*) 駁倒 同 contradict 反駁；矛盾 Track 2440

He knew that it was impossible to refute the rumors.

他知道不可能駁倒這些傳言。

▶ **regale** [rɪˋgeɪl] (*v.*) 宴請；使開心 同 treat 款待；對待 Track 2441

The little girl regaled the man with stories.

小女孩用故事來使那個男人開心。

▶ **relegate** [ˋrɛlə͵get] (*v.*) 命令撤離；貶謫 Track 2442

Now that I've got a pair of new shoes, my old ones have been relegated to the closet.

既然我現在買了一雙新鞋，舊鞋就被貶謫到衣櫃裡了。

▶ **remonstrate** [ˋrɛmən͵streɪt] Track 2443

(*v.*) 抗議；反對；告誡 同 reprimand 譴責

He remonstrated with the umpire that it was a strike.

他向裁判抗議剛剛明明是好球。

▶ **renege** [rɪˋneg] (*v.*) 食言；違約 Track 2444

He had to renege on the contract because of family reasons.

因為家庭因素，他只好違約了。

▶ **reparation** [͵rɛpəˋreʃən] (*n.*) 補償；修復 Track 2445

The reparation for her house will take much more than she can afford.

要修復她家需要很多錢，比她花得起的多更多。

▶ **repine** [rɪˋpaɪn] (*v.*) 不滿；抱怨 Track 2446
The drunk girl at the bar repined all night.
在酒吧那個喝醉的女孩整晚都在抱怨。

▶ **reprise** [rɪˋpraɪz] (*n.*) 重新演奏；（同一首歌）再現 Track 2447
The reprise version of this song is a little bit different from the original.
這首歌的重新演奏版本跟原版有一點點不同。

▶ **reproach** [rɪˋprotʃ] (*v.*) 責備 同 blame 歸咎於 Track 2448
She reproached her husband on betting all his money on horses.
她責備她的老公把錢都拿去賽馬。

▶ **reprobate** [ˈrɛprəˌbet] (*adj.*) 墮落的；邪惡的 Track 2449
The reprobate mafia gang was having fun shooting people.
邪惡的黑道集團正歡樂地到處拿槍射人。

▶ **repudiate** [rɪˋpjudɪˌet] Track 2450
(*v.*) 與……斷絕關係；駁回 同 renounce 棄絕
The police officer easily repudiated the man's accusation.
那位警察輕鬆地駁回了男人的指控。

▶ **rescind** [rɪˋsɪnd] (*v.*) 撤回；取消 同 revoke 廢除 Track 2451
The leader was shocked and rescinded his orders quickly.
那位領袖非常驚訝，很快地就撤回他的命令。

▶ **resolution** [ˌrɛzəˋluʃən] (*n.*) 決心；決議 Track 2452
Her resolution to find her lover's murderer is still going quite strong.
她想要找出殺了她愛人的人之決心依舊相當堅定。

▶ **resolved** [rɪˋzɑlvd] (*adj.*) 下決心；斷然的 Track 2453
She resolved to kill the person when she finds him.
她下決心在找到那個人的時候就要殺了他。

▶ **reticent** [ˋrɛtəsn̩t] Track 2454
(*adj.*) 無言的；沉默的 同 retiring 靦腆的
Even though she is one of the best drivers in the world, she is reticent about her talents.
雖然她是全世界最會開車的人之一，她對於她的天分總是沉默不提。

A B C D E F G H I J K L M N O P Q **R** S T U V W X Y Z

▶ **revere** [rɪˋvɪr] (*v.*) 崇拜；尊敬 回 worship 崇拜 — Track 2455

He revered the lead singer of his favorite band.

他對他最喜歡的樂團主唱非常崇拜。

▶ **reverent** [ˋrɛvərənt] — Track 2456

(*adj.*) 尊敬的；虔誠的 回 worshipful 崇拜的

The reverent cat-lover treats his cats like they were his god.

那位虔誠的愛貓人把他的貓當作神一樣看待。

▶ **riposte** [rɪˋpost] (*n.*) 反應靈敏的回答 回 retort 反擊；回嘴 — Track 2457

The pretty motorcylist's clever riposte made him speechless.

那位美麗的機車騎士聰明的回嘴讓他一句話都說不出來。

▶ **rococo** [rəˋkoko] (*adj.*) 洛可可式的；過於精巧華麗的 — Track 2458

He admired himself in his expensive rococo mirror.

他在他又貴又精巧華麗的鏡子中欣賞自己。

▶ **rubric** [ˋrubrɪk] (*n.*) 紅字印刷的題目；規則 — Track 2459

What's the grading rubric for this class?

這堂課打分數的規則是什麼？

▶ **rue** [ru] (*v.*) 後悔；悲嘆 回 repent 悔悟 — Track 2460

To his rue, his friends are all dead.

讓他悲嘆的是，他的朋友都死光了。

▶ **ruse** [ruz] (*n.*) 策略；詭計 回 fraud 欺騙；騙局 — Track 2461

She tricked the bad guys with a clever ruse.

她用一個聰明的詭計騙了壞人們。

“ Ss ”

▶ **sage** [sedʒ] (*adj.*) 賢明的；明智的 — Track 2462

回 wise 有智慧的 反 foolish 愚蠢的

She likes to offer sage advice to her friends, even though she doesn't consider herself smart.

她喜歡提供朋友們明智的建議，但她並不覺得自己聰明。

▶ **salacious** [səˋleʃəs] (*adj.*) 色色的；猥褻的 同 lewd 好色的 Track 2463
Are you sure you want to buy a salacious novel for your grandma?
你真的確定想要買一本色色的小說給你奶奶嗎？

▶ **salubrious** [səˋlubrɪəs] (*adj.*) 有益健康的；清爽的 Track 2464
Staying in a salubrious inn by the sea will do you a world of good.
住在海邊一個有益健康的旅館裡會對你很有幫助。

▶ **salutary** [ˋsæljəˏtɛrɪ] Track 2465
(*adj.*) 有益的；有利的 同 healthful 有益健康的
He gave us a salutary warning before we went into the building.
我們進入那棟大樓前，他給了我們一個有益的提醒，要我們小心。

▶ **sanction** [ˋsæŋktʃən] (*n.*) 制裁；認可 同 approval 批准 Track 2466
I agree that they should be sanctioned for killing wild animals.
我同意他們該為了殺野生動物被制裁。

▶ **sardonic** [sɑrˋdɑnɪk] (*adj.*) 譏諷的；冷笑的 Track 2467
After she has lost her twin brother, she always treats life with a sardonic grin.
她在失去雙胞胎哥哥後，從此都用冷笑面對人生。

▶ **sartorial** [sɑrˋtorɪəl] (*adj.*) 縫工的；縫紉的 Track 2468
Even though he is young, his clothes already show sartorical elegance.
雖然他還年輕，他的衣服縫工卻已經很優雅了。

▶ **satiate** [ˋseʃɪˏet] (*v.*) 使飽足；生膩 同 fill 滿足 Track 2469
There is enough food to satiate the whole team of football players.
這裡有足夠的食物，可以讓整個足球隊都吃飽。

▶ **saturate** [ˋsætʃəˏret] (*v.*) 使滲透；使飽和 同 soak 浸泡 Track 2470
The market has already been saturated with apps of that kind.
市場有太多那種的應用程式，已經飽和了。

▶ **saturnine** [ˋsætɚˏnaɪn] Track 2471
(*adj.*) 沉默寡言的；陰沉的 同 sullen 慍怒的
He is like sunshine; rarely a saturnine expression on his face.
他就像陽光一樣，臉上很少有陰沈的表情。

▶ **satyr** [ˋsætɚ] (*n.*) 色狼 同 Lothario 放蕩者 Track 2472

People who think that he's a satyr are very mistaken.

那些覺得他是色狼的人真的搞錯了。

▶ **savor** [ˋsevɚ] (*v.*) 享受風味；大啖 Track 2473

The contestants sat down and savored all the food.

參賽者們都坐下來大啖美食。

▶ **schematic** [skɪˋmætɪk] (*adj.*) 扼要的；圖解的 Track 2474

The young man made a schematic drawing of the machine.

那位年輕男子畫了一張機器的簡要圖解。

▶ **secrete** [sɪˋkrit] (*v.*) 隱藏；分泌 同 excrete 排泄 Track 2475

He secreted the bomb in his shoes.

他把炸彈隱藏在鞋子裡。

▶ **sedition** [sɪˋdɪʃən] Track 2476

(*n.*) 煽動騷亂；妨害治安 反 allegiance 忠誠

He was charged for sedition because he randomly yelled "bomb!" at the airport.

他被判妨害治安，因為他突然在機場大喊「有炸彈！」

▶ **sedulous** [ˋsɛdʒələs] Track 2477

(*adj.*) 勤勉的；聚精會神的 同 assiduous 勤勉的

He worked on perfecting his dance moves with sedulous concentration.

他聚精會神地努力把舞蹈動作做到完美。

▶ **seismic** [ˋsaɪzmɪk] Track 2478

(*adj.*) 地震的；因地震而引起的 同 seismal 地震的

Recent seismic disturbances have made the people in the area much more cautious.

最近的地震事件讓這一區的人變得小心很多。

▶ **sensual** [ˋsɛnʃuəl] Track 2479

(*adj.*) 肉慾的；肉感的 同 fleshly 肉體的

Her thick and sensual lips are making me think all kinds of inappropraite things.

她厚而肉感的嘴唇讓我滿腦子都是一些不合宜的想法。

▶ **sensuous** [ˋsɛnʃuəs] (*adj.*) 感覺上的；美麗歡愉的 Track 2480
If you like sensuous scenes, this is the movie for you.
如果你喜歡美麗歡愉的畫面，你就該看這部電影。

▶ **sentient** [ˋsɛnʃənt] (*adj.*) 有知覺的；知悉的 Track 2481
Humans are not the only sentient creatures. Other animals count too.
人類不是唯一有知覺的動物。其他動物也都算。

▶ **servile** [ˋsɝvl̩] Track 2482
(*adj.*) 奴隸的；卑躬屈膝的 同 domineering 作威作福的
They followed their crazy mother with servile obedience.
他們卑躬屈膝地跟在他們的瘋母親後面。

▶ **sextant** [ˋsɛkstənt] (*n.*) 六分儀；圓的六分之一 Track 2483
Can you find sextants at the bookstore?
在書局找得到六分儀嗎？

▶ **shard** [ʃɑrd] (*n.*) 碎片；破片 同 fragment 碎片 Track 2484
Be careful! Don't step on the mirror shards.
小心！不要踩到鏡子的碎片。

▶ **sidereal** [saɪˋdɪrɪəl] (*adj.*) 恆星的；根據恆星測定的 Track 2485
She is an expert on sidereal bodies.
她是恆星方面的專家。

▶ **simian** [ˋsɪmɪən] (*adj.*) 類人猿的；猿猴一般的 Track 2486
His simian features make it hard for him to get a girlfriend.
他猿猴一般的長相讓他很難交到女朋友。

▶ **simile** [ˋsɪməˏlɪ] (*n.*) 直喻；明喻 反 metaphor 隱喻 Track 2487
If you say "my uncle is like a pig", that's a simile.
如果你說「我叔叔像豬一樣」，那就是明喻。

▶ **sinecure** [ˋsaɪnɪˏkjur] (*n.*) 閒職；掛名職務 Track 2488
He has a sinecure in a big company.
他在一個大公司裡有個掛名職務。

▶ **singular** [ˋsɪŋgjəlɚ] Track 2489

(*adj.*) 獨一無二的；非比尋常的 反 plural 複數的

My mother is a woman of singular beauty.

我媽媽是個美得非比尋常的女人。

▶ **sinuous** [ˋsɪnjʊəs] (*adj.*) 彎曲的；迂迴的 Track 2490

The sinuous stream goes all the way to the next village.

那條彎曲的河一直流到下一個村莊。

▶ **skeptic** [ˋskɛptɪk] Track 2491

(*n.*) 懷疑者；無神論者 同 doubter 抱持懷疑態度的人

No matter how we tried to convince him, he's still a skeptic.

無論我們怎麼試著說服他，他依然很懷疑。

▶ **sobriety** [səˋbraɪətɪ] (*n.*) 清醒；冷靜 Track 2492

Sobriety is good, but boring.

一直很冷靜是很好，但有點無聊。

▶ **sodden** [ˋsɑdn̩] (*adj.*) 濕透的 同 soppy 渾身濕透的 Track 2493

The ground is sodden after the rain.

地板在下雨後都濕透了。

▶ **solicitous** [səˋlɪsɪtəs] (*adj.*) 熱心的；擔心的 Track 2494

His solicitous parents keep firing questions about the big exam.

他擔心的父母一直問有關大考的問題。

▶ **soliloquy** [səˋlɪləkwɪ] Track 2495

(*n.*) 自言自語；獨白 同 monologue 獨腳戲

His soliloquy in the play was way too long.

他在那齣戲裡面的獨白部分實在太長了。

▶ **solvent** [ˋsɑlvənt] Track 2496

(*adj.*) 有償付能力的；有溶解力的 反 insolvent 無力償還的

The company is no longer solvent, but they keep saying that it is.

那個公司已經沒有償付能力了，但他們一直說有。

▶ **somatic** [so`mætɪk] Track 2497

(*adj.*) 身體的；肉體上的 回 corporal 肉體的；身體的

This is just a somatic disease. He won't go crazy because of it.

這只是肉體上的疾病，他不會因此變成神經病的。

▶ **spendthrift** [`spɛnd͵θrɪft] (*adj.*) 浪費的；揮霍無度的 Track 2498

回 extravagant 奢侈的

We all know of her spendthrift habits and feel sorry for her husband.

我們都知道她揮霍無度的行為，很同情她老公。

▶ **sporadic** [spə`rædɪk] (*adj.*) 偶爾發生的；分散的 Track 2499

His sporadic posting is getting suspicious.

他偶爾才發一次文章，開始有點可疑了。

▶ **staccato** [stə`kɑto] Track 2500

(*adj.*) 斷音的；斷奏的 回 disconnected 不連貫的

I know she's coming whenever I hear the staccato sound of her high heels.

我一聽到她高跟鞋的斷音，就知道她要來了。

NOTE

"Do You Hear The People Sing?"

Written by Victor Hugo, Les Misérables was an epic about the misery of the underprivileged desperate for a change in the unconscionable social conditions. The background of the story is set between 1815 and 1832, in which the Revolution and Republic of France had failed.

In Les Misérables, Hugo illustrates a society full of injustice where people in abject poverty were obliged to commit crimes due to unemployment and starvation. Their hope for relief was benefaction from the callous rich who only felt an antipathy towards their plight.

Through the central character, Jean Valjean, a powerful, chivalric rich man who was beneficent to the poor, Hugo conveys a latent message that a modicum of generosity can enhance the possibilities of a better world, and that every individual citizen is significant to the nation.

Les Misérables is a great manifesto evocative of hope for humankind. It encourages us to make the best fight of our lives to become genuinely good people regardless of harrowing circumstances. In addition, it gives us hope that our efforts will not be futile.

TEST

( ) 1. What is this article discussing?
A. A musical play
B. A literary work
C. A symphony concert
D. A historical site

( ) 2. What is Les Misérables mainly about?
A. The victory of the Revolution and Republic of France
B. The failure of the Revolution and Republic of France
C. How people overturned the government
D. The poor's demand for a just society

( ) 3. What do we know about Jean Valjean?
A. He is a coward.
B. He lives a miserable life.
C. He practices charity.
D. He despises the poor.

( ) 4. What does Victor Hugo imply in his work?
A. A small generous act can turn the world a better place.
B. The rich should have pity for the poor.
C. Every individual citizen should be given the right to vote.
D. No one has the right to judge others.

( ) 5. Which of the following can best describe Victor Hugo?
A. A spokesman for the poor
B. A representative of the government
C. A man who is not afraid of death
D. A successful merchant

中文翻譯與解答

你可聽到
人民的歌聲？

由維克多．雨果所寫的《悲慘世界》，是一本有關社會底層族群渴望在沒有公理正義的社會環境中渴望改變的悲慘生活的史詩級鉅作。故事發生的背景時間是法國大革命失敗後的1815和1832之間。

在《悲慘世界》中，雨果描繪了一個充滿不公平的社會，生活赤貧的人們因為失業及饑餓不得不犯罪。他們獲得解脫的希望全賴那些對他們的困境只感到反感厭惡的冷酷有錢人的施捨。

故事的主角是有錢有權，卻具騎士精神且對窮人相當慈善的尚萬。透過他，雨果傳遞了一個隱含的訊息：只要一點點的慷慨行為就能增加一個更好的世界的可能性，而且每一個人民對國家來說都是有重要意義的。

《悲慘世界》是喚醒人類希望的偉大宣言。它鼓勵我們為我們的人生做最大的努力，無論環境多麼悲慘痛苦，都要成為真正的好人。除此之外，它也給我們努力絕不會徒勞白費的希望。

單字補充

abject 悽苦的
chivalric 俠義的
modicum 少量的
harrowing 悲慘的
callous 無情的
beneficent 慈善的
enhance 提升
futile 無效的
antipathy 反感
latent 隱含的
evocative 喚醒

你有沒有發現其實單看這一些關鍵單字，就已經大概猜到這一篇短文要說什麼了？沒錯！閱讀一點也不難，只要先搞懂這些重點單字，接著再從前後文猜意思，你會發現英文閱讀SO EASY！

ANSEWER

(B) 1. 這篇文章在討論什麼？
A. 一部音樂劇　B. 一部文學作品
C. 一場交響音樂會　D. 一個歷史遺跡

(D) 2.《悲慘世界》主要是關於什麼？
A. 法國大革命的勝利
B. 法國大革命的失敗
C. 人民如何推翻政府
D. 窮人對一個公平社會的要求

(C) 3. 我們對尚買萬有何認識？
A. 他是個懦夫。
B. 他過著悲慘的生活。
C. 他樂善好施。
D. 他歧視窮人。

(A) 4. 雨果在他的作品中做了什麼樣的暗示？
A. 一個小小的善行就能將世界變得更好一點。
B. 有錢人應該要同情窮人。
C. 每一個公民都應該被賦予投票權。
D. 沒有人有權利評斷他人。

(A) 5. 以下何者最能描述雨果這個人？
A. 窮人的發言人　B. 政府的代表
C. 不怕死的男人　D. 成功的商賈

短文閱讀測驗

"The Metamorphosis by Kafka"

Gregor woke up one day to find that he had transformed into a giant insect. Not only his body, his found that his voice had also transformed. Unable to move his body, he began to worry about being late for work.

Then he heard his office manager inquiring about his whereabouts at the door, warning him of the consequences of skipping work and complaining about his unsatisfactory work performance. Gregor wanted to controvert, so he managed to roll his body off the bed, onto the floor, to the door and opened it with his mouth. His mother passed out immediately when seeing him in his transformed state. His sister screamed loud and the office manager bolted out of the apartment right away. Gregor's father got him back into his bedroom and slammed the door.

Gregor settled himself under the couch so he wouldn't frighten anyone by his formidable appearance. After the metamorphosis, Gregor had plenty of time to reflect his life. He was not misanthropic, but he was kind of gratified to be able to escape from his exacting boss and his insipid job.

Nevertheless, deep in his heart he was still filled with guilt that he was unable to provide for his family anymore.

While feeling anxious about the difficult financial situation his family was in, Gregor began to live a cloistered life and gradually became more comfortable with his changed body. He even started to climb the walls and ceiling to amuse himself. One day, Gregor's mom fainted when seeing him hanging on the wall. Gragor's sister shouted at him directly, so Gregor ran into the kitchen, where he encountered his father. His father threw an apple at him so hard as if he was his greatest antipathy.

Later, Gregor overheard his family grouse about how his existence had become a burden to everyone. Gregor's final hope for life was shattered by their caustic words. After some introspection, he determined that it was time to rid his family of his presence.

Next morning, Gregor was found dead in his bedroom, without a clear cause of his death. Rather than grief, the family felt a great sense of relief. Without an obsequy or an elegy, they quickly disposed of his body and moved on with their life.

TEST

( ) 1. What happened to Gregor?

A. He had grown into a handsome man.
B. He had transformed into an insect.
C. He had had unsuccessful plastic surgery.
D. He had broken up with his wife.

( ) 2. How did people react to his change?

A. They were entertained.
B. They were excited.
C. They couldn't care less.
D. They were frightened.

( ) 3. Why did Gregor settle himself under the couch?

A. It was more comfortable there.
B. It was relatively safe than other places.
C. He didn't want to scare others.
D. He needed a place to hide from his boss.

( ) 4. What did his family see him as after his metamorphosis?

A. A hero

B. A burden

C. A savior

D. A lovely pet

( ) 5. What kind of genre is this article?

A. Modern fiction

B. Romantic comedy

C. Science fiction

D. Mystery

中文翻譯與解答

“卡夫卡─《變形記》”

葛瑞格有一天醒來發現自己變成了一隻大昆蟲。不只他的身體，他發現就連他的聲音也變了。因為無法移動身體，他開始擔心上班會遲到。

然後他聽到他的部門經理在門前詢問他的下落，警告他曠職的後果，以及抱怨他差強人意的工作表現。葛瑞格想要反駁，所以他設法捲曲身體滾下床鋪、滾到地面上、滾到門邊，然後用嘴巴開門。一看到他變形後的模樣，他的母親立刻昏了過去。她的妹妹大聲尖叫，而部門經理則是立刻跑出公寓。葛瑞格的父親把他抓回房間並用力地摔上門。

葛瑞格讓自己待在沙發底下，那麼一來他可怕的外表就不會嚇到任何人。在變形之後，葛瑞格有大把的時間可以對他的人生做省思。他並不厭世，但是有點慶幸自己能夠逃離他那嚴厲的老闆以及他那份百無聊賴的工作。然而，在他內心深處，他依然滿懷罪惡感，因為他將無法再供養他的家人。

儘管擔憂家人所處的困難經濟環境，葛瑞格開始過著與世隔絕的生活，並且逐漸對自己改變後的身體感到自在多了。他甚至開始爬到牆上以及天花板上自娛。有一天，葛瑞格的母親看到他吊掛在牆上的模樣，然後就昏厥過去了。他的妹妹直接對著他吼，所以葛瑞格跑進廚房，在那兒遇見了他父親。他的父親拿了顆蘋果對他狠狠地砸了過來，彷彿他是他最憎惡的東西。

稍晚，葛瑞格無意中聽到他的家人抱怨他的存在已經成為每個人的負擔。葛瑞格對人生的最後希望，因為他們刻薄的言語而終至破碎。在做了一些反省之後，他下定決心：是時候讓家人擺脫他的存在了。

隔天早上，葛瑞格被發現死在房裡，死因不明。他的家人並不怎麼悲傷，反倒是感到解脫。沒有葬禮也沒有輓歌，他們很快地處理他的遺體，然後繼續過自己的日子。

單字補充

formidable 可怕的	metamorphosis 變形	misanthropic 厭世的
exacting 嚴厲的；嚴格的	insipid 無趣的	cloistered 與世隔絕的
antipathy 反感	grouse 抱怨	caustic 刻薄的
introspection 反省	obsequy 葬禮	elegy 輓歌

你有沒有發現其實單看這一些關鍵單字，就已經大概猜到這一篇短文要說什麼了？沒錯！閱讀一點也不難，只要先搞懂這些重點單字，接著再從前後文猜意思，你會發現英文閱讀SO EASY！

ANSWER

(B) 1. 葛瑞格發生了什麼事？
A. 他長成一位英俊的男子。 B. 他變成了一隻昆蟲。
C. 他做了一次失敗的整形手術。 D. 他跟妻子分手了。

(D) 2. 人們對他的改變有什麼反應？
A. 他們被逗樂了。 B. 他們很興奮。
C. 他們一點也不在乎。 D. 他們嚇壞了。

(C) 3. 葛瑞格為什麼要讓自己待在沙發底下？
A. 那裡比較舒服。
B. 那裡比其他地方安全。
C. 他不想嚇到別人。
D. 他需要有個可以躲他老闆的地方。

(B) 4. 在他變形之後，他的家人把他視 什麼？
A. 英雄 B. 負擔
C. 救世主 D. 可愛的寵物

(A) 5. 這篇文章是什麼文體？
A. 現代小說 B. 浪漫喜劇
C. 科幻小說 D. 推理小說

寫在本書最後：

英英解釋再挑戰，
你的英語力增強多少？

恭喜你已經完成了全書5大類的考前單字，但是最後，我們還是想出個關卡給你，一樣需要你拿出紅膠片覆蓋在中文上，相信前面認真學習的你，看到眼前這些單字應該輕鬆寫意才是！

1 ☐ **abject** [ˋæbdʒɛkt] (*adj.*) 卑賤的；卑屈的
Extremely poor and unhappy, in a low position.

2 ☐ **abstinence** [ˋæbstənəns] (*n.*) 自我克制；節制飲食
The act of not letting oneself enjoy something one likes, such as food or drink.

3 ☐ **acclaimed** [əˋklemd] (*adj.*) 受到讚揚的
Known to be widely praised by many people.

4 ☐ **accommodate** [əˋkɑməˏdet] (*v.*) 容納；供給住宿
To give someone some place to stay.

5 ☐ **accusation** [ˏækjəˋzeʃən] (*n.*) 譴責；指控
To say that one believes that another is guilty of a crime or a fault.

6 ☐ **adamant** [ˋædəmənt] (*adj.*) 堅持的
Very determined to not change an opinion or decision.

7 ☐ **adjust** [əˋdʒʌst] (*v.*) 調整
To slowly become used to or familiar with a situation little by little.

8 ☐ **advocate** [ˋædvəkɪt] (*v.*) 提倡；主張
To publicly say that something must be done in a strong way.

9 ☐ **aesthetic** [ɛsˋθɛtɪk] (*adj.*) 美學的；審美的
Related to beauty and the study of beauty.

10 ☐ **alliance** [əˋlaɪəns] (*n.*) 同盟；聯合
An arrangement in which two or more parties, countries, or groups agree to work together.

11 ☐ **ambiguity** [ˌæmbɪˋgjuətɪ] (*n.*) 含糊；模稜兩可
The state of being not clear.

12 ☐ **ambivalent** [æmˋbɪvələnt] (*adj.*) 有矛盾心理的；既贊同又不贊同
Unable to decide whether one agrees with or likes something or not.

13 ☐ **amenable** [əˋminəbl̩] (*adj.*) 願服從的；可處理的
Willing to listen and obey; easy to manage.

14 ☐ **amulet** [ˋæmjəlɪt] (*n.*) 符咒；護身符
A small piece of jewelry that is supposed to protect one against bad luck and evil things.

15 ☐ **analyze** [ˋænl̩ˌaɪz] (*v.*) 分析
To examine or think about something carefully, in detail.

16 ☐ **anonymous** [əˋnɑnəməs] (*adj.*) 匿名的
Not know by name; done by someone who does not want their name to be known.

17 ☐ **anticipation** [ænˌtɪsəˋpeʃən] (*n.*) 期待；預料
The feeling of eagerly or anxiously waiting for something to happen.

18 ☐ **antipathy** [ænˋtɪpəθɪ] (*n.*) 厭惡；反感
A feeling of strong dislike towards someone or something.

19 ☐ **arduous** [ˋɑrdʒʊəs] (*adj.*) 險峻的；艱鉅的
Requiring a lot of effort or strength.

20 ☐ **approve** [əˋpruv] (*v.*) 贊成；批准
To show support for something or accept that it is good.

21 ☐ **assiduous** [əˋsɪdʒʊəs] (*adj.*) 勤奮的；不懈的
Working very hard to make sure something is properly and completely done.

22 ☐ **assure** [əˋʃʊr] (*v.*) 擔保
To tell someone that something will definitely happen so that they will be less worried.

23 ☐ **attain** [əˋten] (*v.*) 達到
To achieve something or reach a certain level.

24 ☐ **audacious** [ɔˋdeʃəs] (*adj.*) 大膽的；有精神的
Showing great courage and confidence in a perhaps shocking way.

25 ☐ **authority** [əˋθɔrətɪ] (*n.*) 權威
The power of being in charge or being in a high position.

26 ☐ **avarice** [ˋævərɪs] (*n.*) 貪婪
A way too strong desire to obtain and own a lot of money.

27 ☐ **award** [əˋwɔrd] (*n.*) 獎賞
Something given to someone because of their achievements or performances.

28 ☐ **awkward** [ˋɔkwɚd] (*adj.*) 尷尬的；彆扭的
Embarrassed, not relaxed, not comfortable.

29 ☐ **bankruptcy** [ˋbæŋkrəptsɪ] (*n.*) 破產
The state of not having enough money to pay off what one owes.

30 ☐ **banquet** [ˋbæŋkwɪt] (*n.*) 宴會
A formal dinner for many, often on an important occasion.

31 □ **banter** [ˋbæntɚ] (*v.*)（善意的）取笑；鬥嘴
To make jokes of each other in a harmless and friendly way.

32 □ **bawdy** [ˋbɔdɪ] (*adj.*) 淫穢的；猥褻的
Funny and noisy, often about sex.

33 □ **betray** [bɪˋtre] (*v.*) 洩露；出賣
To be disloyal to someone or some group, causing them harm or unhappiness.

34 □ **blend** [blɛnd] (*v.*) 混合
To mix more than two things together.

35 □ **boast** [bost] (*v.*) 自誇；誇耀
To talk proudly about one's achievements or abilities.

36 □ **bombastic** [bɑmˋbæstɪk] (*adj.*) 誇張的
Long and exaggerated, but meaningless.

37 □ **boundary** [ˋbaʊndrɪ] (*n.*) 邊界；邊界線
A real or imaginary line that marks the edge of two different areas.

38 □ **brazen** [ˋbrezən] (*adj.*) 厚顏無恥的
Acting in an immoral or wrong way, but not being embarrassed about it at all.

39 □ **bribe** [braɪb] (*v.*) 賄賂
To try to make someone do what one wants by giving them money or gifts.

40 □ **bruise** [bruz] (*n.*) 瘀傷；擦傷
A purple or brown mark one gets after bumping into something or getting hit.

41 ☐ **burnish** [ˋbɝnɪʃ] (*v.*) 使光滑；擦亮
To polish something until it shines.

42 ☐ **callous** [ˋkæləs] (*adj.*) 冷酷無情的；無同情心的
Not caring about other people's sufferings.

43 ☐ **capricious** [kəˋprɪʃəs] (*adj.*) 變幻無常的；反覆易變的
Hard to predict; likely to change one's mind.

44 ☐ **cater** [ˋketɚ] (*v.*) 供應飲食；滿足（需要）
To offer someone what they need; to provide food for an event.

45 ☐ **celestial** [sɪˋlɛstʃəl] (*adj.*) 天的；天體的
Relating to the sky or heavens.

46 ☐ **churlish** [ˋtʃɝlɪʃ] (*adj.*) 粗野的；沒禮貌的
Not polite, not friendly, acting in a rude way.

47 ☐ **civilized** [ˋsɪvəˏlaɪzd] (*adj.*) 文明的；開化的
Organized and developed, with good laws and long-standing customs.

48 ☐ **clique** [klik] (*n.*) 派系；小團體
A small group of people who makes it difficult for other people to join them.

49 ☐ **collage** [kəˋlɑʒ] (*n.*) 拼貼畫
The art of forming a larger picture by putting together many smaller pictures together.

50 ☐ **columnist** [ˋkɑləmɪst] (*n.*) 專欄作家
Someone who writes short passages or essays for a newspaper or magazine.

51 ☐ **compatible** [kəmˋpætəbḷ] (*adj.*) 協調的；一致的；相容的
Able to be used together without problem; able to have a good relationship.

52 ☐ **compile** [kəmˋpaɪl] (*v.*) 收集；彙編
To collect, or make a list of, similar pieces.

53 ☐ **complacent** [kəmˋplesnt] (*adj.*) 自滿的；自以為是的
Pleased with one's current situation and not wanting to make any improvements.

54 ☐ **complement** [ˋkɑmpləmənt] (*v.*) 補足；相襯
To make a good combination with another thing.

55 ☐ **compromise** [ˋkɑmprə͵maɪz] (*v.*) 妥協；和解
To step back and agree to something despite not willing to at first.

56 ☐ **condemn** [kənˋdɛm] (*v.*) 譴責；反對
To say very strongly that one does not agree with something or someone.

57 ☐ **condone** [kənˋdon] (*v.*) 原諒；不處罰
To accept or forgive something that is usually considered wrong.

58 ☐ **confront** [kənˋfrʌnt] (*v.*) 迎面遇到；面臨
To meet someone; to deal with something difficult in a brave way.

59 ☐ **connoisseur** [͵kɑnəˋsɝ] (*n.*) 鑑定專家；行家
Someone who know a lot about a certain subject, such as a type of food or drink.

60 ☐ **consensus** [kənˋsɛnsəs] (*n.*) （意見的）一致
The state of having reached an agreement between all parties.

61 ☐ **conserve** [kən`sɝv] (*v.*) 保存；節約
To not use up something and keep it for later.

62 ☐ **contempt** [kən`tɛmpt] (*n.*) 輕視；屈辱
A feeling that someone is not worthy of respect and of a lower status.

63 ☐ **controversial** [ˌkɑntrə`vɝʃəl] (*adj.*) 有爭議的
Causing a lot of disagreement, usually because people tend to have a strong opinion regarding the subject.

64 ☐ **conventional** [kən`vɛnʃənl] (*adj.*) 傳統的
Having been in use for a long time and generally accepted to be common and usual.

65 ☐ **convict** [kən`vɪkt] (*v.*) 判某人有罪；判決
To officially decide that someone is guilty of a crime.

66 ☐ **correspondent** [ˌkɔrɪ`spɑndənt] (*n.*) 通訊記者；通信者
Someone who one is in contact with and provides information.

67 ☐ **corrupt** [kə`rʌpt] (*adj.*) 腐敗的
Gone bad, rotten. Used to describe food as well as humans and organizations.

68 ☐ **counseling** [`kaʊnsḷɪŋ] (*n.*) 諮詢服務
A service provided to people who need advice or just someone who would listen.

69 ☐ **daunting** [`dɔntɪŋ] (*adj.*) 令人怯步的；可怕的
Making one feel fear and not want to try.

70 ☐ **defensive** [dɪ`fɛnsɪv] (*adj.*) 防禦用的；防守的
Used to protect someone against attack.

71 ☐ **deny** [dɪˋnaɪ] (*v.*) 否認；拒絕給予
To not agree to something; to say that something is not true.

72 ☐ **deprive** [dɪˋpraɪv] (*v.*) 剝奪；使喪失
To take something away from someone, or to make someone lose something.

73 ☐ **device** [dɪˋvaɪs] (*n.*) 儀器；手段
An object or plan that helps one achieve something.

74 ☐ **devise** [dɪˋvaɪz] (*v.*) 設計；計畫
To come up with a plan.

75 ☐ **diagnose** [ˋdaɪəgnoz] (*v.*) 診斷
To officially decide that one has a certain disease.

76 ☐ **dichotomy** [daɪˋkɑtəmɪ] (*n.*) 二分法
The difference between two things that are very different or completely opposite.

77 ☐ **diffidence** [ˋdɪfədəns] (*n.*) 膽怯；羞怯
The quality of being shy and not wanting people to notice one.

78 ☐ **digression** [daɪˋgrɛʃən] (*n.*) 離題；岔題
The act of talking or writing about something that is not the main subject.

79 ☐ **dilemma** [dəˋlɛmə] (*n.*) 左右為難的狀況；困境
The state of being unable to decide between two choices.

80 ☐ **discredit** [dɪsˋkrɛdɪt] (*v.*) 懷疑；不信任
To not trust that something is true or reliable.

81 ☐ **discretion** [dɪˋskrɛʃən] (*n.*) 謹慎；考慮周到
The ability to deal with situations well without offending people or causing problems.

82 ☐ **discourage** [dɪsˋkɝɪdʒ] (*v.*) 使氣餒
To make someone not want to do something by making them think it is difficult or bad.

83 ☐ **dispute** [dɪˋspjut] (*n.*) 爭論；辯論
An argument or fight between parties.

84 ☐ **dissonance** [ˋdɪsənəns] (*n.*) 不一致；不祥和的事
The state of not being in harmony.

85 ☐ **distinguish** [dɪˋstɪŋgwɪʃ] (*v.*) 辨別；辨認出
To tell things apart from each other.

86 ☐ **divulge** [dəˋvʌldʒ] (*v.*) 洩漏；暴露
To let others know about something that is supposed to be kept secret.

87 ☐ **dominant** [ˋdɑmənənt] (*adj.*) 有統治權的；主要的
Most important, strongest or most noticeable.

88 ☐ **dormant** [ˋdɔrmənt] (*adj.*) 休眠的
Not presently active but can possibly become active later.

89 ☐ **durable** [ˋdjʊrəbl̩] (*adj.*) 持久的；耐用的
Able to be used for a long time without breaking.

90 ☐ **egotistical** [ˌigəˋtɪstɪkl] (*adj.*) 自我主義的；自大的
Thinking that oneself is great and important and enjoying telling people about this.

91 ☐ **elegy** [ˋɛlədʒɪ] (*n.*) 輓歌
A sad song or poem, often about someone who died.

92 ☐ **emaciated** [ɪˏmeʃɪˋetɪd] (*adj.*) 消瘦的；憔悴的
Extremely thin, usually because of lack of food or illness.

93 ☐ **emphasize** [ˋɛmfəˏsaɪz] (*v.*) 強調；著重
To make something more noticeable or more important.

94 ☐ **enthusiastic** [ɪnˏθjuzɪˋæstɪk] (*adj.*) 狂熱的
Feeling or showing a lot of excitement about a certain thing.

95 ☐ **emulate** [ˋɛmjəˏlet] (*v.*) 竭力效仿；模仿
To behave like or do something like someone one admires.

96 ☐ **epidemic** [ˏɛpəˋdɛmɪk] (*n.*) 流行病；流行病的傳播
A widely and quickly spreading disease.

97 ☐ **equip** [ɪˋkwɪp] (*v.*) 裝備；使有能力
To give someone the necessary tools or abilities to do something.

98 ☐ **erudite** [ˋɛrʊˏdaɪt] (*adj.*) 有學問的；博學的
Having a lot of knowledge because of reading and studying for many years.

99 ☐ **evaluate** [ɪˋvæljʊˏet] (*v.*) 評估
To judge how good, useful or successful something is.

100 ☐ **exacting** [ɪgˋzæktɪŋ] (*adj.*) 嚴格的；要求很高的
Demanding others to do a lot of work and meet high standards.

101 □ **exclaim** [ɪks`klem] (*v.*) 呼喊；大叫
To say something loudly because one is surprised, excited or upset.

102 □ **expenditure** [ɪk`spɛndɪtʃɚ] (*n.*) 經費
The total amount of money someone or some group spends in a certain period of time.

103 □ **expertise** [ˌɛkspɚ`tiz] (*n.*) 專家的意見；專門技術
Special skills or knowledge that only a very experienced person could have.

104 □ **extortion** [ɪk`stɔrʃən] (*n.*) 敲詐
The act of illegally forcing someone to give one something by threatening them.

105 □ **facilitate** [fə`sɪləˌtet] (*v.*) 使便利；促進
To make it easier for something to happen.

106 □ **flattery** [`flætərɪ] (*n.*) 諂媚、奉承
Something you say or do to make others happy and feel good about themselves in hopes of putting yourself in a favorable position.

107 □ **flourish** [`flɝɪʃ] (*v.*) 茂盛；興旺；成功
To be very successful or develop well.

108 □ **frequent** [`frikwənt] (*v.*) 時常出入
To go to a place many times and very often.

109 □ **frustration** [ˌfrʌs`treʃən] (*n.*) 挫敗；遭受挫折
The feeling of being upset or even angry when one cannot achieve something.

110 □ **fund** [fʌnd] (*n.*) 資金；基金
An amount of money that is collected for a certain purpose.

111 ☐ **glimpse** [glɪmps] (*n.*) 瞥見
A quick look at something without seeing it clearly or in detail.

112 ☐ **gourmet** [ˋgʊrme] (*n.*) 美食家
Someone who knows a lot about food and enjoys eating.

113 ☐ **guideline** [ˋgaɪdˏlaɪn] (*n.*) 方針
A set of rules to follow when doing something.

114 ☐ **hamper** [ˋhæmpɚ] (*v.*) 妨礙；牽制
To make it harder or more inconvenient for someone to do something.

115 ☐ **headquarters** [ˋhɛdˏkwɔrtɚs] (*n.*) 總部
The main building or office used by a large company or organization.

116 ☐ **hostage** [ˋhɑstɪdʒ] (*n.*) 人質；抵押品
Someone kept by the enemy so that the other side will do what the enemy wants.

117 ☐ **illusion** [ɪˋljuʒən] (*n.*) 幻影；幻象
A fake image that is different from the truth.

118 ☐ **impulse** [ˋɪmpʌls] (*n.*) 衝動；刺激
The sudden desire to do something without considering whether it is a sensible thing to do.

119 ☐ **indifferent** [ɪnˋdɪfərənt] (*adj.*) 不感興趣的、不關心的
Not caring about something; not interested in something.

120 ☐ **inferiority** [ɪnfɪrɪˋɑrətɪ] (*n.*) 自卑、次等、劣勢
The state of being worse than others at something.

121 ☐ **innovation** [ˌɪnəˋveʃən] (*n.*) 改革；創新
A new idea, method to do things, or a new invention.

122 ☐ **interaction** [ˌɪntəˋrækʃən] (*n.*) 互相影響；互動
A process in which two or more things/persons affect each other.

123 ☐ **interference** [ˌɪntɚˋfɪrəns] (*n.*) 干涉
The act of getting involved in a situation even though one's involvement is not wanted nor needed.

124 ☐ **interruption** [ˌɪntəˋrʌpʃən] (*n.*) 中斷；打岔
A happening that makes someone pause in the middle of doing something.

125 ☐ **interval** [ˋɪntɚvḷ] (*n.*) 距離；間隔時間
The period of time between two time points.

126 ☐ **intimacy** [ˋɪntəməsɪ] (*n.*) 親密
The state of being very close to each other.

127 ☐ **invest** [ɪnˋvɛst] (*v.*) 投資
To put in money or time in hopes that something will turn out to be good.

128 ☐ **isolation** [ˌaɪsḷˋeʃən] (*n.*) 孤立；隔離
To keep something away from everything else.

129 ☐ **landmark** [ˋlændˌmɑrk] (*n.*) 地標；里程碑
Something that is easily seen and recognized and can help one find one's way or measure progress.

130 ☐ **liberation** [ˌlɪbəˋreʃən] (*n.*) 解放
The act of freeing someone from something that makes their life difficult.

131 ☐ **loan** [lon] (*n.*) 貸款
The money that is borrowed from someone.

132 ☐ **malfunction** [mælˋfʌŋʃən] (*n.*) 失調
The state of not working like something is supposed to.

133 ☐ **manipulate** [məˋnɪpjəˏlet] (*v.*) （熟練地）操作；操縱
To skillfully influence another and make them do and think what you want them to.

134 ☐ **minimum** [ˋmɪnəməm] (*adj.*) 最小的；最低的
In the smallest possible amount.

135 ☐ **misleading** [mɪsˋlidɪŋ] (*adj.*) 易誤解的；令人誤解的
Likely to make someone believe what is not true and come to wrong conclusions.

136 ☐ **monopolize** [məˋnɑpl̩ˏaɪz] (*v.*) 獨佔；壟斷
To be the only one that has complete control over something.

137 ☐ **negotiate** [nɪˋgoʃɪˏet] (*v.*) 商議；談判
To discuss something in order to reach an agreement.

138 ☐ **obsess** [əbˋsɛs] (*v.*) 佔據心思；沉迷於……
To care about something too much and think about it all the time.

139 ☐ **obsolete** [ˋɑbsəˏlit] (*adj.*) 作廢的；淘汰的
No longer in use because something better has come up.

140 ☐ **occupy** [ˋɑkjəˏpaɪ] (*v.*) 佔據；佔領
To take over a place, or to live in it.

141 ☐ **offend** [əˋfɛnd] (*v.*) 觸怒；犯法
To make someone angry by doing or saying something rude.

142 ☐ **outright** [ˋaʊtˋraɪt] (*adv.*) 痛快地；全部地
Immediately, directly and clearly, without holding anything back.

143 ☐ **overwhelming** [ˏovɚˋhwɛlmɪŋ] (*adj.*) 壓倒性的；無法抵抗的
To have a huge effect on someone, making it impossible for them to know how to react.

144 ☐ **plod** [plɑd] (*v.*) 蹣跚地走
To walk slowly, with difficulty.

145 ☐ **phase** [fez] (*n.*) 時期；階段
One of the stages in a developmental process.

146 ☐ **pioneer** [ˏpaɪəˋnɪr] (*n.*) 開拓者；先驅
Someone who is important in the early development of something.

147 ☐ **portable** [ˋportəbl̩] (*adj.*) 手提（式）的；可攜式的
Easy and convenient to carry around.

148 ☐ **predecessor** [ˋprɛdɪˏsɛsɚ] (*n.*) 前輩；前任
The person who held a similar position before someone.

149 ☐ **preoccupied** [priˋɑkjəˏpaɪd] (*adj.*) 入神的；全神貫注的
So focused on something that one does not notice anything else.

150 ☐ **prestigious** [prɛsˋtɪdʒɪəs] (*adj.*) 聲望很高的
Famous for being excellent or skilled at something.

151 □ **prevailing** [prɪˏvelɪŋ] (*adj.*) 佔優勢的；主要的；流行的
Widely accepted at a certain time and place.

152 □ **privileged** [ˋprɪvḷɪdʒd] (*adj.*) 有特權的
Having some advantage that others do not.

153 □ **prominent** [ˋprɑmənənt] (*adj.*) 卓越的；主要的
Well-known, important, or easily seen.

154 □ **rage** [redʒ] (*n.*) 狂怒；盛怒
A strong, violent and uncontrollable anger.

155 □ **receptionist** [rɪˋsɛpʃənɪst] (*n.*) 接待員；傳達員
Someone who welcomes people in a building (often a hotel) or at an event.

156 □ **regulate** [ˋrɛgjəˏlet] (*v.*) 管理；管制
To control an activity or process, making sure that everything is working the way it should.

157 □ **reimburse** [ˏriɪmˋbɝs] (*v.*) 償還
To pay someone back their money that had been lost.

158 □ **reluctance** [rɪˋlʌktəns] (*n.*) 不願；勉強
The state of being unwilling to do something.

159 □ **repetition** [ˏrɛpɪˋtɪʃən] (*n.*) 重複；複製品
The act of doing the same thing over and over again.

160 □ **reproach** [rɪˋprotʃ] (*v.*) 指摘；責備
To scold or blame someone, and express disappointment for something they did.

161 ☐ **resigned** [rɪˋzaɪnd] (*adj.*) 順從的；聽天由命的
To accept a situation that is bad but unchangeable without complaining or being troubled.

162 ☐ **resolution** [ˏrɛzəˋluʃən] (*n.*) 決心
A strong determination to do something.

163 ☐ **restrain** [rɪˋstren] (*v.*) 抑制
To stop someone from doing something, or to control oneself's emotions.

164 ☐ **restriction** [rɪˋstrɪkʃən] (*n.*) 限制；管制
A rule or law that tells people what they must not do.

165 ☐ **revival** [rɪˋvaɪvl̩] (*n.*) 復興；復甦
The act of coming alive or becoming active again.

166 ☐ **ridicule** [ˋrɪdɪkjul] (*v.*) 嘲笑；挖苦
To make fun of or laugh at someone.

167 ☐ **scatter** [ˋskætɚ] (*v.*) 分散；驅散
To throw or drop something irregularly in a wide area, or to move quickly in different directions.

168 ☐ **scenic** [ˋsinɪk] (*adj.*) 景色優美的；壯觀的
Surrounded by beautiful views.

169 ☐ **sequence** [ˋsikwəns] (*n.*) 順序
A certain order for some things to happen or appear in.

170 ☐ **setback** [ˋsɛtˏbæk] (*n.*) 挫折
Something that puts one in a worse position or keeps one from achieving something.

171 □ **sentimental** [ˏsɛntəˋmɛntl̩] (*adj.*) 多愁善感的；傷感的
Often affected by emotions such as sadness, love and sympathy.

172 □ **shrug** [ʃrʌg] (*v.*) 聳肩
To lift and lower one's shoulders in order to show that one does not know or care about something.

173 □ **simultaneous** [ˏsaɪml̩ˋtenɪəs] (*adj.*) 同時的；聯立的
Happening at the same time.

174 □ **skeptical** [ˋskɛptɪkl̩] (*adj.*) 懷疑的；多疑的
To not trust or believe something to be true.

175 □ **skyrocket** [ˋskaɪˏrɑkɪt] (*v.*) 猛然上漲；大幅度地上漲
To increase very quickly in a short period of time.

176 □ **slack** [slæk] (*adj.*) 疏忽的；懶散的
Not putting in enough effort or care.

177 □ **sophisticated** [səˋfɪstɪˏketɪd] (*adj.*) 精密的；老練的
Having a lot of experience and knowledge about subjects in life, especially regarding social situations and fashion.

178 □ **spectacle** [ˋspɛktəkl̩] (*n.*) 景象；壯觀
A very impressive sight, scene, or show.

179 □ **steer** [stɪr] (*v.*) 駕駛；掌舵
To control a vehicle to go in a certain direction.

180 □ **subordinate** [səˋbɔrdnɪt] (*adj.*) 次要的；下級的
In a lower level or less important.

181 **superficial** [ˏsupɚˋfɪʃəl] (*adj.*) 表面的；膚淺的
Not thinking about things that are deep or important.

182 **suspicious** [səˋspɪʃəs] (*adj.*) 懷疑的；可疑的
Thinking that someone might be guilty of something, or that something might not be what it seems.

183 **tackle** [ˋtækl̩] (*v.*) 處理；解決
To deal with a difficult subject.

184 **tangible** [ˋtændʒəbl̩] (*adj.*) 明確的
Clear, definite, easily seen, noticed or felt.

185 **temperate** [ˋtɛmprɪt] (*adj.*) 溫和的
To have gentle weather, not too hot and not too cold.

186 **temptation** [tɛmpˋteʃən] (*n.*) 誘惑
A strong desire to do something that one should not.

187 **territory** [ˋtɛrəˏtorɪ] (*n.*) 領土
Land that is owned and controlled by a certain country, group, person or force.

188 **testify** [ˋtɛstəˏfaɪ] (*v.*) 證明；作證
To give one's word that something is true or correct.

189 **thrill** [θrɪl] (*n.*) 激動；恐怖
A strong feeling of excitement, pleasure, or fear.

190 **tolerance** [ˋtɑlərəns] (*n.*) 寬容；忍受
The passive ability to stand something.

191 □ **toll-free** [ˏtolˋfri] (*adj.*) 免付費、免費撥打的
Not required to pay a fee.

192 □ **tricky** [ˋtrɪkɪ] (*adj.*) 狡猾的；棘手的
Hard to deal with correctly.

193 □ **trigger** [ˋtrɪgɚ] (*v.*) 引發；引起
To make something happen or appear very quickly.

194 □ **trivial** [ˋtrɪvɪəl] (*adj.*) 瑣碎的；無關緊要的
Not important, not serious or valuable.

195 □ **urge** [ɝdʒ] (*v.*) 催促；力勸；驅策
To strongly suggest someone to do something, and often to do it quickly.

196 □ **violation** [ˏvaɪəˋleʃən] (*n.*) 違反；侵害
To disobey or go against a rule or a law.

197 □ **wander** [ˋwandɚ] (*v.*) 神遊；閒逛；流浪
To walk around slowly without a goal or direction.

198 □ **wither** [ˋwɪðɚ] (*v.*) 凋謝；使枯槁
Become drier, smaller and start to die.

199 □ **withhold** [wɪðˋhold] (*v.*) 拒給；忍住；克制
To not provide someone with something.

200 □ **wound** [wund] (*n.*) 創傷；傷口
An injury made to the body, usually by some kind of weapon.

通通作答完畢了嗎？結果如何呢？如果對結果相當滿意，相信你已經有足夠的「自信＋實力」去面對各種考試了！如果還不滿意，就快點翻到前面，繼續加強，直到100%完美為止！

原來如此 系列 E237

高分衝刺，不背不行的
2500必考英文單字

隨書附贈的挑戰紅膠片，讓你學習╳複習一體成形！

作　　者　張慈庭英語教學團隊
顧　　問　曾文旭
總 編 輯　王毓芳
編輯統籌　耿文國、黃璽宇
主　　編　吳靜宜、姜怡安
執行主編　尤新皓
執行編輯　吳佳芬
美術編輯　王桂芳、張嘉容
法律顧問　北辰著作權事務所　蕭雄淋律師、幸秋妙律師

初　　版　2020年10月
出　　版　捷徑文化出版事業有限公司
電　　話　（02）2752-5618
傳　　真　（02）2752-5619

定　　價　新台幣400元／港幣133元
產品內容　1書＋1紅膠片

總 經 銷　采舍國際有限公司
地　　址　235 新北市中和區中山路二段366巷10號3樓
電　　話　（02）8245-8786
傳　　真　（02）8245-8718

港澳地區總經銷　和平圖書有限公司
地　　址　香港柴灣嘉業街12號百樂門大廈17樓
電　　話　（852）2804-6687
傳　　真　（852）2804-6409

▲本書部分圖片由 Shutterstock提供。

國家圖書館出版品預行編目資料

高分衝刺，不背不行的2500必考英文單字/張慈庭英語教學團隊著. -- 初版. -- 臺北市：捷徑文化, 2020.10　面；　公分

ISBN 978-986-5507-46-6(平裝)

805.12　　109013168